기억
읽어주는
남자

기억
읽어주는
남자

라 혜 원 로맨스 스릴러

고즈넉
이엔티

기억 읽어주는 남자

초판 1쇄 발행 2021년 8월 31일

지은이 라혜원
펴낸이 배선아
편 집 박미애
디자인 엄인경
펴낸곳 (주)고즈넉이엔티

출판등록 2017년 3월 13일 제2021-000008호
주소 서울특별시 중구 청계천로 40, 1203호
대표전화 02-6269-8166 **팩스** 02-6166-9199
이메일 gozknockent@gozknock.com

ⓒ 라혜원, 2021
ISBN 979-11-6316-200-1   03810

표지이미지 Designed by Freepik

도대체 내가 지나온 시간은
모두 어디로 사라져버렸을까.
이 사람을 사랑했던 나는 어디로 간 걸까.

차례

1
부

모든 것이 희미한 밤이었다. 차는 톨게이트를 지나 8차선 고속도로로 접어들었다.

비로 축축하게 젖은 도로에는 안개가 짙게 깔려 있었다. 어둠 속에 숨어 있던 흰 차선들이 헤드라이트 불빛을 받자 유령처럼 벌떡 일어섰다 순식간에 사라져갔다. 안개에 젖어 희미해진 노란 가로등 불빛이 제한된 시야에 그나마 이정표 역할을 해주고 있었다.

끽, 덜컥. 끽, 덜컥. 자동차 와이퍼가 조금 더 부산스럽게 움직였다. 빗줄기가 굵어졌다.

나는 백미러를 쳐다보았다. 빗물이 다닥다닥 내려앉은 뒷유리창이 그 안에 비쳤다. 저 뒤에서 간격을 두고 노란 헤드라이트 불빛 두 개가 우리를 따라오고 있었다.

우리를 태운 차가 조금 더 속력을 냈다. 그리고 조금 더. 갑자기 한 겹 비닐을 입은 것 같은 도로 위에서 차가 빙글 미끄러졌다.

속도를 이기지 못한 차체가 옆으로 돌기 시작했다. 휙휙 달려들던 하얀 점선 대신 중앙의 콘크리트 가로대가 안개 속에서 불쑥 나타났다. 그 불길한 잿빛이 눈앞으로 돌진해왔다.

아무것도 할 수 없다…….

이 말이 지금보다 절실하게 느껴진 때가 있었을까. '어어어!' 하는 소리를 내지르는 것 말고는 할 수 있는 게 아무것도 없었다.

몇 초에 불과한, 마치 정지된 것 같은 순간이 지난 뒤 쾅, 요란한 소음과 함께 차가 멈췄다.

"괜찮아?"

운전석에 앉은 남자가 소리치듯 물었다. 운전대를 꽉 쥐고 있는 그의 손등 위로 푸른 핏줄이 선명했다.

괜찮다. 다행히도 생각보다 크게 부딪힌 건 아닌 모양이었다. 그러고 보니 운전석엔 에어백도 터지지 않았다. 문제는 다른 데 있었다. 뒤쪽에서 달려오던 두 개의 노란 불빛이 금방이라도 우리를 덮칠 듯 가까워졌다.

"위험해, 어서 내려!"

남자가 다급하게 말했다. 나는 서둘러 안전벨트를 풀었다.

차 문을 열고 밖으로 나오는데 뒷좌석에 놔뒀던 물건이 생각났다. 절대로 잃어버리면 안 되는 물건이었다. 나는 중앙 가로대에 오른쪽 머리를 박은 채 구겨져 있는 차 뒷문으로 달려갔다.

뒷덜미에 떨어지는 빗물 때문일까. 어두운 한밤의 고속도로에서 사고를 당했다는 불안감 탓일까. 아니면 빨리 이곳을 벗어나야 한다는 조급함 때문이었을까. 손잡이를 잡는 손가락 끝이 벌벌 떨렸다. 달칵, 차문이 열리는 것과 동시에 불빛이 시야를 덮쳐왔다.

그것이 끝이었다.

탁.

셔터가 내려지듯 완전한 암흑이 내 시야를 덮었다.

***

"누구세요?"

다시 눈을 떴을 때 내가 처음으로 내뱉은 말은 이것이었다. 처음 보는 낯선 남자가 나를 내려다보고 있었다.

누워 있는 이 방도 낯선 곳이었다. 원목 테로 둘러싸인 미색의 천장에 은은한 빛을 발산하는 동그란 전구들이 돌아가며 박혀 있었다.

침대 옆으로 난 커다란 창문에는 두꺼운 갈색 커튼이 쳐져 있었고, 그 사이로 햇빛이 조금 새어 들어왔다.

내가 막 눈을 떴을 때, 남자는 침대 위에 두 팔꿈치를 기댄 채 앉아 있었다.

깍지 낀 열 손가락을 입술 위에 얹고 눈을 감은 그는 간절하게 기도라도 올리는 사람처럼 보였다.

기척을 느꼈는지 남자가 퍼뜩 속눈썹을 들어 올렸다. 길게 뻗은 눈매 속, 회청색 눈동자가 나를 쳐다보았다. 낯설다기보다는 이질적이고 어딘가 비현실적인 느낌이 드는 눈동자였다.

"정신이 들어?"

그가 반말로 물었다.

처음 보는 남자가 걱정을 담은 눈으로 나를 쳐다보다니. 누가 봐도 이상한 상황이라 물었던 것이다. '누구세요?'라고.

그렇게 묻는 게 이상하다는 듯 남자의 입술이 살짝 벌어졌다. 회청색 눈동자가 순간적으로 출렁였다.

"하윤아."

남자가 메마른 목소리로 나를 불렀다. 아니, 나를 부른 것 같았다. 이 방에는 지금 이 남자와 나밖에 없으니 그 이름의 주인은 나일 수밖에 없었다. 하지만…… 하윤이라니? 그건 내 이름이 아니다.

내 이름은……. 내 이름은……?

나는 눈을 몇 번 깜빡여보았다. 마른침이 힘겹게 목구멍을 넘어갔다. 대답할 말이 생각나지 않았다. 꿈을 꾸는 건가. 그러고 보니 머리가 무겁고 몽롱한 기분이었다.

눈을 감았다. 눈을 감아도 생각은 멈추지 않았다. 머리가 열심히 돌아갔다. 마치 부지런한 로봇청소기가 방 구석구석 숨은 먼지를 찾아다니듯 뇌 속에 저장된 기억을 정신없이 찾아 헤맸다.

그런데도 감지되는 게 없었다. 마치 기억의 방이 텅 비어 있는 것처럼.

내 이름이 뭐였어? 나는 누구지?

다시 눈을 떴다. 낯선 공간, 나를 쳐다보는 낯선 남자. 눈앞이 빙글빙글 돌기 시작했다. 귓속에서 윙, 하는 이명이 울렸다.

말도 안 돼. 기억이 나질 않는다, 내 이름이.

이름뿐만이 아니다. 가족도, 직업도, 나이도, 사는 곳도, 친구도……. 아무것도 떠오르지 않았다. 숨이 가빠졌다. 몸이 허공으로 10cm쯤 붕 뜨는가 싶더니 갑자기 땅 밑으로 꺼지는 기분이었다. 아니, 그보다는 춥고 어두운 밤바다 속으로 한없이 가라앉는 것만 같았다. 피가 식고

혈관이 얼어붙었다.

아무것도 보이지 않는 어둡고 깊은 기억의 바닷속에서 나는 다시 미친 듯 팔을 휘저으며 좌표가 될 만한 것을 찾아 헤매기 시작했다. 그러고 있자니 기억의 조각 같은 것이 떠올랐다.

나는 필사적으로 그것을 향해 나아갔다. 빠르게 달려오는 불빛 두 개가 보였다.

비. 고속도로. 추돌사고…….

핸들을 꽉 움켜쥔 남자의 손. 차문을 열던 떨리는 내 손가락. 그리고 갑자기 나타나 시야를 덮친 불빛.

"아악!"

마치 사고 순간으로 돌아가기라도 한 것처럼, 나는 비명을 지르며 상체를 일으켰다. 하지만 다시 소리를 지르며 침대 위로 털썩 쓰러지고 말았다.

"하윤아!"

남자가 의자에서 벌떡 일어났다.

"괜찮아?"

대답이 나오지 않았다. 너무 아팠다. 꽉 깨문 입술 사이로 신음이 새어 나왔다.

그러고 보니 지금 나는 다리 한쪽에 깁스를 한 상태였다. 팔에는 링거 바늘이 꽂혀 있었다. 아직 확인해보지는 못했지만, 몸에도 붕대가 감겨 있는 것 같았다.

"……나, 왜 이래요?"

"괜찮아. 놀라지 마. 수술을 받아서 그래."

어느새 침대에 걸터앉은 채로 남자가 나를 내려다봤다. 달래듯 속삭이는 목소리가 귓가에 감겨왔다.

"수술?"

"그래, 잘 끝났으니까 걱정하지 않아도 돼."

이마 쪽으로 그의 손이 다가왔다. 본능적으로 고개가 돌아갔지만 나는 결국 그의 손을 내버려 두었다. 고작 이마에 손을 대려는 것뿐이었으니까.

따뜻한 손가락이 피부에 닿았다. 이마 위에 흐트러진 잔머리들을 손끝으로 넘긴 그가 내 머리를 쓰다듬기 시작했다. 아기를 달래듯 섬세하고 따뜻한 손길이었다.

통증이 조금씩 가라앉았다. 바닥없는 어둠 속을 허우적거리는 기분도 잦아들었다. 그래도 심장은 계속 불규칙하게 뛰고 있었다.

"이제 좀 괜찮아?"

남자가 다시 물어왔다. 나는 망설이다 고개를 끄덕거렸다. 사실은 하나도 괜찮지 않았다. 이 남자의 눈빛이 절박해 보여 마지못해 그런 것뿐이다.

"아직 움직이면 안 돼. 큰 수술을 받았으니까."

남자가 타이르듯 말하며 내 눈을 들여다봤다.

"기억나? 사고가 있었던 거."

"자동차 사고…… 그거 말이에요?"

나는 조금 전에 떠오른 기억을 다시 더듬어보았다.

처음엔 도로에 미끄러지면서 일어난 가벼운 접촉사고였다. 만약 뒤에서 달려온 자동차가 추가로 추돌사고를 내지만 않았다면 나도 지금

이 남자처럼 아무런 외상도 입지 않은 채 멀쩡한 모습으로 돌아다니고 있을 것이다.

침대를 짚고 있는 남자의 손을 내려다보았다. 커다랗지만, 여자의 손이라고 해도 믿을 만큼 선이 고왔다. 흰 손등에서부터 길쭉하게 뻗어 있는 손가락은 섬세하고 날렵해 보였다.

그의 손을 보자, 운전석을 움켜쥐고 있던 남자의 손이 생각났다. 위험하니 어서 내리라던 목소리도 어렴풋이 떠올랐다.

이 사람…… 인가?

"그날 나랑 같이 있었어요?"

머리를 쓰다듬던 남자의 손이 멎었다. 그의 눈동자가 다시 흔들렸다.

"기억 안 나?"

나는 말없이 고개를 저었다. 흔들리던 그의 눈빛이 어둡게 가라앉았다. 복잡한 얼굴로 나를 내려다보다가 그는 천천히 입을 열었다.

"아직도 내가 누군지 모르겠어?"

"모르겠어요, 그쪽이 누군지."

나는 가능한 한 차분하게 대답하려고 노력했다.

남자가 훅, 숨을 들이켜는 것 같았다. 그의 속눈썹이 미세하게 떨렸다. 충격을 받은 것 같아, 다음 말을 하기가 망설여졌다. 나는 사고를 친 아이처럼 입을 몇 번 달싹이다 용기를 냈다.

"사실은…… 내가 누군지도 모르겠어요."

나조차 믿기지 않는 사실을 입 밖으로 내자니 엄청난 거짓말을 하는 사람이 된 것 같았다. 이 사람에게, 아니, 나 자신에게도 사기를 치고 있는 기분이었다. 현실에서 분리된 채 나만의 공상 속에 갇혀 엉뚱한 말을 내뱉고 있는 것처럼 혼란스러웠다.

그래서 나는 다시 확인하는 것처럼 말했다.

"사고가 나던 순간만 빼고, 아무것도 떠오르질 않아요. 나, 어떻게 된 거죠?"

***

내가 사고 당시를 제외하고는 아무것도 기억하지 못한다는 사실을 남자가 받아들이는 덴 꽤 긴 시간이 걸렸다. 그는 자신이 받은 충격을 드러내지 않으려고 안간힘을 쓰는 모습이었다.

나는 어떻게 반응해야 할지 알 수 없었다. 가만히 앉은 채로 마주 보기만 하는 게 고작이었다. 그의 얼굴은 창백한 대리석 조각상처럼 보였다.

눈과 눈 사이, 콧대가 시작되는 부분부터 시작해 시원하게 뻗은 콧대의 끝까지, 그리고 옆으로가 아니라 앞으로 튀어나온 것 같은 귀족적인 광대뼈에 귀를 타고 내려가는 우아하게 각이 진 턱선까지, 모든 뼈대가 반듯하면서도 입체적이었다. 핏기가 가신 도자기 같은 흰 피부가 그 느낌을 더욱 강조해주었다. 넋을 놓고 보고 있자니 상황과는 어울리지 않는 뜬금없는 말이 불쑥 생각났다.

잘생겼다. 누군가 미의 기준에 대한 측정값을 가지고 디자인해놓은 것처럼.

본능적으로 떠오른 생각이었다. 기억할 것이 아무것도 없으니 눈앞에 보이는 걸 생각하고 있는 것인지도 모르겠다.

남자의 목울대가 힘겹게 출렁였다. 몸을 일으키더니 그가 침대 머리 맡으로 손을 뻗었다. 그곳에 달린 벨을 누른 것 같았다.

1분도 걸리지 않아 문이 열리고 사람이 들어왔다. 하얀 가운을 입은 젊은 의사였다.

이마가 다 드러나도록 깔끔하게 머리를 빗어넘긴 그는 금테를 두른 얇은 안경을 쓰고 있었다. 가운 밑으로는 하늘빛이 살짝 도는 하얀 와이셔츠가 보였다. 지나치게 젊다는 사실을 제외한다면 꽤 신뢰가 가는 외모였다.

나는 그에게 다시 상황을 전했다. 사고에 대해 기억나는 것과 그 이외에는 아무것도 기억나지 않는다는 걸 설명했다. 의사의 진단은 간단하게 나왔다.

"전생활사건망의 증상인 것 같습니다."

그의 대답은 내가 아니라 자신을 호출한 남자를 향했다. 여길 지키고 있던 저 회청색 눈동자의 낯선 남자가 내 보호자라는 걸 보여주는 행동이었다.

그러고 보니 내가 처음 던졌던 질문의 답을 아직 듣지 못했다는 걸 깨달았다. '누구세요?'라는 질문에 그는 아직 대답하지 않았다.

하지만 지금 내가 누구냐고 묻고 싶은 진짜 상대는 그가 아니라 내 자신이었다.

"전생활사건망…… 그게 뭐죠?"

남자가 반응하기 전에 내가 물었다. 그제야 의사가 나를 향해 돌아섰다.

"기억상실증입니다. 쉽게 말하면."

들고 나서도 사실처럼 느껴지지 않는 병명이 있다면 그중 하나가 바로 이것일 거다. 기억상실증이라니, 너무 친숙하게 느껴지는 단어라 오히려 현실감이 없었다. 드라마나 영화에서 보았던 기억상실증 주인공들의 얼굴 몇이 떠올랐다. 이상하다. 이런 것들은 이렇게 쉽게 떠오르는데 나에 대한 것은 하나도 기억나질 않는다니.

"우리가 일반적으로 아는 그 기억상실증을 말씀하시는 건가요? 그러니까 제가 기억을 잃어버렸다는 거예요?"

"그렇습니다."

"하지만…… 하지만 다른 것들은 멀쩡하게 기억이 나요. 심지어 기억상실증을 연기했던 배우들 이름까지도 생각이 나는데요?"

나는 의사가 자신의 실수를 깨닫기를 애타게 바라며 되물었다.

"당연한 증상입니다. 전생활사건망증의 경우, 손실되는 기억은 자기 자신에 관련된 것들이니까요. 일반적인 정보나 상식은 손실되지 않죠. 사회생활을 하거나 일상적인 생활을 영위하는 데 큰 문제는 발생하지 않습니다. 정상적으로 살아가기 힘든 기억상실의 경우도 있으니 그에 비하면, 차라리 다행이라고 해야겠죠."

의사는 마치 학술발표라도 하는 사람처럼 건조하게 대답했다. 하지만 다행이라니. 어떻게 하루아침에 기억을 몽땅 잃어버린 사람한테 다행이라는 말을 쓸 수 있는 걸까.

제 일이 아니라고 무신경하게 내뱉는 의사의 태도에 나는 살짝 화가 났다. 깨어난 이후 처음으로 느끼는 현실적인 감정이었다.

"너무 쉽게 단정하시는 거 아닌가요? 전 제 증상에 대해 몇 마디밖에 말씀드리지 않았어요. 조금 더 상담을 해본다든지 다시 정밀검사를 해본다든지…… 확진을 하려면 그런 게 더 필요하지 않나요?"

"물론 필요하다면 정밀검사를 다시 할 수도 있어요. 하지만 이런 경우는 생각보다 진단도, 치료법도 간단합니다."

"치료법이…… 간단하다고요?"

"그렇습니다."

의사는 조금도 고민하는 기색 없이 대답했다.

"그럼 치료해주세요. 당장."

"전생활사건망의 치료법은 기다리는 겁니다."

"기다린다니, 뭘요?"

"시간이 지나길 기다리는 거죠. 그러면 서서히 알게 될 겁니다. 기억이 돌아오는지, 아니면 새로운 기억을 만들면서 지금의 상황에 적응하면서 살아가야 하는지."

"완전히 기억을 되찾을 수 있을지는 기다려봐야 안다는 건가요? 그럼…… 기억이 영원히 돌아오지 않을 수도 있는 건가요?"

"말하자면 그렇습니다."

의사가 나에게로 한 걸음 더 다가왔다. 물어볼 게 있으면 더 물어보라는 표정이 말할 수 없이 냉정해 보였다.

이런 사람에게 매달려야 하는 상황이 불공평하다는 생각이 들었다. 하지만 지금은 그럴 수밖에 없다.

"둘 중 어떤 결과가 더 가능성이 있는지 대답해주실 수 있나요?"

"기억이 돌아오는 것과 지금 상황에 적응하면서 살아가는 거, 둘 중 말입니까?"

"네."

"솔직히 말씀드리자면, 기억이 돌아올 확률은 그리 높지 않습니다. 전생활사건망증을 앓는 환자들의 경우, 대부분은 옛 기억을 되찾지 못한 채 살아가게 되죠. 그렇다고 아주 가능성이 없는 건 아니니 희망을 놓으라고 말씀드리진 않겠습니다. 단, 너무 그 희망에 매달리다간 하루하루가 힘겨울 수 있다는 건 알아두시는 게 좋겠습니다."

분명 희망적인 답은 아니었다. 하지만 그의 대답은 적어도 명쾌했다. 지금의 상황과 앞으로의 상황에 대해 이해할 수 있게 해줬으니까.

그 사실에 우습게도 나는 안도감 비슷한 것을 느꼈다. 사방이 온통 답답한 안개였는데 명확하게 이해할 수 있는 사실이 드디어 나타났기 때문이다.

나는 사고로 인해 기억을 모두 잃어버렸다. 앞으로도 기억을 찾을 확률은 희박하다.

방금 의사가 내뱉은 선고는 내게 새로 찾은 좌표와도 같았다.

이제부터는 이 좌표를 기준으로 살아가야 하는 것이다.

그리고 다행히도 내게는 이 좌표에서 시작해 길을 더듬어 갈 수 있도록 도와줄 불빛이 하나 더 있는 것 같다.

바로 저 회청색 눈동자를 가진 남자.

그런데 의외로 간단히 납득해버린 나와는 달리, 남자는 아직도 의구심이 남는 모양이었다.

의사가 할 말이 다 끝났다는 의미로 내게서 몸을 돌린 순간, 기다렸다는 듯 이렇게 물었던 것이다.

"남 박사님, 한 가지 의문점이 있습니다."

남 박사? 의사에게 하는 호칭치고는 조금 유별나다는 생각이 들었다. 그러고 보니 이 의사는 남자가 벨을 누르고 얼마 지나지도 않아서 도착했다. 마치 대기라도 하고 있었다는 듯이.

그럼 주치의쯤 되는 걸까. 그러니까 이 남자의…….

"물론입니다, 천재후 씨."

천재후. 그게 이 남자의 이름이었구나.

"보통 사고를 당해 기억에 문제가 생기는 경우, 사고 당시의 기억이 사라지는 경우가 많다고 알고 있습니다. 충격이나 고통을 잊기 위해 무의식적으로 뇌가 그 기억을 지우게 된다고요. 그런데 하윤이는 사고 당시만 기억하고 있어요. 이건 어떻게 된 일인지, 알고 계십니까?"

"그런 건 단기적인 기억 손실일 경우 많이 나타나는 증상입니다. 송하윤 씨처럼 자신에 대한 모든 기억을 잃어버리는 경우와는 조금 다르죠."

송하윤. 드디어 완전한 내 이름도 알았다.

나는 소리 나지 않게 내 이름을 입안에서 굴려보았다. 익숙한 것 같으면서도 전혀 익숙하지 않은 이름이다. 내 입으로 내 이름을 말할 경우는 별로 없었을 테니까 그럴 수도 있겠다는 생각이 들었다.

나는 계속해서 의사의 목소리에 귀를 기울였다.

"어쨌든 조금 특이한 증상이긴 하죠. 적절한 시기가 오면 말씀드리려 했지만, 의사로서 송하윤 씨 케이스를 연구해보고 싶은 마음이 듭니다. 물론 천재후 씨가 허락하신다면."

"왜 그 허락을 제게 구하시죠? 당사자는 하윤입니다."

"물론 송하윤 씨 동의도 필요하고요. 하지만 하윤 씨가 동의를 해도 천재후 씨가 허락하지 않는 경우도 있을 테니까."

"의사가 환자를 인격체가 아니라 연구대상으로 삼는 경향이 있다는 건 익히 알고 있어요. 물론 박사님이 그렇다는 건 아니고."

천재후는 그렇게 말하며 양복바지 주머니에 두 손을 찔러 넣었다.

나는 그 순간, 이 남자의 태도가 나와 단둘이 있을 때와는 묘하게 달라졌다는 걸 깨달았다.

아까 보았던 이 남자는 감정을 대놓고 드러내 보이진 않았지만, 나에 대한 걱정과 배려를 숨기지도 않았다. 아주 짧은 시간이었는데도 부드럽고 사려 깊은 사람이라고 느껴졌다.

반면 건장한 어깨를 펴고 턱을 살짝 치켜든 채 의사를 쳐다보는 지금의 이 남자는 자신만만하고 어떻게 보면 조금 오만해 보이기까지 했다.

남 박사는 이 방에 들어온 이래 가장 부드러운 표정을 지으며 농담처럼 말했다.

"이거 의사에 대한 불신이 너무 크신 거 같은데요. 천재후 씨가 약혼자를 얼마나 걱정하는지 잘 아니까 드린 말씀이었습니다. 주치의로서 조금 서운한데요?"

"저를 대하는 것처럼 송하윤 씨도 환자로서, 사람으로서 잘 배려해달라고 부탁드리는 겁니다, 남우성 박사님."

천재후는 정중하게 고개를 살짝 숙였다. 까칠해 보이는 말투를 교묘한 미소로 포장한 채. 하지만 나는 그 미소가 눈에 들어오지 않았다. 방금 들은 말에 머리를 한 대 얻어맞은 듯 얼얼했기 때문이다.

조금 전까지만 해도 나는 천재후라는 이 사람이 내 가족 중의 한 사람일 거라 생각하고 있었다. 가족이니까 이렇게 내내 옆을 지키고 있는 거라 짐작했던 것이다.

그런데 '약혼자'였다니!

그가 가족이 아니라는 사실이 다시 나를 불안하게 했다. 가족이 아니라면 언제든 손을 흔들며 돌아설 수 있다. 이 남자도, 내가 기억을 모두 잃어버렸다는 사실을 알게 된 이상, 내게서 등을 돌릴지도 모른다.

어두운 안개 속에 버티고 있던 든든한 불빛이 깜빡거리며 사라졌다. 기댈 수 있는 버팀목 하나가 사라진 기분……. 뿌리를 잃고 다시 정처 없이 부유하게 될까 봐 나는 침대 시트를 두 손으로 꽉 움켜쥐었다.

방을 나가려던 남 박사가 돌아보며 인사를 할 때야 나는 다시 현실로 돌아왔다.

"그럼 푹 쉬세요. 일단은 마음을 편하게 가지는 게 가장 중요하다는 거 잊지 마시고요."

천재후에게도 눈인사를 남긴 다음 남 박사는 방을 나갔다.

무거운 침묵이 방 안에 깔렸다.

나는 나의 약혼자라는 사람을 향해 고개를 돌렸다. 그리고 확인하듯 물었다.

"그쪽하고 나하고, 약혼한 사이예요?"

그가 고개를 끄덕인다.

"언제요?"

"얼마 안 됐어. 한 달쯤."

"언제부터 나를 알았어요? 우리가 어떻게 만났죠? 아니, 그전에 난 누구예요? 우리 가족은 어디 있어요?"

갑자기 둑이 터진 것처럼 질문이 터져 나왔다. 이제야말로 진짜 두려움이 몰려왔다.

이렇게 큰 사고를 당해서 수술을 받고 누워있는데, 어째서 가족은 단 한 명도 찾아오지 않는 걸까. 왜 이 사람은 내가 힘든 수술에서 깨어났는데 내 가족을 부르지 않은 걸까?

그가 다시 침대에 걸터앉았더니 두 손으로 내 어깨를 잡았다. 따뜻하고 부드러운 손길과 눈길이 나를 어루만졌다. 남 박사를 대하던 오만한 태도는 어느새 사라지고 그는 처음 보았던 순간처럼 사려 깊고 온화한 남자가 되어 있었다.

"네 가족은 나야."

그는 최면이라도 걸듯 내 눈을 똑바로 들여다보았다.

"……다른 가족은 없다는 뜻이에요?"

"부모님은 몇 년 전에 돌아가셨어. 두 분 모두. 하윤이 너는 그분들의 외동딸이었고."

그는 차분한 목소리로 조곤조곤 말했다. 마치 아무 일도 아니라는 듯이. 다 지나간 일이라는 듯이.

그렇지만 나에겐 지금 일어나고 있는 현재진행형의 일이다. 도저히 지난 일이 될 수가 없다.

"왜 돌아가셨는데요?"

"사고로 돌아가셨다고 들었어. 자세한 건 나도 듣지 못해서 잘은 몰라."

"내가 말하려고 하지 않았던 건가요?"

"나중에 자세히 얘기해주겠다고만 했어."

하지만 그때는 그 나중이란 게 영원히 오지 않을 수도 있다는 건 몰랐겠지. 그때 얘기를 했더라면 나에 대해 조금 더 자세히 알 수 있었을까? 막연한 후회로 가슴이 죄어왔다.

"나는요? 나는 어떤 사람이죠? 우린 어떻게 만났어요? 내가 몇 살이죠? 어떤 일을 하는 사람이에요?"

나는 다시 허겁지겁 물었다. 왠지 천재후라는 이 남자가 '그것도 자세히는 몰라'라고 말할까 봐 겁이 났다.

"너는……."

천재후가 손을 들어 내 머리를 다시 한번 쓰다듬었다. 내가 자신에게 얼마나 소중한 존재인지를 알아달라는 듯이.

"송하윤. 스물여덟 살이고 우리 회사 직원이었어. 우린 삼 년 동안 연애를 했고, 얼마 전에 약혼을 했어."

남자가 왼손을 들어 내 눈앞으로 가져왔다. 이제야 그의 약지에 끼워진 가느다란 은반지가 눈에 들어왔다.

나는 내 손을 내려다보았다. 내 손에는 반지가 없었다. 당연하다. 수술을 받고 이제 막 깨어난 사람의 손에 반지가 끼워져 있을 턱이 없다. 오히려 반지가 있었다면 그때부터 이 남자를 의심해 봐야 하는 거다. 무슨 꿍꿍이로 이런 조작된 거짓말을 하는 거냐고.

차라리 그런 거라면 좋을 텐데. 이 남자가 거짓말을 하는 거라면. 이 모든 상황이 거짓이라면.

내가 거대한 연극의 한복판에 있는 거라면.

하지만 그럴 리 없다는 걸 난 안다. 나한테는 사고의 기억이 있다. 뒤에서 달려온 차가 내가 탄 차를 들이받고, 그 충격에 밀려난 차가 다시 나를 들이받던 그 순간이 생생하게 내 기억 속에 있다.

그 사고로 기억을 잃었다는 건, 황당하지만 합리적인 결론이다. 그날 내 옆에 이 남자가 있었다는 건 엄청난 행운이고.

만일 그날 혼자였다면, 어떻게 되었을지……. 나를 아는 사람이 아무도 없는 곳에서 혼자 사고를 당했다면 지금쯤 나는 어디서 어떤 모습으로 깨어났을까.

상상하는 것만으로도 온몸의 피가 식는 기분이었다.

세상이 빙빙 도는 것 같아 나는 그에게 기댔다. 아니, 그의 손이 나를 자신에게로 끌어당긴 것 같기도 했다.

잠시 사라졌던 버팀목을 되찾은 기분에 안도하며 그의 어깨에 머리를 기댔다.

"어떻게 그런 걸 다 잊어버릴 수 있는 걸까요? 거짓말 같아."

"……그래, 맞아."

나를 감싸 안은 그의 손이 내 등을 부드럽게 토닥거렸다.

"난 이제 어떻게 되는 거예요?"

"잘 될 거야, 모두. 걱정하지 마. 내가 있으니까."

"나는 그쪽을 기억도 못 하는데, 그래도요?"

"기억하게 될 거야."

"아까 의사가 말했잖아요. 기억을 다시 찾을 확률은 별로 없다고."

"그럼 새로 기억을 만들면 돼. 우리한테는 아직 많은 시간이 남아 있으니까."

힘들지 않겠어요? 그렇게 묻고 싶었지만 나는 애써 그 질문을 입안으로 밀어 넣었다.

지금 이 사람에게 그런 걸 물으면 안 된다. 혹시라도 힘들면 떠나도 된다는 암시를 결코 주어서는 안 된다.

지금 내가 기댈 수 있는 건 이 사람밖엔 없다. 이 사람을 불빛 삼아 혼란으로 가득 찬 세상을 헤쳐나가야 한다. 적어도 내가 다시 길을 찾을 때까지는 이 사람을 놓쳐서는 안 된다.

절박한 심정이 된 탓인지 나도 모르게 천재후의 셔츠 자락을 움켜쥐었다.

등을 토닥이던 그의 손이 잠시 멈칫했다. 이내 그의 두 손이 내 등과 허리를 조금 더 강하게 감싸 안았다.

***

"악!"

짧은 비명을 내지르며 나는 욕실 바닥에 주저앉았다. 깁스한 다리를 의식하지 못한 이 반사적인 행동 때문에 나는 다시 한번 비명을 지르며 쓰러지듯 바닥에 엉덩방아를 찧어야 했다.

충격을 받은 다리로 통증이 밀려왔다. 나는 입술을 깨물며 고통을 삼켰다. 그리고 바닥을 두 손으로 짚은 채 힘겹게 몸을 움직였다.

이 와중에도 바닥이 미끄럽지 않아 다행이라는 생각이 들었다. 병실에 딸린 욕실이라 환자가 넘어지지 않도록 카펫 타입의 타일을 깔아둔 모양이었다.

가까스로 벽에 등을 기대자, 맞은편 벽에 세워진 화장대 거울에 내 이마가 비쳤다.

아니, 나라고 추정되는 사람의 이마.

나는 얼른 거울에서 시선을 뗐다. 무릎 위에 맥없이 올린 물기 젖은 손이 덜덜 떨리고 있는 게 보였다.

지금은 한밤중. 조금 전, 나는 소리를 지르며 잠에서 깼다. 악몽을 꾼 건지 식은땀이 얼굴에 흥건히 배어 있었다. 그래서 욕실에 들어왔다.

세수를 하다가 문득 고개를 드니, 거울 속에서 낯선 사람이 나를 지켜보고 있었다. 귀신을 봤다고 생각했다. 너무 놀라 무릎에 힘이 빠졌다. 하지만 지금 생각해보니 그건 내 얼굴이다. 저 화장대에 비치고 있는 이마가 내 이마인 것처럼.

나는 아직도 떨고 있는 두 손을 꽉 마주 잡았다. 떨림은 쉽게 가라앉지 않았다. 내가 나를 알아보지 못했다는 사실이 공포로 다가왔다. 너무 막막하고 무서워 울고 싶어졌다. 그런데 눈물이 나오질 않았다.

이상했다. 내가 느끼고 있는 감정들은 이렇게나 생생한데, 동시에 이 감정들이 모두 나에게서 동떨어진 제삼자의 것처럼 느껴진다. 내 감정이 아니라 책 속 주인공의 감정에 이입한 독자가 된 것 같은 기묘한 이질감이었다.

기억이 없기 때문인가. 기억이 없는 사람은 온전히 제 감정을 느끼지도 못하는 건가. 내 얼굴을 알아보지 못했듯이, 내 감정도 알아보지 못하는 건가. 나를 나로 느낄 수 없다는 사실이 견딜 수 없이 무서워졌다.

낭떠러지 끝에 서서 앞으로 한 걸음을 내딛는 기분이 이럴까. 분명 내 앞에는 반대편으로 건너갈 수 있는 다리가 놓여 있는데, 내 눈에는 그 다리가 보이지 않는 상황……. 낭떠러지를 벗어나 안전한 곳으로 건너가려면 반드시 이 다리를 건너야 한다. 하지만 나는 한 발을 내딛는 순간, 이대로 추락해서 죽어버릴 것만 같다.

제발, 누가 나를 좀 구해줘. 내 앞에 안전한 다리가 있다고 말해줘. 아니, 내 손을 잡고 이 다리를 같이 건너가 줘. 누가 좀 제발…….

나는 떨리는 손을 부여잡은 채 무릎 위에 얼굴을 묻었다. 눈을 감자 어둠이 시야를 덮었다.

캄캄했던 눈앞에 서서히 천재후의 얼굴이 떠올랐다. 생소한 회청색 눈동자를 내게 고정한 채 나를 안심시키던 남자. 그래, 나한테는 그 사람이 있었다.

'걱정하지 마, 내가 옆에 있을게.' 속삭이던 그의 목소리가 내 불안을 잠재우기 시작했다.

좀처럼 잦아들지 않던 떨림이 드디어 멎었다. 나는 서둘러 손잡이를 잡고 몸을 일으켰다. 그리고 조금 전 소스라쳐 놀라며 떨어져 나왔던 거울 앞으로 다시 다가갔다.

여전히 낯선 얼굴이 나를 맞이했다. 이번엔 거울에서 물러나는 대신 더 가까이 얼굴을 들이댔다. 그리고 오늘 알게 된 내 프로필을 중얼거렸다.

"송하윤. 28세. 회사원. 대졸. 영문학 전공. 서울 출생. 부모님은 안 계심. 천재후의 약혼녀."

거울 속에 보이는 내 얼굴만큼이나 생소한 프로필이었다. 하지만 그림자처럼 살지 않으려면, 몸을 잃은 유령처럼 떠돌지 않으려면, 내겐 이게 필요하다.

이번엔 얼굴을 천천히 뜯어보기 시작했다. 쌍꺼풀이 없는 커다란 눈매는 길게 뻗다가 아래쪽으로 살짝 휘었다. 그리 높지도 낮지도 않은 코는 살짝 동그란 콧방울로 끝을 맺고 있었다. 입술은 눈매와는 정반대로 끝이 살짝 위로 휘어져 올라갔다.

많이 웃는 성격이었을까.

나는 입술 끝을 밀어 올려 미소를 지어보았다. 그러자 마네킹처럼 보이던 창백한 얼굴에 조금 생기가 돌아왔다. 이번엔 살짝 입술을 벌려 억지로 웃어보았다. 그러자 눈매가 반달 모양으로 바뀌었다. 눈 밑의 도톰한 애교살이 한층 도드라져 보였다.

이렇게 생긴 송하윤이란 여자가 바로 나라는 사람이다.

중요한 시험을 앞둔 학생처럼 나는 열심히 내 얼굴을 외웠다. 조금이라도 빨리 이 얼굴에 익숙해져야 한다는 생각에 마음이 조급해졌다. '나'라고 부를 수 있는 존재를 하루라도 빨리 되찾고 싶다. 내가 낯선 사람처럼 느껴지는 기분은 끔찍하니까.

송하윤. 28세. 천재후의 약혼녀.

다시 한번 거울 속의 내 얼굴과 신상정보를 매치시켜보았다. 내 안에서 이 정보들이 이질감 없이 하나로 합쳐지는 시간이 어서 빨리 왔으면 좋겠다.

***

다음 날에도 천재후는 내 옆을 지켰다. 하지만 나는 그와 대화를 나눌 시간이 거의 없었다. 사고의 후유증 때문인지, 정신이 몽롱하고 자꾸만 졸음이 쏟아졌다.

그날뿐만이 아니었다. 며칠 동안 나는 거의 온종일 잠에 빠져 지냈다. 중간중간 잠에서 깰 때면 어김없이 침대맡에 앉은 천재후가 보였다.

그 얼굴을 알아볼 때마다, 안도감과 실망감이 동시에 밀려왔다. 혼자가 아니라서 안심이 됐고, 기억을 잃은 게 꿈이 아니었다는 사실에 실망했다.

그러다가 깨달았다. 자꾸만 잠에 빠지는 건 현실에서 도피하고 싶은 내 무의식 때문이라는 걸.

자는 동안은 이 말도 안 되는 불안한 현실을 잊을 수 있다. 게다가 잠을 자고 일어나면 본래의 나로, 진짜 나로 돌아가 있을 거라는 괜한 희망도 품어볼 수 있다.

그래서 계속 잠을 잤는지도 몰랐다. 그렇게 며칠이 지났을까, 한밤중에 갑자기 눈이 떠졌다.

습관처럼 주위를 두리번거렸다. 천재후의 모습을 찾았던 것이다.

그는 보이지 않았다. 밤이니 그도 자러 갔겠지. 그렇게 생각하면서도 왠지 심장이 불규칙하게 쿵쿵거렸다.

다시 잠을 청하려고 눈을 감았다. 막 닫히려는 눈꺼풀 사이로 검은 그림자가 설핏 보였다.

천재후?

다시 눈을 떴다. 검은 그림자는 천천히 움직여 내가 누운 침대로 다가왔다. 하지만 나를 살펴보러 오는 건 아니었다. 그는 망설임 없이 링거병 쪽으로 손을 뻗었다. 그러고 보니 그의 손에는 주사기가 들려 있었다. 그 주사기로 그는 링거병 안에 약물을 주입했다.

안 그래도 불안하게 뛰던 심장이 갑자기 펌프질을 시작했다. 심장 부근의 혈관이 터질 것처럼 쿵쾅거렸다. 링거병에 몰래 투입된 저 약물.

저 액체는 연결된 줄을 타고 곧 내 팔로 흘러들어올 것이다. 금방이라도 팔이, 심장이, 온몸이 마비될 것 같은 두려움이 나를 휘감았다.

무서운 생각이 또 하나, 머릿속을 스쳐 갔다. 혹시 이것 때문인가. 계속 몽롱하고 온종일 잠에만 빠져 있었던 원인이?

온전히 정신을 차리지 못하게 만든 다음, 나한테 무슨 짓을 하려는 거지? 매일 내 곁을 지키고 있었던 것도 나를 지키려는 게 아니라 감시하려는 거였나?

당장이라도 벌떡 일어나 소리를 지르고 싶은 충동이 일었다. 하지만 절대로 그래선 안 된다. 여긴 안전한 곳이 아니니까. 이곳에 내 편은 없으니까.

도망치자. 저 사람이 나가고 나면 즉시 이곳을 빠져나가는 거다. 순간적으로 그런 결심이 섰다.

나는 그가 방을 나설 때까지 인내하며 기다렸다. 그는 정말로 그림자처럼 소리도 없이 움직였다. 아무리 바닥에 카펫을 깔아놓았다 해도, 어떻게 이렇게까지 인기척도 내지 않고 걸을 수 있는 걸까.

실눈을 뜨고 관찰하지 않았더라면 그가 이미 방을 나섰다고 착각했을 것이다. 그리고 어설프게 몸을 움직였다가 깨어 있었다는 걸 들키고 말았겠지. 상상만으로도 등골이 오싹했다.

잠시 후, 할 일을 다 마쳤는지 그가 방에서 사라졌다. 혹시 문밖에서 서성대고 있을지도 몰라서 나는 다시 또 한참을 기다렸다.

그가 가버렸다는 확신이 들자 침대에서 일어나 앉았다. 그리고 팔에 꽂힌 주삿바늘을 발작적으로 떼어냈다.

다행히도 아직 몸은 괜찮다. 정신도 어느 때보다 또렷하다. 나는 서둘러 방문 쪽으로 걸어갔다. 목발을 짚으면 소리가 날 것 같아 다리를 절뚝이며 걸었다.

그런데 방문을 나선 순간, 멈칫하다가 그 자리에 우뚝 서고 말았다. 지금까지 방에 인접한 욕실과 화장실만을 오가느라 전혀 눈치채지 못했던 공간이 내 눈앞에 펼쳐져 있었던 것이다.

농구를 해도 될 정도로 넓은 거실. 원목 바닥이 깔린 바닥. 검정 대리석으로 꾸며진 한쪽 벽에는 커다란 모니터가 설치돼 있었고, 그 앞에는 한눈에 보기에도 고급스러운 기다란 가죽 소파가 물결 모양으로 놓여 있었다.

소파 옆으로는 벽면을 절반쯤 차지한 통유리 창문이 보였다. 내가 머무는 방과 마찬가지로 여기에도 두꺼운 커튼이 쳐 있었다.

병실이 아니라 오성급 호텔, 혹은 최고급 빌라라 믿어도 될 만한 공간이었다.

만약 이렇게 불안에 휩싸인 상황이 아니었다면 아마 나는 이 공간이 던지는 의미에 대해 다시 생각해봤을 것이다. 그리고 이곳이 꽤 특별한 병실, 이를테면 VIP 환자들을 위한 특실이라는 걸 알아차렸을 것이다. 하지만 지금은 그런 여유가 없었다. 나는 곧장 현관으로 향했다.

띠릭—

도어락이 열리는 소리가 적막한 공기를 깼다. 나지막한 기계 소리가 마치 천둥소리처럼 느껴졌다. 미처 생각지 못했던 사실 하나가 머릿속에 퍼뜩 떠올랐다. 아까 그 그림자…… 천재후가 밖으로 나갈 때는 이런 소리가 들리지 않았다.

그가 아직 이 안에 있는 걸까?

뒷머리가 쭈뼛 서는 느낌에 뒤를 돌아봤다. 금방이라도 검은 그림자가 어디선가 튀어나올 것만 같아 나는 허겁지겁 문을 열었다.

그리고 절뚝거리는 다리를 필사적으로 끌며 어둡고 긴 복도를 걷기 시작했다.

엘리베이터……. 엘리베이터가 어딘가 있을 거야!

하지만 미처 엘리베이터를 찾아내기도 전에 띠릭, 하는 기계음이 다시 들려왔다. 반사적으로 고개가 돌아갔다. 천재후가 문을 열고 뛰듯이 복도로 달려 나왔다.

나는 얼른 꺾어진 복도를 돌아 벽에 붙어 섰다. 어두운 복도가 내 모습을 가려주길 애타는 심정으로 빌었다.

"하윤아!"

걱정과 간절함을 가득 담은 그의 목소리가 귓가를 파고들었다.

"송하윤, 어딨어!"

천재후의 목소리가 더 가까워졌다. 이제 몇 걸음만 더 걸으면 그는 이 모퉁이를 돌아설 것이다. 그러니 여기 웅크린 채 벌벌 떨고 있으면 안 돼. 도망칠 곳을, 숨을 곳을 찾아야 해.

정신없이 복도를 훑던 내 시선이 곧 복도 끝에 가서 멎었다. 비상구라는 세 글자가 어두컴컴한 복도 속에서 빛나고 있었다.

일단 저 문 뒤로 가서 숨자!

나는 이를 악물고 있는 힘을 다해 비상구 쪽으로 향했다. 소음을 다 빨아들이는 카펫 덕분에 내 발소리는 들리지 않았다. 하지만 그건 천재후의 발소리 또한 지워주고 있다는 뜻이기도 했다. 가까스로 비상구 문에 손이 닿았을 때였다.

"안돼, 하윤아! 위험해!"

그의 목소리가 나를 향해 가까워지고 있었다. 나는 돌아보지 않았다. 대신 앞에 열린 비상구 문을 정신없이 밀었다.

단단하고 무거운 철문은 쉽게 움직이지 않았다. 그러는 동안 그의 거친 숨소리가 어느새 등 뒤에서 들려왔다. 잡히면 안 된다는 강박적인 생각이 몰아쳤다. 나는 남은 힘을 다해 어깨로 철문을 밀었다.

덜컥, 문이 움직였다. 문을 밀어젖히던 내 몸도 같이 앞으로 밀려 나갔다. 그런데 문이 열렸을 때, 바닥이 있어야 할 곳엔 아무것도 없었다. 밖에서 날 기다리고 있는 건 낭떠러지였다.

몸이 앞으로 꺾이며 허리가 새우처럼 휘었다. 허공이 내 몸을 끌어당겼다.

"아악!"

나는 비명을 질렀다. 이번엔 진짜였다. 정말로 떨어져 죽는 것이다.

공포가 뇌를 마비시켰는지 아무 생각도 떠오르지 않았다. 그저 밑에서 내 죽음을 받아내려고 준비 중인 어두운 잔디밭만이 눈에 들어올 뿐이었다.

그때 갑작스러운 압박감이 내 배를 조여왔다. 눈앞으로 달려들던 허공이 멈췄다.

천재후의 팔이 내 허리를 끌어당기고 있었다. 문틀을 잡은 채 몸을 지탱하고 있는 그의 팔이 부들부들 떨렸다.

중력과의 싸움. 작용과 반작용의 치열한 힘겨루기가 펼쳐졌다. 나는 숨을 멈췄다. 조금이라도 움직이면 나를 안고 있는 천재후와 함께 추락해버리고 말 것 같았다. 너무 무서워 눈을 질끈 감았다.

그 순간 몸이 붕 뜨는 기분과 함께 나는 카펫이 깔린 복도 바닥 위로 내동댕이쳐졌다.

조금도 충격이 느껴지지 않았다. 그가 나를 보호하기 위해 내 허리와 어깨를 감싸 안고 있었기 때문이다.

살았다는 사실을 깨닫자 비로소 전신이 떨려오기 시작했다. 입술이 벌벌 떨려서 나는 아무런 말도 할 수 없었다.

그도 말이 없었다. 하지만 나는 밀착된 등 뒤로 그의 체온과 두려움, 안도감을 고스란히 느낄 수 있었다. 그가 나보다 더 떨고 있다는 걸 깨닫자 이상하게도 내 심장의 경련이 조금씩 잦아들었다.

이 사람이 날 살려주었다. 목숨이 위험할 수도 있었는데, 날 위해 그런 위험을 감수했어.

이런 사람을 의심했던 거야. 나한테 위험한 약물을 투여할 거라는 생각을 했다니. 어떻게 그런 상상을 할 수 있었을까.

아까 봤던 그 검은 그림자는 다른 사람이 분명해. 만약 이 사람이었다 해도 나쁜 짓을 하려던 건 아닐 거야. 당연하잖아. 도대체 왜 날 해치려고 하겠어. 무슨 이유로 약물까지 사용해 날 죽이려 하겠어.

더구나 이 사람은 내 약혼자야. 날 낭떠러지로 밀어뜨릴 사람이 아니라, 내 손을 잡고 건너편으로 무사히 날 데려다주려는 사람.

내가 느꼈던 불안이 얼마나 터무니없는 것이었는지 새삼 실감이 났다. 갑자기 그에게 미안해졌다.

몸을 일으킨 그가 내 등과 무릎 뒤로 팔을 넣어 나를 안아 들었다. 놀라게 하지 않으려는 조심스러운 동작이었다. 하지만 그 동작에선 나를 보호하겠다는 굳은 의지가 느껴졌다. 나는 망설이다 그의 목에 두 팔을 둘렀다.

긴 복도를 가로질러 병실 안으로 들어온 그가 침대 위에 나를 내려 놓았다. 그의 목에 둘렀던 두 팔이 갈 곳을 잃고 잠시 허공에서 머뭇댔다. 천재후가 침대 시트를 내 목까지 덮어주었다. 안심 담요를 끌어안은 아이처럼 나는 안도했다.

"놀랐지?"

"미안해요."

나는 아까부터 하고 싶었던 말을 겨우 입 밖으로 끄집어냈다.

"왜 그런 거야? 거길 왜……."

그가 침대에 걸터앉으며 물었다. 추궁하는 느낌을 주지 않으려고 조심한다는 게 느껴졌다.

내가 자신을 의심했다는 걸 알면 천재후는 어떤 기분이 들까? 이해는 해도 상처는 받지 않을까. 그런 생각이 들어서 나는 이야기에 약간의 가감을 보태기로 했다.

"나쁜 꿈을 꿨어요."

"어떤 꿈?"

"쫓기는 꿈이었던 것 같아요. 너무 놀라서 눈을 떴는데, 머리맡에 누가 있잖아요."

"그 사람이 난 줄 알았어?"

"그런 건 아니에요. 그냥 꿈이 이어지는 기분이라서 놀랐나 봐요."

"그럴 수 있어. 갑자기 깼는데 컴컴한 방 안에 누가 있다면 누구라도 놀랐을 거야."

그의 이마 위로 머리카락이 흐트러진 채 내려와 있었다. 그 머리카락 때문에 그의 눈이 잘 보이지 않았다. 하지만 틀림없이 나를 걱정하는 자상한 눈빛을 하고 있을 것 같았다.

내 얘기를 다 듣고 나서 그는 차분하게 상황을 되짚어주었다.

"밤에는 간호사들이 정기적으로 살피러 오고 있어. 가끔은 남 박사가 들를 때도 있고."

천재후는 나를 안심시키려는 듯 설명을 덧붙였다.

"하지만 네가 불안하다면, 밤에는 오지 말라고 할게. 대신 필요할 때는 여기 있는 벨을 눌러."

그는 내 머리맡에 있는 벨을 가리켰다. 남 박사를 호출했던 그 벨이었다.

"이걸 누르면 누가 오는 거죠?"

"간호사."

"천재후 씨는요?"

"나는……."

"조금 전에 어디에 있다가 달려온 건지 궁금해서요."

이제야 조금 마음의 여유가 생겨 나는 물었다. 그런데 그는 내가 묻는 말에 대답 대신 소리 없이 미소만 지었다.

"왜요?"

나는 의아해져서 물었다.

"내가 왔으면 좋겠어?"

"네? 아니, 그건……."

"네가 원한다면 달려올게. 언제든지."

"그런 뜻으로 물었던 건 아니에요."

나는 당황해 얼른 대꾸했다.

"그런 뜻으로 물어봤어도 돼. 너는 그럴 만한 자격이 있으니까."

"자격……."

"그래. 얼마든지 마음대로 나를 부릴 수 있는 자격. 날 걱정시키고 언제든 달려오게 만들 자격."

천재후는 지금 이 순간, 가장 나를 안심시킬 수 있는 말을 꺼내놓았다. 방금 일어났던 일에 대해 조금도 미안해할 필요가 없다는 말을 이렇게 전하고 있는 거였다.

나를 잘 알기 때문에 이런 말을 할 수 있는 거겠지? 내가 지금 어떤 감정을 느끼고 있을지, 어떤 생각을 하고 있을지 잘 알고 있으니까. 그만큼 우리는 서로를 잘 이해하는 사이였던 거겠지?

"그렇게 말해줘서 고마워요."

나는 진심으로 말했다. 그의 회청색 눈동자가 나를 내려다봤다. 잠시 후, 그의 입술이 내 이마에 조심스럽게 내려앉았다. 뺨을 어루만지는 손이 따뜻했다. 이제야말로 나는 정말 울 수 있을 것 같은 기분이 들었다.

나를 충분히 안심시킨 다음에야 천재후는 조용히 병실을 나갔다. 조금 전까지 어디 있었냐는 질문에 그가 대답하지 않았다는 사실을 나는 그가 사라진 뒤에야 깨달았다.

내 질문을 의도적으로 회피했던 걸까?

그런 질문이 머릿속에 떠오른 순간, 나는 소스라치게 놀랐다. 그새 다시 그를 의심하고 있다니……. 천재후는 그리 멀지 않은 곳에 있을 것이다. 언제든 나한테 달려올 수 있을 만한 곳에. 나를 해치기 위해서가 아니라 지키기 위해서. 다시 잠이 쏟아지기 시작했다.

***

"너무 걱정할 것 없어요. 어젯밤 일어난 일은 기억상실에 동반되는 일반적인 증상이라 할 수 있으니까."

남 박사는 여느 때처럼 브리핑하듯 건조하게 말했다.

"기억상실을 겪는 많은 환자가 감정이 둔화하는 현상을 경험합니다. 어떤 일에도 무감각해지는 거죠. 반면 작은 일에도 불안해지고 초조함을 느끼기도 합니다. 심지어는 거짓 기억을 지어내는 환자들도 있어요. 이런 걸 작화증이라고 하는데 이 모든 증상은 결국, 어떻게든 기억의 빈틈을 메꿔보려는 우리 뇌의 안간힘이라고 할 수 있습니다."

그의 설명에 나도 모르게 고개를 끄덕거렸다. 요즘 내가 느끼는 증상들이 모두 그의 이 간단한 설명 속에 압축돼 있었다.

"언제까지 이런 증상이 계속될까요?"

"아마도 송하윤 씨의 뇌가 원하는 만큼 기억의 공백이 채워질 때까지겠죠."

그럼 앞으로도 오랫동안 이런 불안에 시달려야 한다는 얘기일까. 마음이 무거워지려는데 천재후가 내 손을 잡았다. 안심하라는 듯 손에 조금 힘을 주며 그가 남 박사에게 물었다.

"조금 더 적극적인 치료 방법은 없습니까?"

"항불안치료와 면담. 두 가지를 제안해드리고 싶군요. 실은 송하윤 씨 건강 상태가 조금 더 회복된 다음에 진행할까 했는데, 원하신다면 바로 시작하는 것도 나쁘진 않을 것 같습니다. 괜찮겠습니까?"

남 박사는 나와 천재후를 번갈아 쳐다보았다. 하지만 나는 이 질문의 대상이 내가 아닌 천재후라는 걸 알 수 있었다.

내게 기억상실증이라는 진단을 내리던 그날처럼, 아니, 그 후로도 쭉 그는 내가 아닌 천재후가 자신의 대화 상대라는 태도를 버리지 않았다.

사실은 그게 당연한 일이기도 했다. 오늘 새롭게 알게 된 사실이지만, 내가 머무는 이곳은 병실이 아니었다. 글자 그대로 해석하자면 병실이 맞긴 하지만 일반적인 병원 안에 있는 곳은 아니라는 뜻이다.

여긴 특급 환자들만 들어올 수 있다는 VIP 병원인 것 같았다. 그중에서도 천재후만을 위한 전용 특실이 바로 내가 지금 치료 받는 겸 생활을 하고 있는 공간인 듯했다. 게다가 남우성 박사는 천재후의 주치의. 원칙대로라면 나는 이곳에 들어오면 안 되는 환자였을 테지만, 천재후의 요청을 차마 거절할 수 없었기에 마지못해 나를 이곳에 받아들인 것 같았다.

"제 약혼자의 치료를 케이스 스터디로만 생각하지 않으신다면요."

재후가 대답했다. 남 박사가 어깨를 으쓱했다.

"과학과 의학의 발전이 수많은 사례연구를 바탕으로 이뤄지는 거, 누구보다도 천재후 씨가 잘 아시잖아요."

특별히 저의가 있어 한 말은 아니라는 듯 남 박사가 빙긋 웃었다. 천재후도 딱히 그 말에 개의치 않는 것 같았다. 하지만 내게는 그 말이 꽤 의미 있게 다가왔다. 천재후가 어떤 사람인지 문득 궁금해졌던 것이다.

그러고 보니 이 사람, 대체 어떤 사람이길래 이런 초호화 VIP 병실을 가지고 있는 걸까. 그가 내가 아는 세상과는 전혀 다른 곳에 사는 사람일지 모른다는 생각이 든 건 그때가 처음이었다.

주치의 얘기를 처음 들었을 때부터—아니, 이렇게 병실 같지 않은 방에서 눈을 떴을 때부터—눈치챘어야 했지만, 그날의 나는 그런 것에 신경 쓸 여유가 없었다. 그 후에는 새로운 나에 적응하기 위해 안간힘을 쓰느라 그를 궁금해할 여력이 없었고.

생각해보면 그에게 했던 질문은 모두 나에 대한 것, 혹은 그와 나의 관계에 대한 것이었을 뿐, 그에 관한 것은 없었다.

그런데 이제는 알아야 할 것 같았다. 아니, 알고 싶었다. 남 박사가 나간 뒤 단둘이 남게 되자, 나는 조금은 뜬금없이 물었다.

"천재후 씨는 어떤 사람이에요?"

내일부터 시작하기로 한 남 박사와의 면담 치료 때 물어볼까도 생각했다. 누군가의 객관적인 정보를 알고 싶을 땐 그를 잘 아는 다른 사람에게 물어보는 게 더 나을 수도 있으니까. 하지만 나는 그 생각을 치워버렸다.

지금 내게 필요한 건 직접 묻고, 직접 듣고, 직접 판단하는 것이다. 다른 사람의 생각이나 판단에 휩쓸리고 나면 천재후라는 사람을 아무런 편견 없이 제대로 바라보기 힘들 것이다.

그만큼 지금의 나는 누구의 말에도 쉽게 흔들릴 수 있는 상태였다. 맞다, 틀리다를 판단할 근거조차 가지고 있지 않으니, 바람에 흔들리는 갈대처럼 우왕좌왕할 수밖에 없는 게 내 현실이었다. 이왕 흔들려야 한다면 천재후의 말에 흔들리고 싶다. 지금 내게는 이 사람이 안심하고 믿을 수 있는 유일한 사람이니까.

"어떤 사람이냐고?"

무슨 뜻으로 묻는 건지 궁금한 듯 그가 눈썹을 살짝 들어 올렸다.

"뭐 하는 사람인지 궁금해요. 회사에서 만났다고 해서 난 우리가 같은 회사에 다닌 줄 알았어요."

대답을 기다리며 그를 쳐다봤다. 하지만 그는 나를 마주 본 채 입꼬리에 미소를 머금을 뿐이었다. 그 표정에 은근한 호기심이 비쳐 보이는 듯했다. 내가 그에 대해 어떻게 생각하고 있는지 궁금한 모양이었다.

"근데 아닌 것 같아요. 주치의를 따로 두는 것도 그렇고, 이런 호화 병실에 오랫동안 날 머물게 하는 걸 보면."

"그래서 뭐 하는 사람 같아?"

"모르겠어요. 회사원 치곤 가진 게 많은 사람처럼 보여요."

내가 처한 특수한 상황이 아니었다면 방금 한 말은 꽤나 속물적이었을지도 모르겠다. 하지만 맹세코 나는 천재후의 배경이 궁금한 건 아니었다. 적어도 지금 이 순간은 그랬다. 다행히 그도 내 질문을 오해하진 않는 것 같았다.

"둘 다 맞아. 같은 회사에 다닌 것도 맞고, 부자 부모님을 둔 것도 맞고. 정확히 말하자면 부자 할아버지겠지만."

"혹시 천재후 씨가 내 상사였나요?"

"꼭 그렇진 않아. 같은 회사에 다녔다는 게 같이 일을 했다는 의미는 아니니까."

"그럼……."

"잠깐만."

자리에서 일어나 그는 방에서 나갔다. 잠시 후 다시 돌아온 그의 손에는 스크랩북 하나가 들려 있었다.

나는 그 스크랩북을 받아 넘겨보았다. 안에 있는 건 천재후에 대한 기사들이었다. 경제지에서부터 온갖 미사여구로 장식된 여성 잡지까지, 세심하게 모아놓은 그 기사들을 나는 차례로 훑었다.

대한민국 IT업계를 선도하는 '휘성그룹' 천성묵 회장의 손자.

이것이 그의 정체를 설명하는 수식어였다.

남 박사가 왜 과학과 의학을 운운했는지 이제야 이해가 되었다.

그에 대한 수식어에는 이런 설명도 따라다녔다.

'그동안 베일에 가려져 있다 최근 공식 석상에 모습을 드러낸 후계자.'

스크랩북에서 눈을 떼고 그를 올려다보았다. 빤히 나를 쳐다보던 그와 눈이 마주쳤다. 내 반응을 기다리고 있는 눈빛이었다.

"재벌 3세……예요?"

"간단하게 말하자면."

"그런데 나랑 사귀었단 건가요? 약혼도 했고?"

믿기지 않는 사실이라 바로 되물었다.

"곧 결혼도 하게 될 거야."

거침없는 대답에 말문이 막히는 기분이었다. 나는 아무런 대꾸도 못한 채 다시 스크랩북 위로 시선을 떨구었다.

내 당황스러운 마음을 이해했는지 그는 아무 말도 하지 않았다. 그저 내가 기사를 다 읽도록 묵묵히 기다려주었다.

나는 다시 스크랩해놓은 파일들을 넘겼다. 그러다 한 인터뷰 기사에 눈길이 멎었다. 기사의 말미쯤에 여성관에 대한 기자의 질문과 그의 대답이 있었다.

'천재후 같은 완벽한 남자도 누군가에게 반할까?'

뻔한 이상형 질문에 그는 이렇게 대답하고 있었다.

'물론입니다. 대외적으로 처음 밝히는 것이지만, 평생 꿈꿔왔던 이상형 같은 여성분과 교제 중입니다.'

나는 다시 고개를 들었다. 내가 읽던 기사를 같이 보고 있었던 듯 그도 나를 따라 고개를 들었다. 눈이 마주치자 내가 무엇을 묻고 싶은지 다 안다는 표정으로 그가 말했다.

"맞아, 그게 너야. 송하윤."

짐작했던 대답이었다. 지금까지 그가 보여준 말과 행동, 태도들을 보고도 나를 얼마나 소중하게 생각하고 있는지 느끼지 못한다면 그거야말로 말이 안 되는 것이었다.

그럼에도 불구하고 방금 들은 대답에 심장이 쿵 떨어졌다. 더 이상한 건 이 기분이 뭔지 정확히 알 수가 없다는 거였다. 좋은 건지 싫은 건지도 솔직히 잘 모르겠다. 그래서 나는 애매하게 웃어버렸다.

천재후가 스크랩북을 갖다 놓기 위해 방에서 나간 다음에야 나는 그것이 불안감이라는 걸 깨달았다. 단단한 버팀목이라고 생각했던 게 사실은 신기루였을지도 모른다는 불안이었다.

기억상실증. 재벌 3세. 드라마에서나 나올 법한 흔하디흔한 클리셰들.

"이건 너무해."

저절로 그런 중얼거림이 새어 나왔다.

반사적으로 나는 방안을 둘러보았다. 병실이라고 하기에는 현실감이 떨어지는 공간 속에 내가 앉아 있었다.

'차라리 거대한 연극의 한복판에 있는 거라면.'

기억이 사라졌다는 걸 안 순간, 그렇게 생각했던 게 문득 떠올랐다. 내가 새롭게 마주하게 된 현실이 두려웠기 때문이었다.

하지만 지금은 정확히 그 반대다.

거대한 연극의 한복판에 앉아 있을까 봐 두려워졌다. '트루먼 쇼'라는 영화에 나오는 한 장면처럼, 누군가 카메라를 통해 이 거대한 연극을 지켜보고 있을 것만 같았다. 그렇지 않고서야 이렇게 허황한 설정들이 계속 겹쳐질 리가 없지 않은가.

재벌 3세라니.

당장이라도 천재후의 어머니라는 사람이 쳐들어와 내 뺨을 때린 뒤 돈 봉투를 내밀며 '우리 아이한테서 당장 떨어져'라고 매몰차게 내뱉는다고 해도 그리 놀라지는 않을 것 같았다.

천재후가 내가 생각했던 것과 다른 사람인 것처럼, 나 역시 내가 상상하는 것과는 전혀 다른 사람일 수도 있겠다는 생각 또한 문득 들었다.

적어도 재벌 3세를 약혼자로 둔 사람일 거라곤 상상도 못 했던 일이니까.

***

남 박사의 방은 진료실이라기엔 지나치게 아늑하고 아기자기했다.

통나무로 만든 오두막처럼 높은 천장은 삼각형 모양을 하고 있었고, 창문 밖으로는 새빨간 꽃줄기가 덩굴을 이루었다. 잘 손질된 잔디밭 너머로 조그만 연못도 보였다.

내가 있는 곳에서는 보이지 않았던 풍경이다.

나는 내 방에서—며칠 지났다고 벌써 나는 그곳을 내 방이라 부르고 있다—출발해 이곳에 닿기까지의 경로를 머릿속으로 되짚어 보았다. 천재후가 나를 휠체어에 태우고 지나온 길이었다.

여기 오기까지 우리는 엘리베이터를 타고 미로 같은 복도의 모퉁이를 몇 번이나 돌았다. 어떻게 설계된 건물인지 도저히 감을 잡을 수 없을 정도로 반 층씩 오르락내리락하기도 했고, 구불구불한 원형 복도를 따라 이동하기도 했다.

그날 밤 엘리베이터를 찾았다고 해도 결코 이곳을 빠져나가긴 못했겠구나. 그런 생각이 절로 들었다.

그런데 막상 도착해보니 왜 이렇게 오는 길이 복잡했는지 이해가 될 것도 같았다. 창밖으로 보이는 풍경으로 미루어 짐작건대, 내가 있는 방과 이곳은 다른 건물이다. 그것도 꽤나 동떨어진 건물.

천재후는 건물의 정문을 통해 밖으로 나오는 대신, 내부에서 이어진 길을 통해 이곳으로 건너온 게 틀림없다. 단 한 번도 계단을 만난 적이 없다는 걸 생각해보면, 그 길은 나 같은 환자들이 휠체어를 타고 다닐 수 있도록 특별히 설계된 통로일지도 모르겠다.

남 박사의 방에 도착한 재후는 나를 들어 소파에 앉혀준 다음, 한 시간 후에 데리러 오겠다는 말을 남기고 다시 방을 나갔다.

남 박사가 맞은편 소파로 와서 앉았다. 그와 이렇게 단둘이서 대면하는 건 이번이 처음이었다. 그동안은 진료를 받을 때도, 상담을 할 때도 늘 재후가 함께 있었다.

지금 그가 내 옆에 없다는 사실이 나를 조금 불안하게 했다. 남 박사의 연한 갈색 눈동자가 더욱 불안을 부추겼다.

쓰고 있는 안경 때문인지, 아니면 건조한 인상 때문인지 몰라도 그의 표정은 독해가 쉽지 않았다. 왠지 날 달가워하지 않는다는 느낌을 줄곧 받고 있던 터라 더 마음이 편치 않은지도 모르겠다.

재후의 발소리가 한참 멀어지고 난 다음, 남 박사가 내게 건넨 첫마디는 의외의 것이었다.

"천재후 씨를 믿어요?"

믿냐고? 물론이다. 이틀 전 사건 이후로, 나는 태양이 동쪽에서 떠올라 서쪽에서 진다는 걸 믿는 것처럼 천재후를 믿고 있다. 지구가 태양을 중심으로 도는 것처럼 나는 그를 중심축 삼아 이 어질어질한 세상을 더듬어가고 있다.

만일 누군가 이 믿음을 흔들려고 한다면 나는 단호하게 저항할 생각이다. 남 박사도 예외는 아니다.

나는 그를 가만히 쳐다보다가 신중하게 대답했다.

"무슨 뜻으로 물으시는 건가요?"

"다른 뜻이 있냐는 의미라면, 전혀요. 말 그대로입니다. 송하윤 씨가 천재후 씨를 얼마나 믿고 있는지 알고 싶어요."

"의사로서 말이죠?"

이번에는 그가 잠시 뜸을 들였다가 대답했디.

"물론이죠. 하지만 반드시 의사로서만은 아니고."

"그럼요?"

"지난번에 제가 했던 말, 기억하고 있죠? 송하윤 씨 같은 전반성기억상실의 경우에는 회복이 쉽지 않다고."

"네, 기억해요. 기억이 돌아올 확률이 높진 않지만, 일단은 기다려보자고 말씀하신 것도요."

그가 고개를 끄덕였다.

"바로 그거예요. 저는 이 면담을 통해 성급하게 잃어버린 기억을 끄집어내려고 하지는 않을 생각입니다. 섣부른 접근은 오히려 부작용만 일으킬 수 있어요."

"이해했어요. 그런데 방금 말씀하신 것과 제가 천재후 씨를 믿는 것 사이에 어떤 관련이 있는 거죠?"

"이틀 전 일어났던 일을 곰곰이 생각해봤어요. 송하윤 씨의 그 불안이 어디서 온 걸까, 궁금했죠."

"그건 저 같은 환자들한테 자주 나타나는 증상이라고 하셨잖아요."

"물론이에요. 하지만 하윤 씨는 불안과 의심의 대상으로 천재후 씨를 선택했습니다."

선택? 이상하게 귀에 걸리는 단어라 나는 즉각 반박했다.

"선택한 게 아니에요. 지금 제 옆에는 천재후 씨밖에 없으니까, 자연히 그 사람이 떠오른 것뿐이에요."

"그래도 좀 이상하죠? 왜 링거병에 약물을 투입하는 사람을 하필 천재후 씨라고 의심했을까. 아무리 한밤중이었다 해도, 저나 간호사라고 생각하는 게 훨씬 더 합리적이지 않나요?"

남 박사가 다시 내 말에 이의를 제기했다. 그의 말투는 전혀 공격적이지 않았다. 오히려 느긋하다고 느껴질 정도로 느린 말투였다. 하지만 안경테 너머로 보이는 갈색 눈동자는 나를 쏘아보는 것처럼 느껴졌다.

추궁하고 다그쳐서 나를 자기가 원하는 곳으로 몰고 가려는 건가. 재후와 있을 땐 느끼지 못했던 경계심이 불쑥 솟아났다.

"그러니까, 박사님이 하고 싶으신 말은…… 제가 천재후 씨를 사실은 믿고 있지 않다는 건가요?"

"조금 더 믿어보라는 말을 하고 있는 건데, 그렇게 들렸나요?"

그런 의도였다고? 나는 방금 그와 나누었던 대화들을 얼른 곱씹었다. 경계심 때문에 그의 말을 꼬아서 듣고 있는지 검열해본 것이다.

그런데 잘 모르겠다. 왠지 그의 말에 가시 비슷한 게 있다고 느껴졌다. 그게 날 건드렸다. 묘하게 나오는 핀트가 어긋나는 사람이라는 생각이 들었다.

이런 내 마음을 눈치채기라도 한 것처럼 남 박사가 다시 날 설득했다.

"제가 볼 때, 지금 송하윤 씨는 굉장히 방어적인 상태예요. 받아들이려고 하기보다는 거부하려는 마음이 강한 상태죠. 주변 환경이나 사람뿐만 아니라 자기 자신에 대해서도. 송하윤 씨의 불안은 거기서부터 생겨나고 있는 겁니다."

"그럼 어떻게 해야 하나요? 이 불안을 없애려면요."

"천재후 씨를 믿어요?"

그가 다시 물었다.

그런데 신기하게도 처음 들었을 땐 무척이나 의심스럽던 이 질문이 이번엔 이해가 되었다. 내가 대답해야만 이 대화기 앞으로 나갈 수 있다는 것도 이제는 알 것 같다. 지금까지 이 대화를 빙빙 돌리고 있었던 건 이 사람이 아니라 나였는지도 모른다. 내가 대답하기를 주저하고 있었던 탓이다.

그건 역시, 마음 깊은 곳에선 아직 천재후를 믿고 있지 않았다는 뜻일까. 그래서 선뜻 대답하지 못했던 건가.

"믿어요. 그 사람."

나는 다짐하듯이 대답했다. 내 대답에 만족한 건지 그가 살짝 고개를 끄덕였다.

"그럼 천재후 씨한테 조금 더 기대보세요."

"지금도 지나칠 정도로 기대고 있다고 생각하는데요."

"전혀요. 그동안 천재후 씨랑 꽤 많은 시간을 보냈죠? 하지만 재후 씨 말에 따르면, 의외로 송하윤 씨는 많은 걸 묻지 않았다고 하더군요. 하윤 씨 자신에 대해 가장 잘 알고 있는 사람을 옆에 두고 있으면서도 말이죠. 그건 아직 현실을 받아들이고 싶지 않은 마음 때문일 겁니다."

"인정하는 데서부터 시작하라는 말씀인 거죠?"

"물론 그렇게 하는 데도 준비가 필요하다는 걸 압니다. 천재후 씨한 테 좀 더 많은 걸 물어보세요. 기억을 되찾겠다는 마음보다는 그냥 자신을 알아간다는 마음으로요. 그러다 보면 알게 될 겁니다. 하윤 씨가 낭떠러지라고 생각했던 곳에 사실은 길이 있었다는 걸 말입니다."

"……네?"

나는 깜짝 놀라 반사적으로 되물었다. 방금 남 박사가 했던 말은 기억을 잃은 채 깨어난 이후 내가 줄곧 생각해오고 있던 것이기 때문이었다.

"방금 하신 말씀……."

"아, 뜬구름 잡는 얘기처럼 느껴졌나요?"

남 박사가 머쓱한 듯 웃었다. 지금까지의 딱딱했던 분위기가 그의 얼굴에서 가셨다.

"사실은 아주 오래전에 봤던 어드벤처 영화가 하나 있어요. 하윤 씨를 보고 있으면 그 영화에 나오는 장면이 떠오릅니다. 주인공은 아찔한 벼랑 끝에 서 있죠. 원하는 보물을 찾기 위해서는 반대편으로 가야 하는데 갈 길이 보이질 않습니다. 전해오는 말에 따르면, 거기에 다리가 있다고 하는데 눈에는 보이질 않는 거죠. 믿고 한 발을 내디디느냐, 믿지 않고 포기하느냐. 갈림길에 선 주인공은 결정을 합니다. 눈을 질끈 감고 앞으로 발을 뻗어보기로요."

"저도 그 영화 알아요."

나는 홀린 듯 대답했다. 남 박사가 말하는 장면을 알고 있는 걸 보면, 언젠가 그 영화를 봤을 것이다. 물론 언제 누구와 그 영화를 봤는지는 기억나지 않지만, 그래도 심장이 쿵쿵거렸다. 그의 말을 통해 잃어버린 내 과거의 환영과 마주쳤기 때문이다.

"그래요? 공통점이 있었군요."

그가 다시 미소를 지었다.

조금 우습지만, 그 순간 남 박사에 대한 내 경계심이 풀려버렸다. 사소한 공통점을 하나 가지고 있다는 사실만으로도 그가 마치 예전부터 알던 친구처럼 느껴졌다. 내가 지금 얼마나 쉽게 휘둘릴 수 있는 상태인지 새삼 실감이 났다.

하지만 지금은 별로 상관하고 싶지 않았다. 편안한 이 기분에 조금 더 나를 맡겨보고 싶었다. 그래서 약간의 대화가 더 이어진 끝에 이 사람에게는 하지 않겠다고 마음먹었던 질문을 꺼내놓았다.

"천재후 씨는 어떤 사람이에요?"

그에 대한 정보를 알려달라는 뜻은 아니었다. 다만 그가 아는 천재후라는 사람에 대해 듣고 싶다는 뜻이었다. 주치의이자…… 동년배에 가까운 남자로서? 그러고 보니 나는 천재후 씨가 몇 살인지도 모르고 있었다.

"완벽한 사람이죠."

별다른 망설임 없이 남 박사가 대답했다.

"진실성이 결여된 답변 같이 들려요."

"그런가요? 가장 진실에 가까운 표현이라고 생각했는데."

남 박사의 입꼬리가 보일 듯 말 듯 살짝 올라갔다. 그 미묘한 미소 때문인지 몰라도, 방금 들은 말이 농담인지 아닌지 모호하게 느껴졌다.

"송하윤 씨는 어떻게 생각합니까? 천재후 씨가 어떤 사람이라고 생각해요?"

갑자기 대화의 방향이 바뀌어서 나는 조금 당황했다. 기습적으로 받은 질문이라 잠시 생각을 고른 다음, 조심스럽게 대답했다.

"자상하고 세심한 사람 같아요. 제가 괜찮은지 늘 살펴보고, 물어보고, 걱정해주니까요. 그런데……."

"그런데요?"

"어떤 점은 잘 이해가 되지 않기도 해요."

"예를 들면요?"

남 박사의 입꼬리에 걸려 있던 희미한 미소가 사라졌다. 환자의 고백을 경청하는 의사의 모습으로 돌아온 그가 익숙한 표정으로 나를 바라봤다.

이 건조하고 살짝 냉랭한 느낌이 나에 대한 반감의 표현이 아니라 진지함에서 나오는 것이라는 사실을 나는 그 순간 알 수 있을 것 같았다.

내가 그동안 이 사람을 오해하고 있었다는 걸 새삼 깨달았다. 덕분에 나는 한층 더 편해진 마음으로 물었다.

"왜 그 사람이 제 약혼자가 된 걸까요?"

남 박사의 눈이 살짝 커졌다. 이내 그의 입에서 희미하게 바람 빠지는 소리가 났다.

"그건 제가 대답할 수 있는 질문이 아닐 것 같은데요."

"알아요. 굳이 대답을 바란 건 아니에요. 두려워하지 말고 물어보라고 하셨으니까, 궁금했던 걸 말한 거뿐이에요. 아무리 생각해도 별로 현실적인 일은 아닌 것 같아서요."

"천재후 씨 배경이 너무 어마어마해서요?"

"네, 뭐, 말하자면⋯⋯."

"그럼 송하윤 씨한테도 재벌 3세에 버금가는 배경 같은 게 있었는지도 모르죠."

나는 숙이고 있던 고개를 들어 그를 쳐다봤다. 날렵한 금테안경 너머로 보이는 그의 갈색 눈동자는 진지해 보였다. 입꼬리도 일자로 단정하게 다물어져 있었다.

"농담을 농담처럼 보이지 않게 하는 재주가 있으신 것 같아요."

"농담으로 한 말은 아닌데, 놀리는 것처럼 들렸나 보네요."

"이뇨, 그 정도껀 아니에요. 전 회사원이었다고 들었어요. 휘성그룹에 신입사원으로 들어왔다가 천재후 씨를 만났다고."

이런 사적인 얘기까지 해도 되는 걸까. 문득 그런 생각이 들어서 나는 조금 머뭇거렸다. 하지만 이건 엄연한 치료 과정이라는 데 다시 생각이 미쳤다. 치료에 효과가 있으려면, 뭐든 숨기지 말고 얘기하는 게 나을 것이다.

"게다가 전 사고 때문에 가족도 모두 잃었대요. 그러니 어떻게 봐도 천재후 씨하고 그다지 어울리는 사람은 아닌 거죠."

"그렇군요. 그렇게 생각했던 거군요."

내 얘기를 듣고 난 남 박사가 고개를 끄덕였다.

"진부한 얘기처럼 들리겠지만, 겉으로 보이는 게 다는 아닐 겁니다.

그러니 그렇게 위축될 필요 없어요. 스스로에 대한 의심은 불안만 키울 뿐입니다. 천재후 씨가 송하윤 씨를 선택한 데는 그만한 이유가 있을 겁니다. 그 사람을 믿는다면, 그 사람의 선택도 믿어보는 게 어떤가요?"

그의 말처럼 어쩌면 이건 진부한 위로에 불과할지도 몰랐다. 하지만 지금의 내게는 이런 사소한 위로도 꽤 큰 힘이 되었다. 혹시 재후 씨가 내게 거짓말을 하는 건 아닐까. 그 사람이 나를 옆에 두고 있는 데는 다른 이유가 있지 않을까. 내 마음속에서 걸핏하면 떠오르던 이런 불안을 덜어주었기 때문이었다.

비록 천재후에 대한 새로운 정보를 얻어내진 못했지만, 남 박사와의 이번 일대일 면담 치료를 통해 꽤 많은 것을 얻은 느낌이 들었다.

**

재후는 초시계를 재면서 기다리기라도 한 것처럼 정확히 한 시간 뒤에 남 박사의 방문을 두드렸다.

그는 올 때처럼 나를 휠체어에 태우고 다시 미로 같은 길을 거슬러 가기 시작했다. 더 많은 걸 물어보라는 남 박사의 말이 생각나 그 말을 실천에 옮겨보기로 했다.

"그런데 이 길은 휠체어 탄 환자들을 위해 특별히 만든 거예요?"

"환자를 위해서 만들었냐고? 그 말을 들으니까 여기가 병원이라도 되는 것 같은데."

재후가 가볍게 웃었다.

"병원이 아니었어요?"

나는 앉은 채로 고개를 돌려 그를 돌아봤다.

수술을 받고 깨어난 곳이고, 방안에는 의료기구들이 있고, 재후의 주치의라는 의사와 간호사가 드나들었기 때문에, 나는 아무런 의심 없이 병원일 거라 생각해왔다. 이틀 전 그 광활한 거실을 보고 난 다음부터는 특급 병원의 VIP 병실일 거라고.

이런 내 믿음이 터무니없는 것이었음을 재후가 확인시켜주었다.

"아무리 재벌이라도 이렇게 커다란 병원을 자기 집인 것처럼 쓸 수는 없을걸."

"그럼 여긴 어디예요?"

"우리 집."

병원이라는 말보다 더 믿기지 않는 대답이 그의 입에서 자연스럽게 흘러나왔다.

"집이라고요?"

"엄밀히 말하면 별장이야. 할아버지가 예전에 쓰셨고, 그 후엔 우리 회사 신입연수원으로 사용되기도 했고. 결혼하면 우리가 여기서 살 예정이었어."

"그럼 난 수술을 받고 이쪽으로 옮겨진 건가요?"

"맞아, 헬리콥터를 타고 왔어."

헬리콥터로 이동했다면 꽤 멀리 와야 하는 곳이란 얘기인가.

"여긴 서울이 아니에요?"

"서울에서 조금 떨어진 섬이야, 여긴."

"……섬?"

"밖으로 나가면 사방이 바다로 둘러싸여 있는 걸 볼 수 있을 거야.

조금 더 나으면 같이 나가 보자. 굉장히 근사한 풍경이거든."

재후가 정답게 속삭였다. 하지만 나는 왠지 마음이 다시 무거워졌다.

별장. 섬. 푸른 바다.

아름답고 낭만적인 단어들이 나를 둘러싼 채 나열되고 있었지만, 지금 내가 볼 수 있는 건 사방이 꽉 막힌 이 미로 같은 통로뿐이었다.

방으로 돌아오자마자 나는 커튼을 활짝 열어젖혔다. 통유리 너머로 잘 손질된 푸른 잔디밭이 보였다.

반원 모양의 잔디밭을 나무들이 빽빽이 둘러싸고 있었다. 향나무와 소나무처럼 흔한 정원수를 비롯해 수종을 알 수 없는 다양한 나무들이 멀리 뻗어나가며 울창한 숲을 이루고 있었다.

나갈 수 없는 건물.

그 너머의 깊은 숲.

그 숲을 넘으면 사방을 가로막은 바다.

이 세상에서 완벽하게 고립돼버린 기분이 들었다.

저 바깥세상은 까맣게 나를 잊었다. 나도 그 세상을 모두 잊어버렸다. 이대로 이 안에 영원히 갇힌 채 살아간다고 해도 누구도 나를 찾지 않을 것이다.

잠시 사라졌던 불안이 다시 몰려왔다. 차가운 검은 파도가 목까지 밀려드는 것 같았다.

그날 밤, 나는 꿈을 꾸었다.

어딘지 모르는 깊은 숲속을 나는 정신없이 달리고 있었다. 뒤에서 정체 모를 누군가가 나를 쫓아왔다. 숨기 위해 바위 사이로 몸을 던졌다. 그런데 그건 바위가 아니었다. 깊은 우물이었다.

그 안에서 허우적대고 있는데 위에서 손이 내려왔다. 나를 쫓아온 사람의 손이었다. 또한 내게 주어진 유일한 동아줄. 그 줄을 나는 잡지 않을 수 없었다.

우물 밖으로 나오자 나를 구해준 사람이 사과를 건넸다. 어쩐 일인지 몰라도 꿈속의 나는 그 사과에 독이 들어 있다는 걸 알고 있었다. 하지만 거부할 방법이 없었다.

'이걸 먹고 잠들어야 널 다시 깨울 수 있어.'

사과를 손에 든 재후가 내게 속삭였다.

꿈속의 나는 그가 시키는 대로 사과를 깨물었다. 귀에서 삐이, 하는 이명이 울리면서 눈앞이 흐려졌다. 재후가 쓰러진 나를 보며 웃고 있었다.

눈을 떴을 때는 조금 열린 커튼 틈으로 새벽빛이 새어 들어오고 있었다.

나는 일어나서 커튼을 열었다. 이곳을 둘러싸고 있는 저 어두컴컴한 숲속에 꿈속의 내가 아직도 쓰러져 있을 것만 같았다.

당장이라도 이곳을 나가 저 숲속으로 달려가고 싶었다. 독이 든 사과를 먹고 잠들어 있는 나를 깨운 뒤, 바깥세상으로 나가고 싶었다. 지금의 껍데기 같은 내가 아니라 진짜 내가 살았던 진짜 나의 세상으로.

하지만 나는 이곳을 나갈 수 없다. 창문조차도 열 수가 없다. 이 건물의 현관이 어디 있는지도 알지 못한다.

내가 아는 유일한 통로는 복도 끝의 비상구. 그 끝에 있는 건 추락뿐이다.

천재후가 도와주지 않으면 나는 어느 곳에도 갈 수가 없다. 그래서 그에게서 도망칠 수가 없는 것이다.

'남 박사의 말이 맞았어.'

나는 아직 천재후를 완전히 믿고 있는 게 아니었다. 방금 꾼 꿈이, 그리고 그 꿈의 잔상에서 벗어나지 못하고 있는 지금의 내가 그 증거였다.

어서 빨리 그를 만나고 싶다. 그의 다정한 얼굴을 보고, 나를 안심시키는 그의 목소리를 듣고 싶다. 그것만이 내 불안을 잠재울 수 있을 것 같았다.

아침이 되기를 나는 초조하게 기다렸다. 재후가 그 조각 같은 얼굴에 미소를 머금고 내 이름을 부르는 순간이 어서 오기를.

아침마다 눈을 뜨면 내 방으로 건너와 기분 좋은 농담으로 나를 웃게 한 다음, 휠체어에 앉혀 나를 식탁 앞으로 데려가는 게 그의 아침 일과였다.

그런데 시계처럼 늘 같은 시간에 나타나던 그가 오늘은 시간이 지났는데도 보이질 않았다. 그걸 깨닫는 순간부터 시간이 정지한 듯 느리게 가기 시작했다. 그가 오지 않는 일분일초가 고통스러웠다. 이대로 계속 나타나지 않는다면 나는 어떻게 될까. 상상도 가지 않았다.

나는 다리가 아픈 것도 잊고 방안을 초조하게 오갔다. 심장이 조여지는 것 같다가 손끝이 차가워졌다가 발이 공중에 붕 뜨는 것 같기도 했다.

내가 제대로 걷고 숨을 쉴 수 있는 건 모두 천재후가 있기 때문이라는 생각마저 들었다. 내 세상의 절대자가 바로 천재후라는 사실을 나는 고통스럽게 실감했다.

그렇게 길고 견디기 힘든 시간이 지나고 드디어 그가 왔다. 그를 본 안도감에 나는 주저앉을 뻔했다. 하지만 그럴 시간조차 아까웠다. 나는 다리를 절며 그에게로 다가갔다. 돌진하듯 기대며 그의 허리를 감싸 안자, 그가 놀라는 게 느껴졌다.

"무슨 일 있어, 하윤아? 어디가 안 좋아?"

"아니에요, 그런 거."

나는 더 바싹 그의 품으로 파고들었다. 그가 나를 부드럽게 마주 안고는 내 등을 토닥였다.

"그럼 왜 그래?"

"안 오는 줄 알았어요."

"네가 여기 있는데 내가 안 올 리 없잖아."

재후가 나를 달래듯이 말했다.

나는 그에게 기댄 채 벽에 걸린 시계로 시선을 옮겼다. 평소에 재후가 오던 시간보다 딱 오 분이 더 지나가 있었다.

내가 느낀 초조와 불안을 모두 털어놓으려던 결심을 나는 버렸다. 아무리 남 박사의 충고가 있었다고는 해도 이런 것까지 얘기해선 안 된다. 나를 구속처럼 느껴버리게 하면 안 돼.

"잠에서 일찍 깼는데, 그래서 기다리는 시간이 길다고 생각했나 봐요. 아니다, 보고 싶었나 봐요, 재후 씨가."

나는 그렇게 말하며 슬그머니 고개를 들었다. 그에게 환하게 웃어 보이기까지 했다. 언제봐도 특이한 회청색 눈동자가 나를 마주 보았다. 그 눈동자는 보고 싶었다는 말을 들은 감회로 흔들리는 대신 차분하게 가라앉아 있었다.

내 불안과 거짓을 알아챈 것이 틀림없었다.

***

아침을 먹고 나서 갑자기 그가 뜻밖의 제안을 했다. 차를 타고 밖으로 나가보자는 것이었다.

"어제 물었잖아. 여기가 어디냐고. 같이 나가보자. 직접 눈으로 확인하면 불안한 마음이 조금은 가실 거야."

입 밖으로 털어놓지 않았는데, 그는 이미 내 마음을 알고 있었다. 어제 그에게 했던 말과 아침의 내 행동을 종합해 내가 느끼는 불안의 원인을 유추해낸 것이다.

"차를 타고 나가는 게 괜찮다면 말이야."

그가 덧붙였다.

지금까지 나를 이 안에만 머물게 했던 게 차 사고 트라우마에 대한 걱정 때문이었다는 것도 나는 알게 됐다.

"나가보고 싶어요."

내 대답에 그는 두말없이 나를 휠체어에 태우고 방을 나섰다.

엘리베이터를 타고 내려와 현관을 나서자 나무숲을 훑고 상쾌한 바람이 불어왔다. 하늘이 맑았고 구름은 높았다. 봄꽃의 향기가 공기 속에서 춤을 췄다.

클래시컬한 디자인이 돋보이는 재후의 차는 야외에 있는 차고에 세워져 있었다. 회색과 청색이 절묘한 비율로 섞인 독특한 색감으로 미뤄볼 때 우리나라에서 생산된 차는 아닌 것 같았다.

재후가 리모콘을 누르자 운전석과 조수석 문이 동시에 열렸다. 두 개의 문은 옆이 아니라 위로 올라가며 나비의 날개처럼 접혔다. 휠체어에서 일어나 조수석에 앉는 나를 도와주고 재후는 운전석에 올랐다. 문이 다시 자동으로 닫혔다.

곧 차가 움직이기 시작했다. 재후의 운전 솜씨는 능숙했다. 그는 도 자기처럼 매끈하고 우아한 손으로 부드럽게 운전대를 돌렸다.

나를 가두는 벽이라 생각했던 아름다운 숲길을 구불구불 지나자 한참 만에 담장이 나타났다. 황금빛 아치를 두른 문을 통과하자마자 내리막이 시작됐다.

나무들이 빽빽이 서 있던 담장 안과는 달리, 사방은 탁 트여 있었다. 이곳을 둘러싼 푸른 바다가 한눈에 내려다보였다.

"놀랐지? 생각보다 작은 섬이라서."

재후가 나를 쳐다보며 말했다.

"여긴…… 재후 씨 별장밖엔 없는 건가요?"

나는 뒤쪽을 돌아보며 물었다. 우리가 나온 별장의 높다란 담벼락이 언덕 위에 굳건히 버티고 서 있었다. 이렇게 보니 별장이라기보다는 중세의 요새처럼 보이기도 했다.

"이 섬, 사실 할아버지가 만드신 거야. 이 별장을 지으려고. 정말 스케일이 크신 분이지? 집념과 끈기도 대단하신 분이야."

재후가 재미있는 농담을 한다는 듯 웃었다.

그래, 생각난다. 나는 얼마 전 재후가 내밀었던 스크랩 북에서 그의 할아버지인 천성묵 회장에 대해 읽었던 문장을 떠올렸다.

휘성그룹을 만들어 굴지의 기업으로 성장시킨 우리나라의 대표적인 기업가.

트렌드를 읽고 미래의 주력산업에 언제나 한발 앞서 투자해온 것이 그의 성공비결이라고 했던가.

그런 사람이 공들여 만든 인공섬이라 그런지 섬은 우아하고 아름다웠다. 별장이 있는 언덕을 빙 돌아 순환도로가 매끈하게 닦여 있었고 바닷가 쪽으로는 낮은 풀 사이, 근사한 산책로가 놓여 있었다.

"밖으로 나가봐도 돼요? 바다 가까이 가보고 싶어요."

재후가 길가로 차를 세웠다. 밖으로 나오니 기분 좋은 바람에 바다 냄새가 실려 왔다.

그는 나를 안아 들고 쭉 뻗은 산책로를 성큼성큼 걸어갔다. 중간쯤에 해변 쪽으로 내려가는 계단이 보였다.

그 계단 위에 나를 내려놓고 재후는 옆에 앉았다.

파도 소리와 바람 소리 그리고 그의 숨소리 외에는 아무것도 들리지 않았다. 마음이 차분하게 가라앉았다.

어젯밤 나는 이곳이 나를 영원히 가두어버릴까 봐 무서웠다. 그런데 이렇게 앉아 있자니 이 평화롭고 아늑한 곳을 누군가가 내게서 빼앗아버릴까 봐 불안해졌다.

이곳에서 영원히 숨어지낼 수 있다면 그것도 나쁘지 않아. 문득 그런 생각이 들었다.

"여긴 내가 제일 좋아하는 장소야. 세상에서 제일이라고 할 만큼. 여기 이렇게 앉아 있으면 영원히 이렇게 살 수 있을 것 같다는 생각이 들어."

그가 말했다. 나는 어깨에 기대고 있던 몸을 똑바로 세우고 그를 쳐다봤다.

"왜?"

의아한 표정으로 그가 물었다. 푸른 바다색이 반사되어 그의 눈동자가 평소보다 조금 더 푸른 빛으로 물들어 있었다.

"신기해서요. 방금 재후 씨하고 똑같은 생각을 하고 있었어요. 영원히 이렇게 있을 수 있을 것 같다고."

그의 눈동자가 출렁댔다. 왠지 긴장한 것 같은 표정이 되어서 그는 내 얼굴을 찬찬히 훑었다.

"왜요?"

이번엔 내가 물었다.

"아무것도 기억나진 않는 거지?"

나는 고개를 저었다. 그럴 줄 알았다는 듯 그가 이내 고개를 끄덕였다. 미소를 일그러트리지 않으려는 그 얼굴이 왠지 슬퍼 보였다.

"사실은 우리가 처음 만난 곳이야, 여기가."

재후는 계단 앞에 펼쳐진 해변으로 시선을 던졌다. 나도 그 시선을 따라갔다. 물기를 머금은 해변의 표면에 햇빛이 반사되어 나는 살짝 눈을 찡그렸다.

"여기 오면 이렇게 같이 이 계단에 앉아 있곤 했어. 영원히 이렇게 있고 싶다, 그런 말을 자주 했었지, 우리 둘 다."

조금 전 언뜻 보인 그의 슬픈 표정이 이해되었다. 기억을 잃었다는 사실은 나뿐만 아니라 이 사람도 힘들게 하고 있었던 거다. 괜찮아, 걱정하지 마, 다 잘 될 거야. 그렇게 늘 나를 위로해주고 있지만, 사실은 이 사람도 위로가 필요할지 모른다.

하지만 나는 어떻게 하면 이 사람을 위로해줄 수 있는지 그 방법을 알지 못한다. 나는 여전히 이 사람을 모르니까.

막막한 심정이 된 채 그를 마주 보았다. 나를 안심시키던 그의 미소가 지금은 조금도 든든하게 느껴지지 않는다.

웃지 말아요. 그렇게 웃으면 나는 당신의 진심을 알 수가 없잖아.

"왜 더 안 물어? 어떻게 만났는지 궁금하지 않아?"

내가 잠자코 있자 그가 다시 물어왔다.

"말해줘요. 어떻게 만났어요? 신입사원 연수원이었다고 했으니까…… 내가 여기로 연수받으러 왔을 때 만났던 건가?"

"맞아. 널 처음 만났던 날도 난 여기 이렇게 앉아 있었어. 누군가 아주 소중하고 그리운 사람이 나를 만나러 올 것 같은 기분이 들었거든. 어릴 때부터 쭉 그랬어, 여기 앉아 있을 때면 말야."

"그런데 그때 마침 내가 나타난 건가요?"

재후가 고개를 끄덕였다.

"그래서, 재후 씨가 그렇게 기다리던 소중하고 그리운 사람이 나란 걸 바로 알았어요?"

"물론이야."

치, 내 입에서 바람 빠지는 소리가 절로 났다.

"왜 그런 반응이야?"

"내가 기억하지 못한다고 미화가 심한 것 같아서요. 영화 장면처럼 꾸며진 것 같잖아요. 현실적인 첫 만남이란 보통 그렇지 않을 텐데."

"현실적인 첫 만남은 어떤 건데?"

"훨씬 평범하고…… 덜 완벽하죠."

"그런 걸 좋아했구나, 송하윤이. 여태까지 몰랐던 사실인걸."

재후가 나를 놀렸다. 살짝 짓궂은 표정이 그의 얼굴에 드러났다. 그러자 그가 조금은 평범한 남자처럼 보였다. 그 순간 나는 왜 내가 천재후를 이렇게 의지하고 있으면서도 문득문득 그에 대해 이토록 불안을 느끼는지 알 수 있을 것 같았다. 너무 완벽하기 때문이었다, 천재후는.

이 사람을 둘러싼 모든 것이 규격에 정확하게 맞춰 세공된 보석처럼 정제돼 있고 반듯하고 빛이 난다. 배경도, 환경도, 성격도, 외모까지도. 한 사람이 이 모든 걸 가진다는 건 얼마쯤의 확률일까. 그런 사람과 정확히 어울리는 장소에서 정확한 타이밍에 만나 사랑하게 된다는 건 또 얼마만큼의 희박한 확률일까.

그러니 현실감이 들지 않는 것이다. 하지만 그런 엄청난 확률의 행운 위에 서 있는 사람이 나라면, 조금은 그 행운에 나를 맡겨봐도 괜찮지 않을까.

아름다운 바다와 조용한 파도와 어깨에 전해져오는 그의 온기가 내게 그런 생각을 들게 했다.

***

며칠 후, 다리에 차고 있던 깁스를 풀었다.

그리고 그동안 쓰던 병실 같은 방을 떠나 다른 방으로 옮겼다. 재후는 여기가 내가 이곳에 올 때마다 사용하던 방이라고 했다.

'내 방'은 지난번 있던 건물과는 동떨어진 다른 건물에 속해 있었다. 잘 깎인 잔디밭 대신 가지런하게 손질된 정원수들이 주위를 둘러싼 그 건물은 훨씬 더 '우리 집'이라는 아늑한 단어에 적합해 보였다.

뾰족한 삼각형 첨탑이 솟은 붉은 벽돌 건물이라 가정집이라기보다 유럽 어느 지방 영주의 성과 같은 분위기를 풍겼지만, 그래도 지금까지 머물던 곳에 비해서는 상대적으로 규모가 훨씬 작았다. 그것만으로도 마음이 안정되는 기분이었다.

안으로 들어섰을 때 가장 먼저 내 눈을 사로잡은 건 계단 벽에 줄지어 붙어 있는 독특한 판화들이었다.

언뜻 보면 이상하다고 여겨지지 않지만 자세히 보면 교묘하게 왜곡된 비현실적인 풍경들이 벽면을 가득 채우고 있었다. 시각을 뒤틀고 명암을 뒤섞고 원근법을 비틀어 그린 풍경들…….

그중에서도 층계참 벽에 걸린 판화가 유독 눈길을 끌었다. 판화 속 사람들은 두 줄로 서서 한쪽은 계단을 올라가고 한쪽은 계단을 내려가고 있었다. 그런데 그 계단에는 끝이라는 게 없었다. 폐쇄된 사각형 모양으로 이어져 있어 아무리 올라가도, 아무리 내려가도 벗어날 수 없는 계단이었다.

"할아버지가 좋아하시는 그림들이야. 사실은 이 별장도 이 판화에서 영감을 받아 만드신 건지도 몰라. 하윤이 네가 보기엔 어때?"

내 눈길이 판화 위에 머무는 것을 보았는지 재후가 말했다. 하지만 내가 보기에 이 판화 속 풍경을 닮은 건, 별장이 아니라 이곳에 서 있는 나였다.

끊임없이 제자리를 빙빙 맴도는 계단 위의 사람들이 마치 나인 것 같아 그림에서 얼른 시선을 뗐다. 이제 다시는 내가 만든 불안 속으로 그렇게 쉽게 끌려 들어가고 싶지 않았다.

방으로 들어오니, 이곳에도 같은 작가가 그린 것 같은 판화 한 점이 걸려 있었다. 침대 머리맡에 걸린 이 판화는 계단 옆에 걸린 그림들과 비슷하면서도 달랐다. 그 그림들이 주로 공간을 묘사한 것이라면, 이번에는 붕대로 칭칭 감긴 두 남녀의 얼굴이 네모난 프레임 안에 떠올라 있었다.

"저건 사고의 트라우마를 절대 잊지 말라는 뜻으로 주는 퇴원 기념 선물인가요?"

나는 손가락으로 그림을 가리키며 재후를 돌아봤다. 농담이라는 게 제대로 전달되었는지 그가 웃었다. 그러더니 내 손을 잡아 그림 앞으로 데려갔다.

"좀 더 자세히 보면 다른 게 보일 거야."

더 자세히…….

그의 말대로였다. 가까이서 보니 판화 속 남녀는 붕대를 두른 환자들이 아니었다. 끈으로 이뤄진 두 사람의 얼굴이 서로 이어져 있었다. 빙빙 제자리를 맴돌던 계단처럼 이들을 연결한 끈에도 끝은 없었다. 두 사람을 잇고 있는 그 영원한 끈 사이를 공처럼 생긴 동그란 원들이 떠다녔다.

"계단에 있는 건 할아버지가 걸어놓으신 그림들이야. 하지만 이건 하윤이 네가 직접 골라서 가져온 거야."

"내가……."

나는 다시 그림을 훑어봤다.

서로에게서 영원히 벗어날 수 없는 남녀…….

하나의 끈으로 이어진 이 두 사람을 보면서 그때의 나는 재후와 나 사이의 인연을 생각했던 걸까? 그래서 이 그림을 침대맡에 걸어 놓으려 했을까?

"그래, 그러니까 불안한 마음이 들 때마다 계단에 걸린 그림 말고 이 그림을 봐. 여기에 하윤이 네 마음이 있으니까."

재후의 이 말이 주문이 된 건지, 나는 그날부터 습관처럼 이 그림을 쳐다보게 되었다. 아침에 눈을 뜨면 침대 맞은편 거울을 통해 이 그림이 보였다. 밤에 침대에 누우려 할 때도 그림 속 남녀와 눈이 마주쳤다.

심심할 때면 그림 속에 그려진 공 같은 원이 몇 개인지 세보기도 했다. 하지만 끝까지 세는 데 성공한 적은 한 번도 없었다. 언뜻 보이는 것보다 훨씬 더 많은 원이 그림 안에 담겨 있었기 때문이다.

시간이 지나면서 그림에 대한 호기심은 묘하다 싶을 만큼 커져 갔다. 그림 속 남자와 여자의 얼굴이 기분에 따라 매일같이 조금씩 달라 보였다. 어떤 날은 미소를 짓는 것 같기도 했고 어떤 날은 심각해 보이거나 무표정해 보였다.

서로에게 고개를 살짝 기울이고 있지만, 눈길은 미묘하게 어긋나 있는 두 사람. 마주치지 않은 그들의 두 눈이 무엇을 보고 있는지도 궁금해졌다. 좀 더 이 판화에 대한 정보를 알고 싶었다.

***

"인터넷?"

내가 컴퓨터를, 더 정확히는 인터넷을 쓸 수 있냐고 묻자, 재후가 두 눈을 커다랗게 떴다. 내 부탁이라면 두말없이 들어주던 그가 이런 반응을 보이는 게 몹시 낯설게 느껴졌다.

"찾아보고 싶은 게 있어요. 인터넷을 할 수 있게 도와줘요."

"뭘 알아보고 싶은지 말해주면 내가 도와줄게."

"언제까지 모든 걸 다 재후 씨한테 의지할 수는 없어요. 기억이 없어도 인터넷 정도는 할 수 있어요."

"하지만 아직 그런 걸 하기엔……. 아무튼 원한다면 남 박사한테 물어볼게. 그때까지 조금만 기다려줘."

재후는 그렇게 약속했지만, 그 약속은 곧바로 실행되지 않았다. 남 박사가 급한 호출을 받고 서울로 출장을 갔기 때문이다. 미리 잡혀 있던 남 박사와의 면담 치료도 연기되었다.

"며칠 있으면 돌아올 거야. 오래 걸리는 일은 아닐 테니까."

재후는 그렇게 말했지만 남 박사가 돌아왔다는 소식은 일주일이 지나도록 들을 수 없었다. 시간이 지날수록 나는 초조해지기 시작했다. 재후가 일부러 내게 거짓말을 했다고 의심하는 건 아니었다, 절대로. 다만 그 오두막 같은 치료실에 정말로 남 박사가 없는지, 내 눈으로 직접 확인하고 싶어졌다.

하지만 정원을 산책하다가 남 박사의 진료실 건물을 발견한 건, 맹세컨대 정말로 우연이었다.

사실 나는 아직도 이 별장을 둘러싼 지리를 모두 익히지 못했다. 넓기도 했고, 돌아다니다 길을 잃을 위험도 있었기 때문이다. 그래서 재후와 함께 가봤던 길로만 다니곤 했다.

오늘도 마찬가지였다. 나는 늘 다니던 산책로를 따라 걷고 있었다. 할아버지에게 걸려온 전화를 받느라 재후는 잠시 자리를 비운 참이었다. 그를 기다리며 느릿느릿 걷다 보니 어느새 산책로가 끝나는 지점까지 와버렸다.

나는 돌아가려고 몸을 돌렸다. 그때 익숙한 꽃나무 덩굴이 눈에 보였다. 남 박사의 방 창문을 통해서 보이던 덩굴과 똑같은 것이었다.

호기심이 일었다. 그래서 산책로 옆에 늘어선 나무들 사이로 몇 걸음 들어가 보았다. 눈에 익은 덩굴이 죽 늘어서 있었지만, 근처에 있어야 할 작은 연못은 보이지 않았다.

역시 다른 곳인가. 다시 발길을 돌리려 했다. 하지만 한 번 발동한 호기심이 내 발목을 잡고 버텼다. 결국 나는 붉은 꽃 덩굴을 따라 조금 더 안으로 들어갔다.

스무 걸음쯤 갔을 때 덩굴이 ㄱ자로 꺾였다. 덩굴을 따라 모퉁이를 돌았다. 그제야 눈앞에 잘 손질된 조그만 잔디밭과 연못이 나타났다. 그리고 오두막을 닮은 삼각형 지붕의 건물도 보였다. 남 박사의 진료실이었다!

못된 장난을 시작하려는 아이처럼 심장이 쿵쿵댔다. 불안보다는 묘한 흥분감이 나를 사로잡았다. 보이지 않는 손에 이끌리듯 나는 진료실 건물 현관으로 향했다.

문은 쉽게 열렸다. 안으로 들어가 보니 복도가 고요했다. 사람의 온기 같은 건 기대도 할 수 없을 것 같은 적막감이 건물 전체에 내려앉아 있었다. 그래도 왠지 남 박사의 진료실까지 가보고 싶었다.

똑똑, 먼저 노크를 하고 문을 열었다. 실내는 텅 비어 있었다. 일주일 넘게 자리를 비우면서 진료실 문을 잠그지도 않고 갔다고? 그건 조금 이상한 일이었다.

하지만 그 순간에는 그런 사실에 전혀 신경을 쓰지 못했다. 이곳에 발을 들인 순간, 내가 왜 굳이 이 텅 빈 진료실을 눈으로 직접 확인하고 싶어 했는지 진짜 이유를 깨달았기 때문이다,

남 박사의 책상 위에는 컴퓨터가 놓여 있었다.

문을 닫은 다음, 책상 앞으로 다가갔다. 창문에 두꺼운 커튼이 쳐 있어 진료실 안은 어두컴컴했다. 컴퓨터 앞에 앉아 전원 버튼을 누르자 갑자기 밝아진 화면에 눈이 부셨다.

곧 광활한 우주 공간을 담은 배경화면이 모니터에 떠올랐다. 하지만 거기까지였다. 컴퓨터에는 사용자를 확인하기 위한 비밀번호가 걸려 있었다.

휴우, 한숨이 나왔다. 아쉬움과 안도감이 동시에 섞인 한숨이었다. 차라리 다행이라는 생각도 들었다. 어차피 그 판화에 대한 호기심은 그다지 절박하고 간절한 게 아니었다. 재후를 속이면서까지 반드시 지금 알아내야 할 심각한 정보는 더더욱 아니다. 그저 하지 말라는 장난은 더 치고 싶은 어린아이 같은 마음…….

그래, 딱 그런 것이었다.

나는 얼른 컴퓨터 전원을 끄고 의자에서 일어섰다.

동시에 복도에서 인기척이 들렸다.

또각또각 들리는 건 구두 소리였다. 일정한 보폭으로 다가온 그 소리는 진료실 문 앞에서 멈췄다.

왜 그래야 하는지도 모르면서 나는 숨을 곳을 찾았다. 반사적인 행동이었다. 들키면 안 된다는 불안감이 정상적인 판단을 흐려놓았다.

나는 허겁지겁 커튼 뒤로 몸을 숨겼다. 바닥까지 내려오는 긴 커튼이라 다행히도 몸이 대강 가려졌다. 문이 열리고 발소리가 다가왔다. 그 소리는 책상 앞까지 다가와서야 멈췄다.

의자가 끌리는 소리. 책상 서랍을 여닫는 소리. 종이에 뭔가를 적는 소리가 연이어 들려왔다.

나는 호흡을 멈춘 채 죽은 듯이 시간을 견뎠다. 꽉 움켜쥔 손바닥에서 땀이 축축하게 배어 나왔다. 조금만 이 상태로 더 버티다가는 기절해버릴 것만 같았다. 아니면 기절하기 전에 소리를 질러버릴지도 몰랐다. 예민해진 신경이 폭발해서 타버리기 직전이었다.

다행히도 그런 일이 일어나기 전에 의자 바퀴가 구르는 소리가 났다. 곧 구두 굽이 바닥에 부딪히는 소리가 멀어져갔다. 방문이 닫히고 복도가 다시 적막 속에 잠겼다.

나는 그대로 바닥에 주저앉아버렸다. 심장이 아직도 헐떡거리고 있었다.

조금 전에 들어왔던 사람은 누구일까.

천재후……. 남 박사…….

아니면 내가 모르는 다른 사람?

누구든 상관없다. 여기서 어서 나가자. 애당초 이곳에 몰래 들어온 게 잘못이다. 재후가 있는 곳으로 돌아가야 해. 가서 내가 한 일을 다 털어놓고 미안하다고 말하자. 그럼 그 사람은 괜찮다고, 아무것도 아니라고 말해줄 것이다. 그러면 나는 다시 안심하고 그가 나를 위해 마련해놓은 쳇바퀴 속으로 돌아갈 수 있다.

다시는 혼자서 그곳을 벗어나지 않을 것이다. 세상은 이렇게나 위험하니까. 언제든 쉽게 길을 잃게 한 다음 의도치 않은 곳으로 빠져버리게 하니까.

나는 얼른 몸을 일으켰다. 그대로 문을 향해 달려갈 생각이었다. 컴퓨터 모니터 화면에 붙어 있는 노란 포스트잇이 그 순간 내 시선에 걸리지 않았다면 분명 그렇게 했을 것이다.

이건 뭐지? 조금 전에는 없었는데.

나는 발을 멈추고 모니터로 다가갔다. 커튼이 쳐진 어두운 방이라 포스트잇 위에 적힌 글씨가 잘 보이지 않았다. 좀 더 잘 보기 위해 고개를 숙였다. 그 작은 종이 위에는 숫자와 기호를 합친 문자 열 자리가 나열돼 있었다. 이건…… 비밀번호처럼 보였다.

그럴 리가 없다고 생각하면서도 나는 컴퓨터 전원을 켰다. 사용자 비밀번호를 입력하라는 창에 포스트잇에 적힌 열 자리를 그대로 옮겼다.

'남우성 님 환영합니다'라는 글자와 함께 바탕화면이 떠올랐다.

나는 혼란스러워졌다. 어떻게 된 건지 납득하기가 힘들었다. 조금 전 여기 왔던 사람이 일부러 비밀번호를 적어놓고 갔다고? 왜? 누구에게 보여주려고?

마른침이 힘겹게 목구멍을 넘어갔다. 자판 위에 올려둔 손끝이 떨리기 시작했다.

그 사람은 처음부터 내가 여기 숨어있는 걸 알고 있었는지도 모른다. 내가 컴퓨터를 사용하려 했다는 것도. 그렇다면 누군가 나를 감시하고 있다는 건가?

하지만 누가?

게다가 감시하고 있다면 왜 나를 막지 않는 건지 모르겠다. 왜 비밀번호까지 가르쳐주고 컴퓨터에 접속하게 만드는 건지는 더더욱이나. 혹시 내가 뭘 검색하는지 알아내기 위해서일까?

정신없이 질문들이 떠올랐다 사라졌다. 머릿속이 뒤죽박죽 엉켜 버렸다.

침착해야 해, 송하윤. 그리고 생각하는 거야. 이 상황이 대체 뭔지. 내가 어떻게 행동해야 하는지.

손톱이 손바닥을 짓누를 만큼 주먹을 꽉 움켜쥐었다. 부들거리며 떨리던 몸이 비로소 멈췄다. 대답이 하나둘씩 떠오르기 시작했다. 그중에서 비현실적인 몽상이 아니라 현실적으로 가능한 대답을 골라내기 시작했다. 신중하게.

그래, 여긴 남 박사의 진료실이긴 하지만 남 박사 혼자만 있는 공간은 아닐지 몰라. 간호사들이 있다고 했다. 그를 돕는 다른 사람들도 있을 것이다. 그 사람들도 이 컴퓨터를 사용할 일이 있겠지. 그걸 대비해 비밀번호를 아는 사람이 여기 적어두고 간 거다.

나는 머릿속에 판을 깔고 억지로 퍼즐을 짜 맞추었다. 정답이 아니어도 상관없다. 지금 내게 필요한 건 이 불안을 멈춰줄 변명이었으니까.

겨우 손끝에 피가 돌기 시작했다. 나는 눈앞에 놓인 모니터 화면을 뚫어질 듯 쳐다보았다. 그러다 천천히 손을 움직여 마우스를 잡았다. 인터넷 화면이 뜨자마자 재후에게 들었던 판화가의 이름을 검색창에 쳤다. 키보드 위를 움직이는 손가락은 생각보다 훨씬 더 능숙하고 날렵했다.

곧 침대맡에 걸린 그림들이 속속 화면에 떠올랐다. 나를 안심시키는 설명들이 함께 등장했다.

연결의 끈.

사랑하는 아내와 자신의 모습을 담은, 판화가의 자화상 같은 그림.

영원한 인연.

원하던 정보를 얻었으니 이제 진짜로 컴퓨터를 끄고 돌아가자. 나는 스스로에게 그렇게 말했다. 하지만 깜빡거리는 커서는 내게 다른 말을 하고 있었다.

아직, 하나가 더 남아 있잖아. 모른 척하지 마. 지금이 기회야.

***

손가락이 다시 키보드 위로 움직인다. 검색창에 날짜를 입력한다. 키워드를 골라 함께 넣는다.

망설임 없이 움직이는 손가락을 보면서 나는 깨닫는다. 사실은 내가 이 순간을 내내 기다리며 준비하고 있었다는 걸.

지금까지 나는 매일 눈을 뜨면 오늘이 며칠인지를 확인했다. 그런 다음 수술을 받고 깨어난 날로부터 며칠이나 지났는지를 계산했다. 언뜻언뜻 들은 얘기들을 종합해 수술받고 누워있던 기간도 유추했다. 내가 사고를 당한 정확한 날짜를 알기 위해서였다.

지금까지 얻은 정보가 정확하지 않을 수도 있으니 도로에 안개가 짙게 끼고 비가 내리던 밤이 정확히 며칠이었는지도 확인해야 해. 그런 다짐도 했다. 그 작업을 위해 필요한 키워드들도 머릿속에 입력해놓았다.

고속도로에서 연쇄 추돌사고가 났다면 작은 모퉁이 기사라도 분명 있을 것이다. 내가 찾고 싶은 정보는 바로 그것이었다.

재후는 유독 사고 당시의 일은 자세하게 알려주려 하지 않았다. 남 박사도 사고 상황에 대해서 너무 파고들지 말라고 충고했다. 사고로 인한 트라우마가 나쁜 영향을 끼칠지도 모른다는 이유 때문이었다.

하지만 나는 알고 싶었다. 내가 기억을 잃어버린 장소와 시간. 그리고 진짜 이유를.

무엇보다도 재후가 내게 끝내 들려주지 않은 하나의 대답을 알아내고 싶었다.

'그날, 나랑 같이 있었어요?'

깨어난 날 내가 던졌던 질문에 그는 정확한 대답을 해주지 않았다.

'기억 안 나?'

그렇게 되물었을 뿐이다.

당시엔 그게 대답이라고 생각했다. 하지만 나를 잠식한 불안은 그 대답을 평온하게 받아들이도록 놔두지 않았다. 시간이 갈수록 다른 생각이 자꾸 고개를 들었다.

그날 밤, 운전대를 잡고 있던 남자의 손등 위로 푸른 핏줄이 선명하게 솟아나 있었다. 반면 지난번 차를 타고 바닷가로 나갈 때 운전대를 잡았던 재후의 손은 그렇지 않았다. 운전대를 꽉 움켜쥐면 재후의 매끈한 손등에도 푸른 핏줄이 불툭 솟아나게 될까. 잘 모르겠다.

그래서 알고 싶었다. 그날 밤 내 옆에 타고 있던 사람이 천재후가 맞는지.

맹세컨대 그를 의심해서가 아니었다. 그저 확인하고 싶었다. 내 발목을 끝까지 붙잡고 있는 마지막 일 퍼센트의 불안을 떨쳐내기 위해서.

그것만 확인하고 나면, 끝없이 이어지는 인연의 끈에 안심하고 재후와 함께 묶일 수 있을 것 같았다. 그가 나를 위해 마련한 안전한 쳇바퀴 위에 아무런 불안 없이 올라탈 수 있을 것 같았다. 그 판화 속에 새겨진 연인처럼.

빗길 연쇄 추돌사고와 관련된 기사들이 모니터 위를 획획 지나갔다.

내 손과 눈은 부지런히 원하는 정보를 찾아 헤맸다. 하지만 그날 밤의 사고를 다루는 기사는 좀처럼 발견되지 않았다.

너무 가벼운 사고라서 단신 기사조차 없이 지나갔나? 하지만 중상을 입은 사람이 나왔다면, 충분히 기삿거리가 됐을 것이다.

나는 다시 한번 지나온 기사 목록을 훑었다. 화면을 쭉쭉 내리던 손이 중간쯤에서 멈췄다. 제목 때문에 그냥 건너뛰었던 기사 하나가 눈길을 잡아끌었기 때문이다.

나는 숨을 한 번 크게 들이마신 뒤 '연쇄추돌사고 후 뺑소니, 사라진 운전자는 어디로?'라는 기사 제목을 클릭했다.

○○월 ○○일, 새벽 2시경 보토리 톨게이트 부근에서 차량 네 대가 연쇄 추돌하는 사고가 발생했다. 이 사고는 서울로 올라오던 포트레 자동차가 빗길에 미끄러지며 가드레일을 들이받으면서 발생했다. 뒤따라오던 쉬빅 자동차는 뒤늦게 사고 차량을 발견하고 피하려 했으나 결국 사고 차량과 추돌한 뒤에야 멈춰 섰다. 뒤이어 오던 차량들 또한 사고 현장을 뒤늦게 발견하는 바람에 사고는 4중 연쇄 추돌로 이어졌다.

경찰의 조사에 따르면, 사고 당시는 어두운 데다 비가 오고 안개까지 짙게 끼어 있어서 운전자들의 시야가 극히 제한된 상황이었다.

이 사고로 다행히 사망자는 없었으나 최초로 가드레일을 들이받은 포트레 자동차의 운전자가 사고 직후 자취를 감춘 것으로 드러났다. 동석자의 행방도 알려지지 않았다. 경찰은 운전자가 당시 음주운전이나 졸음운전을 했을 가능성을 염두에 두고 사라진 운전자와 동석자를 찾고 있다.

나는 기사를 되풀이해서 읽었다. 눈으로 입력된 정보가 좀처럼 뇌로 전달되지 않았다. 사고 직후 깨어났을 때처럼 머리가 몽롱하고 무거웠다. 말끔히 사라진 줄 알았던 차가운 안개가 순식간에 몰려와 나를 감쌌다.

모든 게 희미했던 밤.

그 밤으로 나는 다시 돌아갔다. 이곳엔 불빛이 없다. 기댈 수 있는 버팀목도 사라졌다. 나는 안개 속을 더듬어 결국 벼랑 끝에 다다랐다.

태초의 신이 벼랑 건너편에 선 채 나를 보며 웃었다. 알려고 하지 말라. 유혹에 못 이겨 그 사과를 먹지 말라. 그 말을 어기고 사과를 깨무는 바람에 나는 그가 있는 낙원에서 쫓겨나 버렸다. 내 세상의 절대자, 나의 구원자, 천재후가 있는 아름다운 세상에서.

아니, 정말 그는 내 구원자였을까. 내게 그 사과를 내민 장본인은 바로 천재후, 당신이었잖아.

***

어떻게 남 박사의 진료실을 나왔는지 기억나지 않았다. 발바닥이 땅에 닿는 느낌이 조금도 들지 않았다. 허공에 뜬 유령처럼 나는 휘적휘적 걸어 다시 산책로로 돌아왔다.

재후는 아직 보이지 않았다. 마음을 가라앉히려고 몇 번이나 심호흡을 했다. 하지만 한번 빙빙 돌기 시작한 세상은 멈출 줄을 몰랐다. 찬란한 초여름 빛이 시퍼렇게 시들고, 파릇파릇했던 나무 잎사귀들이 잿빛으로 변해갔다. 등 뒤에서 불어온 바람이 목덜미를 파고들었다.

나는 소름이 돋아난 팔을 움츠렸다. 추웠다. 무서웠다. 어서 빨리 돌아가고 싶었다. 하지만 내겐 돌아갈 곳이 없었다.

그럼 도망을 쳐야 할까. 문이 어디였더라. 이 숲을 어떻게 뚫고 나가야 저 밖으로 나갈 수 있는 거지?

눈앞에 보이는 모든 길이 위험해 보였다. 어떤 길로 가도 출구가 나올 것 같지 않았다. 발이 초조하게 땅을 굴렀다. 어디로든 가고 싶다. 하지만 다리는 빙글빙글 제자리를 돌기만 할 뿐 단 한 걸음도 앞으로 나가지 못했다.

하나, 둘, 셋. 이렇게 열까지 세고 난 다음 멈춰서자.

그런 다음 눈앞에 보이는 길로 달려가 버리자. 아니, 그 전에 이 어지러움에 나를 맡겨버릴까. 이대로 쓰러져서 잠이 들면 다시 모든 걸 잊을 수 있지 않을까.

그날처럼 이 기억도 모두 지워진 채 깨어날 수 있다면.

낯선 빙에서 재후의 낯신 얼굴을 처음 마주했던 그날로 돌아갈 수만 있다면.

그럼 절대로 오늘 같은 일을 반복하진 않을 것이다. 절대로 진실을 알려고 하지 않을 것이다.

나는 눈을 감았다. 내 몸이 돌고 있는지 세상이 돌고 있는지 분간되지 않았다. 어쨌든 새까만 세상이 빙글빙글 돌아갔다. 이제 정말로 이대로 쓰러져버릴 수 있을 것 같았다. 다시 한번 내 모든 기억을 검은 바닷속에 던져버릴 수 있을 것 같았다. 그런 절망적인 기대가 나를 사로잡았다.

다리가 휘청거릴 때, 누군가 내 어깨를 감싸 안았다. 흠칫 놀라 눈을 떴다. 나는 그 손길이 누구의 것인지 눈을 뜨기도 전에 이미 알고 있었다.

천재후. 언제나 같은 곳에서 나를 기다리는 남자. 그런 달콤한 말 뒤에 숨은 채 나를 감시하고 있을지도 모르는, 위험하고 낯선 사람.

"놀랐어?"

그가 물었다. 나는 입이 떨어지지 않아 고개를 저었다.

"오래 기다렸지? 미안해, 통화가 생각보다 길어지는 바람에. 이럴 줄 알았으면 같이 들어갈걸 그랬다."

이질적인 회청색 눈동자가 나를 내려다봤다. 그 시선이 왠지 나를 탐색하는 것처럼 느껴졌다.

지금 나는 어떤 표정을 짓고 있을까. 내 경직된 눈동자와 딱딱하게 굳어버린 뺨을 이 사람이라면 금세 알아차릴지도 모른다. 그 속에 담긴 내 두려움까지도.

아직은 들키면 안 돼. 내 뒤엉킨 머릿속을 정리할 때까지는. 앞으로 어떻게 할지 제대로 계획을 세우기 전까지는.

나는 필사적으로 입가에 미소를 띠었다. 입술 끝이 미세하게 경련을 일으켰다.

"추워? 떨고 있는 것 같은데."

"조금요."

나는 표정을 들키지 않으려고 고개를 숙이고 그의 어깨에 얼굴을 기댔다.

"안 되겠다, 그만 들어가자."

그가 내 어깨를 감싸 안고 걸음을 옮겼다. 디딤돌을 밟는 그의 발소리가 오늘따라 유난히 크게 들렸다.

또각또각. 진료실 복도를 걸어오던 그 발소리는 누구의 것이었을까.

만약 재후였다면, 지금쯤 모든 걸 알고 있는 거겠지.

내가 그를 속였다는 것. 그의 거짓말을 알아버렸다는 것.

그 모든 걸 알고도 모른 척 내 반응을 살피고 있는 거겠지.

조심해야 한다. 들키지 말아야 한다. 그리고 눈치채지 못하게 이 남자한테서 벗어날 방법을 찾아야 한다.

***

방으로 돌아오고 나서 가장 먼저 한 일은 문부터 걸어 잠그는 것이었다. 혹시라도 감시 카메라가 설치돼 있지 않은지 구석구석 살폈다. 커튼 뒤를 살펴보고, 천장을 샅샅이 훑고, 테이블과 침대 밑도 들여다보았다.

수상한 장치 같은 건 보이지 않았다. 방 구석구석을 뒤지면서 내가 새롭게 발견한 건, 천재후가 나를 위해 여기저기 마련해둔 섬세한 배려뿐이었다. 이 방에 나를 위험하게 하는 것이 아무것도 없다는 것을 확인하고 나자 발작 같은 불안이 서서히 잦아들었다.

창밖으로는 어느덧 노을이 지고 있었다. 그건 곧 저녁 식사 시간이 다가온다는 의미였다. 서둘러야 한다. 천재후와 다시 얼굴을 마주하기 전에 혼란스러운 머리를 정리해야 한다.

나는 다시 한번 천장의 네 모서리로 시선을 던져 내가 미처 발견하지 못한 게 없는지 확인한 다음, 입고 있던 바지 주머니에 손을 집어넣었다. 꾸깃꾸깃한 얇은 종이가 손끝에 닿았다. 얼른 종이를 꺼내 보았다.

노란 바탕의 줄무늬 노트에서 급하게 찢어낸 그 종이 위에는 검은 글씨가 빽빽하게 적혀 있었다. 남 박사의 컴퓨터 앞에 앉아 허겁지겁 옮겨적은 기사 내용이었다.

모든 글자가 왼쪽에서 오른쪽으로 바람이 부는 것처럼 묘하게 휘어져 올라가 있는 특이한 글씨체. 떨리는 손으로 급하게 적었기 때문에 몇몇 글자들은 엉망진창으로 휘갈겨져 있었다.

하지만 나는 그 글자들을 쉽게 알아봤다. 당연했다. 그 낯선 글씨체는 바로 내 것이었으니까.

다시 읽어본 기사의 핵심은 아주 간단했다.

비가 오는 밤, 고속도로 톨게이트에서 4중 연쇄 추돌사고가 발생했다는 것. 그리고 최초로 추돌사고를 일으킨 자동차의 운전자와 동승자가 사라졌다는 것.

그런데 똑같은 기사임에도 불구하고 남 박사의 진료실에서 읽었을 때와는 느낌이 달랐다.

나는 다시 한번 반복해서 기사 내용을 읽었다. 한 글자 한 글자를 머릿속에 새기기라도 하듯 천천히 곱씹었다.

그러는 동안 뜻밖의 사실을 깨달았다. 이 기사에는 내가 처음 생각했던 것과는 전혀 다른 해석의 가능성이 존재하고 있었다.

그러니까…… 기사는 운전자와 동승자가 사라졌다는 객관적인 사실만 알려줄 뿐이었다.

동승자가 운전자에게 납치를 당한 것도 아니고, 뒤에서 달려오던 차가 앞차에 타고 있던 사람을 고의로 들이받은 것도 아니다.

단지 사고였고, 운전자와 동승자가 사라졌다는 사실에도 다양한 가설을 세울 수 있었다.

우선 기사에서 의심하는 대로 운전자는 음주운전이나 졸음운전을 했을 가능성이 있다. 그래서 일단 책임을 회피하려고 사고 현장을 떠났는지도 모른다.

하지만 내 기억은 그렇지 않다고 말하고 있다. 그때 내 옆자리에 앉았던 남자는 졸고 있지도 않았고 술을 마신 상태도 아니었다. 기억나는 건 운전대를 잡고 있던 그의 손뿐이지만, 그 사실만은 왠지 확신할 수 있을 것 같다.

그렇다면 운전자는 왜 사고 현장에서 사라진 걸까? 그것도 동승자, 즉 나와 함께.

당시 뒤따라오던 차가 우리 차를 들이받는 바람에 나는 사고를 당했다. 정신을 완전히 잃었고 수술까지 받았으니 큰 사고였을 것이다.

그렇게 다친 나를 천재후가 경찰이 올 때까지 그대로 내버려 뒀을까. 과연 그럴 수 있었을까.

아니다, 그는 그럴 수 없었을 것이다. 내가 아는 천재후라면 당장 나를 병원에 데려가기 위해 무슨 일이라도 했을 것이다.

사고 현장을 지켜야 한다는 생각 따위는 그의 머릿속엔 떠오르지도 않았을 게 틀림없다. 그래, 그날 밤 재후는 다친 나를 병원에 데려가기 위해 바로 자리를 떴던 게 틀림없다.

게다가 그는 이름만 대면 누구나 알 만한 기업가의 손자다. 사고가 났다는 소식이 대외적으로 알려지면 좋을 게 없다고 여겼을 것이다.

그래서 후속 기사가 나지 않은 것이다. 그 일은 그대로 경찰 선에서 조용히 무마되고 끝났을 것이다.

그럼 손등에 튀어나온 푸른 핏줄은? 내가…… 정말 그걸 봤을까? 제대로 기억하고 있는 게 맞을까?

그날은 어둡고 비가 내렸다. 희미한 가로등 불빛이 빗물에 가려진 창문 사이로 획획 우리를 스쳐 지나가는 그런 밤이었다. 차 안엔 실내 등도 켜지지 않았다. 그런데 손등에 솟아난 푸른 핏줄이 선명하게 보였다고?

생각하면 생각할수록 그 남자가 다른 사람이었을 가능성은 희박해졌다. 천재후여야만 앞뒤가 맞아떨어진다.

그게 아니라면 어떻게 재후가 현장에서 사라져버린 나를 병원에 데려가 수술을 받게 하고 이리로 데려올 수 있었겠는가.

괜한 의심을 한 거다. 재후 몰래 정보를 검색하고 있다는 그 초조와 불안 때문에 아무것도 아닌 기사를 읽고 혼자 말도 안 되는 과대망상을 해버리고 만 것이다.

남 박사의 진료실에서 내가 떠올렸던 무시무시한 생각들과 이 기사가 실제로 전하는 내용은 '전혀'라고 해도 좋을 정도로 아무런 관련이 없다.

아니, 애당초 그 기사가 우리 얘기긴 한 걸까. 그렇다는 증거는 어디에도 없다.

그래도 의심이 남는다면 재후에게 직접 물어보자. 그는 분명 대답해 줄 것이다. 나를 설득하고 안심시킬 수 있는 합리적인 답을 갖고 있을 게 틀림없다.

***

"남 박사가 돌아왔다는 말, 내가 했었나?"

재후가 갑자기 물어오는 바람에 나는 깜짝 놀라 들고 있던 찻잔을 떨어뜨릴 뻔했다.

저녁을 먹는 동안 그에게 몇 번이나 물어보려고 했다. 사고가 나던 날 밤 일어났던 일에 대해서.

하지만 결심과는 달리 입이 떨어지지 않았다. 혹시 재후의 대답을 듣고 나서도 내가 이 사람을 믿을 수 없다면? 내가 두려워하는 대답을 이 사람이 내놓는다면? 그때는 어떻게 해야 할지 아직 답을 찾지 못했기 때문이었다.

그렇게 미뤄둔 질문이 입술 사이에서 서성거리고 있었다. 남 박사의 진료실에 갔었다는 고백이 목구멍을 넘어오려고 했다. 그런데 뜻밖에도 재후가 먼저 남 박사 얘기를 꺼낸 것이다.

"남 박사가…… 언제요?"

"오늘 오전에. 사실은 나도 몰랐는데 이끼 통회할 때 할아버지가 그러시더라고. 오늘 새벽에 떠났으니 정오가 되기 전에 도착했을 거라고."

"아직 만나진 못한 거예요?"

"조금 전에 통화했어. 면담 치료 날짜도 잡아야 하고, 송하윤 씨가 애타게 기다리는 대답도 들어야 하니까."

재후가 내 눈을 바라보며 환하게 웃었다. 언제 봐도 따뜻하고 매력적인 미소. 얼굴의 모든 근육을 움직여서 짓는 진짜 웃음. 그래서 무방비 상태로 있다가도 그 웃음을 마주하게 되면 홀린 듯 따라 웃게 된다. 재후가 눈앞에 나타나면 내 불안이 잦아드는 건 어쩌면 그에 대한 내 믿음과 더불어 그의 이 무해한 미소 때문일지도 모른다.

그러나 지금 나는 거기에 화답할 여유가 없었다. 머릿속이 바쁘게 돌아갔다.

남 박사가 돌아왔다!

그럼 아까 진료실에 들어와서 비밀번호를 적어놓은 사람은 남 박사였을까? 아니, 그건 좀 이상하다. 자기 컴퓨터 비밀번호를 보란 듯이 붙여놓고 갈 이유는 없으니까.

재후에게 던지고 싶은 질문이 다시 입안에서 맴돌았다.

혹시 아까 남 박사 진료실에 들어왔었어요? 내가 숨어 있던 그 커튼 앞에 앉아서 비밀번호를 적어놓고 갔어요?

하지만 나는 묻지 못했다. 달싹거리던 입술이 끝내 잠기듯이 다물어졌다.

"왜 안 물어봐? 남 박사가 뭐라고 했는지. 이제 안 궁금한 건가?"

"뭐라고 해요? 컴퓨터를 봐도 된대요?"

나는 아무렇지도 않은 척 애를 쓰며 물었다.

"괜찮을 거래. 그런 일 정도는 큰 상관 없을 거라고. 내 노트북을 빌려줄게. 당분간 그걸 쓰면 될 거야."

내 소원이 이뤄져서 자신도 기쁘다는 듯 재후가 미소를 지었다.

그 시원스러운 미소를 마주하고 있자니 내 모습이 우습게 느껴졌다. 오래 계획하고 몰래 실행해버린 뒤 죄책감으로 떨고 있는 내가 너무 한심하고 어이없어 맥이 탁 풀려버릴 지경이었다.

도대체 나는 뭘 의심하고 있었던 거지?

이 사람이 나를 막고 있다고? 내가 진실을 알아내려 하는 걸 방해한다고? 기억을 잃은 나를 몰래 납치해서 감금하고 있는 걸지도 모른다고……?

아무것도 기억하지 못하는 스스로가 이해되지 않고 답답한 적은 지금까지도 많았다. 거의 매일, 매 순간이라고 해도 될 만큼. 하지만 지금처럼 내가 바보같이 느껴진 적은 없다.

대체 어떻게 생겨 먹으면 이렇게 필사적으로 나를 보호하고 지키려는 사람한테 그런 의심을 품을 수 있는 걸까.

사고가 났던 당시를 물어보려던 마음이 싹 사라져버렸다.

물론 언젠가는 반드시 물어봐야겠지. 나도 정확한 사고 경위를 알아야 하니까. 하지만 오늘 밤은 아니다. 내가 이 사람에게 어이없이 덧씌웠던 의심의 올가미에 단 한 톨이라도 더 무언가를 얹고 싶지 않다.

오늘은 다 잊어버리자. 컴퓨터도, 신문 기사도, 차 사고도, 남 박사도.

그냥 천재후만 바라보자. 다른 생각들이 끼어들지 못하도록 이 사람하고 나만 생각하자.

"이상하네. 좋아할 줄 알았는데."

내 반응이 예상과는 달랐는지 재후가 고개를 갸웃거렸다.

"사실은 그동안 깜빡 잊어버리고 있었어요. 그런 부탁을 했다는 거. 미안해요, 재후 씨만 괜히 신경 쓰게 한 것 같아요."

"그렇게 말하면 서운한데. 너무 거리감이 느껴져."

재후가 찻잔을 내려놓고 나를 향해 정면으로 돌아앉았다.

"말했잖아, 하윤이 너는 나한테 뭐든 해도 되는 사람이라고. 얼마든지 부려 먹고 언제든 달려오게 해도 된다고."

"예전에 나는 그랬어요? 재후 씨를 막 부려 먹고 언제든 달려오게 만들었어요? 되게 멋대로 굴었나, 내가?"

"더 많이 사랑하는 사람이 약자라는 말은 언제나 진리니까."

"재후 씨가 나를 더 많이 좋아했다고요?"

"아닌 것 같아? 요즘 내가 어떤지 뻔히 보고 있으면서도?"

반쯤은 농담 같은 말에 다시 죄책감이 몰려왔다. 천재후가 나를 사랑하는 만큼 나도 이 사람에게 마음을 줄 수 있다면 좋겠다. 얼마나 사랑했는지 기억할 수 있다면. 그렇다면 이 사람에게 매달려서 펑펑 울 수 있을 텐데.

도대체 내가 지나온 시간은 모두 어디로 사라져버렸을까. 이 사람을 사랑했던 나는 어디로 간 걸까.

기억이 없는 나도 나라고 말할 수 있는 걸까. 천재후, 당신이 이런 나를 사랑해도 되는 걸까.

"내가 재후 씨였다면 조금 억울했을 거예요."

나를 바라보는 재후의 눈이 살짝 커졌다.

"어째서?"

"당신은 많은 걸 가진 사람이잖아요. 부족한 게 없는 사람."

"틀렸어. 나는 아무것도 없는 사람이었어. 하윤이 네가 나한테 와줬기 때문에 내 세상이 가득 찰 수 있었던 거야."

감동적인 말이었다. 하지만 나한테는 벅찬 말이었다. 내게 어울리지 않는 말이었다. 적어도 지금의 나는 그런 말을 들을 자격이 없다. 갑자기 명치 끝이 아렸다.

그의 손이 망설이듯 나를 향해 뻗어왔다. 저녁 바람에 날리는 내 앞머리를 그의 길고 하얀 손가락이 조심스럽게 넘겨주었다. 그 손이 스치듯 관자놀이를 타고 와 내 뺨을 부드럽게 감싸 쥐었다.

"어떻게 하면 믿어줄 거야? 내가 송하윤을 이만큼 사랑한다는 거."

조금 더 가까워진 그의 회청색 눈동자가 안타깝다는 듯 나를 바라봤다.

언제나 이 사람은 이런 식이다. 내 마음을 들여다보고 있는 것 같다. 내가 느끼는 감정에 예민하게 반응하고 반 발짝 앞서가 뒤로 물러서려는 나를 이끈다.

"내가 믿지 못하는 건 재후 씨가 아니에요. 나를 믿지 못하는 거예요. 내가 그만큼의 가치를 가진 사람인지, 그래도 되는 사람인지 확신할 수가 없어서."

나는 솔직하게 고백했다.

"시간이 지나면 알게 될 거야. 네가 누구인지. 어떤 사람인지. 얼마나 멋진 여자였는지."

"재후 씨 혼자만 그렇게 믿고 있는 게 아니라면 좋겠어요."

"그럼 지금 당장 확인하러 가볼 수도 있어."

재후가 말하며 눈을 빛냈다.

"확인을 한다고요……? 지금?"

"사실은 아까 방에서 재밌는 걸 발견했거든. 하윤이 너도 보면 좋아할 거야. 괜찮다면 같이 가보자."

조심스럽게 묻고 있었지만, 그의 얼굴은 벌써 신이 난 듯 보였다. 깜짝 선물을 준비한 소년처럼 살짝 상기된 그의 얼굴이 보기 좋았다.

확인이라고? 오늘은 그런 것 따윈 하고 싶지 않아요. 그냥 이렇게 당신과 마주 보며 있고 싶어요. 내 얘기를 들려주는 당신의 목소리를 가만히 듣고만 있고 싶어.

그렇게 생각하면서도 나는 그를 따라 일어났다. 재후를 실망시키기 싫었다.

더 많이 좋아하는 사람이 약자라고? 아니, 더 많이 좋아해 주길 바라는 사람이 약자다. 지금의 나는 재후 앞에서 약자가 될 수밖에 없다.

***

재후의 방에 들어와 본 건 이번이 처음은 아니었다. 그런데 지난번에 왔을 때와는 방의 모습이 달랐다. 벽이라고 생각했던 곳이 양옆으로 활짝 열려 있었다.

재후를 따라 나는 그 안으로 들어갔다. 바닥에서부터 천장까지 책이 꽉 들어찬 서가가 세 개의 벽면을 채우고 있었다.

종이책 특유의 냄새가 공기와 뒤섞여 독특한 내음을 실어 왔다. 그 냄새가 코끝에 닿는 순간, 심장이 거세게 뛰기 시작했다.

나는 그대로 걸음을 멈췄다.

"왜?"

재후가 뒤를 돌아봤다.

"예전에 여기 와봤던 것 같아요. 기억이……."

내 조급한 시선이 주위를 배회했다. 잃어버린 기억의 문을 찾아줄 열쇠가 어딘가 있을 것만 같았다. 기억이 사라진 이후 처음 느껴보는 감각이었다.

나는 홀린 듯 앞으로 걸어갔다. 그런데 안으로 들어갈수록 기시감이 옅어졌다. 금방이라도 떠오를 것 같던 기억의 덩어리들이 다시 수면 밑으로 가라앉았다.

그래도 착각은 아니다. 여긴 분명 아는 곳이다. 어쩌면 아주 익숙한 곳.

나는 서가 앞에 놓인 흰 사다리 앞까지 걸어가 보았다. 그곳에서 저절로 걸음이 멈춰졌다.

"기억 나는 게 있어?"

뒤따라온 재후가 물었다.

"아뇨, 생각날 것 같았는데 안 나요. 그래도 예전에 여기 자주 들어왔던 것 같은 느낌이 있어요. 맞죠?"

"맞아."

"올라가 봐도 돼요?"

나는 옆에 놓인 사다리를 가리키며 물었다. 그 사다리를 양손으로 단단히 잡아주는 것으로 재후는 대답을 대신했다.

계단을 올라가 꼭대기에 걸터앉은 다음 나는 서가에 꽂힌 책들을 쭉 훑어봤다. 빽빽하게 꽂힌 책들 사이에서 혼자만 높이가 다른 책 한 권에 자연스럽게 눈길이 멎었다. 하드커버로 책을 두른 양장본이었다.

손을 뻗어 그 책을 꺼내 들었다. 흑백 사진들과 간단한 글 몇 줄로 이뤄진 포토에세이였다. 얼핏 보니 기억을 매개로 해서 과거와 미래를 여행하는 남자의 이야기를 담고 있는 책 같았다.

페이지를 넘기던 내 손이 한 페이지에서 멎었다. 펼쳐진 페이지 중간쯤에 연필로 밑줄이 그어져 있었다. 그 옆에는 별 하나도 그려져 있었다. 마치 거센 바람이라도 맞은 것처럼 왼쪽에서 오른쪽으로 묘하게 휘어진 별이었다.

얼른 손가락을 책장 위에 대고 별 모양을 그려 보았다. 책에 그려진 것과 똑같은 모양이 그려졌다.

내가 그린 거다. 이건 내가 읽던 책이야!

나는 재후를 돌아봤다. 기다리고 있었다는 듯 그가 대답했다.

"하윤이 네가 좋아하던 책이야. 마지막으로 여기서 널 봤을 때도 넌 여기 이렇게 앉아서 그 책을 읽고 있었어."

그래. 그랬을 것 같아. 그랬던 것 같아.

소름이 돋았다. 그동안은 아무리 애를 써도 송하윤이라는 존재가 만들어진 이미지로밖에는 느껴지지 않았다. 모르는 여자에 대해 전해 듣는 기분이었다. 그런데 지금은 처음으로 그가 말해주는 송하윤이 나로 느껴진다.

"사실은 내가 말한 게 이거야, 아까 발견한 재미있는 거. 하윤이 네가 직접 찾아낼 줄은 몰랐는데?"

재후가 기쁘다는 듯 덧붙였다. 내가 지금 느끼고 있는 감정과 아까 느꼈던 기시감이 가짜가 아니라는 걸 확인시켜주는 말이었다.

기사 때문에 생겨났던 불안이 말끔히 사라졌다. 재후가 미리 사다리를 이 책 앞에 놔둔 다음 교묘하게 내 발길을 유도했을지도 모른다는 의심 같은 건 머릿속에 떠오르지도 않았다.

내 손안에 들어온 물리적인 과거의 흔적. 내 과거가 여기 있었다는 실체적 증거가 나를 안심시켰다.

마침내 세상이 조금 더 현실의 색을 입고 다가오기 시작했다. 무대 세트처럼 보이던 이 공간이 진짜 집으로. 무대 위의 주인공 같던 천재후가 나의 약혼자로. 그리고 홀로그램처럼 느껴지던 송하윤은 진짜 나로.

시간이 지나면 기억이 돌아올지 모른다는 희망도 되살아났다. 남 박사는 헛된 희망에 매달리지 말라고 했지만, 마지막으로 읽었던 책을 무의식 중에 찾아낼 정도라면 가망이 아예 없는 건 아닐 거다.

지금 내게 필요한 건 시간이다. 그리고 내 잃어버린 시간을 기억하고 있는 천재후다. 그와 함께 쭉 이렇게 지낼 수만 있다면, 어쩌면 진짜 나를 다시 찾을 수 있을지도 모른다.

***

다음 날 아침 일찍 재후는 하얀 노트북을 들고 나에게 왔다. 자신이 쓰던 것이라고 했지만 거의 사용하지 않았는지 겉으로 보기엔 새 노트북처럼 보였다.

"어떻게 사용하는지는 알지?"

사용법을 까먹지 않았냐는 말을 그는 돌려서 물었다. 언제나 느끼지만 섬세한 배려가 몸에 밴 사람이다.

"비밀번호 같은 건 안 걸려 있어요?"

"그런 걸 걸어놓을 정도로 비밀이 많진 않아서."

"다행인데요."

그의 농담을 웃어넘기며 노트북을 받아 안았다. 오늘 아침은 그 어느 때보다 마음이 가벼웠다.

재후가 방을 나가자, 나는 책상 앞에 앉아 노트북을 열었다. 막상 노트북을 앞에 두니 딱히 할 일이 생각나지 않았다. 궁금한 건 어제 이미 확인했다. 알아보고 싶은 게 더 있을 것 같긴 한데 지금 당장 떠오르는 건 없었다.

세상 돌아가는 소식이나 볼까. 나는 뉴스 사이트에 접속했다. 간밤에 일어난 교통사고 사진이 메인 페이지에 걸려 있었다.

애써 모른 척 밀어놓았던 생각이 다시 고개를 내밀었다.

그날 밤 사고와 관련된 기사는 정말 하나뿐이었을까. 마음이 급해서 다른 기사를 제대로 찾지 못했던 건 아닐까.

남 박사의 컴퓨터에 입력했던 키워드들을 나는 다시 검색창에 적어 넣었다. 기사들이 좌르륵 떴다. 커서를 내리면서 기사들을 훑었다.

그런데 이상한 일이었다. 어제 봤던 그 기사가 보이지 않았다. 기사 배열 순서를 다르게 해서 다시 검색해보았다. 그래도 결과는 마찬가지였다.

기사가 없어졌다. 불과 몇 시간 만에. 내가 그 기사를 찾아낸 지 반나절도 지나지 않아서.

이걸 어떻게 이해해야 할지 몰랐다. 우연이라고? 이런 우연이 있을 수가 있나?

아무리 내가 희박한 확률의 가능성 위에 서 있다고 해도, 이런 우연이 연속해서 발생하는 게 가능한 일인가.

우연이 아니라면…… 착각일지도. 내가 뭔가 착각했을 가능성도 있을까?

하지만 무슨 착각? 보지도 않은 기사를 봤다고? 있지도 않은 기사 내용을 내가 지어낸 거라고? 그럴 리가 없잖아.

난 기억을 잃은 거지 미친 게 아니야.

서둘러 서랍을 열었다. 어제저녁 서랍 안에 넣어두었던 노란 종이쪽지를 찾기 위해서였다. 그 안에는 내가 허겁지겁 옮겨 적은 기사 내용이 있다. 그걸 확인하면 된다. 나는 절대로 착각한 게 아니다.

그런데 서랍 속에 종이가 보이질 않았다. 분명 서랍 제일 밑에, 가장 안전하다고 생각하는 곳에 밀어 넣어 놨는데.

나는 의자에서 내려와 쭈그리고 앉은 채 서랍 속에 머리를 집어넣다시피 해 종이를 찾았다. 하지만 없었다.

서랍 속의 물건들을 모두 다 끄집어냈다. 다른 서랍들도 열어서 뒤졌다. 세 살배기 아이라도 된 듯이 손에 잡히는 대로 서랍 속 물건들을 뒤로 집어 던졌다.

하지만 어디에도 없었다, 내 기억의 증거물은.

일전에 남 박사에게 들었던 말이 퍼뜩 떠올랐다. 기억을 잃은 환자들은 기억의 틈의 메꾸기 위해 가짜 기억을 지어내기도 한다던 말.

다리에 힘이 빠져서 나는 그대로 주저앉아버렸다.

정말로 착각이었다고?

아니면 미쳐가는 건가.

나는 이마를 움켜쥐고 어제 오후부터 저녁때까지의 일을 머릿속에서 나시 꺼내보았다.

어제 산책길에서 재후가 나를 내버려 둔 채 가버렸다. 할아버지의 전화를 받는다고.

그래서 나는 혼자 그곳에 남아 있었다.

혼자 남겨졌다는 불안 때문에 잠시 정신이 나갔다면……? 남 박사의 진료실에 들어가 컴퓨터를 본 게 내 상상이라면? 재후가 산책길로 돌아왔을 때 나는 현기증을 느끼고 있었다. 어지러웠고, 그대로 기절해버리면 좋겠다고도 생각했다.

그럼 그 현기증 때문일 수도 있어. 그때 난 남 박사의 진료실에 가는 대신 그곳에서 어지러운 망상에 빠져 있었을지도 몰라. 언젠가 재후를 의심해서 미친 듯이 밖으로 뛰쳐나갔던 그 밤처럼, 또 그에 대한 의심이 고개를 들어서 나 혼자 발작 같은 불안에 떨었던 거야.

······아니야.

어제 재후의 방에 갔을 때, 그 방안의 서재에 책이 있었잖아. 내가 읽었던 책. 내가 밑줄을 긋고 별표를 해둔 책.

방바닥 안에 마구 던져놓은 물건들로 나는 시선을 던졌다. 어지럽게 널린 물건들 사이로 삐죽 튀어나온 책 모서리가 보였다.

그 책으로 달려들 듯이 손을 뻗었다. 손끝에 하드커버의 감촉이 닿았다.

제발······.

내 손에 끌려 나온 책 앞면은 구름이 잔뜩 깔린 흑백사진으로 덮여 있었다. 페이지를 넘겼다. 한 페이지씩 넘어갈 때마다 심장이 조여왔다.

제발. 제발.

마침내 어제 들여다봤던 페이지가 나타났다.

있었다! 밑줄이 그어진 문장. 그 옆에 바람에 흩날리는 듯한 특이한 모양의 별이 그려져 있었다.

뒤늦게 손끝이 떨렸다. 다행이다. 착각한 게 아냐. 미쳐가고 있는 게 아냐. 내가 그린 별이라는 걸 알아볼 수 있었던 건, 그 기사 내용을 내가 종이에 옮겨 적었기 때문이었어.

겨우 찾아낸 증거물마저 사라져버릴까 봐 나는 책을 꼭 껴안은 채 몸을 웅크렸다.

생각하자, 송하윤. 생각해보라고. 나는 틀림없이 남 박사의 방에 가서 그 기사를 봤어. 그리고 반나절 만에 그 기사가 지워졌어. 그 내용을 옮겨적은 종이도 사라졌어.

누군가 기사를 삭제시킨 거야. 또 누군가 그 종이쪽지도 치워버렸어.
누가 그런 거냐고!

이 방에 들어올 수 있는 사람이 누구지?

혹시 내가 어제 쪽지를 무심코 책상 위에 올려놨었나? 청소하는 사
람이 들어왔다가 치워버렸을까?

아니, 그럴 가능성은 없다. 몇 번이나 확인했으니까.

그럼 역시…… 그 사람의 짓이라고밖에…….

인터넷에 올라온 기사를 지워버릴 수 있고, 내 방에 들어와 내가 숨
긴 쪽지를 가져가 버릴 수 있는 사람. 천재후 외에 다른 사람일 가능성
은 과연 몇 퍼센트나 될까?

희박한 확률의 가능성? 아니, 그런 건 없다. 처음부터 없었던 거다.

나는 책상 위에 올려놓은 새하얀 노트북으로 고개를 돌렸다.

재후가 준 저 컴퓨터도 수상히다. 저 속에 내가 모르는 장치를 해놨
을 가능성도 있다. 그래, IT 기술을 선도하는 기업의 후계자라고 했지.
그러니 컴퓨터에 무슨 장난을 쳐놨는지 알 게 뭔가.

그 기사도 사실은 사라진 게 아닐지도 모른다. 저 컴퓨터로 검색하
면 볼 수 없게 무슨 수를 써놓은 것일지도 몰라.

남 박사의 진료실로 가자. 그의 컴퓨터로 한 번 더 기사를 확인해봐
야겠다.

***

나는 몰래 방에서 빠져나와 늘 재후와 함께 다니는 산책로를 향해

서둘러 뛰어갔다.

다행히 재후의 방 창문은 다른 쪽으로 나 있다. 덕분에 그가 날 내려다보고 있을 가능성은 없다. 그런데도 목덜미가 서늘했다. 뒤통수 뒤로 그의 시선이 따라붙는 기분이었다.

산책로를 정신없이 달려간 끝에 남 박사의 진료실 근처까지 왔다. 헉헉, 가쁜 숨을 고르며 나도 모르게 뒤를 돌아봤다. 쫓아오는 사람은 없었다. 당연한 사실에도 안도의 숨이 내쉬어졌다.

더 지체하지 않고 진료실 건물로 들어갔다. 이른 시간인데도 건물 안에는 인기척이 떠돌고 있었다. 진료실 문이 열려 있고, 그 안에서 소리가 들려왔다.

문 앞에 가 섰을 때, 남 박사가 마침 뒤를 돌아봤다. 나를 발견한 그의 눈이 의외라는 듯 커졌다.

늘 하얀 의사 가운 아래 주름 한 점 없는 와이셔츠를 목까지 채우고 있던 모습과 달리, 오늘 그는 셔츠를 팔꿈치까지 걷어붙이고 있었다. 올백으로 넘겼던 머리카락도 이마 위로 흩어져 있었다.

"송하윤 씨."

그는 내 이름을 부르고 나서 팔꿈치로 이마를 한 번 훔쳤다. 그러고 보니 남 박사가 땀을 흘리며 뭘 하는 걸 본 건 오늘이 처음이었다.

"어디…… 가시는 거예요?"

나는 진료실을 멍한 눈으로 둘러보며 그에게 물었다. 아늑하고 깔끔했던 진료실 바닥에는 책과 집기를 비롯한 온갖 물건들이 되는대로 쌓여 있었다. 커다란 상자들과 노끈, 테이프와 가위 같은 도구들도 보였다.

"서울로 올라갈 준비를 하는 겁니다."

그렇게 말하며 남 박사는 소파 위에 놓여 있던 책 몇 권을 옆으로 치웠다.

"서울로…… 올라간다고요?"

"아직 천재후 씨한테 못 들었나 보군요. 어쨌든 앉으세요. 할 얘기가 있어 오셨을 테니."

그가 가리킨 소파 쪽으로 다가가며 나는 책상 위를 흘낏 쳐다봤다.

언제나 놓여 있던 컴퓨터는 사라지고 없었다. 이미 치워져 여기 널려있는 박스 가운데 하나로 들어가 버린 것이다.

몇 번이나 이런 식이었다. 뭔가 중요한 것들은 손에 잡힐 듯하면서도 잡히지 않았다. 잡았다고 생각하는 순간 증발해버렸다. 그래서 나는 그것이 정말로 중요한 것인지 아닌지조차 확인할 수 없게 된다. 이번에도 그럴 거라는 불길한 예감이 가시지 않았다.

마치 천재후와 남우성 박사가 짜고서 나를 속이고 있는 기분이었다. 그들이 짜놓은 거대한 사기극에 휘말려버린 느낌이다.

환자가 오기 전에 컴퓨터를 박스 안에 넣어버렸다는 이유만으로 이런 의심을 받는다는 걸 안다면, 남 박사는 어떤 기분이 들까.

그런 생각을 하며 나는 다시 그에게 시선을 돌렸다.

내가 먼저 말하길 기다리고 있다는 듯, 그가 눈썹을 살짝 들어 올렸다.

"그럼 이제 박사님과 하는 면담 치료는 끝나는 건가요?"

"서울에서 더 전문적인 상담의를 찾아갈 계획이라면, 그렇게 되겠죠."

"그 말은…… 저도 서울로 간다는 뜻인가요?"

"그야 당연하죠. 천재후 씨가 서울로 가고 난 다음에도 송하윤 씨 혼자 여기 남고 싶은 게 아니라면요."

재후가 서울로 간다. 우리가 여길 떠난다. 생각지도 못했던 얘기라 나는 놀랍기만 했다. 하지만 다음 순간, 여태까지 그런 생각을 전혀 해 보지 않았다는 사실에 더 놀라고 말았다.

재후는 휘성그룹 회장의 손자다. '최근 공식석상에 모습을 드러낸 후계자', 그 말은 그 사람에게도 해야 할 일이 있다는 뜻이다. 여기 이 외딴 섬에서 나를 돌보고 걱정하고 안심시키느라 24시간을 다 보내는 대신 말이다.

"천재후 씨가 그 얘기도 아직 하지 않았나요? 큰일이군요, 얘기할 타이밍을 재고 있었을 텐데 제가 먼저 다 말해버린 모양새가 됐으니. 벌써 원망하는 소리가 귀에 울리네요."

남 박사가 곤란하다는 듯 웃었다. 의사 가운을 걸치고 있지 않은 탓인지, 진료실 같지 않은 분위기 때문인지 오늘 남 박사의 말투는 평소보다 훨씬 친근하게 들렸다.

하지만 바짝 곤두서 있던 마음 때문일까. 나는 그를 따라 편하게 웃을 수 없었다. 어떻게 하면 컴퓨터를 확인할 수 있을지, 내 머릿속이 바삐 움직였다.

***

나는 언제나 앉던 자리에 앉았다. 남 박사도 맞은편 소파로 왔다. 짐 정리를 하느라 끼고 있던 목장갑을 벗어 소파 팔걸이에 얹어놓는 모습을 나는 물끄러미 쳐다보았다.

그가 지닌 지적이고 날카로운 이미지와는 달리, 팔뚝에서부터 손마디까지 이어지는 선은 무척이나 남성적이었다. 팽팽하게 곤두선 근육이 팔뚝을 따라 손끝까지 이어지고 있었다.

아무리 바쁜 일과에도 운동을 게을리하지 않았다는 증거였다. 남우성이라는 사람이 철두철미하게 자신을 관리하는 사람이라는 걸 보여주는 증거이기도 했다.

이렇게 젊은 나이에 이런 자리까지 온 사람이라면 당연한 건지도 몰랐다.

"그런데 무슨 일로 저를 찾아오신 건가요? 천재후 씨 없이 혼자 여기 오신 건 처음 같은데."

남 박사가 내게로 조금 몸을 기울이며 물었다. 비록 약속 없이 불쑥 찾아오긴 했지만, 기꺼이 내 얘기를 들어주겠다는 뜻이 담긴 긍정적인 동작이었다.

"지난번에 기억 조작에 대해 말씀하신 거, 생각나세요?"

"기억 조작? 작화증 말씀인가요?"

"네. 기억의 빈틈을 메꾸기 위해 기억상실증 환자들이 가짜 기억을 지어내기도 한다고 하셨잖아요. 그 증상이 구체적으로 어떻게 나타나는 건지 알고 싶어요."

"글쎄요…… 증상은 환자마다 다르죠. 하지만 대표적인 증상은 알츠하이머병을 앓는 환자들한테서 자주 발견됩니다. 자신이 병에 걸렸다는 걸 인정하기 싫어서 거짓 기억을 만들어내 변명을 하는 거죠. 가령, 돈을 어디 놔뒀는지 기억이 안 나면 누가 내 돈을 훔쳐 갔다고 한다든가, 밥을 먹었는지 기억이 안 나면 사람들이 나를 구박해 밥을 안 준다고 믿는다든가. 우리 주변에서 흔히 볼 수 있는 장면이죠. 그런데 이럴 때 환자들의 말을 들어보면 상황이 매우 구체적이에요. 디테일도 아주 상세하죠. 거짓과 실제를 교묘하게 섞어서 만들어낸 거짓말이기 때문입니다."

"또 다른 경우는 없나요?"

"꿈을 현실이라고 착각하는 사람들도 있죠. 꿈에서 경험한 것을 현실 경험이라고 착각해서 망상에 빠지게 되는 겁니다."

"기억에 문제가 있는 사람들이 모두 그런 증상을 겪는 건 아니잖아요."

"물론입니다. 작화증의 경우, 감정적인 문제도 상당한 원인을 차지합니다. 불안을 심하게 느끼거나 환자 스스로 자신이 어떤 상황에 적절하게 대응하지 못하고 있다고 판단하는 경우, 거짓 기억을 만들어내기도 합니다."

"저도 그럴까요? 그런 증상을 앓게 될 가능성이 있을까요?"

"무슨 일이 있었던 겁니까?"

그가 내 눈을 들여다보며 물었다.

나는 대답하기가 망설여졌다.

말해도 될까? 이 사람은 천재후의 주치의다. 그 사람의 편이다. 그동안의 면담 치료를 통해 내가 이 사람을 예전보다 더 편하게 느끼게 된 건 사실이지만, 그건 내 쪽의 감정 변화일 뿐이다.

이 사람은 면담 치료를 통해 수집한 내 정보를 천재후에게 보고하고 있는지도 모른다. 어쩌면 처음부터 그런 목적으로 천재후가 이 치료를 제안했다는 게 합리적인 추론일 것이다. 남 박사는 모른 척 그것을 수용한 것이고. 그 암묵적인 거래를 눈치채지 못한 채 나는 그들 사이에서 꼭두각시 노릇을 해왔는지도 모른다.

천재후가 나의 감정 상태에 대해 그렇게 예민하게 반응할 수 있었던 건 그래서일까. 내가 두려워하는 것, 피하고 싶은 것들을 쉽게 눈치채고, 내가 원하는 것, 확인하고 싶은 것들을 한발 앞서 해주던 것도 그래서 가능했던 건 아닐까.

나를 잘 알고 이해하고 사랑하기 때문이 아니라, 감시하고 염탐하고 나의 뒤를 쫓고 있었기 때문에?

의심이 끝도 없이 뻗어나갔다. 그때 남 박사가 나를 멈춰주었다.

"송하윤 씨, 나를 봐요."

나는 그의 말대로 했다. 의식하지 못하는 새 다른 곳을 떠돌던 눈동자가 그를 향했다. 금테안경 너머로 신뢰감을 주는 갈색의 눈동자가 나를 쳐다봤다.

"말을 해야 나도 도울 수 있어요."

나도 남 박사의 말을 믿고 싶었다. 하지만 불안이 만들어낸 의심의 덩굴은 아직 내 발목을 움켜쥐고 있었다.

"혹시 말예요, 제가 한 말이 천재후 씨한테 그대로 전달되나요?"

"그럴 리가요. 환자의 비밀은 어떤 경우든 보장해요."

"천재후 씨가 알려달라고 해도?"

"천재후 씨가 알려달라고 해도."

한 번 더 확답을 바라는 걸 아는지 그가 같은 말로 응답했다.

물론 이 말조차 거짓이 아니란 보장은 없었다. 믿느냐, 마느냐는 내 선택의 문제다. 그래서 나는 선택했다. 그에게 털어놓고 도움을 구하는 것 외에 다른 방법이 생각나지 않았다.

"실은 어제 산책하다가 박사님의 진료실이 있는 이 건물을 우연히 발견했어요. 그래서 여길 들어왔었어요."

"그랬군요."

"박사님의 컴퓨터를 썼어요."

별로 큰일은 아니라는 듯 그는 간단히 고개를 끄덕였다.

"아니에요, 정확히는 쓰려고 했는데 비밀번호가 걸려 있었어요. 그래서 그대로 다시 끄고 나가려고 했어요. 그런데 그때 어떤 사람이 여기로 들어왔어요."

나는 어제 겪은 상황을 간략하게 설명했다. 다만, 무엇을 검색했는지는 말하지 않았다. 내 목적은 그게 아니니까.

작화증이 아니라는 걸 확인하기 위해 그 컴퓨터를 다시 사용해도 되는지 물어보는 것. 그리고 허락을 얻어내는 것. 그게 내 목적이었다.

"어째서 그런 생각을 한 거죠? 왜 그 기억이 거짓이라고 느꼈습니까?"

내 얘기를 다 듣고 나서 남 박사가 차분한 목소리로 물어왔다.

"그 사람이 그렇게 포스트잇을 붙여놓고 갔을 리가 없으니까요. 제가 원하는 걸 안다는 듯이 그 순간에 들어와서 딱 그것만 알려주고 갔을 리가 없어요."

세상은 나를 위해 돌아가지 않으니까요. 그런 세상이 있다면 그건 진짜 세상이 아니잖아요?

그런데 남 박사의 대답은 뜻밖이었다.

"그 포스트잇은 언제나 모니터 화면 옆에 붙어 있습니다. 다른 직원들 보라고 제가 붙여놓은 거니까요."

"원래 붙어 있었다구요?"

"송하윤 씨가 들어왔을 때 방 안이 어두웠다고 했죠? 그래서 그게 붙어 있는지 미처 보지 못했을 겁니다. 마음이 급했다면 더 그랬을 수 있겠죠."

그런가? 그랬을 가능성도 없지는 않을 것이다. 하지만 이건 내가 원했던 대답이 아니다. 컴퓨터를 사용해도 된다는 허락이 필요했다. 그렇지만 남 박사는 천재후가 아니었다. 언제나 내가 원하는 모든 걸 미리 눈치채고 어김없이 내어주는 그 사람이 아니다.

어제 여기 들어와 사고 당시의 기사를 검색해봤다는 것, 그 기사가 반나절 만에 사라져버렸다는 것. 그 사실을 털어놓지 않으면 이 사람은 내게 도움을 주지 않을 것이다.

이게 나를 둘러싼 현실의 세상이다. 나를 위해 돌아가지 않는 세상. 하나를 주어야 하나를 받을 수 있는 세상.

"이제 확인이 됐습니까? 마음이 좀 안정됐나요?"

남 박사가 물었다.

나는 마지못해 고개를 끄덕였다.

"너무 불안해하지 말았으면 좋겠습니다. 천재후 씨한테 조금 더 기대라고 했던 내 말, 기억하고 있죠?"

"네, 기억해요. 더 많은 걸 물어보라고도 하셨죠."

"그래요. 그래서 진전은 있습니까? 천재후 씨한테 송하윤 씨 이야기를 좀 더 들었나요?"

남 박사는 천재후가 내 모든 문제를 해결해줄 것처럼 말했다. 하지만 잘못 생각하는 것이다. 혹은 잘못된 생각으로 일부러 나를 몰고 가려 하는 것이다.

내 모든 문제의 원인은 천재후다. 그 사람을 믿고 의지하려는 게 문제다. 그에 대한 믿음이 흔들리면 내 세상이 흔들린다. 그를 믿을 수 없게 되면 나에 대한 믿음도 사라진다.

지금은 내 존재가 마치 그 사람의 말과 생각, 그 사람의 마음과 기억 위에 세워진 것 같다.

내게는 다른 돌파구가 필요하다. 그가 말하는 게 진실인지 아닌지, 교차검토를 해줄 수 있는 누군가가 필요하다.

비록 그 사람이 천재후의 끄나풀이라고 할지라도.

나는 남 박사의 눈을 똑바로 쳐다보며 입을 열었다.

"박사님은 예전부터 저를 알고 계셨나요? 그러니까…… 제가 기억을 잃기 전에도요."

뜻밖의 질문이었는지, 남 박사가 눈을 살짝 치켜들었다.

"알고 있었죠."

짧게 대답하고 그는 입을 다물었다.

"저는 어떤 사람이죠?"

"천재후 씨는 뭐라던가요?"

"박사님의 대답을 듣고 싶어요."

"천재후 씨 말이 맞는지 확인하기 위해서요? 제 조언이 그다지 효과가 있진 않았나 보네요."

"사람은 누구나 여러 가지 면을 가지고 있잖아요. 어떤 면을 발견하느냐도 사람에 따라 다를 테고요."

"제가 본 송하윤 씨가 어떤 사람인지 말씀드리면 되는 건가요?"

"말해주세요, 듣고 싶어요."

"송하윤 씨는……."

남 박사가 일부러 그러는 것처럼 한 박자를 쉬었다. 내 눈을 마주 보는 그의 눈동자가 뭔가를 말하는 것 같았다. 나는 그 의미를 해독해보려고 애썼다. 하지만 늘 그렇듯 그의 감정은 해석이 힘들었다.

그래서 그의 다음 말을 기다렸다. 그 말이 나오기까지 긴 시간이 지난 것 같은 착각이 들었다.

"똑똑한 분이죠. 항상 자신이 뭘 원하고 뭘 해야 하는지 잘 아는 사람이었습니다."

"지금하고는 정반대였네요."

나도 모르게 자조적인 말이 흘러나왔다.

"그렇지 않을 겁니다. 송하윤 씨가 그런 사람이었기 때문에 지금 더 불안하고 초조한 것일 수도 있습니다. 원하는 일, 해야 하는 일을 하지 못한다고 느끼기 때문이죠."

남 박사가 이런 말을 할 때마다 의사와 면담 치료를 하고 있다는 사실이 실감 났다. 내가 느끼고 있는 모호한 감정이 남 박사의 입을 통해 확실해진다. 알 수 없었던 내 감정이 무엇 때문인지 알게 된다.

"……그 말씀이 맞는 것 같아요."

나는 그의 말에 수긍했다.

"그럼 말해보세요. 뭘 원하죠? 뭘 해야 한다고 느낍니까?"

"모르겠어요, 그건."

"그럼 곰곰이 생각해보세요. 송하윤 씨가 정말로 뭘 하고 싶은 건지."

그 말을 끝으로 남 박사와의 짧은 면담이 끝났다.

나는 진료실을 나가려고 문고리를 잡은 채 뒤를 돌아봤다. 남 박사에게 마지막 인사를 하고 싶었다.

"서울에는 언제 올라가세요?"

"내일 갑니다. 천재후 씨가 올라갈 때 저도 함께 오라는 지시를 받았거든요."

"재후 씨도 내일 박사님과 같이 가는 건가요?"

"아, 이런. 또 실수네요."

"괜찮아요. 어차피 얘기를 들을 테니까. 천성묵 회장님이 빨리 돌아오라고 재촉하시나 보죠?"

"네. 아무래도 오래 자리를 비우고 있으니까요. 하지만 내일은 아마 올라갔다가 바로 내려올 겁니다. 여기서도 정리해야 할 일들이 있을 테고, 무엇보다도 하윤 씨가 아직 여기 있으니까요."

"그럼 헬리콥터를 타고 가나요? 제가 올 땐 그렇게 왔다고 들었는데."

그 말에 남 박사가 웃었다.

"회장님이 보낸 차가 올 거예요. 여기가 섬이긴 하지만 생각보다 서울에서 그렇게 멀리 떨어진 곳은 아니니까요."

"그럼…… 조심해서 올라가세요."

나는 그에게 손을 내밀었다. 기억을 잃고 깨어난 이후, 내가 알게 된 두 사람 중 한 사람. 어쩌면 천재후보다 내 이야기를 더 많이 꺼내놓았을 사람. 어쨌든 이 사람 덕분에 내 어두웠던 길이 조금 더 밝아진 건 사실이었다. 모호했던 길도 조금 더 명확해졌다.

지금까지도 그랬고, 오늘도 마찬가지였다. 그 이유만으로도 그에게 아쉬운 악수를 청할 이유는 충분했다.

그가 내 손을 맞잡았다. 커다랗고 남자다운 손이 내 손을 살짝 감싸 쥔 다음 놓았다.

"송하윤 씨도 원하는 걸 꼭 찾을 수 있길 바랍니다."

그의 목소리가 진료실을 나서는 내 귓가에 꾹 달라붙었다.

***

내가 돌아왔을 때, 재후는 새파랗게 질려 있었다. 갑자기 사라진 날 찾고 있었는지 그의 이마엔 진땀이 맺혀 있었다.

나를 발견하자마자 그가 한달음에 달려와 내 등을 와락 껴안았다. 나를 안은 그의 팔이 떨렸다. 내가 그에게서 도망쳤던 그 밤처럼.

"어디 갔었어? 걱정했어. 무슨 일이 생긴 줄 알고."

꽉 잠긴 목소리가 그의 입에서 힘겹게 흘러나왔다.

"남 박사한테 갔다 왔어요."

"남 박사?"

재후가 팔을 풀고 내게서 조금 떨어졌다. 내 눈을 들여다보는 그의 회청색 눈동자가 긴장하고 있는 것처럼 보였다.

"남 박사는 왜? 무슨 일이 있었던 거야?"

"아무 일도 없었어요……. 날이 좋길래 잠깐 산책을 하려고 나갔는데, 산책로 끝에서 남 박사님 진료실을 우연히 발견했어요."

나는 어제저녁에 있었던 일을 그대로 말해보았다. 재후가 어떤 반응을 보일지 궁금했다. 하지만 그에게선 별다른 표정 변화가 없었다. 연기라면 꽤 훌륭한 수준이었다.

"그래서 들어가 봤더니 짐을 싸고 있었어요. 내일 서울로 올라간다고 해서 작별 인사를 하고 왔어요."

"아!"

그때야 재후의 얼굴이 당황하는 빛을 띠었다. 하지만 그 이유는 내가 기대했던 것과 달랐다.

"그럼 들었겠구나. 나도 간다는 거."

나는 입을 다문 채 고개를 끄덕였다.

"그래서 화가 난 건가? 이렇게 얼굴이 굳은 게 그거 때문이야?"

그는 무릎을 살짝 구부려 눈높이를 맞추며 내 표정을 살폈다.

그러고 보니 재후 앞에서 이렇게 내 감정을 마음껏 드러내 보인 적이 없었던 것 같다. 늘 불안에 떨며 눈치를 보거나, 그를 실망시키지 않으려고 꾸며낸 미소를 지었다.

그가 가짜 천재후를 연기했다면, 나도 가짜 송하윤을 연기하고 있었던 거다. 그 사실을 나는 지금 문득 깨달았다.

그럼 이 사람이 믿는 대로 조금 더 연기를 해봐도 될까.

"왜 말 안 했어요? 어제저녁에 얘기할 수 있었잖아요."

"하윤이 네가 불안해할까 봐."

"재후 씨 없이는 내가 단 하루도 버틸 수 없을 것 같았어요?"

"그런 뜻은 아니야. 사실은……."

잠깐 망설이는 듯하더니 그가 다시 말을 이었다.

"하윤이 너랑 같이 갈 수 있을지 방법을 고민하고 있었어."

"같이 간다고요?"

"서울까지 차를 타고 가도 괜찮을지 남 박사한테 물어본 다음, 너한테도 말할 생각이었어. 괜찮다면 같이 가자고."

언제나처럼 나에 대한 배려를 가득 담은 말이 그의 입에서 자연스럽게 흘러나왔다. 하지만 내게는 그 말이 평소와는 다르게 다가왔다. 모든 말이 의심스러웠다. 나를 굳이 데려가려는 건 나를 감시하기 위해서가 아닐까. 어디로도 달아나지 못하도록 목줄을 채우려는 게 아닐까.

"난…… 그냥 여기 있을래요. 그렇게 할게요."

나는 그에게서 한걸음 물러서며 대답했다. 뺨이 빳빳하게 굳어가는 게 느껴졌다. 낭패다. 이렇게 감정을 드러내서는 제대로 된 연기를 할 수가 없다.

그런데 내 굳은 표정을 재후는 다르게 해석한 것 같았다.

"역시 차를 타고 멀리 가는 건 좀 힘들 것 같아?"

나는 얼른 고개를 끄덕였다.

"고속도로를 타면 차 사고가 나던 때가 자꾸 생각날 것 같아요."

"그럼…… 하윤이 네가 원하는 대로 하자. 나한텐 네 마음이 제일 중요하니까. 혼자 갔다 올게. 걱정은 좀 되겠지만…… 난 송하윤을 믿어."

"고마워요. 대신 아침 먹고 나서 차 타고 밖으로 나가봐요. 트라우마를 치유하려면 좋은 기억을 만들어서 나쁜 기억을 덮어버리는 게 좋대요."

"그렇게 하자."

내 제안이 진심으로 기쁜지 그가 미소를 지었다. 조각 같은 얼굴에 떠오른 매력적인 미소가 눈이 부셨다. 내 손을 잡아끄는 그의 손이 따뜻했다.

그럴수록 내 심장은 차갑게 굳어갔다. 거기서 생긴 온도차 때문일까. 끼익끼익, 심장이 파열되기 직전의 소리를 냈다. 어서 빨리 그의 이 따뜻함에서 벗어나고 싶다.

114

***

재후는 다음 날 일찍 집을 나섰다. 천 회장이 보낸 차가 진작에 건물 앞에 대기해 있었다.

차를 몰고 온 기사가 나를 보더니 깍듯이 고개 숙여 인사했다. 나도 그만큼 고개를 숙였다. 그 순간에도 슬쩍 치켜뜬 그의 시선이 나를 쳐다보고 있다는 걸 느낄 수 있었다.

내 어깨를 꼭 안아주고 나서 재후는 차에 올랐다. 그를 태운 차가 시야에서 완전히 사라지는 걸 확인한 다음에야 나는 다시 안으로 들어갔다.

그가 사라져버린 공간은 텅 빈 것처럼 느껴졌다.

평소에도 재후와 나 이외에는 다른 사람들 기척이 잘 느껴지지 않는 집이었다. 청소하는 사람, 식사를 준비하는 사람, 나무를 손질하는 사람…… 이들이 모두 있는 건 확실했지만 모습을 본 적은 거의 없었다.

흔적은 있지만, 실체는 없는 존재들. 그래서일까. 재후가 사라진 이곳은 마치 유령들이 사는 집처럼 느껴졌다. 아니, 사실은 내가 유령이 된 것 같았다. 실체는 있지만 흔적은 없는 존재가 바로 나니까.

이 집이 과연 우리 집이라고 할 수 있을까? 아니, 여긴 우리 집이 아니다. 침대 위에 걸린 저 기묘한 판화와 재후의 서가에 준비된 것처럼 꽂혀 있던 그 책을 제외하면 이 집엔 내 흔적이 없다.

어떻게 이런 곳을 집이라고 부를 수 있을까.

함께 찍은 사진도, 주고받았던 문자도, 같이 나눌 추억도 없는 천재후를 어떻게 내가 연인이라고 믿을 수 있을까.

그러니 찾아야 한다. 진짜 내 흔적을. 이 긴 미몽에서 깨어나기 위해서라도 나를 확인할 수 있는 물리적인 증거들을 손에 쥐어야 한다.

나는 내 방으로 올라가는 계단 대신, 재후의 방으로 통하는 계단을 오르기 시작했다. 그의 방문은 굳게 닫혀 있었지만, 잠겨 있는 건 아니었다. 나는 조심스럽게 문손잡이를 돌렸다.

어제 나는 이곳에서 재후와 거의 모든 시간을 함께 보냈다. 차를 타고 바닷가로 산책을 나갔다가 돌아온 후 여기서 점심을 먹었다. 그 후에는 베란다로 나가 차를 마셨다. 저녁에는 서가에서 고른 책을 침대 위에서 함께 읽었다. 그리고 그의 팔을 벤 채 그대로 잠이 들었다.

덕분에 그의 잠든 얼굴을 보았고, 아침에 일어났을 때 살짝 까칠해진 턱의 감촉도 느낄 수 있었다. 하지만 내가 확인하고 싶은 건 따로 있었다.

방으로 들어오자마자 나는 문을 걸어 잠갔다. 그리고 재후의 책상으로 곧장 다가갔다. 원하는 걸 찾기 위해 첫 번째 서랍을 열었다. 어제 산책에서 돌아왔을 때 여기에 넣는 걸 보았고, 오늘 아침까지 다시 꺼내지 않았다는 것도 확인했다.

예상대로 서랍 안에는 번쩍거리는 은색 자동차 키가 반듯하게 놓여 있었다.

손에 힘을 주어 키를 움켜쥐었다. 손안에 닿는 금속의 차가운 감촉이 섬뜩했다.

이대로 머뭇거리다간 망설이게 될 것 같아 얼른 서랍을 닫은 뒤 방에서 나왔다. 누가 나를 몰래 지켜보는 느낌에 심장이 조여왔다.

뛰듯이 계단을 내려와 정신없이 문을 열고 밖으로 나왔다. 차고에는 세련된 디자인을 자랑하는 재후의 차가 얌전하게 세워져 있었다.

리모컨으로 문을 열고 운전석에 앉았다. 안전벨트를 메고 시동을 걸었다.

기억은 없지만 알 수 있다. 내가 운전을 할 수 있는 사람이라는 걸.

차가 서서히 움직이기 시작했다. 재후와 함께 지나갔던 길을 떠올리며 나는 앞으로 나아갔다.

내가 지금 가려는 이 길은 천재후에게서 멀어지는 길이 될 수도 있다. 다시는 돌아올 수 없을지도 모른다.

그래도 나는 가야 한다. 안개 속을 헤매다 드디어 찾아낸 이 길을 포기할 수 없다. 내가 누구인지, 왜 여기 있는지 알아낼 수 있는 진짜 단서가 이 길의 끝에 반드시 있을 것이다.

***

중세 요새처럼 생긴 천재후의 별장을 나설 때까지 나는 조마조마한 마음을 떨칠 수 없었다. 누군가 불쑥 나타나 차를 가로막을까 봐 순간순간이 초조했다. 황금 아치를 달고 있는 문이 나를 통과시키지 않겠다고 버틸까 봐 두려웠다.

그러나 상상했던 것보다 훨씬 더 쉽게 나는 그곳을 나올 수 있었다. 방해물은 아무것도 없었다. 마치 나를 내보내길 오랫동안 기다리기라도 했다는 듯 길이 트이고 문이 열렸다.

섬의 순환도로를 돌아 육지로 연결된 길로 접어들었을 때는 마치 천성묵 회장이 만든 저 인공섬에서 등이 떠밀리는 기분이 들 정도였다.

뒤를 돌아보지 않으려고 나는 속도를 냈다. 능숙하게 핸들을 조절하고 액셀과 브레이크를 밟으며 차를 몰았다.

당장 내겐 운전면허증이 없으므로 단속에 걸리면 낭패를 볼 수도 있다. 그래서 교통신호를 위반하지 않도록 조심하는 것도 잊지 않았다.

내비게이터에 입력된 목적지는 생각보다 멀지 않았다. 교통사고가 났던 톨게이트 지점을 관할하는 경찰서. 그곳이 바로 내가 가려는 목적지였다.

기사를 삭제하도록 한 게 누군지는 몰라도, 그날 밤 사고의 흔적까지 지우지는 못했을 것이다. 경찰서에 가면 사고의 기록이 틀림없이 남아 있을 것이다. 사라진 운전자와 동승자를 찾기 위해 조사까지 벌였다면 더더욱.

어쩌면…… 경찰은 아직도 나를 찾고 있을지 모른다. 경찰서에 들어가자마자 누군가 내 얼굴을 알아볼 수도 있다. 신원을 확인하겠다며 주민등록번호를 요구할지도 모른다.

그걸 대비해 어제 재후에게서 내 주민등록번호도 알아두었다. 컴퓨터로는 그 번호로 조회할 수 있는 기록이 없었다. 주민등록등본을 떼 보려고 했지만, 그러려면 공동인증서가 필요했다.

하지만 경찰이라면 다를 것이다. 주민등록번호만 있으면 인적사항을 조회해볼 수 있다. 가족관계는 어떻게 되는지, 본적은 어디인지, 어디에 살았으며 지금은 어디에 살고 있는지, 그것 말고도 많은 것들을.

나는 목적지까지 남은 거리와 시간을 다시 확인했다.

내비게이터가 표시하는 거리가 줄어들수록 심장이 불안하게 두근거렸다. 이대로 차를 돌려 돌아가고 싶은 마음이 불쑥불쑥 솟아올랐다. 그럴수록 운전대를 잡은 손에 더 힘을 주었다.

아무리 운전대를 꽉 쥐어도 손등에 힘줄은 솟아나지 않았다. 그날 밤, 내 옆에 있었던 사람은 천재후가 아니다. 목적지가 가까워질수록 확신이 더 강해졌다.

내비게이터의 안내가 종료되고 목적지에 도착했다는 기계음이 들려왔다.

시동을 끄고 차에서 내렸다. 경찰서 입구에 걸어놓은 간판이 보였다. 그리로 가까이 다가갈수록 발이 휘청거리고 눈앞이 빙글빙글 돌아가는 기분이었다.

기절할 것 같았다. 다시 차 안으로 돌아가고 싶었다. 그 섬으로, 안전한 우리의 집으로 돌아가서 천재후가 만들어준 쳇바퀴를 다시 굴리고 싶었다.

내가 여기서 뭘 하는 거지. 뭐에 홀려서 여기까지 온 거야. 저기로 들어가면 안 돼. 경찰들을 찾아가 그날 밤 사라진 게 우리라고 말하면 안 돼. 천재후한테 피해가 갈 거야. 재벌가 자제가 교통사고를 일으킨 뒤 뺑소니를 쳤다고 아무것도 모르는 사람들한테 비난을 받게 될지도 몰라.

돌아가자, 송하윤.

왜 남 박사의 말을 듣지 않는 거야? 천재후한테 물어보라고 했잖아. 알고 싶은 건 모두 그 사람한테 물어보면 돼. 그 사람은 내가 원하는 모든 답을 알고 있어.

마음의 목소리가 시키는 대로 나는 정말로 뒷걸음질을 치기 시작했다. 한걸음 멀어질 때마다 꽉 조여왔던 심장이 편해지는 것 같았다.

몇 걸음이나 그렇게 뒤로 도망을 왔을까. 등이 무언가에 부딪혔다. 꽤 심한 반동에 나는 앞으로 고꾸라질 뻔했다. 그런 내 팔을 누군가가 급히 잡았다.

"뭐 하는 거요?"

경찰복을 입은 남자 하나가 퉁명스러운 얼굴로 나를 내려다보았다.

"경찰서에 온 겁니까?"

나는 대답하지 않았다.

"용건이 있으면 들어갈 일이지 왜 이렇게 시퍼렇게 질려 있어요? 여기 사람 잡아먹는 데 아니니까 들어와요."

남자는 나를 놓고 성큼성큼 경찰서 입구로 걸어갔다. 문을 열다 말고 그가 다시 뒤를 돌아봤다.

"어이, 안 들어와요?"

그 말에 내 발이 저절로 움직였다. 활짝 열린 경찰서 입구가 나를 맞이했다.

***

경찰서 안은 생각보다 넓었다. 문을 열고 들어가는 순간 경찰들이 나를 알아보고 신속하게 정보를 조회해 나의 모든 걸 알려주리라는 생각이 얼마나 우스운 것인지 나는 즉시 깨달았다.

문간에 서서 나는 잠시 분주한 경찰들의 모습을 지켜보았다. 교통사고 때문에 왔다는 얘기에 누군가가 교통조사계로 가보라고 알려주었다.

입구 쪽에 설치된 파티션 안쪽 자리에 교통조사계 민원실이 따로 마련돼 있었다. 나는 민원을 접수한 뒤 안쪽 소파에 앉아 기다렸다.

시간은 느리게 갔다. 나는 참을성 있게 기다렸다. 차를 타고 올 때만큼 초조하지는 않았다. 일단 목표지점에 발을 들여놓고 나자 마음이 차분하게 가라앉았다.

아니, 그보다는 모든 생각이 날아가 버렸다는 게 맞다. 여기까지 오면 해야 할 말도, 알아야 할 것도 많을 거라고 생각했는데 막상 이곳에 앉아 있자니 내가 도대체 여기서 뭘 할 수 있을지 모르겠다. 시간이 지날수록 막막함이 커졌다.

한참 만에 내 이름이 불렸다. 나는 안내받은 자리로 가서 앉았다. 주위는 조사받으러 온 사람들과 민원인들, 경찰들로 뒤섞여 정신이 없었다. 이렇게 사람이 많은 곳은 오랜만이라 그런지 숨이 답답하고 머리가 어지러웠다.

돌아가고 싶다…….

다시 끈질긴 생각이 고개를 들었다. 회피본능이 또 발동된 것이다.

하지만 이번엔 오래 가지 않았다. 그럴 수가 없었다. 책상 맞은편의 빈 의자에 누군가가 털썩 앉았다.

나는 고개를 들었다. 낯익은 얼굴이 나를 쳐다보고 있었다.

경찰서 앞에서 퉁명스러운 얼굴로 나를 잡아주던 남자. 등을 떠밀듯 나를 이 경찰서 안으로 들어오게 만든 바로 그 남자였다.

"또 보네요? 벌벌 떨고 있길래 어디 강력반이라도 찾아가나 했더니, 교통조사과를 오셨네?"

서류철을 내려놓으며 그가 내 앞에 앉았다.

평범하게 생긴 남자였다. 나이는 삼십 대 중반에서 후반 정도일까. 적당히 그은 피부에 적당한 키. 어디 딱히 흠잡을 데 없지만 그렇다고 특별히 눈에 띄는 것도 아닌 이목구비. 한참 얘기를 한 다음 돌아서도 잘 기억나지 않을 개성 없는 얼굴.

그게 억울하기라도 했던 걸까. 남자는 내려보는 듯한 시선을 자신의 개성으로 장착시킨 듯했다.

그의 얼굴 뒤로, '시민과 함께하는 경찰, 따뜻하고 친절한 경찰'이라는 문구가 보였다.

표제와 실체의 괴리. 뜬금없이 그런 표현이 떠올랐다. 왜 언제나 믿고 싶은 쪽이 거짓일까.

"한 달 전쯤 보토리 톨게이트에서 4중 연쇄추돌사고가 난 적이 있어요. 새벽에요. 그 사고에 대해서 알고 싶어 왔어요."

나는 민원실에 앉아 있는 내내 반복해 연습했던 말을 꺼내놓았다.

"왜요? 사고 관련잡니까?"

남자가 고개를 조금 뒤로 젖히며 물었다. 덕분에 내리까는 듯한 그의 시선이 더욱 노골적으로 느껴졌다.

"네."

간단히 대답하며 나는 남자 앞에 놓인 서류철로 시선을 던졌다. 지금 그가 쳐다봐야 할 건 내가 아니라 사건 기록이라는 뜻이었다.

"운전자였어요?"

그가 다시 물었다.

"아뇨. 첫 번째 사고를 일으켰던 차에 타고 있었어요."

"그래요? 그런데 뭘 알고 싶다는 겁니까?"

"기사를 봤어요. 그날, 사고가 난 직후 운전자와 동승자가 사라졌다는 기사요."

"그래서요?"

"그때 사라진 동승자가 저예요. 사고 때문에 곧바로 병원으로 옮겨져 수술을 받았어요."

"동승자······. 보험처리 문제라면 보험사하고 얘기해보는 게 빠르지 않나?"

시큰둥하게 반문하며 남자는 다시 의자 등받이에 상체를 기댔다. 그 상태로 팔짱을 낀 채 그는 의자를 빙글빙글 돌리기 시작했다.

그 와중에도 그의 시선은 내 얼굴에 고정돼 있었다. 뭔가 꺼림칙한 느낌이 드는 시선이었다.

그의 뒤로 보이는 시계는 점심시간이 얼마 남지 않았음을 가리키고 있었다. 경찰들이 점심을 먹으러 자리를 뜨기 전에 용건을 마무리 짓고 싶어서 나는 서둘렀다.

"당시 그 사고를 경찰에서 조사했다고 알고 있어요. 조사를 담당한 경찰분을 만나고 싶어요."

"조사를 담당한 경찰을 만나고 싶다?"

느릿느릿한 목소리로 그는 내 말을 되풀이했다. 그러고는 재미있다는 듯 입꼬리를 쓱 밀어 올렸다.

내 말 어디에 그를 재미있게 하는 구석이 있는지 모르겠다는 생각이 들었다. 나를 보는 그의 눈빛도 계속 신경쓰였다. 어서 빨리 이 불편한 시선을 벗어나고 싶었다. 그래서 나는 그가 담당 경찰관을 호출해주기를 초조하게 기다렸다.

그런데 그는 담당 경찰관을 불러주지 않았다. 대신 앉아 있던 의자에서 앞으로 몸을 숙여 팔꿈치를 책상에 댄 채 나를 쳐다봤다.

마주 앉은 이래 처음으로 진지하게 나를 향하는 시선이었다. 뭔가 원치 않는 대답을 들을 것 같다는 예감이 든 순간, 그가 말했다.

"납니다, 그게."

말문이 막혔다.

그 사건을 담당한 경찰이라면 사라졌던 동승자가 나타났다는 사실을 반겨야 마땅하다. 그런데 지금 이 경찰관의 태도는 그런 것과는 거리가 멀었다.

제대로 이해한 게 맞는지 확인하기 위해 나는 다시 물어볼 수밖에 없었다.

"그 4중 추돌사고 조사 담당하셨던 분이라고요?"

"아니면 내가 왜 여기 와 있을 것 같습니까?"

그는 책상 위에 놓인 서류철을 다시 집었다가 탁, 소리 나게 던지듯 내려놓았다. 자신이 조사한 사건 관련 기록들이 그 안에 있다는 의미일 것이다.

"자, 다시 말해봐요. 누구시라고 했죠?"

뚫어질 듯 내 얼굴을 바라보는 눈빛은 빈정대는 듯하던 조금 전까지와는 사뭇 달라져 있었다. 민원인을 대하는 게 아니라 범인을 취조하는 태도에 더 가까웠다.

뭔가 잘못 돌아가고 있다는 본능적인 직감이 스멀스멀 기어올랐다.

"저는 그 사고 차량에 같이 타고 있던……."

"타고 있던 차량 번호가 어떻게 됩니까?"

남자가 내 말을 끊었다. 그의 눈빛이 점점 더 날카로워졌다.

"……잘 모르겠어요."

"운전했던 사람은 누굽니까? 이름 대봐요."

"……그것도 모르겠어요."

"댁이 누군진 압니까?"

내가 대답하면 그가 어떤 반응을 보일지 확인하지 않아도 알 수 있을 것 같았다. 그래도 나는 말했다.

"사실은 잘 몰라요."

내 대답이 너무 황당하게 들렸는지, 그가 입을 다물고 나를 쏘아봤다. 이삼 초쯤 그러고 있었을까. 남자가 픽, 웃음을 터뜨렸다.

"와, 이거 참, 보면 볼수록 되게 궁금하게 하시네. 어이, 이봐요. 아무래도 잘못 찾아온 거 같은데? 여기 병원 아니라 경찰섭니다. 저기, 저거 보이죠?"

남자는 뒤로 고개를 돌려 벽에 붙어 있는 표어를 가리켰다.

"시민과 함께하는 경찰. 따뜻하고 친절한 경찰. 저기다 대고 큰절 한 번 하고 댁으로 얼른 돌아가요."

할 말을 마쳤다는 듯 남자가 자리에서 일어나려고 했다.

"그날 사고가 난 직후에 의식을 잃어서 그래요!"

나는 급하게 말했다. 결백을 증명하고 싶은 피의자라도 된 기분이었다.

"의사가 그랬어요. 뇌에 손상을 입었고 기억이 다 사라진 거라고요. 병명은 전생활사건망증이에요. 전반성기억상실이라고도 하고요."

"아, 그래서군요. 아무것도 생각이 안 나는 게. 그런데 참 이상하네. 기억이 다 사라졌다면서 사고가 난 건 어떻게 안 겁니까?"

"그 순간만 기억이 나요. 사고가 나던 전후 상황만."

나는 있는 그대로 대답했다. 하지만 말을 하는 나 자신에게조차도 내 말이 설득력 있게 들리지는 않았다. 나도 믿지 못하는 일로 남을 설득시키는 게 가능할 리 없다.

"어이, 아가씨. 내가 말야……."

"조사 결과를 알고 싶어요!"

이번엔 내가 그의 말을 끊었다. 나를 전혀 믿지 않는 남자의 기색에 마음이 더 급해졌다.

"어떻게 조사가 진행되고 있는지 그것만 말해주세요. 운전자를 찾으셨어요? 누구였나요? 사고 차에 있던 소지품들은 어떻게 됐죠? 그 안에 제가 놓고 온 게 있을 거예요. 그걸 찾고 싶어요."

나는 숨도 쉬지 않은 채 말했다. 여기까지 끌어안고 온 용건을 다 내려놓고 나는 가쁜 숨을 몰아쉬었다.

남자는 한동안 아무 말도 없이 내 얼굴을 빤히 쳐다봤다. 정말로 미친 건지 가늠이라도 해보려는 건가.

그의 시선을 맞받으며 나도 똑같은 생각을 해보았다. 내가 정말로 정신이 나가버린 건 아닌지.

한참 만에야 남자가 입을 열었다.

"사고 조사는 다 끝났습니다. 그것도 아주 깔끔하게."

"……운전자를 찾으셨다는 건가요?"

남자가 고개를 끄덕였다. 그리고 덧붙였다.

"동승했던 사람도 찾았고."

"찾았다고요?"

남자가 위아래로 다시 한번 크게 고개를 까닥거렸다.

운전자와 동승자를 찾았다고? 그럼 내가 아니라는 건가? 그 사고는 나하고 관련이 없다고? 착각한 거라고? 그렇다면 그 기사는 왜 삭제가

126

된 거지?

생각의 갈피를 잡지 못하고 있는 내게 남자가 다시 물었다.

"더 할 말 있어요?"

할 말이라면 물론 있다. 하지 못한 말이 잔뜩 쌓여 있다. 하지만 어떤 말부터 꺼내야 할지 모르겠다. 어디서부터 시작해야 할지 몰라서 나는 그냥 가장 먼저 떠오른 질문을 던졌다.

"누구죠, 그 사람들이?"

그 말을 던진 순간, 남자의 표정이 야릇하게 변했다. 꺼내지 말았어야 할 질문이라는 걸 직감한 찰나 그가 다시 책상 위로 몸을 숙이며 내게 얼굴을 들이밀었다. 느릿느릿한 목소리가 그의 입에서 흘러나왔다.

"그쪽은 누구지? 그래도 자기 이름 정도는 알고 있겠죠?"

나는 입을 열려고 했다. 하지만 그가 나를 막았다.

"아니, 아니, 잠깐만. 잘 생각하고 대답해요. 내가 이걸 왜 물어보는지 잘 생각하라고."

말은 그렇게 했지만, 그는 생각할 시간도, 대답할 시간도 주지 않고 나를 몰아붙였다.

"생각이 안 나? 잘 모르겠지? 그럼 내가 가르쳐줄 테니까 잘 따라해요. 일단 입 꾹 다물고 자리에서 일어나요. 그리고 여기서 나가. 왜냐고? 내가 아가씨 이름을 아는 순간, 바로 신원조회에 들어갈 테니까."

비밀을 알려주는 사람처럼 남자가 일부러 목소리를 낮춰 소곤거렸다. 나를 비웃고 있는 것이었다. 아니면 협박하고 있든지.

하지만 그의 의도와는 정반대로, 방금 그가 한 말은 나에게 어떻게 행동해야 할지 답을 알려주었다. 연쇄 추돌사고의 전말을 확인할 수는 없게 됐다고 해도, 내게는 다른 용건이 하나 더 남아 있다. 그 용건을 해결할 수 있는 답을 알려준 친절한 경찰. 나는 그의 말을 따르기로 했다.

"자, 아가씨. 그럼 잘 돌아가요. 기억이 또 날름 사라져버려도, 경찰한테 사기 치다 걸리면 인생 훅 갈 수 있다는 사실만은 꼭 기억하고!"

용건이 끝났다는 듯 남자가 자리에서 일어섰다. 그 순간, 나는 그의 등에 대고 소리쳤다.

"송하윤이에요!"

남자가 걸음을 멈추고 나를 돌아봤다. 주변 사람들도 흘낏 이쪽을 쳐다봤다.

"이름! 송하윤이에요. 이제 신원조회 하실 수 있죠?"

나는 눈도 깜빡하지 않은 채 그를 올려다봤다. 불쾌한 듯 그의 눈썹이 꿈틀거렸다.

"주민등록번호도 알아요. 불러드리면 되나요? 00XX00……."

"아, 이 사람이 진짜! 미쳤으면 병원엘 가고 등본을 떼고 싶으면 주민센터엘 가라고요!"

답답하다는 듯 남자의 목소리가 높아졌다. 경찰서 안에 있던 사람들의 시선이 일제히 이쪽을 향했다.

하지만 나는 당황하지 않았다. 불안하지도 않았다. 그 어느 때보다도 마음이 차분했다.

"차를 훔쳤으면요? 그건 경찰서가 맞는 거죠?"

"……뭐요?"

내 입꼬리가 나도 모르게 올라갔다. 경찰을 도발했을 때 어떤 일이 벌어질지는 나도 모른다. 어쨌든 나는 한 걸음 앞으로 나갔다, 그것도 내 힘으로. 그 사실만으로도 일단은 만족스러웠다.

***

"나오세요."

기계적인 말투와 함께 철컹, 하며 보호실 문 열리는 소리가 났다.

나는 고개를 들었다. 방금 보호실 문을 연 젊은 경찰관이 나를 보며 턱짓을 했다.

내가 나가자 기다렸다는 듯 등 뒤에서 다시 쇳소리가 들렸다.

나는 젊은 경찰관을 따라 복도로 나섰다. 하지만 몇 걸음도 떼지 못해 멈추고 말았다. 천재후가 뭐라고 설명하기 힘든 복잡한 표정으로 나를 기다리고 있었다. 이곳에서 마주한 그의 회청색 눈동자는 무척이나 익숙하게 느껴졌다.

온통 적대적인 세상에서 유일하게 나를 걱정하는 눈빛. 아무도 나를 알지 못하는 세상에서 단 한 명, 나를 아는 사람······.

내가 차를 훔쳤다고 얘기하자 경찰관은 내 신원을 조회해 범죄 기록이 있는지를 살펴보는 대신 차량 번호를 조회하고 차 소유주를 추적해 천재후에게 연락을 취했다.

다짜고짜 범죄자 취급을 하는 대신 사실을 확인한 후 적절한 조처를 하다니. 사실은 정말로 시민과 함께하는 친절하고 따뜻한 경찰관이었는지도 모른다. 천재후의 뒤에 양손을 곱게 모은 채 선 그의 태도를 보면 이런 생각을 하지 않을 수가 없었다.

나는 재후를 향해 다가갔다. 내가 이런 삭막한 경찰서의 복도를 혼자

걷는 걸 잠시라도 그냥 놔둘 수 없다는 듯 그가 내게로 뛰듯이 다가왔다.

나는 무거운 시선을 들어 그를 쳐다봤다. 그가 내게 뭐라고 말할지 궁금했다. 내가 저지른 배신을 알고도 그는 내게 똑같이 다정하게 말을 건넬까.

"괜찮아?"

그의 두 손이 내 어깨에 얹혔다.

그제야 나는 내가 떨고 있었다는 걸 깨달았다. 보호실 안에서 몇 시간을 보낼 때는 아무렇지도 않았는데, 재후의 얼굴을 보는 순간 갑자기 오한이 나는 것 같았다. 머릿속을 오가던 온갖 생각들이 모두 날아가 버리고, 단 하나의 생각이 내 머리를 지배하기 시작했다.

여전히 나는 이 사람을 마음껏 걱정시켜도 되는 사람일까. 아니면 이제 그 유효기간은 끝나버렸을까.

"괜찮은 거야, 하윤아?"

그가 다시 물으며 내 눈을 들여다봤다. 세상에서 가장 다정한 눈동자가 초조하게 내 얼굴 위를 배회했다.

문득 나도 그에게 물어보고 싶어졌다. 괜찮은 거냐고. 천재후, 당신은 정말로 괜찮은 거냐고.

"괜찮아요."

내 입에서 나온 말이 대답인지 질문인지 나는 확실히 알 수 없었다. 어쨌든 재후는 내 대답에 안심한 듯 뒷덜미를 끌어안아 자신의 가슴에 기대게 했다. 불규칙하게 뛰고 있는 심장박동이 느껴졌다. 그의 불안이 나를 안심케 했다. 나를 걱정하는 그의 심장이 내 마음을 편안케 했다.

이 사람은 아직 내 편이다.

나는 머릿속으로 되뇌었다. 천재후가 만들어놓은 낙원으로 돌아갈 수 있다는 사실이 말할 수 없이 기뻤다.

보호실에 앉아 있는 몇 시간 동안 나는 이틀 전부터 나를 휘몰아치던 의심의 폭풍에서 겨우 벗어날 수 있었다. 가만히 앉아 그간 일어났던 일들을 조용히 되짚어 볼 수 있었기 때문이다.

결론은 간단했다. 결국 그 기사는 내 사고와 관련이 없다는 것.

그저 내가 착각해서 그렇게 믿었던 것뿐이다. 게다가 이미 경찰들의 조사 끝에 일단락된 사건이었다.

아직도 천재후 뒤에 서서 우리를 쳐다보고 있는 저 경찰이 날 그렇게 수상쩍은 눈으로 보던 것도 당연했다. 아무 상관도 없는 사람이 찾아와 다짜고짜 지나간 사고 정보를 내놓으라고 한다면 좋은 얼굴로 대하기는 힘들 테니까.

그럼 기사는 왜 삭제됐냐고? 그건 알 수 없지만, 어쨌든 그것 역시 나와는 상관없는 일이다. 물론 재후와도.

재후는 나를 데리고 경찰서 입구로 걸어갔다. 유리문 밖으로 주차장에 세워진 차가 보였다. 내가 오늘 아침 허겁지겁 몰고 온 재후의 차. 이제 저 차를 타고 돌아가는 거다.

'우리 집'으로.

이 세상의 적의를 피해 천재후와 나, 둘만 있을 수 있는 공간으로.

급한 마음에 나는 재후보다 앞서 경찰서 문을 밀었다.

그때였다.

"저, 잠시만."

등 뒤에서 들려온 목소리에 재후가 흘깃 뒤를 돌아봤다.

배웅이라도 하려는 사람처럼 입구까지 우리를 따라 나온 친절한 경찰이 그의 뒤에 서 있었다.

"용건이 남았습니까?"

그렇게 묻는 재후의 얼굴은 보는 사람도 움찔할 만큼 서늘했다. 자신의 약혼자에게 함부로 굴고 보호실에 가둬놓은 사람이 받아야 할 마땅한 대접이 어떤 것인지를 선명하게 보여주는 표정이었다.

어떻게 고개를 돌리는 그 짧은 시간 안에 이렇게 다른 표정을 한 사람이 될 수 있는지 무척 신기하게 느껴졌다. 남 박사와 함께 있을 때도 생각했지만, 한없이 다정한 천재후는 나만이 볼 수 있는 신기루 같다. 빛이 따뜻한 공기에 반사돼서 만들어지는 신기루…….

"말씀을 드리는 게 좋을지 아닐지 몰라 고민을 좀 했는데, 아시는 게 나을 것 같아서 말입니다."

남자의 말에 새후가 내 손을 잡은 채 뒤돌아섰다.

"말해보세요."

"사실은 아까 연락을 드린 다음에 송하윤 씨 인적사항을 확인했습니다. 약혼자분께서 사고로 기억에 문제가 생겼다고 하시니, 혹시 도움 드릴 일이 있을까 해서 말이죠."

신원조회를 결국 해봤다는 말이군. 그런데 당사자인 나한테는 말해주지 않았어. 어째서? 천재후한테 직접 얘기하고 생색을 내려고?

아니면, 다른 이유가?

"그런데……."

남자는 천재후에게로 향했던 시선을 내게로 옮겼다.

"조회가 되질 않더란 말입니다. 혹시나 해서 송하윤 씨가 남긴 지문도 슬쩍 채취해 대조해봤는데, 마찬가지더군요. 조회가 되지 않았습니다."

남자의 말에 재후와 내 시선이 마주쳤다. 방금 들은 말이 이해되지 않는 건 재후도 나와 마찬가지인 듯했다. 그의 미간이 살짝 찌푸려졌다.

"조회가 안 된다니, 그게 무슨 말이죠?"

다시 경찰에게로 고개를 돌리며 내가 물었다.

"무슨 말이냐고요?"

되묻는 경찰의 눈빛이 순간적으로 번뜩였다.

그 순간 불길한 예감이 나를 덮쳤다. 이런 비슷한 경험을 최근에 몇 번 했던 것 같다. 언제였지? 방금 들은 말이나 읽은 글자가 즉시 뇌에 입력되지 않아서 당황했던 때가. 그때마다 어떤 일이 생겼더라?

머리가 답을 찾아 헤매는 동안 심장이 불쾌하게 뛰기 시작했다. 뇌보다 먼저 심장이 내게 알려주는 것이다. 아주 안 좋은 대답을 듣게 될 거라고.

이런 예감은 틀린 적이 없다.

친절한 경찰이 말했다.

"그런 사람은 없다는 뜻이죠. 적어도 그런 신원 정보를 가진 송하윤이라는 분은."

***

차는 길게 뻗은 도로를 멈추지 않고 달려갔다. 차창을 통해 조금씩 어둑해지는 하늘이 보였다. 그 하늘 밑을 한참 달린 뒤, 차는 잘 닦인 포장도로에서 벗어나 섬으로 향하는 길로 접어들었다.

육지에서 섬으로 통하는 그 적막한 길 끝에, 성처럼 생긴 요새가 저 멀리 윤곽을 보이기 시작했다.

저주받은 성처럼 태양을 등진 채 불길한 그림자를 드리우고 있는 요새. 천재후의 섬.

그곳을 향해 끈질기게 달려가던 차가 갑자기 덜컹거리며 요동치기 시작했다. 바닥에 깔아놓은 요철과 차바퀴가 마찰하는 소리가 고요하던 공기를 찢었다.

텅 비어 있던 내 머릿속이 마침내 삐걱거리며 움직이기 시작했다. 아무것도 생각하지 못한 채 정지해 있던 뇌가 고장 난 톱니바퀴를 억지로 돌렸다.

찌익, 찍.

지금 들리는 이 불쾌한 소리가 고무바퀴와 아스팔트가 빚어내는 소리인지, 내 머릿속에서 나는 소리인지 구분이 되지 않았다.

그런 사람은 없다고 했다. 그럼 나는? 지금 여기 앉아 있는 나는?

계속해서 불협화음이 고막을 긁었다. 날카로운 통증이 뇌 속으로 퍼졌고, 단단한 쇠꼬챙이가 내 심장을 후벼 파는 것 같았다. 얇고 가쁜 숨이 심장을 들썩이게 했다. 뜨겁고 기분 나쁜 덩어리가 꽉 뭉쳐진 채 온몸을 내달렸다.

찌이익, 삐그덕.

덜컹.

갑자기 요란하던 소리가 멎었다. 세상이 침묵 속에 정지해버린 것 같았다. 하지만 창밖으로는 여전히 휙휙 지나가는 풍경이 보였다. 요철을 통과한 차가 다시 매끄러운 길 위로 미끄러지기 시작한 것이다.

태양의 마지막 흔적이 하늘을 서서히 물들였다. 섬에 가까이 다가갈수록 바람이 세게 불어왔다. 하늘을 뒤덮은 붉은빛이 반사돼 바다도 붉게 철썩였다.

반면 차 안은 더할 나위 없이 고요했다. 바람을 맞받으며 달려가고 있는데도, 내 귀엔 어떤 소음도 들려오지 않았다.

차 안의 침묵을 견디기 힘들었다. 마치 유리로 만든 좁은 관 속에 묻혀 있는 기분이었다. 세상과 완벽하게 차단된 채 침묵으로 둘러싸인 유리관에 갇혀 있는 끔찍한 기분.

도저히 참을 수가 없다. 비명을 지르고 싶다. 누가 이 침묵을 좀 멈춰 달라고 악을 쓰고 싶다.

"차 세워요."

소리 지르고 싶은 충동을 억누르느라 나는 안간힘을 썼다.

"거의 다 왔어."

천재후가 대답했다.

"세워요."

"들어가서 얘기하자."

"세워줘요, 세워 달라고요!"

나는 꽉 쥐고 있던 주먹을 들어 차창을 탕탕 두드리기 시작했다.

"하윤아!"

놀란 그가 나를 향해 손을 뻗었다. 아랑곳하지 않고 나는 차 손잡이를 당겼다. 잠금장치가 걸려 있는 손잡이에서는 달칵거리는 소리도 나지 않았다.

그 침묵이, 들려야 할 곳에서 들리지 않는 소리가 나를 숨 막히게 했다. 나는 정신없이 차 손잡이를 당기면서 손바닥으로 차창을 두드렸다.

"내릴 거야! 당신이랑 안 돌아가! 그러니까 세우란 말이에요!"

끼익, 차가 급하게 멈춰 섰다.

나는 즉시 차 문을 열고 밖으로 뛰어내렸다. 해변을 잠식하며 들어오고 있는 바다가 붉은 그림자로 시뻘겋게 젖어 있었다.

멈추지 않고 나는 해변으로 달려 내려갔다. 그리고 밀려드는 바다를 향해 곧장 마주 걸었다.

쏴아쏴아.

붉은 파도가 나를 불렀다. 거센 바람이 뺨을 두드렸다. 내 마음의 풍경과 비슷한 곳에 들어오자 겨우 나는 숨을 쉴 수 있을 것 같았다. 발목을 감아오는 차가운 바닷물에 몸속의 세포가 벌떡 일어났다.

살아있어. 내 존재가 여기 있어.

그 감각을 붙잡기 위해 나는 더 깊이 들어갔다.

이렇게 숨 쉬고 있는데 그런 송하윤이 없다니. 그게 무슨 말이야. 그게 무슨 말이냐고!

나는 천재후를 돌아봤다. 그는 날 따라오는 대신, 차 문 옆에 선 채 이쪽을 지켜보고 있었다.

왜 따라오지 않는 거야? 당신이 말해줘야 하잖아. 남 박사가 그랬어. 나에 관한 모든 건 당신한테 물어보라고. 당신이 나를 누구보다도 잘 알고 있다고.

그런데 왜 거기 그러고 서 있는 거야! 언제나처럼 달려와 나를 안심시켜 보라고. 내가 납득할 만한 무슨 말이라도 꺼내 보라고!

첨벙첨벙, 파도에 감긴 내 발이 더 빨라졌다. 거의 달려들 듯이 나는 바닷속으로 뛰어 들어갔다.

"하윤아!"

그제야 나를 부르는 재후의 다급한 목소리가 들렸다. 나는 멈추지 않았다. 아까부터 내 몸을 휘저으며 돌던 뜨거운 무언가가 심장에서 솟구쳐 목구멍까지 올라왔다.

어느새 허리까지 물에 잠겼다. 그래도 물살을 뚫고 앞으로 계속 나갔다. 굴곡진 바닥으로 다리가 푹푹 빠졌다. 몸이 휘청거렸다.

"위험해!"

재후의 팔이 급히 뻗어와 내 팔을 잡았다.

"이거 놔요!"

"이러지 마. 나가자. 나가서 얘기하자, 하윤아."

"그렇게 부르지 말아요! 못 들었어요? 그런 송하윤은 없다잖아!"

참을 수 없는 심정이 돼서 나는 소리를 질렀다. 재후가 내 반응에 멈칫하는 게 느껴졌다. 그 틈에 나를 잡고 있던 그의 팔을 뿌리치며 다시 앞으로 나갔다.

그가 이번엔 내 허리를 감아왔다. 발버둥을 치며 그를 밀어낸 뒤, 나는 돌아서서 그를 노려봤다.

늘 단정하던 천재후의 머리카락은 그새 엉망인 된 채 아무렇게나 이마 위로 흩어져 있었다. 세련된 잿빛 수트도 바닷물에 시커멓게 젖은 채 그의 몸에 달라붙었다.

무엇보다도 창백해진 낯빛 위로 걱정과 불안이 잔뜩 담긴 눈빛이 나를 바라보고 있었다.

아니야, 천재후 당신은 그런 표정 짓지 마. 그런 불안한 눈빛은 나 혼자만으로도 충분하다고!

그 순간, 내내 목에 걸려 있던 뜨거운 무언가가 밖으로 터져 나오고 말았다.

"이게 다 당신 때문이에요. 천재후 당신 때문이라고!"

촤아악, 파도가 밀려드는 소리가 귓가를 때렸다.

어지럽게 들락거리는 파도가 천재후의 흔들리는 회청색 눈동자에 반사되는 것 같았다. 곤혹스러운 표정이 그의 얼굴에 떠올랐다. 그 표정이 나를 더 부추겼다.

"당신이 날 여기까지 오게 했어. 당신 차를 훔쳐 타고 그 경찰서로 달려가게 했다고요! 왜 그랬어요? 왜 당신을 완전히 믿게 해주지 않았어요!"

그를 향한 원망이 내 안에서 소용돌이쳤다. 나도 안다. 여기까지 오도록 내 등을 떠민 건 이 사람이 아니라는 걸. 그 경찰서를 찾아간 건 순전히 내 결정이었다는 걸. 오히려 그를 믿지 못한 채 이런 일을 벌인 나를 재후가 힐난해도 할 말이 없다는 걸.

게다가 그런 송하윤은 없다니.

주민등록번호만 조회되지 않는 거라면, 이 사람이 나를 속였다고 생각할 수 있다. 나에 대한 거짓 정보를 흘려서 나를 혼란케 하는 거라고.

그런데 아니다. 지문으로도 송하윤은 조회되지 않는다. 나라는 존재가 허공 속에 붕 떠 있다. 마치 유령처럼. 마치 공기처럼.

이걸 어떻게 받아들여야 해?

도대체 난 누구지? 어디서 왔냐고! 아니, 어디로 사라져버린 거지?

"대답해요! 대답하라고요!"

나는 멈출 수가 없었다. 내 불안함과 두려움을 대신 떠안아줄 사람이 필요했다.

그런 나를 재후는 어떻게든 진정시키려 했다. 어느새 자신의 혼란을 안으로 밀어 넣은 채, 재후는 다시 믿음직한 약혼자 흉내를 냈다.

"미안해, 하윤아. 다 내 잘못이야."

"당신이 그래 주기만 했어도 거기엔 가지 않았을 거야. 그런 말도 안 되는 얘기는 듣지 않아도 됐을 거라고요! 그러니까 다 당신 때문이에요. 모든 게 천재후 씨 당신 탓이야! 솔직히 말해요, 당신은 뭔가 알고 있죠! 나한테 무슨 일이 생긴 건지 알고 있는 거죠!"

"아니야, 하윤아. 그런 거 아냐."

"그럼 뭔데요? 설명해봐요, 이게 대체 뭐냐고!"

나는 절박하게 대답을 갈구했다. 무슨 대답이든 상관없었다. 어떤 어설픈 대답도 용서해줄 것이다.

그러니 제발 말해줘. 내가 이 파도와 함께 휩쓸려가 버리지 않게 나를 잡아줘. 다시 그 막막하고 차가운 검은 바닷속에 나를 밀어 넣지 말아줘. 당신이 내 좌표잖아. 당신이 내 불빛이잖아. 날 붙잡고 이 검은 바다를 무사히 건너게 해줄 사람은 당신뿐이잖아!

"착오가 있었을 거야. 뭔가 실수가 있었던 게 분명해."

"무슨 착오요? 어떻게 그런 실수가 가능해요?"

"네 신원 정보는 내가 잘못 알았을 거야."

"그럼 지문은요?"

"지문은 아까 경찰서에서 다시 확인했잖아. 사고 때문에 그래. 사고 때문에 네 손가락 지문이 훼손돼서 그런 것뿐이야."

"모든 게 다 사고 때문이라고요?"

"그래, 불안해할 건 아무것도 없어. 그러니까 이러지 마. 이러지 않아도 돼."

안간힘으로 나를 달래며 천재후가 내 눈을 들여다봤다. 그리고 조심스럽게 팔을 뻗어 내 머리를 자신의 품 안에 끌어안았다. 그를 떠밀어 내려는 내 팔을, 등을 치는 내 주먹을 그는 안간힘을 다해 견뎠다.

쏴아쏴아, 붉은 파도가 다시 밀려왔다 밀려갔다.

"울지 마, 하윤아. 아무 일도 아냐. 아무 일도."

그의 팔이 더 강하게 나를 끌어당겼다.

운다고? 그제야 나는 목구멍까지 차올랐던 그 뜨거운 것이 내 눈물 덩어리였다는 걸 깨달았다. 그걸 깨닫는 순간 다시 울음이 터졌다.

나는 천재후의 품에 안겨 엉엉 소리를 내며 울어버렸다. 지금까지 나를 옥죄고 있던 불안과 공포가 눈물이 되어 흘러넘쳤다. 눈두덩을 넘은 눈물이 뺨을 타고 떨어졌다. 바닷물에 젖은 그의 셔츠가 다시 내 눈물로 흥건히 젖어갔다.

내가 우는 동안 재후는 그 커다란 손으로 쉼 없이 내 등을 토닥거렸다.

"괜찮아, 괜찮아……."

재후는 계속 괜찮다고 속삭였다. 그의 가슴에 기대 있는 관자놀이로 그 목소리가 진동이 되어 전해졌다.

얼마나 그러고 있었을까.

규칙적으로 오르내리는 천재후의 심장박동을 느끼고 있자니 차차 마음이 진정됐다. 불안하게 오르내리던 내 호흡이 그 차분한 심장박동에 리듬을 맞춰갔다.

경찰서에서부터 계속됐던 패닉 상태에서 나는 조금씩 빠져나오기 시작했다. 그런 나를 내려다보다가 재후가 손가락을 들어 눈물을 닦아 주었다.

"조금만 더 이대로 있어. 괜찮아질 테니까."

"말해봐요, 천재후 씨. 난 누구예요?"

꽉 막힌 목소리가 목구멍 안쪽에서 힘겹게 흘러나왔다.

"넌…… 송하윤이야."

그가 힘을 주어 말했다. 그의 등을 안고 있던 내 손이 재후의 젖은 셔츠 자락을 움켜쥐었다.

"다시 한번 말해봐요. 난 누구죠?"

"넌 송하윤이야."

그가 다시 대답했다.

"내 약혼자, 송하윤. 그러니 불안해하지 마. 제발."

재후가 젖었지만 부드러운 손길로 내 머리를 토닥였다. 나는 다시 그의 품을 파고들었다.

"그런데 왜 이렇게 무섭죠? 무서워요. 너무너무."

"괜찮아, 하윤아. 나를 믿어. 아무 일 없어. 내일 다시 제대로 확인해 보자. 그러면 정말로 아무 일도 아니었다는 걸 알게 될 거야."

확인……. 그 말에 진정되려던 마음이 다시 펄쩍 뛰어올랐다. 차갑게 엉겨오는 바닷물 때문인지, 심장을 둘러싼 근육이 경련을 일으키는 것 같았다.

여태껏 뭔가를 확인하려고 할 때마다 내 실체는 더 멀어져갔다. 과거를 붙잡으려고 할 때마다, 손가락 사이로 내가 쥔 모든 게 빠져나갔다.

천재후를 배신하려 할 때마다 내가 얼마나 바보 같은 짓을 저질렀는지 몸서리치도록 깨닫게 될 뿐이었다.

이제는 싫다. 더는 그런 걸 반복하고 싶지 않다.

이 사람은 내 약혼자다. 나를 사랑하는 사람이다. 내가 사랑했던 사람이다. 이 세상에서 오직 이 사람만이 나를 붙잡아줄 수 있다. 이 사람 곁에서만 나는 마음 편하게 숨 쉴 수 있다.

천재후라는 끈을 여기서 놓치면 나는 어두운 이 바다 밑으로 이대로 가라앉게 될 것이다. 그리고 영원히 그 차갑고 검은 바닷속을 혼자 떠돌게 될 것이다.

이 사람을 놓치면 안 돼. 이 사람이 나를 놓게 해서는 안 돼…….

"아니, 하지 말아요."

나는 다급하게 말하며 고개를 들어 천재후를 올려다보았다. 놀란 듯 키진 그의 회청색 눈동자를 내 시선 안에 꽉 붙들어 맸다.

"약속해요, 안 한다고. 확인 같은 거 필요 없다고. 천재후 씨가 말해준 송하윤이 내가 맞다고."

재후는 대답 대신 말없이 내 머리를 쓰다듬기만 했다. 억지를 부린다고 생각하는 게 틀림없었다.

그래도 할 수 없다. 무조건 내 편을 들어줘. 천재후 당신은 무조건 내 편이라고 나를 안심시켜줘.

"왜 대답 안 해요? 맞다면서? 틀림없다면서요! 그럼 확인 같은 거 안 해도 되잖아요. 할 필요 없잖아요."

"……알았어. 그럴게, 하윤아. 안 할게."

"정말이죠? 약속하는 거죠?"

"약속해."

나는 다시 그의 눈동자를 찾았다. 그 눈빛이 흔들리는지 아닌지 확인을 해야 했다.

집요하게 탐색하는 내 눈동자를 재후는 흔들림 없이 마주 보았다. 내 편이라고 확신을 주는 눈동자가 거기 있었다.

다시 크게 파도가 쳤다. 재후의 눈빛에만 집중하느라 몸이 순간적으로 휘청거렸다. 재후가 긴 팔을 뻗어 다시 나를 잡아주었다.

하늘은 빠르게 변해갔다. 두꺼운 구름이 몰려와 머리 위를 덮었다. 하늘을 태우던 노을이 구름에도 스며들었다. 그 구름이 다시 바다에 반사되며 세상을 검붉은 핏빛으로 흔들었다.

이 아우성치는 핏빛을 자신의 등과 어깨로 다 받아내며 천재후가 내 앞에 서 있다. 그 모습은 여태껏 보았던 그 어느 때보다도 조각상을 닮아 있었다.

단지 아름다워서가 아니다. 이렇게 시시각각 변하는 세상에 오직 이 사람만이 변함없이 굳건하게 버텨주고 있기 때문이다.

다시 눈물이 날 것 같았다.

이렇게 이 시간과 공간 속에 박제된 채 이 사람과 영원히 있고 싶다. 과거도, 미래도 필요 없이 이대로 천재후와 함께 이 현재 속에 머물고 싶다.

그러면 나는 안전할 것이다. 어디로도 떠내려가지 않고 안전하게 살아갈 수 있다. 이 사람과 함께.

기억? 그런 게 뭐가 필요해. 이 사람이 다 기억하고 있잖아. 기록? 그런 것도 필요 없어. 이 사람이 이렇게 내가 누구인지를 온몸으로 말해주고 있으니까.

천재후가 사랑하는 사람. 그게 나야. 그거면 돼. 나한테는 이 사람만 있으면 돼.

필사적으로 움켜쥐고 있던 과거에 대한 집착을 나는 그 순간 손에서 놓아버렸다. 그러자 믿을 수 없을 정도로 마음이 편안해졌다. 소용돌이치던 혼란과 불안이 드디어 내게서 물러갔다.

그토록 알아내려 했던 예전의 송하윤 대신 진짜 나의 감정이 비로소 느껴지기 시작했다.

나는 이 사람을 원한다. 이 사람을 잃고 싶지 않다.

그러기 위해 영원히 현재에 머물러야 한다면, 기꺼이 그렇게 할 것이다.

절대 뒤를 돌아보지 않을 것이다.

나는 다시 천재후의 목덜미에 팔을 둘러 그에게 매달렸다. 재후가 응답하듯 나를 꼭 끌어안았다.

핏빛 하늘이 물러나고 서서히 바다에 어둠이 찾아들었다. 황홀한 황금빛 불이 섬을 밝히기 시작했다.

이제 두렵지 않다. 걱정할 건 아무것도 없다. 밀려드는 안도감에 나는 두 눈을 감았다. 눈언저리에 남아 있던 마지막 눈물이 내게서 떨어져 나갔다.

그 눈물이 검은 파도에 휩쓸려가는 소리가 귓가를 철썩였다.

***

밤새 비가 퍼부었다. 하늘을 핏빛으로 물들였던 먹구름이 섬 위를 온통 뒤덮은 채 거센 비를 뿌렸다. 번개가 어둠을 갈랐고, 굉음 같은 벼락이 밤을 찢어놓았다.

짧고도 긴 밤이었다. 모든 것을 잊고 잠에 빠지려는 나와 그런 나를 깨우는 세상 사이의 끝없는 힘겨루기. 하지만 내게는 재후가 있었다.

깜짝 놀라 잠에서 깬 내가 동그랗게 몸을 만 채 어깨를 떨고 있을 때마다, 그의 굳센 팔이 나를 감싸왔다. 그러면 안도감이 밀려왔고 나는 다시 잠으로 도망칠 수 있었다.

그렇게 아침이 왔다. 그리고 눈을 떴을 때 세상은 완전히 변해 있었다. 네모난 햇빛 조각이 방바닥에 드리운 채 반짝거렸다.

나는 일어나 창문을 활짝 열었다. 구름 한 점 없는 쪽빛 하늘이 눈앞에 펼쳐졌다. 상쾌한 초여름 공기가 목에 감겨왔고, 물기를 머금은 정원수들이 햇빛을 반사하며 온 사방에 태양을 흩뿌렸다. 이름을 알 수 없는 새들이 종알대는 소리가 정원을 둘러싼 숲속에서 흘러나왔다.

이렇게 아름다운 곳이었구나!

새삼스러운 감탄으로 나는 눈앞에 보이는 풍경을 바라보았다.

언젠가 새벽에 꾸었던 꿈이 문득 생각났다. 달아나다 붙잡혀 독이 든 사과를 먹고 잠이 들던 꿈. 그 꿈에서 깼을 때, 창문을 통해 내려다 보던 어둡고 불길한 숲이 바로 저기였지.

그렇게 생각하니 내가 얼마나 긴 미몽에 사로잡혀 있었는지 새삼 실감이 났다.

정원 잔디밭에서는 언제 나왔는지 재후가 분주하게 움직이고 있었다.

내 인기척을 느꼈는지 그가 돌아봤다.

"잘 잤어?"

재후의 눈부신 미소가 햇빛 속으로 퍼져나갔다.

저 사람을 잃을 뻔했다. 나를 향한 저 미소를 다시는 보지 못할 뻔했다.

그런 생각이 들자, 오한이 났다.

나는 곧장 뒤돌아 방문을 열어젖혔다. 층계참에 걸린 판화 속, 영원한 계단에 갇힌 사람들을 비웃듯이 나는 계단을 달려 내려와 현관문을 박차고 밖으로 뛰어나갔다.

그런 나를 발견하고 재후가 놀란 눈을 했다. 한달음에 달려가 그를 와락 껴안았다. 심장이 터질 것 같았다.

고작 그 짧은 거리를 달려왔다고 해서? 아니, 그런 게 아니다. 재후에게 오기 위해 나는 먼 길을 달렸다. 안개 속을 더듬고 벼랑 끝을 달리고 검은 파도를 헤쳐서 겨우 여기까지 왔다.

이 사람이 나의 목적지다. 완벽한 파라다이스. 그곳에 겨우 닿았다는 벅찬 안도감이 나를 휘감았다.

꿈보다 황홀한 현실도 있는 법이다. 눈부신 재후의 미소가 내게 그 사실을 확인시켜주었다.

***

벌써 시간은 정오를 향해 가고 있었다. 밤새 뒤척이는 바람에 하염없이 늦잠을 자버렸다.

이왕 늦어버린 하루. 우리는 느긋하게 아침 겸 점심을 먹은 뒤 잔디 위에 앉아 서로의 등에 기댄 채 초여름 햇빛과 바람을 만끽했다.

오늘 보니 잔디밭을 둘러싼 정원수들 대부분 하얀 꽃송이를 매달고 있었다. 바람이 불어올 때마다 거꾸로 달린 종처럼 생긴 작고 하얀 꽃잎들이 살랑대며 진한 향기를 실어 보냈다.

고급 향수처럼 깨끗하면서도 고혹적인 꽃향기. 아니, 이건 재후에게서 나는 향인지도 모르겠다. 그런데 그 향기가 코끝에 닿을 때마다 내 신경세포의 일부가 꿈틀거리며 일어나려고 했다.

언젠가, 어디선가 맡았던 향기라고. 이 향기와 관련된 기억이 있다고.

하지만 나는 그 기억을 잡으려고 버둥대는 대신 가만히 눈을 감았다. 아마도 지난해, 혹은 그 지난해, 혹은 그보다 더 먼 언젠가의 초여름에 나는 이곳에 있었을지도 모른다.

그때도 재후와 함께 이렇게 등을 맞대고 앉아 있었을까.

궁금했지만, 기억하려고 애쓰지 않을 것이다. 문득문득 느껴지는 이 기시감만으로도 내가 여기 존재했었다는 걸 느낄 수 있다.

진작 이렇게 마음을 내려놓을걸. 속마음을 털어놓고 매달려서 펑펑 울걸. 그랬다면 훨씬 더 일찍 이 사람을 마음 놓고 사랑할 수 있었을 텐데.

그런 아쉬움에 일분일초가 가는 게 아까웠다.

"산책 갈까?"

오후가 저물어가기 시작했을 때, 재후가 불쑥 물었다. 나는 열심히 고개를 끄덕이며 자리에서 일어섰다.

우리는 늘 다니던 산책로로 접어들었다. 몇 걸음 안으로 들어갔을 때, 재후가 내 손을 잡더니 오른쪽으로 방향을 틀었다.

그곳에는 좁은 샛길이 나 있었다. 항상 지나다니면서도 잘 몰랐는데 자세히 보니 샛길이 끝나는 지점에 나지막한 나무 울타리가 보였다.

숨어 있던 울타리를 열고 뒤엉킨 나뭇가지들을 위로 들어 올린 뒤

재후가 나를 돌아봤다. 나는 그가 열어준 길을 따라 몸을 굽혀 안으로 들어섰다.

몇 걸음 안쪽으로 들어가니 정돈된 또 다른 산책길이 나왔다. 늘 다니던 길옆에 이런 곳이 있었다는 걸 몰랐다는 게 신기해서 나도 모르게 입이 벌어졌다.

"저 앞에 좀 봐."

재후가 걸음을 멈추고 손가락으로 가리켰다.

좁은 오솔길처럼 쭉 이어지는 길이 끝나는 지점에 잘 다듬어진 원형의 잔디밭이 있었다. 동그란 광장을 닮은 잔디밭을 중심으로 다시 샛길이 여러 갈래로 갈라져 있었다. 열두 갈래의 방사형으로 뻗은 유럽 어느 도시의 아름다운 도로를 연상시켰다.

"멋있어요. 이런 곳이 있는 줄 몰랐는데."

나는 감탄사를 연발하며 잔디밭으로 올라섰다. 융단처럼 부드러운 잔디의 감촉이 발밑을 기분 좋게 간질였다. 잔디밭 가운데쯤으로 가서 나는 천천히 한 바퀴를 돌아보았다. 각기 다른 곳으로 뻗어 있는 여러 갈래의 길이 자연스레 호기심을 자극했다.

"저 길들은 어디로 이어져 있는 거예요? 다 다른 곳으로 향하는 건가요?"

"서로 이어진 길도 있고, 생각하지도 못했던 곳으로 가는 길도 있어. 그래도 어느 길이든 다 근사하지."

"우리의 인생 같은 길인가요?"

나는 재후를 돌아보며 농담을 던졌다. 그는 대답하는 대신 바지 주머니에 두 손을 찌르고 서서 나를 물끄러미 쳐다보았다.

"왜요? 내가 너무 노인네 같은 말을 했어요?"

"아니, 이럴 때마다 신기해서. 너는 여기 오면 늘 비슷한 말을 했거든. 방금 그런 말."

내가? 과거의 내가 어땠는지 들을 때면 항상 그렇듯이 또 심장이 펄럭거리려고 했다. 조금 전 잔디밭에서 초여름 꽃향기를 맡은 이후부터 문득문득 나를 따라다니는 기시감. 그 묘한 감각이 조금 더 짙어지는 것 같았다.

하지만 이 기시감은 진짜가 아닐 수도 있다. 기억을 잃어버린 나의 뇌가 가짜 기억을 생성하려고 애를 쓰기 때문일지도 모르니까. 과거의 기억에 대한 집착을 내려놓은 나 대신, 이 불쌍한 뇌가 혼자 버둥거리고 있는 건지도 모르니까.

그게 아니라면 오늘따라 이렇게 짙은 기시감을 느낄 리 없다. 어쩌면 이게 바로 남 박사가 말한 작화증이라는 것일 수도 있다. 그러니 믿지 말자. 신경도 쓰지 말자. 지금만을 기억하자. 재후가 언젠가 말했던 대로, 기억은 이제부터 다시 만들어가면 된다.

"그럼 이제 어디로 갈까요? 우리의 인생은 어느 길에 있는 거죠?"

"하윤이 네가 선택해 봐. 어느 길로 가든 우리는 절대로 길을 잃지 않을 테니까."

다부진 미소를 지으며 그가 말했다. 나는 우리를 둘러싼 여러 갈래의 길을 다시 한번 쭉 훑었다. 재후가 그런 나를 긴장된 눈빛으로 지켜보고 있다는 걸 그때까지도 나는 알지 못했다.

여러 길 가운데 다른 곳보다 조금 더 어두워 보이는 길 하나가 유독 눈에 들어왔다. 저기는 뭐가 다른 걸까. 호기심이 일었다.

"저쪽으로 가 볼까요?"

나는 재후를 돌아봤다. 그런데 내가 손가락으로 가리키는 쪽을 보고 있어야 할 시선은 나에게 못 박힌 듯 고정돼 있었다.

"왜요? 저기는 가면 안 되는 곳이에요?"

"그게 아니라……."

재후가 입을 다물고 한 박자를 쉬었다. 입술을 꾹 다문 채 고개만 끄덕거리는 걸 보니, 하고 싶은 말이 있는데 참고 있는 것 같았다.

무슨 말을 하려고? 나는 재후에게 다가가 그의 손을 잡고 천천히 그를 올려다보았다.

"그게 아니라면, 뭘까요?"

"우리한테 특별한 곳이야, 저 길은. 사실은 저길 가고 싶어서 여기까지 온 거야."

특별한 곳……. 나는 이둡게 그림자가 진 좁은 길로 다시 시선을 던졌다. 저 그림자 속에 내가 두고 온 과거가 있는 걸까. 빨리 가서 확인하고 싶다는 조바심과 왠지 모를 망설임이 동시에 찾아왔다.

찾으려고 했을 때는 닿지 않았던 과거의 나. 그런데 놓으려고 하는 순간이 되니 그 과거가 되돌아와 나를 부르는 것 같았다.

***

이 길이 어두운 이유는, 나뭇가지들이 궁륭 같은 둥근 지붕을 만들며 하늘을 가리고 있기 때문이었다.

오후 햇살이 드문드문 나뭇가지를 뚫고 들어왔지만, 이미 뉘엿뉘엿

넘어가기 시작한 햇빛은 광채를 잃은 뒤였다. 그 탓에 이 안에 있으니 낮인지 저녁인지 구분이 되지 않았다.

그렇다고 으슥하거나 섬뜩한 느낌을 주는 곳은 아니다. 오히려 채도가 낮은 나뭇길은 신비로운 분위기를 물씬 풍겼다. 아르누보풍 디자인을 연상시키는 나뭇가지들이 기둥에서 뻗어 나와 길옆을 구불구불 장식하고 있었고, 구름처럼 생긴 꽃잎들이 듬성듬성 피어서 꿈같은 분위기를 자아냈다.

사람의 손길이 닿은 듯 닿지 않은 듯 자연과 인공이 묘하게 뒤섞인, 어떻게 보면 제멋대로인 야생의 숲 같기도 하고 달리 보면 정원사의 세심한 손길이 안배된 정원 같기도 한 그곳을 우리는 손을 맞잡은 채 나아갔다.

안으로 들어갈수록 언젠가 와 본 것 같은, 낯설지 않은 느낌이 나를 감쌌다. 한참을 걸어 들어왔을 때 눈앞에 나무로 만들어진 문 하나가 불쑥 나타났다.

"저건 무슨 문이에요?"

재후에게 물었다. 하지만 내 발은 그의 대답을 기다리지 않고 어느새 그 기묘한 문을 향해 서슴없이 다가가고 있었다.

문이라는 건 어딘가로 들어가는 통로가 아닌가. 그런데 이 문은 뜬금없이 커다란 나무 기둥 밑에 덩그러니 서 있었다. 게다가 문에는 손잡이도 없었다. 사람 눈높이 정도 되는 위치에 작은 구멍 두 개가 나 있었고, 문 중간쯤 살짝 도톰한 마끈 같은 것이 묶여 있을 뿐이었다.

나는 구멍에 눈을 갖다 대고 안쪽을 들여다봤다. 나도 모르게 짧은 비명이 튀어나왔다.

안에 뭔가가 있었다. 사람의 형태를 한 무언가가.

처음엔 막연하게 귀신인가 싶었다. 하지만 놀라서 물러나던 그 짧은 순간, 나는 방금 본 것이 무엇인지를 인식하는 데 성공했다.

다시 구멍 앞으로 눈을 바짝 가져다 댔다. 어둠 속의 형체도 마치 나를 따라하듯 앞으로 살짝 몸을 숙였다.

아주 익숙한 얼굴이 나를 마주 보았다. 그건 바로, 나였다.

내가 두고 온 과거의 나? 아니면 독약을 마신 채 이 숲속에 잠들어 있는 진짜 나?

아니다. 저건 과거의 내가 아니라, 지금의 내 모습이다. 지금 이 문을 들여다보고 있는 내 모습이 저 안에 그대로 비치고 있는 것이다.

"봤어?"

재후의 목소리가 바로 등 뒤에서 들려왔다. 나는 문에서 눈을 떼고 고개를 돌려 그를 올려다봤다.

"어떻게 된 거예요? 어떻게 내 모습이 저 안에 그대로 비치는 거죠? 마술은 아닐 테고, 이게 그 휘성그룹이 자랑한다는 최첨단 기술의 결과물인가요?"

재후가 가만히 웃었다.

"간단한 홀로그램 장치야. 다시 한번 볼래? 이번엔 아마 다른 사람도 보일 거야."

다른 사람이라면?

나는 다시 구멍 안을 들여다봤다. 그의 말이 맞았다. 이번엔 내 옆에 재후가 서 있었다. 언제나 한결같이 다정한 모습을 한 채.

분명 우리 모습을 보고 있는데도, 마치 영화 속 스틸 컷 한 장면을 훔쳐보고 있는 기묘한 느낌이 들었다.

"들어가 보고 싶어요."

재후가 고개를 끄덕이곤 문에 달린 끈을 풀어주었다. 두 손으로 밀자 꽤 묵직한 문이 천천히 안으로 밀려 들어가며 우리에게 길을 내주었다.

안쪽의 공간은 그리 넓지 않았다. 속이 완전히 비워진 나무 기둥 안에 들어온 느낌을 주는 원형의 공간은 마치 작은 무대처럼 보이기도 했다.

그런데 우리가 그 무대 위로 올라서자마자 어둠 속에 드러났던 재후와 나의 홀로그램이 사라졌다. 대신 작고 파란 불빛이 하나둘씩 피어오르기 시작했다.

나비였다. 세상에서 가장 아름답다는, 푸른 날개를 가진 나비.

곧 셀 수도 없이 많은 나비가 어두운 공간에서 팔랑거리며 춤을 추기 시작했다. 마치 움직이는 푸른 별빛이 이 좁은 공간 속으로 들어온 것 같았다.

물론 알고 있다. 지금 보고 있는 나비들도 진짜는 아니라는 걸. 조금 전 우리의 모습이 그랬듯이 이 나비들 역시 내가 알 길 없는 어떤 첨단의 장치로 만들어낸 홀로그램일 뿐이라는 걸.

하지만 아름다웠다. 너무 아름다워서 감탄사를 내뱉는 것 말고는 어떤 수식어도 연결되어 나오지 않았다. 넋을 놓고 바라보고 있자니 재후가 어깨로 두 팔을 감아왔다. 그 팔을 잡고 나는 그의 품에 기댔다.

"왜 여기에 이런 걸 만들어놓은 거예요?"

나는 고개를 돌려 재후를 쳐다봤다. 나비들이 날아다닐 때마다 그의 조각 같은 얼굴 위에도 푸른 빛들이 스쳐 지나갔다.

"이유가 있어."

"말해줘요."

"나비는 영혼을 의미하잖아."

"프쉬케."

나는 곧바로 그의 말을 받았다. 나비의 어원이자, 숨을 뜻하는 이 단어는 그리스 신화에 나오는 마음과 영혼의 여신이기도 하다는 게 떠올랐다.

"그럼 내가 기억을 되찾길 바라는 마음을 이 나비에 담은 건가요?"

"꼭 그런 건 아니야. 하윤이 네가 나비를 좋아했어. 특히 이 푸른 나비."

"그랬구나……."

나는 팔랑거리며 날아오는 나비 한 마리를 움켜쥐려고 손을 뻗었다. 하지만 그저 레이저 빛에 불과한 나비는 손에 잡히지 않았다. 유유히 손을 통과해 다른 곳으로 날아가 버릴 뿐이었다.

"근데 프쉬케는 사랑을 의심해서 결국 사랑을 잃어버리잖아요."

마치 내가 그랬던 것처럼.

천재후를 의심해서 이 사람을 영영 잃어버릴 뻔했던 것처럼.

"그렇지만 끝내 사랑을 되찾고 인간의 몸으로 여신이 되지."

"기다렸다는 듯이 말하네요. 혹시 예전에도 우리가 이런 얘기를 한 적이 있었나요?"

왠지 그랬을 거라는 생각이 들었다. 재후가 내 짐작이 맞았다고 확인해주었다.

"사실은 하윤이 네가 나한테 해준 얘기야."

내가 좋아하던 나비. 내가 재후에게 했던 나비 이야기. 그것들을 추억하며 그가 만들어낸 이 나비의 불빛들…….

나는 재후를 향해 돌아서서 그의 허리를 껴안았다. 어제까지는 내가 과거의 환영을 쫓아 달렸다면, 지금은 이 사람이 달리고 있는지도 모른다는 생각이 들었다. 어쩌면 아주 외롭게. 내가 이미 멈추었는지도 모른 채.

갑자기 여태껏 재후에게 받았던 모든 애정과 위로를 그에게 되돌려주고 싶다는 강렬한 열망이 솟아올랐다.

"재후 씨가 이렇게 다 기억해주니까 내가 안심하고 다 잊어버렸나 봐. 앞으로도 쭉 이럴 것 같은데, 어쩌죠?"

"아직도 무서워?"

"아뇨, 이제 무섭지 않아요. 봐요, 어두워도 이렇게 근사하잖아요. 세상엔 어둠을 밝힐 수 있는 게 아주 많아요. 나한테는 그게 재후 씨인 것 같아."

나는 그를 보며 할 수 있는 한 최대한 밝게 미소를 지어보려고 했다.

"고맙다는 뜻이지?"

"좋아한다는 뜻이에요."

주저하지 않고 나는 내 기분을 말했다. 하지만 막상 입 밖으로 꺼내놓고 나니 왠지 민망해서 얼굴이 살짝 달아올랐다. 그래서 변명처럼 농담을 덧붙였다.

"이렇게 환상적인 어둠을 가져다줄 수 있는 사람이 세상에 많지는 않으니까요."

"그래서 나를 좋아해 주는 거야?"

그가 웃었다. 나는 고개를 끄덕였다.

"이번엔 재후 씨가 말해봐요. 왜 나를 좋아해 주는 건지."

"하윤이 네 눈이 물방울을 닮아서."

"물방울?"

"네 눈은 나뭇가지 끝에 걸려서 떨어지기 직전의 물방울 같이 생겼어. 거꾸로 매달린 반달 모양."

"아닌데. 그건 재후 씨가 늘 나를 위에서 내려다보기 때문이에요. 거울에 비친 내 모습을 보면 달라요. 아주 잘 웃는 사람의 표정을 갖고 있다고요."

"그럼 이렇게 올려다봐야 하나?"

반응할 새도 없이 재후가 내 무릎 뒤로 손을 넣어 나를 번쩍 안아 올렸다. 짧은 웃음을 터뜨리며 나는 그의 목에 얼른 팔을 둘렀다.

우리의 얼굴이 닿을 듯 가까워졌다. 코끝이 맞닿을 듯 간질거렸다. 그때 나비 한 마리가 재후의 어깨 위에 소리 없이 내려앉았다.

얌전하게 접은 나비의 날개에서는 푸른빛이 새어 나오지 않았다. 빛을 반사해 색을 만들어내는 가루가 날개의 안쪽에는 붙어 있지 않기 때문이다.

밝고 아름다운 날개 밑에 어둡고 빛바랜 그림자를 숨기고 있는 나비. 당시에는 몰랐지만, 그건 우리 주변에서 반짝이고 있던 수많은 나비 가운데 단 하나의 진짜 나비였다.

***

며칠 동안 믿을 수 없을 만큼 쾌청한 날이 계속되었다. 재후도 서울로 올라가기 위한 준비를 차근차근 시작했다.

그의 방 물건들이 조금씩 줄어들었고, 늘 적막하던 집 안에는 못 보던 사람들이 오가며 짐을 옮기는 일도 잦아졌다.

아주 느긋한 일상은 아니었지만, 재후는 오후에는 꼭 시간을 내서 나와 함께 산책을 했다. 원형의 잔디밭에서부터 방사형으로 뻗은 샛길들에 번호를 매기고 난 다음, 우리는 아직 가보지 않은 길을 하루에 하나씩 순서대로 걸었다.

어떤 길에는 작은 폭포가 만들어놓은 연못이 있었고, 어떤 길에는 이름 모를 들꽃들이 가득했다.

또 어떤 길에는 나무 위에 작은 통나무집이 숨어있기도 했다. 그 통나무집에 올라가려면 기둥을 따라 빙글빙글 도는 계단을 한참이나 올라가야 했다.

"이건 우리가 만든 거야. 하윤이 너랑 내가. 이 섬에는 온통 우리 할아버지가 만든 것들뿐이니까, 우리가 직접 만든 게 하나 정도는 있었으면 좋겠다고 생각했거든. 우리 둘만의 비밀 집인 셈이지."

재후는 이 신기한 통나무집의 내력을 그렇게 설명해주었다. 우리 둘이 직접 저렇게 높은 나무 위에 집을 만들었다니. 지금의 내 상태를 보면 왠지 믿기 힘든 일이지만, 어쨌든 멋진 집이었다.

하지만 가장 근사한 건 제일 마지막까지 남아 있던 산책길이었다.

그 길은 곧장 바다로 통했다. 끊임없는 내리막길을 참을성 있게 걸어가다 보면 마주하게 되는 넝쿨 가득한 담벼락. 재후는 거기서 멈추지 않고 그 담벼락을 두 손으로 밀었다. 그러자 거짓말처럼 문이 열리면서 눈앞에 바다가 펼쳐졌다.

마지막으로 보았던 절망적인 핏빛 바다와는 전혀 다른, 그저 아름답고 평화롭기만 한 바다였다.

예상치 못한 순간 뜻밖에 마주하게 된 이 바다처럼, 끝없이 계속될 것 같던 맑은 초여름 날씨는 갑작스럽게 끝이 났다.

마지막 산책길에서 돌아오자마자 갑자기 날씨가 흐려지더니 기다렸다는 듯 비가 내리기 시작했다. 큰 비는 아니었지만 비는 다음날까지도 계속 이어졌다.

산책을 나갈 수 없었기 때문에 나는 방에서 내내 시간을 보냈다. 재후도 자신의 서재에서 서울로 보낼 짐을 정리했다. 오랜만에 혼자 남겨져 그런지 방이 냉랭하게 느껴졌다. 낮게 가라앉은 채도의 풍경들 때문에 왠지 마음도 가라앉으려 했다.

나는 방에서 나와 재후의 서재로 걸음을 옮겼다. 혹시 도울 일이 있을까 싶어서였다.

평소와 달리 그의 서재 문은 굳게 닫혀 있었다. 노크를 하자 조금 있다 문이 열렸다. 그런데 문 사이로 보이는 사람은 재후가 아니었다. 처음 보는 남자였다.

그의 시선이 내 얼굴에 잠시 멎었다. 놀라지 않는 걸 보니 나를 아는 사람 같기도 했다. 그런데 아는 사람치고는 태도가 지나치게 딱딱했다.

뭐 하는 사람일까? 왜 재후 대신 이 사람이 여기에 있는 건지 궁금했다.

내 얼굴에 경계심이 떠오른 걸 느꼈는지, 그가 내게서 시선을 뗐다. 단정한 목소리가 정중한 말투에 실려 그의 입에서 흘러나왔다.

"팀장님은 지금 자리에 안 계십니다. 저녁때 돌아오시겠다고 말씀 전해달라고 하셨습니다."

알겠다는 뜻으로 고개를 끄덕이자, 그가 의례적으로 목례를 하곤 문을 닫았다.

조금도 무례한 행동은 아니었다. 하지만 왠지 목덜미가 서늘해지는 기분이었다. 갑자기 이곳이 낯설게 느껴졌다. 빛도, 온기도 사라져버린 것 같았다.

재후는 저녁이 되기 전에 돌아왔다. 우리는 여느 날과 다름없이 함께 저녁 식사를 한 뒤 따뜻한 차를 마셨다.

비는 밤새 그칠 것 같지 않았다. 축축한 냉기 속에 혼자 남겨지는 게 싫어서 나는 그의 방 침대 속으로 파고 들어갔다.

그의 팔베개를 하고 누웠을 때, 문득 머릿속에 오후에 봤던 남자가 떠올랐다. 내 앞에서 서재의 문을 닫아버렸던 그 남자.

"그런데 아까 그 사람은 누구예요?"

뜬금없다고 생각했는지 재후는 대답 대신 눈썹을 살짝 들어 올렸다. 누구? 그렇게 묻는 것 같아 나는 부연 설명을 했다.

"아까 오후에 재후 씨를 찾으러 서재에 갔었어요. 그런데 다른 사람이 있었어요. 남자였는데, 키가 꽤 크고, 머리카락이 아주 새카맣고, 몸에 딱 맞는 양복을 입고 있었어요."

"아……. 회사 직원."

재후가 간단히 대답했다.

회사 직원? 이곳에서 휘성그룹과 관련된 사람을 만난 적은 한 번도 없었기에 의외라는 생각이 들었다.

"서울로 올라가는 일 때문에 온 거예요?"

"기사 나갈 일이 있나 봐. 그것 때문에 정리할 게 있어서 온 거야."

재후는 별거 아니라는 듯이 말했다. 그 얘기는 더 하고 싶지 않다는 것 같기도 했다.

하지만 내 머릿속에선 어느새 저절로 질문 하나가 떠올랐다.

'기사 때문에 왔다면, 혹시 아까 그 남자, 홍보실 사람인가요?'

재후는 나도 휘성그룹 홍보실 직원이었다고 했다. 그런데 아까 낮에 봤던 그 남자는 나를 아는 체하지 않았다. 삼십 대 중반 정도 돼 보였는데, 그 정도면 나와 같이 실무를 공유했을 동료가 아닐까.

잊고 있었던 불안이 불쑥 고개를 들었다. 애써 묻어버린 불길한 목소리가 다시 표면을 뚫고 스멀스멀 기어 나오려고 했다.

나는 얼른 재후의 따뜻한 품속으로 파고 들어갔다. 이대로 잠 속으로 도망치고 싶었다. 하지만 죽음이 아닌 이상 잠은 언제까지나 계속될 순 없었다.

다음 날 아침 눈을 떴더니 여전히 비가 내리고 있었다. 재후의 모습은 보이지 않았다.

이미 많은 짐이 빠져나간 그의 방을 무심코 둘러보던 나는, 소지품이 치워진 책상 위에 사진 한 장이 올려져 있는 걸 발견했다.

가까이 가서 보니 재후의 사진이었다. 언제 찍었는지 정확히는 알 수 없지만, 사진 속에는 지금보다 조금 어려 보이는 재후가 있었다. 나무 계단 위에 앉아 어딘가를 멀리 바라보고 있는 옆모습이었다. 배경을 보니, 우리가 처음 만났다는 그 바닷가의 계단 같았다.

오래되어 바랜 느낌이 배어나는 흑백 사진이라서일까. 아니면 지금보다 조금 더 긴 머리가 바람에 흩어지고 있어서일까. 사진에 찍힌 재후의 모습은 어딘가 모르게 애틋하고 슬퍼 보였다.

누가 찍어준 것인지 궁금해졌다. 이 사람은 왜 이런 표정으로 여기에 앉아 있는 걸까. 혹시 내가 찍은 사진일까? 이 사진을 찍은 게 나였다면, 그때의 나는 어떤 모습을 하고 어떤 심정으로 이 사람을 보고 있었을까.

눈을 감고 사진 속의 장면을 상상해보았다. 그리운 누군가를 기다리듯 바닷가 계단에 앉아 파도를 바라보는 재후의 모습이 눈앞에 선명하게 그려졌다. 어쩐지 사진기를 든 채 그의 옆모습을 찍고 있는 내 모습도 보이는 것 같았다.

하지만 지금의 나라면, 재후가 이런 표정을 짓도록 혼자 내버려 두지는 않았을 것이다. 당장 사진기를 내려놓고 그의 곁에 다가가 앉은 다음, 그가 늘 그랬던 것처럼 다정한 손길로 그의 머리카락을 쓰다듬어 줄 것이다. 재후가 기다리는 사람이 바로 옆에 와 있다는 걸 알려주고, 더는 이런 표정을 짓지 않도록 만들 것이다.

한참 동안 사진을 들여다보다 나는 그걸 들고 재후의 방을 나왔다. 이 사진에 대해 재후와 얘기를 나누고 싶다는 마음을 참을 수 없었다.

그를 찾아 집 안을 배회하다가 응접실 안에 재후가 있는 걸 보았다. 반쯤 열린 문 사이로 보이는 그는 누군가와 창가에 서서 얘기를 나누고 있었다.

등을 돌리고 있어 얼굴은 볼 수 없었지만, 재후 옆에 선 사람은 어제 서재에서 마주쳤던 그 남자 같았다.

노크를 해서 내가 온 걸 알려야 하나, 아니면 돌아갔다 나중에 오는 게 나을까. 고민하는 사이, 남자가 몸을 돌려 재후를 마주 보고 목례를 하는 게 보였다. 마침 얘기가 끝난 모양이었다.

나는 그대로 서서 조금 더 기다리기로 했다. 그가 나오면 들어갈 참이었다. 그러나 아직 못다 한 말이 남았던 건지, 남자의 목소리가 다시 들려왔다.

"그럼 지시하신 대로 처리하겠습니다, 팀장님."

"그렇게 하시죠."

"네, 일이 다 끝나면 보고드리겠습니다."

"아, 그리고……."

돌아서려는 남자를 재후가 불러 세웠다.

"이번 일은 송하윤 씨가 눈치채지 못하게 각별하게 신경 써줬으면 합니다. 제 말 무슨 뜻인지 아시겠죠?"

"잘 알고 있습니다."

대답을 마친 남자가 그제야 돌아섰다.

나는 놀란 나머지 엉겁결에 문 뒤로 숨으려 했다. 하지만 몸이 맘대로 움직여지지 않았다. 그 자리에서 꼼짝도 못 한 채 나는 서 있었다. 힘이 풀린 손가락에서 들고 있던 사진이 스르르 빠져 바닥으로 떨어져 내렸지만, 그 사실도 눈치채지 못했다.

지금 내가 무슨 말을 들은 거지? 나 모르게 처리하라고? 대체 무슨 일이길래?

뒤돌아선 남자를 향했던 재후의 시선이 일직선으로 보이는 내게 닿았다. 나를 발견한 그의 눈동자가 커졌다.

그도 놀란 게 분명했다. 하지만 재후는 나와 달랐다. 그는 감정을 감추고 드러내는 데 능숙한 사람이었다. 그것도 아주 자유자재로. 집중해 보지 않으면 눈치도 채지 못했을 정도로 재빠르고 솜씨 좋은 위장술을 방금 본 것 같았다.

"하윤아."

재후는 다정하기 이를 데 없는 약혼자의 얼굴로 나를 향해 곧장 걸어왔다.

그 걸음걸이는 아주 빠르지도, 그렇다고 느리지도 않았다. 당당하면서도 여유로운 걸음걸이. 평소와 정확히 똑같았다.

내가 듣지 못했다고 생각하는 건가?

흔들리고 있을 게 분명한 눈빛으로 그를 올려다봤다.

"언제부터 여기 있었어? 얘기가 끝나길 기다리고 있었던 거야?"

"방금…… 무슨 말이에요?"

"들었어? 역시 세상엔 비밀이란 없나 보네."

곤란하다는 표정을 지으며 재후가 입꼬리를 살짝 말아 올렸다. 하지만 그의 얼굴에는 그다지 당황한 빛이 보이지 않았다. 정말로 당황할 일이 아니어서인지, 아니면 태연한 척하는 건지 표정만 봐서는 잘 분간이 가지 않았다.

나는 얼른 재후 뒤에 서 있는 남자에게로 시선을 옮겼다. 그의 반응이라도 확인하기 위해서였다.

그런데 그 남자라고 다를 게 없었다. 원래부터 표정이란 게 없는 사람처럼 그는 나를 쳐다봤다.

내 시선이 무얼 보고 있는지 포착한 듯 재후가 그를 돌아봤다.

"일단 가보세요."

남자가 고개를 까딱거리고는 내가 서 있는 응접실 문 쪽으로 다가왔다. 그런데 내 옆을 지나가던 순간, 그가 돌연 멈춰 서며 허리를 굽혔다. 바닥에 떨어진 사진을 발견하고 주워주려는 것 같았다.

사진은 뒤집힌 채 떨어져 있었다. 희멀건 뒷면이 위로 올라온 사진을 남자는 그대로 집어서 내게 내밀었다.

어떤 사진인지 조금도 궁금하지 않다는 듯 그는 사진에 눈길도 주지 않았다. 대신 눈동자는 똑바로 나를 향해 있었다. 아무것도 담지 않은 딱딱하고 무표정한 눈빛이었지만, 내게는 왠지 그 눈빛이 뭔가를 말하고 있는 것처럼 느껴졌다.

어제 처음 봤을 때부터 그랬다. 정중하지만 무례한 듯 보였고 조용하지만 위협하는 듯 느껴지는 불길한 시선.

하지만 그건 내 착각일지도 모른다. 방금 들은 말 때문에 내가 지나치게 예민하게 생각하고 있는 것일 수도 있다.

실제로 남자가 사진을 주워서 내게 건네준 뒤 응접실을 나가기까지는 불과 몇 초도 걸리지 않았다. 눈이 마주친 것도 일이 초나 되었을까. 아니, 마주쳤다기보다는 스쳤다는 표현이 정확힐 정도로 짧았다.

나는 남자에게 건네받은 사진을 다시는 놓치지 않겠다는 듯 꽉 움켜쥐었다. 그리고 평정심을 찾으려고 안간힘을 썼다.

재후의 태도가 이렇게 자연스러운 걸 보면, 분명 별거 아닐 것이다. 내가 재후의 말을 앞뒤 잘라서 듣고 괜한 오해를 하려 하는 게 틀림없다.

재후가 무언가를 짐작했는지 나를 달래듯 말했다.

"오해하지 마, 하윤아. 사실은……."

"혹시 내 신원 확인을 하고 있어요?"

그의 말이 끝나기도 전에 나는 물었다. 왠지 그럴지도 모른다는 생각이 불쑥 들었다.

내가 느끼는 불안을 말끔히 없애주기 위해 재후는 그동안 나 몰래 내 신원을 확인해왔는지도 모른다. 확인 결과 그건 그냥 오류였다고 내게 얘기해주고 싶어서 말이다.

그런데 그 결과가 바람과는 달랐던 걸까. 그래서 나 몰래 그 일을 처리하라고 저 남자를 불러온 걸까.

"아니야, 하윤이 너랑 약속했잖아, 그런 거 하지 않겠다고."

"그럼 무슨 얘기였죠?"

"그렇게까지 정색하면서 물어볼 일은 아닌데."

재후는 길고 날씬한 검지로 가지런하게 뻗은 눈썹 끝을 살짝 긁었다. 곤란하다는 표정과 재미있다는 표정 그 어디쯤을 오가는 묘한 얼굴로 그는 나를 바라보고 있었다.

"그럼, 오늘 오후까지만 기다려 줄 수 있겠어? 조금 뒤에 산책하면서 다 얘기해줄게. 응?"

재후가 두 눈썹을 들어 올리며 내 눈을 들여다봤다. 서늘하게 뻗어 있던 기다란 눈매 속에 회청색 눈동자가 동그랗게 드러났다. 애교를 부리는 말간 소년 같은 표정이 그의 얼굴에 떠올랐다. 어른스러운 재후에게선 좀처럼 볼 수 없는 표정이었다.

그가 이렇게 나오니 혼자 심각해져서 떨고 있던 내가 오히려 이상하게 느껴지기 시작했다.

정말 별일 아닌가? 그렇겠지? 재후가 나를 속이고 나한테 나쁜 짓을 할 리는 없으니까. 어쨌든 오후가 되면 알려준다고 했으니, 그때까지 기다려보자.

나는 천천히 고개를 끄덕였다. 그제야 다행이라는 듯 그가 환하게 미소를 지었다.

"그런데 그건 뭐야?"

한층 가벼워진 목소리로 그는 손에 쥔 사진을 가리켰다. 나는 사진을 내밀어 보이며 말했다.

"재후 씨 사진이에요."

"내 사진?"

재후가 반색하며 사진을 받아들었다.

"책상 위에 있던데, 재후 씨가 거기 놔둔 거 아니었어요?"

"아니, 난 처음 보는 사진이야."

처음 보는 거라면, 재후가 갖고 있던 사진이 아니라는 건가? 재후의 모습을 찍은 독사진인데 그에게는 보여주지도 않고 누군가가 이 사진을 갖고 있었다고?

……누가? 혹시 내가?

"그래요? 그럼 어디서 난 사진일까요?"

"글쎄, 짐 정리하다가 어딘가에서 나왔겠지. 내 사진이니까 당연히 내 건 줄 알고 책상 위에 갖다 놨나 보네."

재후는 사진을 앞뒤로 한 번씩 돌려 보았다. 혹시 글씨 같은 게 적혀 있는지 확인해보는 것 같았다. 아무것도 발견하지 못하자 다시 사진 속 자신의 모습을 물끄러미 내려다봤다.

"언제 찍은 건가……."

혼잣말처럼 중얼거리던 그가 이내 고개를 들어 나를 봤다.

"정확히는 모르겠지만 이 사진, 하윤이 네 거 아닐까. 우리가 처음 만났을 즈음에 찍힌 사진 같거든."

"사실은 나도 그렇게 생각했어요."

재후의 눈동자가 반짝 빛났다.

"그렇단 말이지? 이런 사진을 나 몰래 찍어서 혼자 간직하고 있었단 거지? 송하윤이 그만큼 나한테 반했었다는 뜻인가?"

그의 입술에 만족스러운 미소가 떠올랐다. 하지만 나는 갑작스레 내 눈앞에 나타난 과거의 흔적을 보며 재후처럼 기분 좋게 웃을 수가 없었다.

잃어버린 과거에 가까이 다가가려 했을 때 어떤 일이 벌어졌는지 나는 알고 있다. 반복된 학습효과가 나를 웃을 수 없게 했다.

***

시간은 더디게 흘러갔다. 추적추적 내리던 비는 오후로 접어들면서 그쳤다. 산책에 나설 즈음에는 다시 말간 하늘이 구름 사이로 드문드문 모습을 드러냈다.

재후와 나는 우리의 특별한 추억이 깃들어 있다는 그 산책로를 다시 걸었다. 터널 모양의 나뭇가지들이 하늘을 덮은 길은 오늘따라 더 고요한 것 같았다.

습기를 머금은 공기는 본래 소리를 더 잘 실어 날라서 같은 소리도 더 크게 들리는 법인데, 이렇게 사방이 조용하게 느껴진다는 건 내 마음이 바싹 말라버렸다는 증거일지도 몰랐다.

발소리만이 가득한 적막한 길을 따라 우리는 계속 걸었다. 지난번 보았던 나무문을 지나쳐 재후는 더 안쪽까지 나를 데리고 들어갔다.

그를 따라 걷던 내 시야에 저 멀리 서 있는 커다란 검은 바위 하나가 들어왔다. 길 오른쪽 옆에 놓인 그 바위 뒤로는 작은 호수 같은 연못이 보였다. 찰랑거리는 물소리도 희미하게 들려왔다.

그 소리를 듣는 그 순간, 나도 모르게 우뚝 걸음을 멈췄다. 심장이 크게 한번 요동쳤다. 언젠가 여기에 와본 적이 있다는 강한 확신이 들었다.

언제 와 봤더라? 분명 최근에, 그리 멀지 않은 과거에 여길 와봤던 것 같은데.

나는 연못가로 뛰듯이 다가갔다. 그 안에 가득 찬 검은 물을 본 순간 다시 한번 심장이 펌프질을 했다. 이곳에 왔던 게 언제였는지 기억났던 것이다.

그 꿈속에서였다. 독사과를 든 재후를 피하려고 달리던 그 절박했던 꿈속. 그때 나는 이 바위 뒤로 몸을 던졌었다. 그러다 그 뒤에 숨어있던 깊은 우물 속으로 떨어졌었지.

나는 다시 고개를 들어 연못 주변을 스캔하듯 눈에 담았다. 낯선 동시에 익숙하게 느껴지는 풍경이 주위를 둘러싸고 있었다.

그 꿈은, 그러니까 그냥 우연히 꾼 게 아니었어. 이 장소에서 특별한 일이 있었을 거야. 그래서 이 장소가 내 꿈에 나왔던 거고, 내가 아직도 그 꿈을 기억하고 있는 거라고.

무슨 일이 있었던 걸까? 여기서 나한테 어떤 일이 일어났던 거지?

내 의문에 대한 대답이 거기 있기라도 하다는 듯 나는 연못 수면을 뚫어져라 쳐다봤다. 그 깊은 수면 아래 우물이 숨어있고 그 우물 밑에 아직도 과거의 내가 숨어있기라도 한 것처럼.

그때, 물 위에 비친 내 어깨 뒤로 재후의 얼굴이 스윽 나타났다.

"악!"

깜짝 놀라 반사적으로 비명이 튀어나왔다. 다리에 힘이 빠져 그대로 주저앉을 뻔했다. 재후의 손이 얼른 내 두 팔을 움켜잡았다.

"미안, 놀랐어?"

나를 돌려세운 재후가 걱정스런 얼굴로 내 상태를 살폈다.

정신 차리자. 여긴 그 꿈속이 아니야.

나는 놀란 가슴을 진정시키면서 애써 웃어 보였다.

"괜찮아요."

그렇게 말하는 내 얼굴이 전혀 괜찮아 보이지 않았던 건지, 재후가 다시 한번 사과했다.

"미안해."

"재후 씨 때문에 그런 거 아니에요. 사실은 여기 와봤던 게 기억나는 것 같아서. 아, 아니, 진짜로 말고 꿈에서요."

기억났다는 말에 재후의 표정이 돌변하는 걸 보고 나는 다급히 뒷말을 덧붙였다. 괜한 기대를 하게 하면 오히려 내가 더 미안해질 것 같아서였다.

"꿈에서? 나쁜 꿈이었어?"

"조금…… 그랬던 것 같아요."

"큰일 났네, 그러면 안 되는데."

"왜요?"

"이 장소가 너한테 그렇게 기억되는 건 싫으니까."

무슨 말인가 싶어 나는 물끄러미 재후를 올려다봤다. 나를 마주 보며 재후가 오른손을 들어 올려 손가락을 튕겼다.

탁, 하는 경쾌한 소리가 났다. 그 소리가 신호였던 모양이다. 머리 위를 덮은 나무 터널에 색색의 별빛 같은 불이 밝혀졌다.

그 빛 덕분에 검고 둥근 천장은 순식간에 은하수처럼 변했다. 별을 가득 담은 광활한 은하수가 반짝이며 우리의 머리 위를 황홀하게 흘러가기 시작했다.

"아……!"

나는 감탄하며 재후가 나를 위해 만들어준 은하수를 올려다봤다.

"어때?"

귓가에 들려오는 그의 목소리에는 기대감이 어른거리고 있었다.

"근사해요."

거짓말은 아니었다. 우리를 둘러싼 공간은 정말로 아름답게 변해 있었다. 그렇지만 나는 지난번 홀로그램으로 만든 나비의 춤을 봤을 때와는 다른 기분이었다. 눈앞에 보이는 아름다움에 들뜰 수가 없었다.

솔직히 나는 이곳이 조금 무서웠다. 진짜 풍경이 사라지고 가짜가 시야를 가린 곳. 무엇을 믿어야 할지 알 수 없게 만드는 곳. 언제 다시 순식간에 다른 모습으로 변해버릴지도 모르는 곳…….

실체를 알 수 없는 아름다움보다, 변하지 않고 늘 그 자리에 있는, 믿을 수 있는 무언가가 내겐 더 필요했다. 그것이 재후였기에 나는 손을 뻗어 그를 찾았다.

재후가 얼른 내 손을 맞잡았다.

"혹시 아침에 했던 말이 이거였어요? 나 몰래 준비하라고 한 거."

"기다리게 한 것치고는 너무 시시한가?"

"아뇨, 그렇지 않아요."

"다행이네. 근데 진짜로 준비한 건 따로 있어."

그렇게 말하며 재후는 나를 돌려세웠다. 가느다랗게 뻗은 새하얀 손가락이 내 손끝을 떠받들듯이 잡았다.

그의 약지에 끼워진 반지가 은하수 빛을 받아 반짝거린다고 생각한 순간이었다. 재후가 가만히 한쪽 무릎을 꿇었다. 그리고 바지 주머니에서 작은 케이스 하나를 꺼내 들었다.

열어보지 않아도 그 안에 든 게 무엇인지 알 수 있었다. 교통사고 때 잃어버린 나의 약혼반지. 아니, 그것과 똑같이 생긴 반지일 것이다.

예상대로 케이스를 열자 재후의 손에 끼워져 있는 것과 같은 모양의 은반지가 나왔다. 그 반지를 꺼낸 뒤 재후가 나와 시선을 맞췄다.

"예전에도 여기서 너한테 프러포즈를 했어. 지금처럼 이렇게."

"아……."

그랬구나. 그래서 이 장소가 이렇게 특별하게 남아 있는 거였어. 꿈속에 나올 정도로. 그 꿈에서 깨어난 후에도 계속 잔상이 남을 정도로.

여기 발을 들인 순간, 그렇게 심장이 두근거렸던 이유를 나는 이제야 알 것 같았다. 그 반사적인 심장박동은 사실은 재후의 프러포즈를 받으며 느꼈던 내 감정인지도 모른다.

두려움이 아니라 설렘.

그래, 그랬던 게 틀림없다.

"그리고 그때도 지금처럼 똑같이 이렇게 물어봤지. 나와 결혼해줄래, 하윤아……."

손가락에 반지를 끼워주고 그가 내 눈을 올려다봤다. 일렁이는 눈빛만큼 그에게서 나온 목소리도 많은 감정을 담고 있었다.

눈앞에 재후의 프러포즈를 받는 과거의 송하윤이 떠오르는 것 같았다. 제삼자가 되기라도 한 것처럼, 나는 지나간 언젠가 이곳에서 미래를 약속했을 두 사람의 모습을 머릿속으로 그렸다.

그러자 이상한 감정이 들었다. 쇠꼬챙이로 누가 찌르기라도 한 것처럼 가슴이 따끔거렸다.

이 갑작스러운 감정이 무엇인지 나는 즉시 알아차렸다. 질투였다. 과거의 송하윤에 대한 질투. 재후의 프러포즈를 아무런 거리낌 없이, 기쁘게, 행복하게만 받아들였을, 내가 모르는 나에 대한 한없는 부러움.

재후의 눈이 탐색하듯 내 표정을 살폈다. 나는 그에게 잡힌 손을 빼면서 뒤로 한 걸음 물러섰다.

옅은 불안의 그림자가 그의 얼굴에 드리워졌다. 어느새 일어난 그가 내 손을 다시 자신에게로 끌어당겼다.

"왜 대답이 없어?"

"대답은…… 이미 했을 거잖아요, 그때."

"다시 듣고 싶어. 지금의 너한테."

나도 대답하고 싶다. 그와 앞으로도 이렇게 함께 하고 싶다고. 하지만 결혼이라는 단어는 내게 잊고 있던 현실을 상기시켰다.

재후는 휘성그룹의 후계자다. 세간의 관심을 받을 수밖에 없는 인물이다. 그와 결혼하면, 나도 세상으로 나가야만 한다. 겨우 도망쳐 들어온 이 꿈같은 현실에서 끌려 나가게 될지도 모른다. 여기선 아무것도 필요 없다. 재후만 있으면 된다. 하지만 저 바깥세상은 아니다.

'그런 송하윤은 없다.'

망각의 바닷속으로 던져버린 그 말이 다시 수면 위로 둥둥 떠 올라 내 머릿속을 맴돌기 시작했다.

"말해줘. 안 그러면 대답할 때까지 계속 물어볼 거야."

재후가 내 이마에 자신의 이마를 갖다 대며 조르듯이 속삭였다.

뭐라도 대답을 해야 할 것 같아 나는 조심스럽게 입을 뗐다.

"지금은 결혼이라는 말이 솔직히 좀 무서워요."

"……그래, 그럴 수 있지."

"이해해주는 거죠?"

"그럼 이것만 대답해줘. 지금의 네 마음은 어떤 건지. 하윤이 너도 나와 함께 하고 싶은 건지."

"그건…… 당연하잖아요. 나한테는 재후 씨밖에 없으니까."

그럴 줄 알았다는 듯 재후가 고개를 흔들었다.

"그런 대답을 원하는 게 아니야."

"그럼요?"

"송하윤 앞에 이 세상 모든 남자가 줄을 서 있어도 나만을 원한다는 대답."

재후가 너무 심각하게 말해서 나도 모르게 조금 웃음이 나왔다.

"웃지 마. 마음 같아서는 지금이라도 당장 온 세상 사람들한테 소리 치고 싶다고. 송하윤은 내 약혼자라고. 내가 이 사람을 사랑한다고."

프러포즈를 하고 있다는 특별한 상황 때문일까. 내가 자신에게 얼마 나 중요한 사람인지 말하는 그의 눈동자가 어느 때보다 열의를 띠었다.

"하윤이 너도 나를 원하는 거지? 대답해줘. 안 그러면 정말로 떼를 쓸지도 몰라."

재후가 다시 나를 재촉했다. 그의 이런 모습이 낯설기도 했지만, 싫 지 않았다. 대답을 좀 더 미룬 채 그의 애를 태워보고 싶기도 했다. 이

런 마음 뒤에 도사리고 있는 게 사실은 본질을 피해 가고 싶은 회피본
능이라는 걸 나는 애써 모른 척했다.

"이 정도가 떼를 쓰는 거예요? 아, 여태까지는 재후 씨가 원하는 걸
옆에서 다 척척 들어줘서 아무것도 원할 필요가 없었구나?"

"왜 그렇게 생각해?"

"그야…… 다 가진 사람들은 보통 그렇잖아요."

"그런가. 그럼 내 유일한 결핍은 하윤이 너였나 봐. 네가 있어야 온
전한 내가 될 수 있는 거였어."

거기까지 말한 뒤 재후는 잃어버렸던 자신의 일부를 되찾겠다는 듯
이 나를 꽉 껴안았다.

"그러니까 대답해줘."

"조금 더 버티면 더 대단한 고백이 나올 것 같아서 참는 중이에요."

"하아. 까다롭네, 송하윤."

재후가 짐짓 한숨을 내쉬는 시늉을 했다. 나는 그의 품에서 살짝 뒤
로 빠져나와 그의 얼굴을 쳐다보았다.

"재후 씨가 그랬잖아요, 우리한테는 시간이 아직 많이 남아 있다고."

"그래. 그 말이 맞아. 하지만 우린 여기 머물러 있으면 안 돼. 조금씩
앞으로 나가야 해."

"이게 재후 씨가 생각하는, 앞으로 나가는 방법이에요?"

재후가 고개를 끄덕였다.

"나를 믿고 있다면 내 손을 잡아줘, 하윤아. 우리 같이 앞으로 가자.
다른 건 몰라도 네 손을 절대 놓지 않겠다는 건 약속할 수 있어."

"알아요. 그래 줄 거라고 믿고 있어요. 그런 사람이라서…… 영원히

함께 있고 싶다는 생각이 드는 거예요."

결국 나는 그가 원하는 대답을 해버리고 말았다.

그의 눈을 마주하고 있으니 결혼이라는 말을 들은 순간부터 나를 휘젓던 두려움이 가라앉았다. 세상 밖으로 다시 나가볼 용기도 나는 것 같았다.

그래, 언제까지나 이런 꿈 같은 유예기간이 지속될 수는 없을 것이다. 이제는 벗어나야 할 때다. 진짜 현실을 마주하자. 이 사람과 함께라면 어떤 과거도, 어떤 미래도 다 감당해낼 수 있다.

나는 그렇게 믿었다. 그 믿음으로 재후가 내민 손을 맞잡았다. 그때만 해도 그 믿음이 아주 오래 이어질 줄 알았다. 그렇지 않다는 걸 확인하는 데는 그리 오랜 시간이 걸리지 않았다.

***

그날, 재후와 나는 우리가 직접 만들었다는 통나무집에서 밤을 보냈다. 새소리와 바람 소리가 유난히도 크게 들려 몇 번이나 잠을 설쳤다. 재후도 마찬가지인 것 같았다. 내가 깨어날 때마다 재후도 어김없이 눈을 떴고, 나를 끌어안아 다시 재웠다.

그 탓인지 다음 날에는 둘 다 늦잠을 잤다. 부스스해진 서로의 모습을 확인하곤 피식 웃기만 하다가, 우리는 손을 잡고 돌아오는 길을 되짚어 왔다.

원형의 잔디밭을 지나 본래 가던, 좀 더 큰 산책길로 들어섰을 즈음이었다. 급한 발걸음 소리가 들리더니 이쪽을 향해 다가오는 사람이 눈에 들어왔다. 이틀 전부터 계속해서 내 눈에 띄고 있는 그 남자였다.

우리를 보고도 놀라지 않는 걸 보니 재후를 찾으러 나온 길인 듯했다.

그를 보자마자 재후가 내 손을 놓고 남자에게로 다가갔다. 엿듣는 기분이 들 것 같아 나는 그들에게서 조금 멀찍이 떨어져 섰다.

남자와 몇 마디를 주고받은 다음 재후가 뒤를 돌아봤다. 그 얼굴에는 나를 어떻게 해야 하나, 망설이는 표정이 역력했다.

"먼저 가요. 천천히 들어갈게요."

내가 먼저 말했다. 고개를 끄덕이며 재후가 남자에게 말했다.

"부탁해요."

"알겠습니다."

다시 한번 나를 쳐다본 뒤 재후는 남자가 온 방향으로 달려갔다. 빠른 속도로 멀어지는 그의 뒷모습을 바라보다가 나는 남자에게 고개를 돌렸다.

"무슨 일이 있는 건가요?"

그렇게 물었지만 사실 남자가 제대로 대답해줄 거라곤 기대하지 않았다. 예의 그 기묘한 시선으로 나를 보며 '아닙니다'라는 대답만 돌아올 줄 알았다.

그런데 의외로 남자는 선선히 대답해주었다.

"팀장님 약혼 소식이 언론에 보도됐습니다. 예상했던 일정보다 더 빨리 기사가 나서 그룹에서도 당황한 것 같습니다."

"아…… 그렇군요."

나는 놀란 기색을 최대한 억누르려 애썼다.

우리 약혼 기사가 언론에 알려졌다니. 벌써 세상으로 한 발짝 끌려

나간 기분이었다.

그러고 보니 이틀 전 이 남자가 왜 여기에 있는지를 묻던 내게 재후는 '기사 날 일이 있어서'라고 대답했었다. 그 기사라는 게 우리 얘기였구나. 그래서 재후가 내게 서둘러 다시 청혼했던 건가.

앞으로 나가야 한다며 내 약속을 받아내려 한 것도 그래서였겠구나.

"신문을 가져다드릴까요? 보시겠습니까?"

남자는 깍듯하게 물었다. 너무나도 정중한 그의 말투를 듣고 있으니 다시 궁금해졌다.

당신은 홍보실 직원인가요? 혹시 나를 알아요? 우리가 동료였나요?

하지만 그 질문을 입 밖으로 꺼내지는 못했다. 내 대답을 기다리지 않고 남자가 먼저 자리를 떴기 때문이다.

덕분에 나는 집으로 돌아가지 못한 채 그 자리에 서서 한동안 남자를 기다려야 했다. 그렇게 서성이고 있자니, 재후가 있는 그곳이 마치 내가 돌아가서는 안 될 장소가 된 것 같은 묘한 기분이 들었다.

곧 남자가 손에 신문 한 부를 들고 돌아왔다. 경제면에 기사가 났다는 얘기에 나는 그가 말한 페이지를 펼쳐 들었다.

재후의 사진이 실린 기사가 보였다. 그 순간 두근, 하며 심장이 불쾌하게 뛰었다. 아직 제목이 정확히 내 눈에 입력되지 않은 상태였는데도, 뇌에서 즉각 불길하다는 신호를 내보낸 것이다.

기사 제목으로 시선이 옮겨갔다. 뇌와 심장이 왜 그렇게 신속하게 움직였는지 나는 곧바로 이해할 수 있었다.

'휘성그룹 유력 후계자 천재후, 예인그룹 첫째 딸과 백년가약'

……이게 뭐지?

들고 있던 신문을 떨어뜨릴 것 같아 나는 두 손을 움켜쥐었다. 옆에 선 채 나를 지켜보고 있는 남자의 날카로운 시선이 느껴졌다. 하지만 나는 지금 그런 시선에 신경 쓸 여력이 없었다.

손가락 끝이 경련하듯 떨렸다. 속눈썹이 빠르게 깜빡였다. 반대로 머리는 완전히 굳어버렸다. 눈으로 입력되고 있는 정보가 뇌에 닿기까지 힘겹고도 오랜 시간이 걸렸다.

백년가약? 예영은?

이 사람하고 재후가 결혼을 한다고?

내가…… 아니라?

그럴 리 없어. 그런 일이 일어날 리가 없어. 뭔가 잘못된 거야.

나는 제목 밑에 딸린 기사 내용을 서둘러 훑었다. 잘못 읽었나 싶어 다시 처음부터 끝까지 기사를 읽어나갔다. 그다음엔 빠뜨린 내용이 있는지 기사 행간까지 필사적으로 읽으려고 해보았다.

하지만 아무리 읽어도 예영은이라는 재벌그룹의 영애와 재후의 결혼을 알리는 기사 내용이 바뀌지는 않았다.

기사에 따르면 두 사람은 몇 달 전 약혼을 했으며 곧 결혼식을 올리게 된다고 했다. 그 결혼이 일으킬 재계의 지각변동에 세간의 시선이 쏠리고 있다는 문장으로 기사는 끝을 맺고 있었다.

찌익, 불쾌한 소리를 내며 내가 서 있는 땅이 찢어지기 시작했다. 발밑이 무시무시하게 흔들렸다. 회로가 고장 난 기계처럼 머릿속이 뒤죽박죽 엉켜버렸다.

째각째각, 머릿속에서 시계가 돌아갔다. 곧 일어날 폭발을 예고하는 불길한 초침 소리.

내 세계가 산산조각이 나려고 했다. 힘겹게 하나하나 퍼즐을 맞추며 겨우 쌓아 올린 세계가 한순간에 어이없이 무너지려 하고 있었다.

안 돼. 이 세계가 무너지기 전에 납득할 만한 뭔가를 찾아야 해.

"어떻게 된 거죠, 이게?"

나는 힘겹게 목소리를 쥐어짜 냈다.

"확인하신 그대로입니다. 천재후 팀장님과 예영은 씨의 결혼 소식을 알리는 기사입니다."

태연하게 대답하는 남자의 목소리에 나는 그를 향해 돌아섰다. 돌아선 내 손에서 신문을 도로 가져간 그가 반듯하게 다시 신문을 접으며 덧붙였다.

"천성묵 회장님께서 오래 추진해 오셨던 일입니다."

회장님이라면 재후의 할아버지? 그렇다면 재후의 의도와는 상관없이 진행되는 일이라는 얘기인가?

깜깜했던 세상에서 희미한 빛을 발견한 기분이었다. 나는 필사적으로 그 빛에 매달렸다.

"그럼 재후 씨는 모르는 일이라는 뜻인가요?"

"그럴 리는 없겠죠. 본인도 모르는 약혼식을 하실 수는 없었을 테니까요."

내가 느끼는 동요는 자신과 전혀 상관없는 일이라는 듯, 남자는 태연하고 분명한 목소리로 대답했다.

다시 우지끈, 발밑의 땅이 꺼지려 했다.

안 돼. 아직 아니야.

"그럼 이 기사 내용이 사실이라고요?"

나는 끈질기게 되물었다. 남자의 말도, 기사에 실린 내용도 도저히 믿을 수 없었다.

"믿지 않으실 이유라도 있습니까?"

이런 내가 이상하다는 듯 남자가 반문했다. 마치 내가 재후의 약혼자라는 사실을 전혀 알지 못한다는 듯 굴고 있는 것이다.

혹은, 인정하지 못하겠다는 듯이.

남자의 태도에 불쑥 오기가 일었다. 뒤죽박죽 엉켜 있던 혼란스러운 감정이 그에 대한 반감이라는 하나의 중심축을 향해 모여들기 시작했다.

재후는 나의 약혼자다. 예영은이라는 사람이 아니라 내 약혼자.

내 손가락에 끼워진 반지가 그걸 증명한다. 게다가 재후는 내게 결혼해달라며 청혼까지 했다. 그게 바로 어제 오후의 일이다.

그런데, 그 사람이 다른 여자와 약혼을 했다고? 곧 결혼할 거라고? 그 말을 나한테 믿으라는 건가? 여태까지 재후가 나를 속여 왔다는 걸 믿으라고?

"믿지 않을 이유요? 물론 있어요. 내가 알고 있는 사실하고 다르니까요. 재후 씨가 말해준 사실하고도 전혀 달라요."

"어제 듣지 않으셨습니까. 팀장님은 송하윤 씨 모르게 이 일을 처리하라고 하셨습니다."

"그 사람이 나를 속였다는 말을 하고 싶은 건가요?"

"저는 제가 받은 지시사항을 그대로 전달해드렸을 뿐입니다."

"못 믿겠어요. 재후 씨는……, 재후 씨가 지시했던 건 그런 게 아니에요."

당신을 시켜서 나 몰래 준비하게 한 건, 어제의 그 은하수. 그리고 내 손에 끼워져 있는 약혼반지야. 그 사람이 직접 그렇게 말했어. 나는 그 말만 믿을 거야.

"됐어요. 내가 직접 재후 씨하고 얘기해보겠어요."

나는 남자를 원망하듯 노려본 뒤 그를 지나쳐 집으로 가려 했다. 하지만 그가 팔을 들어 나를 가로막았다. 그의 꼿꼿한 시선이 내게로 날카롭게 꽂혔다. 그 순간, 나에 대한 반감이 그의 새카만 눈동자에 노골적으로 떠올랐다.

아…… 이거였나. 처음 봤을 때부터 이 사람이 무례하고 차갑게 느껴진 이유가.

이 사람, 나를 알고 있는 거다. 알 뿐만 아니라 나를 싫어하고 있다. 그리고 이제는 그 사실을 숨기려고도 하지 않는다.

남자가 내게로 한 발짝 다가왔을 때 나는 그 사실을 본능적으로 느낄 수 있었다.

"지금은 팀장님께 갈 수 없습니다."

얄팍한 정중함으로 포장한 그의 말투는 위압적이었다. 나도 떨고 있는 티를 내지 않으려고 그의 눈을 쏘아봤다.

"무슨 권리로 날 막는 거죠?"

"들었잖습니까. 팀장님은 아까 떠나실 때 제게 송하윤 씨 처리를 부탁하고 가셨습니다."

부탁해요, 하고 말하던 재후의 목소리가 떠올랐다.

"재후 씨는 그런 뜻으로 말한 게 아니에요!"

나는 소리쳐 반박했다. 당연히 아니다. 그럴 리가 없지 않은가.

이제야 겨우 마음 놓고 그를 의지하게 됐다. 사랑한다고 생각하게 됐다. 이렇게 되도록 재후는 안간힘을 다해 끈질기게 나를 설득하고 안심시켰다.

그렇게 힘겹게 여기까지 온 것이다. 그런데 이제 와서 그가 나를 떼어놓고 싶어 한다는 건가.

그럴 리가 없잖아. 이건 말이 안 돼!

"팀장님께서는 송하윤 씨가 이 일에 대해 아는 걸 원치 않습니다. 진짜 약혼녀는 따로 있다는 사실을 알게 되면…… 어떤 여자라도 기분이 엉망이 될 테니까요. 물론 예전의 송하윤 씨는 그 모든 걸 알고도 천재후 씨에게 접근했지만요."

그가 다시 한걸음 다가왔다. 아까보다 훨씬 더 위협적인 느낌이 드는 움직임이었다. 하지만 나는 물러나지 않았다. 방금 들은 그의 말이 날 버티게 했다.

"접근이라뇨? 지금 무슨 말을 하는 거예요?"

"돈을 보고 재벌가 자제한테 접근하는 여자 얘기는 그리 특별한 건 아닐 겁니다."

내 말이 끝나기 무섭게 그가 대답했다.

"결혼 따로, 연애 따로, 그런 걸 즐기는 재벌가 자제도 드물지 않죠."

오래 참아온 얘기를 드디어 하게 돼서 속이 시원하다는 듯, 그는 나를 향해 잔인하게 눈을 번뜩였다.

그 눈은 내게 실망하라고, 절망하라고 말하고 있었다. 하지만 노골적인 악의를 마주하게 되자, 오히려 지독히도 엉켜 있던 머릿속이 조금씩 정리되기 시작했다.

이건 끔찍하게 나쁜 거짓말이 틀림없다. 나를 떼어내기 위해 천성묵 회장이 만들어낸 이야기.

그래, 기억상실……, 재벌 3세……. 그다음엔 집안의 반대. 이렇게 이어지는 게 어쩌면 당연한 순서일지도 모른다. 아무런 장애도 없는 꿈같은 사랑보다, 흔한 드라마의 신파 같은 이 상황이 오히려 더 현실적이다.

"미안하지만, 믿지 않아요. 재후 씨는 그런 사람이 아니에요."

나를 절망시키려는 그의 눈빛에 나는 단호하게 저항했다.

의외라는 듯 그가 두 눈썹을 치켜올렸다. 그 틈을 타 나는 다시 그의 옆을 지나가려 했다.

이번에는 그도 나를 막아서지 않았다. 대신 내게 올가미를 던졌다.

"그럼 당신은 어떻습니까?"

그 올가미가 나를 낚아챘다. 나는 멈춰 서서 그를 돌아봤다.

"……무슨 뜻이죠?"

"당신 자신도 그런 사람이 아니라고 생각합니까?"

물론 아니다. 절대로 아니야. 당장이라도 그렇게 대답하고 싶었지만 입이 떨어지지 않았다. 그런 나를 확인하자 남자의 입가가 삐딱해졌다.

"그동안 송하윤 씨 신원을 조사했습니다."

"거짓말이에요. 재후 씨는 그런 거, 시키지 않았다고 했어요."

"회장님은 당신의 손자에게 접근한 여자에 대해 철저하게 뒷조사를 할 필요가 있다고 생각하셨습니다."

거기까지 말하고 그는 다시 내 반응을 기다렸다. 나를 보는 그의 눈빛이 점점 더 날카로워졌다.

"그래서…… 뭐가 나왔나요?"

"아무것도 나오지 않았습니다."

남자는 대답한 다음 물끄러미 내 얼굴을 응시했다. 그런 그의 입가
에는 뜻밖에도 웃음이 걸려 있었다.

그때까지 나는 어떤 대답에도 흔들리지 말자고 다짐하고 있었다. 그
런데 그의 웃음을 본 순간 갑자기 방어벽이 와르르 무너지는 기분이었
다. 왠지 불길했다. 이 웃음 뒤에 내게 날릴 결정타가 숨어있다는 생각
이 들었다.

남자가 다시 입술을 움직였다. 이대로 도망치고 싶은 충동이 일었다.
하지만 나는 결국 그 자리에 꼼짝 못하고 서서 그의 입에서 나오는 말
을 듣고 말았다.

"송하윤이란 사람은 없었으니까요. 적어도 당신이 알고 있는 그런
사람은."

남자의 입에서 경찰이 했던 것과 똑같은 말이 나왔다. 일급 비밀을
말해주겠다는 듯 그가 내게로 상체를 기울였다. 그에게서 짙고 어두운
향수 냄새가 확 끼쳐왔다.

"당신은 가짜야."

내 눈을 똑바로 보며 그가 속삭였다. 위압적인 시선이 나를 내리눌
렀다.

숨을 쉬기가 힘들었다. 가슴이 들썩거리는데 정작 심장은 멈춰버린
기분이었다. 생각할 시간이 필요했다. 방금 들은 말이 무슨 뜻인지 그
의미를 소화해낼 시간.

그러려면 일단 이 남자가 던진 올가미에서 벗어나야 한다. 나는 안
간힘을 쓰며 발버둥 쳤다.

"당신 말은 아무것도 안 믿어. 재후 씨하고 직접 얘기하겠어. 그러니까 비켜!"

나는 두 주먹을 꽉 움켜쥐었다. 남자가 비켜나지 않는다면 온몸으로 밀치고서라도 지나가야 했다. 그래도 막는다면 소리라도 지를 것이다. 재후가 들을 수 있게. 온 세상에 들리게 커다란 비명을 질러버릴 것이다.

그런 내 결의가 통한 건지 남자가 순순히 길을 비켜주었다. 하지만 나는 그의 올가미를 결국 벗어나지 못했다. 뒤통수에 남자의 목소리가 달라붙었다. 그 목소리가 나를 돌아서게 했다.

"잘됐군요. 그럼 천재후 씨한테 이걸 보여주시죠."

남자의 손에는 작은 봉투 하나가 들려 있었다. 내가 보고만 있자 남자는 날 대신해 친절하게도 봉투를 열어주기까지 했다.

그 안에는 손바닥 반 정도 크기의 얇은 직사각형 플라스틱이 들어 있었다. 검은 잉크를 묻힌 지문이 그 플라스틱 위에 선명히 찍혀 있었다.

신분증이었다. 남자가 신분증을 꺼내 내게 내밀었다. 나는 받아들지 않았다. 남자에게 시선을 고정한 채 물었다.

"이게 뭐죠?"

"당신의 신원을 확인할 수 있는 증거 자료."

"……아무것도 안 나왔다면서?"

"직접 확인해보시죠."

남자가 신분증을 눈높이까지 들어 올렸다. 그것도 부족하다는 듯 내 눈앞에 바짝 가져다 대기까지 했다.

더는 피할 수 없었다. 남자의 얼굴에 고정돼 있던 내 시선이 신분증 위로 천천히 옮겨갔다.

신분증 왼쪽에는 내 사진이 붙어 있었다. 안경을 낀 채 머리를 뒤로 질끈 묶은 사진 속의 나는 지금보다 조금 더 어려 보였다.

그 옆에는 검은색으로 이름 세 글자가 또렷이 적혀 있었다.

송하윤이 아니었다.

한재경. 그것이 내 신분증에 적힌 이름이었다.

낯선, 내가 모르는, 내가 아닌 내가 거기 있었다.

아니야!

나는 주춤거리며 뒤로 물러났다. 다리가 휘청거리는 게 느껴졌다. 그런 나를 신분증에 박힌 사진이 노려봤다.

"이게 당신입니다, 한재경 씨. 이름도 신분도 속이고 휘성그룹의 후계자에게 접근한, 당신이 직접 지워버린 당신의 실체."

남자의 단단한 목소리가 내 귀에 박혔다.

나는 고개를 저었다.

그럴 리 없다. 절대로 그럴 리가 없다.

남자가 물러서려는 내 손에 신분증을 들려줬다. 하지만 손에 힘이 하나도 들어가지 않았다. 신분증이 힘없이 바닥으로 떨어졌다.

피식, 바람 빠지는 소리가 들렸다. 남자가 날 조롱하듯 웃고 있었다. 곧 그가 몸을 구부려 신분증을 주웠다. 그리고 이번엔 떨어뜨리지 않게 내 손바닥에 신분증을 쥐여준 뒤 손가락을 오므려 말아 쥐게 했다.

"내 말이 사실이 아니라고 생각한다면, 이걸 팀장님께 보여주세요. 재미있는 일이 일어날 겁니다."

그 말을 끝으로 남자가 드디어 나를 놔줬다. 그의 모습이 완전히 사라질 때까지 나는 그 자리에서 꼼짝도 하지 못했다.

아니야. 아니야…….

그 말이 메아리처럼 반복되며 끊임없이 내 머릿속을 울렸다. 하지만 메아리에는 끝이 있기 마련이었다. 마지막 메아리마저 사라지고 텅 비어버린 머릿속에 그동안 있었던 일들이 스틸 사진처럼 불쑥불쑥 떠올랐다 사라졌다.

기억을 잃은 채 눈을 뜨던 순간부터, 손을 잡고 이 길을 걸어오던 조금 전까지.

그 기억의 모든 장면에는 재후의 모습이 있었다. 내 모든 기억을 채운 건 그의 다정하고, 부드럽고, 맑은 미소였다. 내가 있는 곳이면 그는 어디든 함께했다. 꿈속까지 따라와 나를 달래고 위로했다. 그러니까 나는 혼자인 적이 없었다.

그걸 깨닫는 순간 나는 결국 무너지고 말았다. 그대로 주저앉아 무릎을 껴안고 오돌오돌 떨었다.

사방이 빙글빙글 돌기 시작했다. 내 세상이 어지럽게 회전하며 뒤섞이다 조각조각 부서졌다.

그렇게 부서지는 게 당연했다. 내 세계를 지탱하던 건 오직 한 사람, 천재후였으니까.

퍼즐 조각처럼 흩어진 천재후의 모습이 깜깜한 시야 속에 어지럽게 흩어졌다. 그의 어깨에 내려앉았던 푸른 나비가 팔랑팔랑 어둠 속을 날아다녔다.

나비가 크고 아름다운 두 쌍의 날개를 가진 이유는, 새에게 잡아먹히지 않기 위해서라고 한다. 직선으로 날아가면 상대가 예측할 수 있으므로 생존을 위해 공중을 떠돌며 어지럽게 갈지자를 그리는 것이다.

그래서 나비는 날지 않는다. 도망을 친다. 그들의 화려한 날갯짓 속에 담겨 있는 건 불안과 눈속임뿐.

춤추는 푸른 나비 같은 건 세상에 없다. 재후가 지금껏 내게 보여주고 알려준 모든 것은 진짜가 아니다. 아름답게 직조해낸 거짓 세계다.

그 씨줄과 날줄을 내가 그에게 가져다주었을까. 아니면 내가 가져온 거짓의 씨줄과 그에게 있던 욕망의 날줄이 만나 이 가짜 세상을 만들어낸 걸까.

어느 쪽이든 상관없다. 모든 건 끝났다. 나는 다시는 재후가 있는 곳으로 돌아갈 수 없다.

무너진 세상의 파편이 나를 향해 맹렬하게 몰려들며 심장을 찔렀다.

이대로 사라져버렸으면 좋겠다. 내 세상도 끝났으니, 내 존재도 끝이 났으면 좋겠다.

그렇게 생각한 순간이었다.

멀리서 나를 부르는 목소리가 들렸다. 천재후였다.

나는 벌떡 일어났다. 그리고 그의 목소리가 들려오는 반대편을 향해 정신없이 달리기 시작했다.

도망쳐야 한다. 그에게 잡히면 안 된다. 그에게 들키면 안 된다.

손안에 든 신분증을 꽉 움켜쥔 채 뛰기 시작했다. 산책길 오른쪽으로 난 샛길을 지나 원형의 잔디밭을 건너 방사형으로 뻗은 산책길 중한 곳으로 미친 사람처럼 내달렸다.

숨이 턱까지 차고 폐가 끊어질 것처럼 아팠다. 천재후의 목소리는 이미 사라진 지 오래였지만, 나는 멈출 수가 없었다.

내리막길이 끝없이 이어졌다. 몇 번이나 앞으로 고꾸라질 뻔하면서도 나는 내리막길의 끝까지 달려 내려갔다. 그 길 끝에 넝쿨이 무성하게 얽힌 담벼락이 나왔다. 이 벽도 눈속임일 뿐이라는 걸 나는 안다.

두 손으로 힘껏 벽을 밀쳤다. 문이 열리고 넘실대는 파도가 나를 맞았다. 어서 오라고. 내 목적지는 이 바다라고 파도가 너울거리며 나를 불렀다.

나는 홀린 듯이 바다로 다가갔다. 하지만 미친 것처럼 달려온 기세와는 달리, 거기서 멈춰버리고 말았다.

재후가 없었으니까. 나를 말리고 달래줄 사람이 여기엔 없으니까.

아니, 그런 사람은 처음부터 있지도 않았다. 내가 처음부터 존재하지 않았던 것처럼.

한재경이라고? 그게 누구지? 넌 어떤 사람이야? 대체 누구길래 이제와서 내 앞에 나타나 내 인생을 망치려고 하는 거야!

나는 바다로 몸을 던지는 대신 해변을 따라 걷기 시작했다. 얕은 파도가 내 발목을 감아댔다. 어디로 가는지, 어디까지 왔는지 알 수 없었다. 그저 머리를 비워내며 무작정 걸었다. 더는 한 걸음도 내디딜 수 없을 때까지.

무릎이 풀썩 꺾였다. 젖은 모래가 뺨에 닿았다. 이대로 엎드려 있으면 파도가 점점 올라와 나를 쓸어가 버릴까. 그래줬으면 좋겠다. 깊고 검은 바다가 나를 집어삼켰으면 좋겠다.

이번엔 절대로 팔을 허우적거리지 않을 것이다. 등대를 찾지 않을 것이다.

재후 씨, 이젠 그 바닷가에 앉아 있지 마. 나를 기다리는 척하지 마.

나는 영원히 당신 앞에 나타나지 않을 거야. 당신이 기다렸던 송하윤은 이 세상에 없으니까. 내가 사랑하는 당신이 없는 것처럼.

2
부

차는 해가 지기 시작하는 거리를 맹렬하게 질주했다. 창밖의 풍경이 휙휙 밀리듯 뒤로 사라졌다.

나는 입을 꽉 다문 채 말없이 창밖만 응시했다. 운전석의 남자가 나를 흘낏거리는 게 느껴졌다.

오늘 아침, 이 남자가 내 신분증을 눈앞에 들이대며 비아냥거릴 때만 해도 몇 시간 뒤 그의 차를 타고 있을 거라고는 상상할 수 없었다.

하지만 인생이란 게 원래 그런 거 아닌가. 상상할 수도 없었던 일이 거짓말처럼 현실이 되는 것. 좋은 쪽으로든 나쁜 쪽으로든.

'아직도 여기 있었다니, 혼자서는 떠나기 힘든 겁니까? 원한다면 내가 도와줄 수 있어요.'

바닷가에 쓰러져 있던 나를 발견하고 남자가 그렇게 말했을 때, 나는 별다른 저항 없이 고개를 끄덕였다. 그리고 잠자코 그를 따라나섰다.

그렇게 할 수 있었던 건 내가 빠져 있던 기묘한 무감각 때문이었다.

그때 나는 가수면 상태에 놓인 기분이었다. 내가 있는 시공간이 현실처럼 느껴지지 않았다. 눈앞에 보이는 모든 것이 꿈처럼 몽롱하게 다가왔고, 귓가에 스치는 모든 소리가 둔탁한 소음처럼 들렸다.

뭐랄까…… 정신을 잃은 사이, 하나의 생이 지나가 버린 기분이었다. 쓰러져 있는 내 몸 위로 밀물이 덮쳐서 감정을 모두 쓸어가 버렸다고 해도 믿을 수 있을 정도였다.

그 길로 나는 이 남자와 함께 섬을 나왔다.

천재후는 뭘 하고 있는지, 혹시 나를 찾고 있는지, 그런 것은 일절 묻지 않았다. 그런 걸 물을 이유도 없었다. 그와 함께 한 모든 기억을 버리고 나는 섬으로부터 멀어지는 길을 택했다.

차를 타고 오는 동안, 나는 집요하게 침묵을 지켰다. 그도 마찬가지였다. '최 비서라고 불러요'라는 짧은 한마디가 내가 들은 전부였다.

서울이 가까워질수록 가로등 간격이 점점 더 줄어들기 시작했다. 톨게이트를 지난 자는 빠르게 도심의 어둠 속으로 스며들었다.

대로를 따라 한참 달리던 차는 강을 가로지르는 다리를 건넌 다음, 강변을 따라 도로 옆으로 난 오르막길을 오르기 시작했다.

좁고 구불구불한 길이 나타나고 사라지기를 한동안 반복했다. 커브를 도는 차의 가파른 호흡을 따라 내 몸도 속절없이 흔들렸다.

차 안에 놓아둔 흔들 인형이 된 기분으로 한참을 그렇게 달리다 보니 문득 궁금증이 일었다.

내 인생도 이랬을까. 거칠고, 불안정하고, 어둡고, 좁은 그런 길이었을까.

그런 길 위에서 악착같이 안전벨트를 움켜쥔 채 흔들리지 않으려고 애를 썼던 걸까. 호시탐탐 차에서 뛰어내려 이 길을 벗어날 기회를 엿보면서……?

그렇다면 이젠 알았겠지, 한재경? 결국 사람은 자기 자신에게서 벗어날 수 없다는 걸. 이제부터 네가 할 일은, 이 추락의 끝이 얼마나 깊은지, 그곳엔 뭐가 있을지 그걸 확인하는 일이야.

차는 어지럽게 얽혀있는 길을 한참 오르내린 끝에 어느 골목으로 접어들었다. 어디에서나 볼 법한 특색 없는 골목이 불쑥 눈앞에 나타났다.

차는 다시 조금 더 달려 낡았지만 꽤 규모 있는 오피스텔 앞에 멈춰 섰다.

"다 왔어요. 여기가 한재경 씨 당신이 살던 곳입니다."

최 비서가 먼저 내리는 걸 지켜보다 나도 따라 차에서 내렸다.

건물 안으로 들어간 뒤, 역시 어디에나 있을 법한 좁은 엘리베이터를 타고 똑같이 생긴 문들이 늘어서 있는 층에 내려섰다.

복잡하게 얽힌 길을 헤치고 들어와야만 닿을 수 있는 평범한 집. 언제든 익명성 안으로 숨어들 준비를 하는 사람에게 안성맞춤인 곳이라는 생각이 들었다.

최 비서는 내 신분증에 적힌 주소로 나를 데려갔다. 어떻게 입수했는지 모르겠지만, 그는 현관 비밀번호를 알고 있었다. 어쨌든 덕분에 진짜 내가 살았던 진짜 내 집으로 손쉽게 들어갈 수 있었다.

작은 오피스텔 내부는 생각보다 단출했다. 거실에는 최소한의 것들만이 있어야 할 곳에 무심하게 놓여 있었다. 한재경이라는 사람과 관련된 개인적인 흔적은 보이지 않았다. 벽에는 흔하디흔한 사진 한장 붙어 있지 않았다. 그러나 오피스텔 안에 달린 작은 방의 풍경은 전혀 달랐다.

방으로 들어선 순간 나는 사진으로 빽빽하게 채워진 어지러운 벽과 마주쳤다.

한눈에 보기에도 사진들 속의 주인공이 내가 아니란 건 알 수 있었다.

나는 벽 앞으로 이끌리듯 다가섰다. 가까이 가서 보니 사진 속의 주인공은 단 한 사람이었다. 천재후. 내가 방금 떠나온 남자.

한재경의 정체성을 확인시켜주는 데 이보다 더 좋은 자료들이 있을 것 같지는 않았다. 벽 한 면을 빼곡하게 채운 이 사진들은, 내가 그의 뒷조사를 정말이지 열심히도 했다는 명백한 증거처럼 보였다. 그 사람한테 접근하기 위해서 난 대체 어떤 짓을 벌였던 걸까.

지금보다 어려 보이는 몇 년 전 사진부터 최근에 촬영한 사진까지 모두 망라된 천재후 컬렉션을 나는 마치 미술관을 방문한 관람객처럼 찬찬히 훑어보았다.

그러다 이 컬렉션 안에서 하나의 공통점을 발견했다. 정면을 보는 사진이 하나도 없다는 점이었다.

어제 아침 재후의 책상 위에 놓여 있던 사진이 생각났다. 피사체가 알지 못하게 숨죽여 찍은 듯한 그 사진도 이 컬렉션의 일부였을 거라는 확신이 들었다.

내가 찍은 거였구나. 여기 붙어 있는 사진들과 마찬가지로 천재후를 몰래 따라다니면서 찍은 사진이었겠지.

그를 뒷조사해왔다는 증거는 이 사진 컬렉션만이 아니었다. 벽면 모서리에 놓인 책상 위에는 서류를 끼워놓은 파일 더미가 가득했다. 온갖 문서들이 들어 있음 직한 상자들도 책상 옆에 몇 단으로 세워져 있었다.

언뜻 보면 연구에 매진하는 학자의 책상처럼 보일 법한 광경이었다.

하기는…… 그렇게 틀린 말은 아닐지도 모른다. 이 책상 앞에 앉아 있던 예전의 나는 눈에 불을 켜고 자료들을 훑으며 천재후라는 대상을 연구했을 테니까.

"확인해봐도 됩니다. 한재경 씨 당신 물건이니까."

우두커니 선 채 지켜보기만 하는 게 답답했는지 최 비서가 등 뒤에서 한마디를 던졌다. 그 재촉에 힘입어 나는 상자 하나를 열어보았다.

최 비서의 말대로 그 안에는 흥미롭다고 여길 만한 것들이 잔뜩 들어 있었다.

미처 벽에 붙이지 못한 더 많은 천재후의 사진들. 그 가운데는 놀랍게도 그의 어릴 적 사진까지 포함돼 있었다.

천성묵 회장 일가와 휘성그룹에 관한 기사도 스크랩되어 차곡차곡 쌓여 있었다. 인터넷으로 찾아보기 힘든 오래된 기사들까지 쌓여 있는 걸 보니, 무척이나 철저하게 정보를 긁어모았던 것 같다.

또 다른 상자를 열어보았다. 그 안에 담긴 건 내가 만든 자료들이었다. 바람에 휘날리듯 한쪽으로 기울어진 글씨체들이 수많은 메모지 위에 빼곡하게 들어차 있었다.

메모의 내용은 주로 천재후에 대한 것이었다.

기본적인 인적 사항은 물론이고, 성장 과정, 행동 패턴, 자주 가는 곳, 만나는 사람들, 좋아하는 것과 취미활동, 취향과 이상형에 이르기까지 그에 관한 상세한 사항들이 일목요연하게 정리돼 있었다.

과거의 나는 알고 있었지만, 지금의 나는 모르는 천재후의 모습들. 그래서일까, 그것들을 읽다 보니 기분이 묘했다. 실재하는 인물이 아니라 누군가 만들어낸 영화 속 캐릭터의 일대기를 읽고 있는 느낌마저 들었다.

그러다 문득 한 가지 의문이 고개를 들었다. 나는 대체 어떻게 이런 정보들을 알고 있었을까.

재벌가의 후계자에 관한 이렇게 은밀하고 개인적인 정보를 어디서 어떻게 얻어낸 거지?

'이건…… 나 혼자 한 게 아니야.'

확신에 가까운 결론을 내리고 나서 나는 최 비서를 향해 돌아섰다. 그는 팔짱을 낀 채 내 모습을 지켜보고 있었다.

"아직 나한테 말하지 않은 게 있죠?"

그가 보일 듯 말 듯 입꼬리를 올렸다.

"누군가 다른 사람이 더 있는 거죠? 천재후 씨에 대한 뒷조사를 도와준 사람."

"기억은 사라졌지만 눈치는 여전히 빠르군요. 맞습니다. 공범이 있었죠, 당신한테."

"누군가요, 그게?"

그가 눈썹을 살짝 까딱였다.

"첫 번째 서랍."

그가 가리킨 대로 나는 책상 사물함의 첫 번째 서랍을 열었다. 그 안에도 파일 몇 개가 들어 있었다. 제일 위쪽에 놓인 파일을 집어 들고 펼쳐보았다. 가장 처음 나오는 서류에 송하윤이라는 이름이 적혀 있는 게 보였다.

그 이름 석 자를 보자마자 두근, 하고 심장이 뛰었다.

송하윤은 없다고 했잖아. 그런 사람은 이 세상에 존재하지 않는다고. 그런데 여기에 송하윤의 흔적이 있어. 어쩌면…… 어쩌면 이 남자가 틀렸을지도 몰라…….

서류를 꺼내 드는 손이 빨라졌다. 그 틈을 뚫고 최 비서의 건조한 목소리가 날아들었다.

"그건 한재경 씨 당신이 위조한 서류입니다."

아……. 급하게 움직이던 손이 멎었다.

"멈추지 말고 조금 더 자세히 봐요. 당신이 만들어낸 송하윤이 어떤 사람인지, 천재후 씨 앞에서 어떤 사람 흉내를 내고 있었는지 알게 될 테니까."

그렇게 말하긴 했지만, 그가 지금 내게 확인하라고 재촉하는 건 송하윤의 실체가 아니었다. 그런 송하윤을 만들어낸 한재경의 실체였다.

"겁이 납니까?"

그가 다시 질문을 가장해 재촉했다.

서류에 적힌 글자들을 자세히 읽어보는 것으로 나는 대답을 대신했다. 그제야 만족한 것처럼 최 비서가 고개를 끄덕였다.

파일에 들어 있는 위조서류들을 나는 차근차근 읽어나갔다. 결론적으로 말하자면, 내가 만들어낸 송하윤은 천재후가 말해준 송하윤과 크게 다르지 않았다.

명문대학교 졸업장과 가족관계가 적힌 주민등록등본, 정성 들여 쓴 이력서와 자기소개서를 통해 나는 그 사실을 확인할 수 있었다.

파일 속에는 위조문서뿐만 아니라 합성 사진들도 있었다. 고등학교와 대학교 졸업 사진은 물론이고, '휘성그룹 신입사원 합숙 교육'이라는 현수막 앞에서 찍은 사진도 보였다.

천재후의 사진들과 마찬가지로 나를 합성해놓은 이 사진들에도 하나의 공통점이 있었다. 모든 사진 속에서 내가 똑같은 표정으로 웃고 있다는 점이었다.

마치 하나의 표정을 가지고 수십 개의 복제품을 만들어낸 것처럼, 나는 박제된 가짜 미소를 모든 사진마다 지어 보이고 있었다. 누가 합성한 건지 몰라도 꽤나 교활한 솜씨였다.

"이 사람들도 내 가족이 아니겠죠?"

나는 사진 속에서 나와 함께 웃고 있는 사람들을 가리키며 물었다.

"당신한테는 그렇게 졸업식에 꽃다발을 들고 찾아와줄 가족은 없었던 모양이더군요."

최 비서가 잔인할 수도 있는 말을 아무렇지도 않게 내뱉었다.

"가족이 없다니 더 궁금하네요. 이 모든 걸 만들어낼 수 있도록 나를 도와준 공범이 누군지."

"가족이 없다고는 하지 않았습니다. 꽃다발 정도도 챙겨서 찾아올 가족이 없다고 했죠."

"복잡한 가족사라도 있나 보네요?"

마치 남의 이야기를 하듯 나는 물었다.

"복잡하고 진부한 가족사더군요."

"아는 대로 말해주세요. 내가 누구인지 찾아다니면서 시간 낭비하는 일, 더는 하기 싫어요."

나는 솔직하게 말했다.

최 비서가 이해했다는 듯 고개를 끄덕였다. 그리고 이내 프로필을 읊는 것처럼 무미건조한 말투로 내 과거를 읊기 시작했다.

나는 잠자코 그의 이야기를 들었다. 그리 짧지도, 길지도 않은 이야기였다. 최 비서는 딱 필요한 정보들만 나열했고, 그 이야기를 들으며 나는 내 과거에 대한 뼈대를 세워나갔다.

그러면서도 이상하다고 생각했다.

천재후가 송하윤에 대해 들려줄 때는 어떤 이야기도 쉽게 믿을 수 없었는데, 이번엔 그렇지 않았다. 생각보다 훨씬 더 빨리, 그리고 쉽게 나는 최 비서가 하는 이야기를 받아들이고 납득했다.

왜일까? 송하윤의 흔적을 찾을 때와 달리, 내 앞에 물리적인 증거가 놓여 있어서?

재벌 3세가 지독하게 사랑하는 약혼녀보다, 그런 그에게 나쁜 의도를 가지고 접근한 여자가 훨씬 더 현실적으로 느껴져서?

아니면 단순하게, 한재경이 진짜 나라서 그런 건지도 모르겠다. 지금 듣고 있는 이 말이 진실이라고 이미 나는 순순히 받아들이고 있었다.

최 비서가 건조하게 늘어놓던 말을 멈추고 나를 흘낏 쳐다봤다. 나도 모르게 씁쓸하게 웃고 있었던 모양이다.

뭔가가 마음에 들지 않는다는 듯 그가 미간을 찌푸렸다. 이 상황에 웃음은 어울리지 않는다고 생각해서였을까. 아니면 자신이 한 말 중에 어딘가 우스운 허점이 있었는지 자기 검열을 해보고 있는 걸까. 어쨌든, 처음이자 마지막으로 그가 내게 보인 인간적인 모습이었다.

다시 오겠다는 말을 남기고 최 비서가 돌아간 뒤, 나는 서랍 깊숙한 곳에서 수첩 하나를 발견했다.

그 안에 적혀 있는 건 한재경의 과거였다. 삶의 중요한 순간들, 상처, 트라우마, 욕망. 그런 것들이 기울어진 글씨체로 끄적끄적 적혀 있었다.

부모가 누군지도 모른 채 버려지다시피 자란 한재경은 애정에 목마른 결핍된 사람이었던 것 같다. 그녀를, 그러니까 나라는 인간을 이해하기 위해 나는 수첩을 넘겼다. 일기라기보다는 기록. 기록이라기보다는 목록 같은 그 내용을 한 장 한 장 꼼꼼히 읽어 내려갔다.

그날 밤, 나는 한재경의 과거를 꿈으로 만났다. 최 비서가 알려준 삭막한 이야기의 뼈대에 수첩에서 읽은 내용이 덧붙여진 꿈. 그 꿈이 내 머릿속에서 어지럽게 재생됐다.

* * *

그해 봄은 한재경에게 아주 특별했다. 고등학교를 졸업한 뒤 집에서 나와 독립을 했고, 작은 식품 회사의 사무보조원으로 취직도 했다.

빠듯한 월급, 고시원을 연상시킬 정도로 좁은 방, 그저 때우는 수준의 세 끼 식사. 객관적으로는 전혀 괜찮지 않은 일상 속에 놓여 있었지만, 그래도 재경은 최근 몇 년 가운데 가장 마음 편한 봄을 맞고 있었다. 더는 가족들 얼굴을 보지 않아도 됐기 때문이다.

재경은 소위 말하는 고아였다. 너무 어릴 때 버려져 부모의 얼굴도 기억나지 않았다. 그리고 선명한 기억을 가질 즈음의 나이가 됐을 때, 운 좋게도 그녀는 한 가정에 입양됐다.

하지만 행운은 몇 달 가지 않았다. 그 해가 다 가기도 전에 재경은 파양돼 고아원으로 돌아갔다.

양부모 사이가 나빠져 이혼에 이르게 된 게 파양의 이유였다. 재경은 나중에야 그들이 자신을 입양한 이유가 '아이가 있으면 부부 사이가 좀 나아질지 모른다'는 희망 때문이었다는 사실을 알게 됐다. 그런데 결국 이혼한 걸 보면, 그녀는 양부모에게 별로 도움이 되지 못했던 모양이다.

아니, 오히려 그들 사이가 악화하는 데 일조한 방해꾼이었는지도 모른다. 부부 중 누구도 그녀를 맡으려고 하지 않았던 걸 보면 말이다.

파양된 다음 해, 재경을 입양하겠다는 또 다른 부부가 나타났다.

'너는 정말로 운이 좋은 애구나. 이번에 가면 양부모님 말 잘 들어야 해.

얌전하고 착한 아이가 되란 말이야. 내 말 알아듣겠지?'

원장은 마치 지난번 파양의 원인이 재경에게 있다는 듯이 말했다. 재경은 그 말을 똑똑히 가슴에 새겼다.

이번에는 마음에 들게 행동해서 꼭 그 집에 붙어 있어야지. 그렇게 다짐을 했다.

하지만 그 다짐은 독이 되었다. 새 부모는 재경의 그런 태도를 싫어했다. 특히 불임인 줄 알았던 새엄마가 동생을 임신한 뒤로는 더욱 그랬다.

'애가 너무 눈치를 봐. 웃는 거 봤어? 눈이 웃지를 않아. 입만 웃어. 가끔 보면 무서울 때가 있다니까?'

어느 날 양부모가 주고받는 말을 우연히 엿들은 이후로 재경은 더 이상 그들 앞에서 웃지 않았다. 그러자 그들은 다시 '애가 웃지를 않아. 도대체 쟤 뭐야?'라며 낮은 목소리로 수군거렸다.

어린 재경의 표정은 더욱 굳어갔다. 그럴수록 그녀를 보는 시선들도 냉랭해졌다. 다시 파양 당할지도 모른다는 두려움을 안은 채 재경은 매일 아침 고통 속에서 눈을 떴다.

그렇게 불안한 하루하루가 흘러갔다. 하지만 다시 고아원으로 돌려보내지는 일은 일어나지 않았다.

왜 나를 버리지 않는 걸까? 고민 끝에 재경은 결론을 내렸다. 양부모는 둘 다 초등학교 교사였다. 그 알량한 체면이 그녀를 그 집에서 살 수 있게 해 주었던 것이다.

재경은 그 사실에 감사함보다는 반감을 느꼈다. 묘한 복수심도 자라났다. 그래서 학교에 대한 관심을 꺼버렸다. 수업 시간에도 선생님의 말에 귀를 기울이지 않았다. 교사 양부모에 대한 반항을 그녀는 그렇게 자신을 망가뜨리는 방식으로 저질렀다. 누구와도 소통하지 않고 미래에 대한 어떤 꿈도 꾸지 않은 채 재경은 학창 시절을 부질없이 흘려보냈다.

그리고 스무 살이 되자마자 집을 나왔다. 집을 나가겠다고 했을 때, 앓던 이가 빠진 것처럼 시원해 보이던 양부모의 표정을 잊을 수 없었다.

물론 원망 같은 건 하지 않았다. 어쨌든 끝까지 버리지 않은 것만으로도 그들 나름대로는 최선을 다한 것이다. '누구라도 나 같은 아이를 사랑할 순 없겠지' 그런 생각이 들어 쓸쓸할 뿐이었다.

집을 나와 삼 년 정도 이어지던 평화로운 시절은, 재경이 회사를 그만두면서 끝나고 말았다.

회사 사정이 어려워지면서 직원을 감축했고, 핵심 인력으로 분류되지 않았던 사무보조원 재경이 가장 먼저 정리 대상이 됐다.

다른 직장을 알아보면서 재경은 여기저기 아르바이트를 시작했다. 카페 서빙 아르바이트도 그중 하나였다.

재밌는 건 이 아르바이트를 하면서 그녀가 한 가지 사실을 새롭게 깨닫게 됐다는 거였다. 바로 그녀의 첫인상이 나쁘지 않다는 사실이었다.

두 번이나 부모한테서 버려졌지만, 두 번이나 다시 입양될 수 있었던 이유도 그녀의 나쁘지 않은 첫인상에 있었다는 사실을 뒤늦게 알았다.

처음 보는 사람의 눈에 그녀는 흔히 말하는 '웃는 상'이었다. 눈매는 조금만 웃어도 아주 쉽게 반달 모양이 되었고, 눈 밑에는 애교살도 도톰했다.

그녀의 양부모가 그랬던 것처럼 아주 가까이서 자주 보는 사람들만이 그녀의 눈이 사실은 웃고 있지 않다는 걸 알아챌 수 있었다.

진짜로 웃지 않아도 얼마든지 사람들을 속일 수 있다는 걸 깨달은 뒤부터 그녀는 자주 입꼬리를 위로 끌어 올렸다. 그럴 때마다 '인상이 참 좋다'는 말을 들었다. 호감을 표시하는 남자들도 적지 않았다.

그런 일이 반복되면서 재경은 이것이 자신의 무기가 될 수도 있다는 걸 알게 됐다. 하지만 당장 그 무기를 사용해 저 천상에서 사는 것 같은 재벌 3세를 꼬셔보려고 마음먹은 건 아니었다. 당시의 재경은 천재후라는 남자가 이 세상에 존재한다는 사실조차 모르고 있었으니까.

그녀에게 천재후에게로 닿는 길을 열어준 것은, 김선호라는 남자였다.

그가 바로 그녀의 공범이었다. 그리고 그녀의 첫사랑이기도 했다.

재경이 김선호를 만난 건 그해 여름이었다. 그날은 카페에서 어느 잡지 사의 화보 촬영이 이뤄지는 날이었다.

몇 시간 동안 진행되는 촬영 내내 재경은 서빙 대신 가게로 들어오는 손님들을 막는 역할을 했다. 시원한 에어컨이 나오는 실내 대신, 뙤약볕이 내리쬐는 문밖에서 그녀는 몇 시간을 그렇게 서 있어야 했다.

김선호가 그녀 앞에 나타난 것도 그때였다. 화보 촬영이 이뤄지고 있다고 사정을 설명하는 그녀를 빤히 쳐다보던 선호는, 그녀와 함께 밖에서 몇 시간 동안 같이 뙤약볕을 맞았다. 그리고 촬영이 끝날 때까지 기다렸다가 그녀가 서빙해 온 차를 마시고 돌아갔다.

다음 날도, 그다음 날도, 또 그다음 날도 그는 같은 시간에 카페를 찾아왔다. 하지만 주문하는 것 외엔 그녀에게 어떤 말도 걸지 않았다.

그가 드디어 개인적인 말을 걸어온 건, 처음 본 지 딱 열흘째 되는 날이었다.

그가 건넨 첫 마디는 뜻밖의 것이었다.

"원래 웃질 않아요?"

재경의 거짓 웃음을 단번에 알아본 그는, 매번 만날 때마다 그녀의 안에 있는 더 많은 것들을 알아보았다. 급기야는 그녀의 마음 깊은 곳에 숨겨둔 굶주림까지도.

허기진 자신의 내면을 알아본 사람. 재경에게 김선호는 그런 남자로 다가왔다. 그리고 얼마 가지 않아 그녀의 모든 것이 되었다.

그에게 재경은 정신없이 빠져들었다. 자라는 내내 사랑과 관심에 굶주렸던 그녀에게, 자신을 알아봐주고 사랑해주는 선호는 마치 구원과도 같은 존재였다.

그가 휘성그룹 천성묵 회장의 경호원이라는 걸 알게 된 건 그로부터 조금 더 지나서였다.

회장 비서팀의 지휘 아래 움직이는 경호팀의 일원이었던 그는, 무술 유단자 출신의 경력을 인정받아 경호팀 중에서도 회장을 조금 더 근거리에서 경호하는 일을 맡고 있었다. 그 덕에 그는 일반인들이라면 알 수 없는 회장 일가의 비밀 정보를 꽤 많이 알게 되었다.

두 사람이 동거를 시작하고 얼마 지나지 않았을 때, 선호는 그 정보를 이용해보는 게 어떻겠냐고 은밀하게 제안해왔다.

"재경아, 네가 나를 좀 도와줘야겠어."

처음엔 그 도움이란 게 어떤 건지 정확히 알지 못했다. 천성묵 회장의 손자에게 접근해 그의 여자가 된 다음, 한 재산을 뜯어내자는 게 그가 품은 계획일 거라고는 상상도 하지 못했다.

배신감은 엄청났다. 이제야 정말로 자신을 사랑해주는 사람을 만났다고 생각했는데, 그 역시 자신을 이용하려 했을 뿐이었다고 생각하니 피가 식는 기분이었다.

하지만 재경은 단호하게 그의 제안을 거절하지 못했다. 또다시 버림받을까 봐 두려워하는 그녀 내면의 어린아이를 김선호가 교묘하게 건드렸던 것이다.

"널 사랑하지 않아서라고? 아니, 그 반대야. 너무 사랑해서 이러는 거야. 너도 알잖아, 내가 얼마나 너한테 미쳐있는지. 이런 미친 생각까지 할 정도로 너한테 빠져 있다고. 근데 어떡해? 둘이 행복하게 살려면 우리한텐 돈이 필요해. 그 돈 없으면, 난 우리 아버지가 남기고 간 빚에서 평생 헤어나지 못한다고. 그런 구렁텅이로 널 데리고 들어가기 싫어."

선호는 끈질기고 집요하게 재경을 설득했다. 달콤한 미래를 그녀 앞에 미끼로 내놓았다.

"이게 우리를 위하는 길이야, 재경아. 더는 못하겠다 싶으면 언제든 말해. 그럼 나도 접을게. 그때까지만 해보자."

재경은 결국 그를 거부하지 못했다. 하지만 그의 계획에 동참을 결심한 뒤에도 망설임은 여전했다. 너무 비현실적인 계획이라 여겨졌기 때문이다.

재벌 3세를 꼬신다고? 친부모에게도, 양부모에게도 버려졌던 내가? 선호를 만나기 전까지는 단 한 번도 누구에게 사랑 같은 걸 받아본 적 없는 게 나였는데!

그런 재경에게 선호는 다시 용기를 불어넣었다.

"충분히 할 수 있어. 나도 너한테 반했잖아. 그러니까 그 남자도 반하게 만들 수 있을 거야."

그런데 그가 자주 속삭이던 이 말이 어느 순간부터 재경에게는 협박처럼 들리기 시작했다. 마치 '천재후를 반하게 만들 수 없다면 나도 더는 너에게 반하지 않겠어'라는 말처럼 느껴졌던 것이다.

다시 혼자가 된다는 게 세상 무엇보다도 두려웠기에, 재경은 송하윤이 되기 위해 필사적인 노력을 시작했다.

선호가 그녀를 위한 가짜 신분증과 각종 위조서류를 만드는 동안, 재경은 그가 건네준 천재후에 대한 정보를 빠짐없이 외우고 또 외웠다. 재벌 3세의 까다로운 취향에 딱 맞는 여자가 되기 위해, 그의 이상형에 자신의 모습을 맞춰나가기 시작했다.

이 무모하고 현실성 없어 보이는 계획을 성공시키기 위해 둘은 철저한 준비를 거듭했다.

그리고 마침내 재경은 휘성그룹의 신입사원, 송하윤으로 분해 천재후 앞에 설 준비를 끝냈다.

그들이 노리는 무대는, 천 회장의 섬에서 열리는 신입사원 환영회 겸 합숙 교육이었다. 휘성그룹을 이끌어갈 미래의 후계자 천재후도 이 행사에 참여한다는 소식을 입수했던 것이다.

선호는 재경을 위해 가짜 사원증을 준비해주었다. 새롭게 뽑힌 직원들이 처음으로 한군데 모이는 자리였기 때문에, 사람들은 아직 서로를 잘 알지 못하는 상태였다. 그렇다면 가짜 사원 재경도 충분히 들키지 않고 그 안에 스며들 수 있을 것이다.

재경은 우연을 가장해 천재후에게 접근할 생각이었다. 그의 취향이 무엇인지, 어떤 사람에게 끌리고 어떤 것에 흥미를 느끼는지는 이미 충분히 인지한 상태였다. 문제는 그녀가 그것을 충분히 연기할 수 있느냐에 달려 있었다.

준비한 무대에 오를 시간이 다가올수록 재경은 긴장되기 시작했다. 괜

찾을 줄 알았는데 막상 머릿속으로 그려오던 계획을 실현할 시간이 가까워지니 정신이 아득해지는 기분이었다.

그럴듯하다고 생각했던 시나리오가 갑자기 터무니없을 정도로 허술하게 느껴졌다.

아무리 천재후의 이상형을 흉내 낸다고 해도 재벌가의 일원인 그가 평범한 신입사원에게 흥미를 느낄까. 생각하면 할수록 그런 일은 벌어지지 않을 것 같았다.

천재후가 참석한다는 환영회 전날 밤이 되자, 재경은 도망치고 싶은 기분에 사로잡혔다. 도저히 못 참고 선호에게 전화해 불안한 심정을 털어놓기도 했다. 하지만 돌아오는 대답은 단호했다.

"재경아, 이건 속이고 말고의 문제가 아냐. 살고 죽는 문제라고. 모르겠어? 내일 그 짧은 시간에 우리 운명이 달려있단 말이야."

밤새 잠을 설친 재경은 새벽이 되자 마음이라도 진정시킬 겸 바닷가로 나갔다. 특별한 일이 있어 회사 사람들에게 개방할 때가 아니면, 평소엔 사람이 잘 오지 않는 섬. 그래서인지 해변은 깨끗하고 고요했다.

재경은 복잡한 마음을 비우려 애쓰며 바닷가를 느릿느릿 걸었다. 그러면서 자신이 연기할 송하윤을 머릿속으로 끊임없이 떠올렸다. 그러다 보니 어느샌가 진짜 송하윤이 된 기분이 들기 시작했다.

내가 지금 송하윤이라면 어떤 기분일까. 오랫동안 열심히 준비해서 취업에 성공했으니 무척 들떠 있을 거야. 그것도 원하던 홍보실로 발령이 났으니 날아갈 것 같은 기분이겠지.

학창 시절 내내 노력해왔던 보답을 받은 것 같아 성취감도 클 테고. 돌아가신 부모님께 자랑스러운 딸이 될 수 있다는 생각에 기쁜 마음도 있을 거야. 그분들이 자신을 더 자랑스러워하도록 더 열심히 살아가야겠다고 결심했겠지.

이번 행사에서는 회사 동기들을 한꺼번에 만나게 되는 만큼 기대도 설렘도 클 거야. 송하윤은 회사생활을 잘하려면 인간관계도 좋아야 한다는 걸 아주 잘 알고 있는 똑똑한 사람이거든. 타인에 대한 경계나 두려움 같은 건 갖고 있지 않아. 무척 긍정적인 성격의 소유자니까.

자신이 만든 송하윤을 떠올리며 재경은 저도 모르게 미소를 지었다. 그녀가 할 법한 말을 하며 그녀의 표정을 흉내 냈다. 순진한 듯 해사하게 웃다가 꼿꼿하고 단정한 표정을 지어보기도 했다.

어느새 기분이 좋아진 재경은 송하윤이 좋아하는 노래를 흥얼거렸다. 그러다 한순간 목소리가 삐끗했다. 크게 웃음을 터뜨리며 그녀는 바닷가에 주저앉았다.

그렇게 한참을 제멋대로 웃고 있는데 뜬금없이 눈물이 나기 시작했다. 너무 웃어서 눈물이 나는 거라고 여기고 싶었지만, 사실은 그녀가 만들어 낸 인물, 송하윤이 문득 부러워졌기 때문이었다.

양부모의 싸늘한 시선을 등으로 받아내며 집을 떠나던 날, 재경의 그 작은 등을 받아낸 건 손바닥만 한 딱딱하고 차가운 침대뿐이었다. 온기도 없이 황량하기만 했던 그때의 공기가 팔뚝에 휘감기는 기분이 들자, 재경은 스무 살의 자신이 안쓰러워졌다.

그래서 내킬 때까지 마음껏 울었다. 그 눈물은 한재경을 털어내고 송하윤이 되려는 통과의식 같은 것이기도 했다.

그때까지도 재경은 천재후가 조금 떨어진 바닷가 계단에 앉아 자신을 바라보고 있다는 걸 조금도 눈치채지 못했다. 그토록 열심히 준비했던 천재후와의 첫 만남이 이런 엉뚱한 방법으로 실현되었다는 것을 나중에 알게 됐을 때, 그녀는 깜짝 놀랐다.

다행히도 그는 혼자 울고 웃던 재경을 이상하게 생각하지는 않은 듯했다. 오히려 호기심을 느꼈는지 그가 먼저 다가왔다.

우연한 만남으로 가지게 된 얼마 되지 않은 시간 동안, 재경이 자신과 비슷한 취향과 취미, 대화 방식을 갖고 있다는 것을 발견한 천재후는 그녀에게 호감을 드러냈다. 공통분모를 만들기 위해 송하윤의 부모가 사고로 돌아가셨다는 설정을 한 것도 꽤 효과적으로 작용한 듯했다.

천재후 앞에, 그의 이상형에 가까운 모습으로, 우연처럼 나타나기.

김선호와 함께 짠 이 시나리오는 결국 조금 다른 방식으로 실현되고 말았지만, 그 결과는 그들이 원하던 것에 가까웠다.

'너는 정말로 운이 좋은 애구나'라던 보육원 원장의 말이 이번만은 적절하게 맞았다고 재경은 생각했다.

물론 모든 게 계획대로 진행되지는 않았다. 천재후는 그녀에게 끌렸지만, 결코 애인 이상의 자리를 그녀에게 내어주려 하지 않았다.

재경과 선호에게 그런 천재후의 태도는 오히려 다행스러웠다. 그에게서 돈을 받아내려면 차라리 속물적인 관계가 더 편할 수도 있다는 계산 때문이었다. 가짜 신분을 들킬 염려도 훨씬 줄어들 듯했다.

재경은 충실하게 천재후를 사랑하는 송하윤을 연기했다. 그에 대한 사랑 때문에 그와 예영은의 약혼까지도 묵인해버리는 그런 송하윤을.

천재후는 정략으로 맺어진 약혼녀 대신 헌신적인 송하윤을 옆에 두었다. 세상에서 가장 다정한 애인의 얼굴을 하고. 그것이 바로 송하윤과 천재후의 진짜 이야기였다.

***

꿈에서 깨어나 보니 세상은 아직 캄캄했다. 아니, 나는 꿈을 꾼 게 아닐지도 모른다. 기억나지 않는 과거의 조각을 하나하나 찾고 만들어 혼자 퍼즐을 완성해가며 뜬눈으로 밤을 새운 것 같기도 했다.

밤새 웅크리고 있던 소파에서 일어나 창가로 다가섰다.

오랫동안 청소를 하지 않은 먼지 앉은 유리창 너머로 아직 어둠이 가시지 않은 세상이 어른거렸다. 오피스텔 뒤에 버티고 선 얕은 야산에는 거칠게 깎아내린 직벽 위로 나무 몇 그루가 위태롭게 흔들리고 있었다.

천재후는 왜 기억을 잃은 나를 계속 옆에 두고 있었을까. 내가 모든 사실을 알게 되면 그를 떠날 테니까? 결혼 전에 다른 여자와 조금 더 즐기고 싶다는 이기적인 욕망 때문에, 내 옆에서 그런 수고스러운 연극을 했던 건가.

"벌써 일어났습니까?"

최 비서의 목소리가 등 뒤에서 들려왔다. 나는 천재후에 대한 생각에서 깨어났다.

저 사람, 언제 들어온 거지? 어젯밤 내내 여기 있었던 건가? 문소리도, 발소리도 없이 다가오다니.

나는 뿌연 창문에 비친 그의 모습을 응시했다. 창문 위에서 우리의 시선이 맞부딪혔다.

"도망갈까 봐 감시라도 하는 건가요?"

"어디로 도망가야 하는지, 아직 모르지 않습니까?"

"당신은 안다는 얘긴가요?"

"한재경 씨도 알고 있을 텐데요. 당신이 어디로 가야 하는지, 누굴 찾아야 하는지."

최 비서는 당장 그 질문을 꺼내라는 표정으로 나를 쳐다봤다. 묻기만 한다면 곧바로 내게 답을 알려주겠다는 듯한 태도였다.

실은 나도 알고는 있었다. 어젯밤 그의 얘기가 다 끝났을 때 당연히 제일 먼저 물었어야 하는 질문이 있다는 것을. 바로 김선호에 관해서였다.

그 사람은 지금 어디 있냐고, 최 비서의 말이 사실이라면 어째서 그동안 한 번도 그가 나에게 연락을 해오지 않은 거냐고 물었어야 했다.

그런데 왜 묻지 않았을까. 그 답도 나는 알고 있었다. 미처 버리지 못한 마지막 미련 때문이었다.

"……천재후 씨는 우리가 몇 년 동안이나 연애를 했다고 했어요."

내가 입을 열자, 웬 엉뚱한 소리냐는 듯 최 비서가 나를 쳐다봤다. 하지만 내 말을 막지는 않았다. 나는 계속했다.

"그러니까 그 시간 동안, 내 계획이 변했을 수도 있어요."

"목적을 가진 채 접근하긴 했지만, 결국엔 진짜로 사랑하게 됐다는 그런 뻔한 스토리를 말하는 건가요?"

그의 말투에 노골적인 비아냥이 묻어났다.

"그랬다면 당신 애인과 계속해서 연락을 주고받진 않았을 테죠."

마치 이런 상황을 예상하기라도 한 것처럼 최 비서는 양복 주머니에서 검은색 핸드폰을 꺼내 내게 건넸다.

"당신 겁니다. 예전부터 갖고 다니던 거죠. 천재후 씨하고 만날 때만 제외하고는 언제나 줄곧 말입니다."

김선호와 연락을 주고받던 핸드폰이라는 뜻이었다. 건네받은 핸드폰은 바탕화면이 잠겨 있었다. 비밀번호를 알지 못했기에 지문을 대보았다. 그러자 잠금화면이 순순히 열렸다.

다른 것보다 문자 메시지부터 확인했다. 김선호에게 보낸 수많은 문자가 그곳에 남아 있었다.

「오늘은 진도가 꽤 나갔어요. 의미 있는 성과」

「타깃이 꽤 협조적이에요. 기대보다 결과가 좋아요」

「이젠 내 말을 확실히 믿는 것 같아요. 그래도 조심히 갈 필요는 있을 듯」

「시간이 얼마 안 남았어요. 마음이 급해요」

「도움이 필요해요. 지금 와줄 수 있어요?」

나는 마지막 문자의 날짜를 확인해보았다.

「지금 가요」

네 글자가 담긴 짧은 문자는, 짐작했던 대로, 내가 기억을 잃어버렸던 바로 그날 보낸 것이었다. 더는 받을 충격도 없을 줄 알았는데, 다시 심장이 철렁 내려앉는 기분이었다.

밤새 퍼즐을 짜 맞추듯 한재경의 과거를 조립하며 나는 무엇을 기대하고 있었을까. 천 회장과 최 비서가 실은 나를 오해하고 있는 걸지도 모른다는 그런 기대라도 했던 걸까.

하지만 나는 결국 최 비서가 적나라하게 알려준 그대로의 사람에 불과했다. 애인과 공모해 재벌 3세를 등쳐먹으려 했던 교활한 사기꾼. 이런 나에게 어울리는 남자는 천재후가 아니라, 김선호겠지. 이제 나는 그 사람에게로 도망쳐야 하는 거겠지.

"그 사람…… 김선호, 어디 있어요?"

마침내 내가 물었다. 곧바로 그의 소재를 들을 줄 알았는데 의외의 대답이 돌아왔다.

"우리도 모릅니다."

"모른다고요?"

"사라졌습니다. 당신들이 교통사고를 당하고 난 뒤 얼마 후에."

최 비서는 '당신들'이라는 말에 힘을 주었다. 나와 함께 차에 타고 있던 남자가 누구인지 똑똑히 알아두라는 것처럼. 손등에 솟아난 푸른 힘줄. '위험해!'라고 외치던 목소리. 그토록 알고 싶었던 그 손과 목소리의 주인은 천재후가 아니라 김선호였다. 이 핸드폰에 남아 있는 마지막 문자를 보낸 다음, 나는 그 사람을 만났던 거다.

안개 속에 섬처럼 놓여 있던 그 밤의 일이 드디어 실체를 드러내기 시작했다.

"그날 밤, 당신은 김선호를 만났죠. 오랜만의 데이트라 조금 멀리 드라이브라도 가려고 했을 겁니다. 그런데 불행히도 비가 왔어요. 톨게이트 근처에서 차가 비에 미끄러지면서 그만 사고가 나고 말았던 겁니다."

"보토리 톨게이트……. 맞나요?"

최 비서가 고개를 끄덕였다.

나는 그에게 사고가 났던 장소로 데려다 달라고 부탁했다. 벌써 한참이나 지난 교통사고 현장에 그날의 흔적 같은 게 남아 있을 리는 만무했다. 나 역시 그런 걸 찾으러 가려는 건 아니었다. 그저 내 기억이 끊어진 곳으로 돌아가서 그곳에 남겨진 기억의 파편이 없는지 확인하고 싶었다.

***

거절당할지도 모른다고 생각했지만, 최 비서는 별말 없이 내 부탁을 들어주었다.

어디론가 전화를 걸어 잠시 통화를 하고 나서 그는 나를 태우고 곧장 사고 장소로 향했다.

차를 타고 가는 동안 날이 조금씩 밝아왔다. 날씨가 흐린 탓에 시야는 그리 좋지 않았다. 안개가 잔뜩 끼었던 그 밤처럼 어둑한 아스팔트 위로 흰색 점선이 획획 속도를 내며 지나갔다. 아직 꺼지지 않은 노란 가로등 불빛도 그날을 연상시켰다.

잊고 있던 감각들이 불쑥불쑥 솟아올랐다. 그날 느꼈던 불안감과 초조함이 한꺼번에 되살아났다.

분명 사고 현장에 도착하면 더 많은 깃들이 떠오르겠지…….

하지만 막상 현장에 도착하자 그런 기대감은 물거품처럼 사라졌다. 아직 출근 시간 전이었지만, 톨게이트 근처의 8차선 도로 위에는 벌써 수많은 차가 속도를 올리며 내달리고 있었다. 잠시 내려서 무언가를 확인하거나 감상에 젖을 수 있는 곳이 아니었다.

도로 위에 남아 있는 흔적 같은 것도 없었다. 그날 차가 미끄러지면서 들이받았던 가드레일은 무심한 잿빛을 띤 채 웅크리고 있을 뿐이었다. 상상과 현실의 괴리를 새삼 깨달으며 나는 입술을 깨물었다.

사고 현장 근처에서 잠시 속도를 줄였던 차는 다시 다른 차들과 속도를 맞춰 달리기 시작했다. 조금 지나니 저 멀리 갓길에 세워진 경찰차 한 대가 보였다. 교통단속 차량인 것 같았다. 그냥 지나칠 줄 알았는데, 최 비서가 4차선으로 차선을 변경했다. 그리고 서서히 속도를 줄여 경찰차 뒤에 차를 세웠다.

기다렸다는 듯 차에서 경찰관이 내리더니 곧장 우리 쪽으로 다가왔다. 나는 영문을 몰라 최 비서를 돌아봤다.

무슨 의도인지 조금도 짐작이 가지 않았다. 설마 나를 곧바로 경찰한테 넘기려고 하는 건가? 출발하기 전에 통화했던 상대가 저 경찰이었을까?

나는 꼼짝없이 갇혔다는 사실을 깨달았다. 지금 당장 차에서 뛰어내린 다 해도 어디로도 달아날 곳은 없었다.

그렇지만 두렵다는 생각은 들지 않았다. 될 대로 되라는 심정이었는지, 아니면 너무 짧은 시간에 너무 많은 감정적 충격을 받아서 무감각해진 탓 인지는 모르겠다. 어쨌든 나는 별다른 동요 없이 내게 닥칠 일을 기다렸다.

경찰이 내가 앉은 조수석 쪽으로 다가와 차창을 두드리며 차 안을 들여 다보았다. 그의 얼굴을 확인한 순간, 나는 깜짝 놀랐다. 아는 사람이었기 때문이다. 바로 경찰서를 찾아갔던 날 만났던 사고담당 경찰관이었다.

최 비서는 내가 뭘 물어보기도 전에 차에서 먼저 내려버렸다. 할 수 없 이 나도 그를 따라 밖으로 내려섰다.

경찰관이 입가를 묘하게 일그러뜨리며 나에게 아는 척을 해왔다.

"이야, 이게 누구신가? 미래의 재벌가 사모님 아니십니까!"

과장된 몸짓까지 하며 히죽 웃더니, 그는 곧장 최 비서에게로 고개를 돌 렸다. 최 비서가 가볍게 고개를 까딱거렸다. 인사를 나누는 것처럼 보였 다. 아니면…… 체포해가도 좋다는 뜻인가. 하지만 그의 입에서 나온 건 내 예상과는 다른 말이었다.

"그날 사고에 대해 알고 싶은 게 많을 것 같아 내가 불렀습니다. 조사를 담당했던 경찰관만큼 그 사건에 관해 잘 아는 사람은 없을 테니까요."

어떤 상황인지 간단히 정리하곤 최 비서는 경찰관과 나만 놔둔 채 뒤로 물러났다. 마치 궁금한 건 다 물어볼 기회를 주겠다는 듯이.

사형집행이 결정된 죄수에게 베푸는 마지막 친절 같은 건가. 막연하게 그런 생각을 하며 나는 최 비서가 차로 돌아가 차 문을 닫는 소리를 들었다.

둘만 남게 되자, 경찰은 한쪽 어깨를 으쓱 올리며 나를 쳐다보았다. 입술이 조금 실룩인 것 같았지만 표정으로 드러난 건 아니었다.

"자, 묻고 싶은 거 다 물어봐요. 뭐가 궁금합니까?"

"지난번하고는 다른 대답을 들을 수 있는 건가요?"

"그야 뭐, 물어보는 사람이 다르니, 대답도 달라지지 않겠습니까, 한재경 씨?"

내 이름을 부르며 느리게 끝을 빼는 남자의 말투에는 분명한 의도가 담겨 있었다. 빈정거리고 싶다는 의도가 명백하게 꿈틀거리고 있었던 것이다.

이 사람, 다 알고 있었구나.

최 비서한테 내가 사기꾼이라는 말을 들은 게 분명해. 그렇겠지. 그래서 이렇게 재미있다는 듯이 나를 위아래로 쳐다보고 있는 거겠지.

"그나저나 말이야, 그 교통사고 사건을 처리하느라 내가 얼마나 애를 먹었는지 압니까? 당신들 아주 나빴어, 사고를 냈으면 조사를 받았어야지. 그렇게 사라져버리면 우리 같은 경찰들만 뻉뻉이를 돌게 된다고."

어느새 그의 말투 속에 반말이 섞여 들어왔다.

"운전자하고 동승자는 찾았다고 하지 않았나요? 당신 입으로 그 동승자는 내가 아니었다고 말한 걸로 기억하는데요."

"이것 참, 그건 송하윤 씨한테 했던 대답이라니까 그러시네. 자, 생각해봐요. 차량 번호랑 차에 남겨진 증거들을 조사해봤더니, 운전자는 김선호, 동승자는 한재경이었단 말이지. 그런데 송하윤이란 사람이 찾아와서, 그 동승자가 나예요, 하면, 내가 뭐라고 대답을 하겠냐고."

"그럼 그날은 당신도 몰랐다는 뜻인가요? 내가 송하윤이 아니라는 걸?"

"글쎄, 그걸 알았다고 해야 하나, 몰랐다고 해야 하나……. 당신이 찾아온 덕분에 알게 됐다고 말하는 게 맞으려나."

검지로 턱을 살살 긁으며 경찰은 나를 사선으로 쳐다봤다. 그가 지금 긁고 싶은 건 사실은 내 마음인 것 같았다. 그리고 그는 그 사실을 숨기려고도 하지 않았다.

"그러니까 한재경 씨 당신은 말야, 더럽게도 운이 없는 거라고. 하필이면 자기 발로 찾아와서 자기 정체를 까발리다니, 뭐 이런 어이 털리는 일이 있냔 말이지."

경찰이 이번엔 키득거리며 내 눈을 쳐다봤다. 문제는 그 눈과 웃음 속에 담긴 조롱이 내게는 아무런 타격도 주지 못했다는 것이다. 고작 그런 것에 기분 나빠하기에는, 내 감정은 이미 바닥난 상태였다. 나는 담담하게 대답했다.

"하지만 당신한테는 내가 나타난 게 행운이었겠죠. 그런데 왜 천재후 씨한테 그 사실을 바로 말하지 않았죠? 송하윤은 가짜라고, 속고 있는 거라고 그날 바로 얘기했더라면 더 큰 보상을 받을 수 있었을 텐데."

"솔직히 말하자면 나도 좀 놀랐거든. 갑자기 떨어진 떡이라면 먹어도 되는 건지 의심부터 해봐야 하는 거니까. 세상에 공짜로 주어지는 행운은 잘 없는 법이잖아?"

마치 들으라는 듯이 그가 다시 빈정거렸다. 하지만 이번에도 내가 별다른 반응을 보이지 않자, 재미가 떨어졌는지 곧 그만두었다.

대신 사고가 나던 날 밤의 상황을 천천히 설명하기 시작했다. 어쩌면 자신의 본업에 관한 얘기로 돌아가니, 그나마 직업정신이 되살아난 건지도 모르겠다. '시민과 함께하는 친절한 경찰'. 바로 그 표어처럼.

어쨌든 덕분에 나는 그날 밤에 일어났던 사건의 전모를 마침내 알게 됐다.

그의 말에 따르면 신문 기사에 난 대로 경찰은 한동안 사라진 운전자와 동승자의 행적을 파악하기 위해 동분서주했던 모양이다.

다행히도 운전자였던 김선호가 어디로 사라졌는지는 그리 오래 걸리지 않아 찾아낼 수 있었다. 사고 당시 근처를 지나던 차량의 운전자가 제보해 준 덕분이었다.

담당 경찰, 즉 내 앞에 있는 이 남자는 김선호가 사고 후유증 때문에 근처 도로변의 수풀 속에 쓰러져 있다가 병원으로 옮겨졌다는 사실을 파악했다.

김선호는 곧 의식을 되찾았고, 그의 진술 덕분에 경찰은 동승자 한재경의 소재 파악에도 성공했다. 아니, 그렇게 믿었다. 하지만 그건 속임수였다. 당시 김선호가 경찰 앞에 데려간 한재경은 나와 닮은 인물에 지나지 않았다. 그녀는 경찰에게 거짓 진술을 했다. 사고 당시에 그녀가 현장을 벗어난 건 김선호를 찾아 고속도로변을 헤매고 있었기 때문이라고 증언했던 것이다.

어쨌든 경찰은 운전자와 동승자의 소재 파악이 끝났다고 믿었다. 그래서 곧바로 운전자 김선호의 사고 당일 행적 조사에 나섰다. 그 결과, 그가 음주운전을 하지 않았다는 사실을 확인했다. 결국 비로 인해 미끄러워진 도로 때문에 생긴 교통사고로 결론을 내리고, 경찰은 사건을 조용히 일단

락했다.

그런데 조사가 종결된 지 얼마 되지 않았을 무렵, 경찰 앞에 내가 나타난 것이다. 그날 밤 사고 차량에 타고 있던 동승자가 자신이라고 주장하는 송하윤이라는 여자.

나의 그 우연한 자백 덕분에 경찰은 송하윤과 한재경이 동일 인물이라는 사실을 알게 됐다. 김선호가 그를 속였다는 사실도 깨달았다.

사실 확인을 끝낸 뒤, 그는 지체하지 않고 이 사실을 최 비서에게 알렸다.

"마침 그때 내가 저 최 비서라는 분 부탁을 받고 송하윤이라는 사람에 대한 뒷조사를 도와주고 있던 참이란 말이지. 어때요, 이제 당신이 얼마나 재수가 없었는지, 확 실감이 되지? 거참, 세상사 더럽게 재밌다니까."

경찰관은 차에 올라타 있는 최 비서를 흘낏 돌아보며 다시 한번 히죽거렸다.

만약 그날, 내가 천재후의 차를 훔쳐 타고 그 경찰서에 가지 않았다면 많은 게 달라졌을까. 지금도 여전히 재후와 함께 손을 잡고 아름다운 산책길을 거닐고 있을까.

재후를 떠올리자 지금까지 줄곧 무감각하던 심장에 짧지만 날카로운 통증이 지나갔다. 하지만 나는 곧 그 감각을 떨쳐냈다. 일어난 일은 일어난 일이다. 가정 같은 건 필요 없다. 만약 내가 경찰서를 찾아가지 않았더라도, 평화로운 날은 오래 가지 못했을 것이다. 송하윤에 대한 뒷조사가 시작되었다고 하니, 어차피 곧 끝날 연극이었다. 그러니 허탈할 것도, 후회할 것도 없다.

게다가 결과적으로 생각해보면, 그날 내가 했던 행동은 최 비서와 이 사람만 도와준 게 아니다. 나 자신을 도운 것이기도 했다. 왜냐하면 그날 경찰서를 찾아갔던 건 사고의 경위를 파악하고, 내 동승자가 누구였는지 확인하고 싶었기 때문이다. 그 행위의 궁극적인 목적은, 내가 누구인지를 알아내는 것.

그렇다면 결국 나도 목적을 달성한 셈이다. 그 섬을 떠나 마침내 여기에 닿았고, 이곳엔 내가 그토록 알고 싶었던 사건의 전말이 있다.

비록 예상했던 것보다 훨씬 더 단순하고 추한 전말이지만, 그래도 알고 나니 후련했다. 그동안 천재후의 말을 왜 그렇게 믿기 힘들었는지, 그날 밤 사고에 뭔가 다른 게 있을 거라는 이상한 생각이 왜 자꾸만 들었는지, 그 이유도 이제는 이해할 수 있었다.

내가 의심한 건 결국 재후가 아니라 나 자신이었던 거다. 그를 속이려 했던 과거의 나를 내 뇌의 어딘가에서 기억하고 있었던 거다.

"얘기 다 끝났으면 돌아갈까요, 한재경 씨?"

언제 차에서 나왔는지 최 비서가 나를 불렀다. 나는 순순히 고개를 끄덕였다.

차로 돌아와 그의 옆자리에 올라타자 시동이 걸렸다.

이제 어디로 가는 걸까. 나에게 돌아갈 곳이라는 게 과연 존재하기는 하는 걸까.

막막한 심정으로 나는 차창 밖 세상을 응시했다. 망연자실한 내 시선이 잠시 바깥세상을 휘적휘적 휘돌았다. 그러다 백미러에 비친 자동차 한 대에 우연히 시선이 멎었다. 흐린 날씨 때문에 전조등을 켠 그 차는 쏜살같이 이쪽을 향해 달려오고 있었다.

그 순간이었다. 그 밤 우리를 따라왔던 차가 문득 떠오른 것은.

눈이 부시던 그 노란색 헤드라이트 불빛을 떠올리자, 심장 한구석이 서늘해지기 시작했다.

아직 끝난 게 아니야. 확인해야 할 뭔가가 남아 있어⋯⋯!

"잠깐만요!"

나는 급하게 외쳤다. 막 출발하려던 최 비서가 다시 다시 브레이크를 밟았다.

"무슨 일입니까?"

최 비서는 내가 이렇게 나올 거라는 걸 예상이라도 한 듯 태연한 얼굴로 정면을 보며 말했다.

"물어보고 싶은 게 있어요."

"말해 봐요."

"내가⋯⋯ 어떻게 천재후 씨 별장에서 눈을 뜨게 된 거죠? 당신과 저 경찰한테 들은 말이 모두 사실이라면 그날 난, 김선호라는 사람과 같이 있다가 사고가 났어요. 그런데 어떻게 그 자리에도 없었던 천재후 씨가 나를 거기로 데리고 갈 수 있었던 거죠?"

최 비서가 내 얼굴을 빤히 쳐다보다가 손을 뻗어 차의 시동을 껐다. 갑작스러운 정적이 찾아왔다.

"안 그래도 끝까지 묻지 않으면 어떡해야 하나, 고민하고 있었습니다. 모른 척 입을 닫을까. 그래도 알려는 줘야 할까. 과연 어떤 게 천재후 팀장님을 위하는 길일까. 그리고 어떤 게 한재경 당신에게는 더 치명적일까. 그런 고민 말이죠."

내내 정면으로 꼿꼿하게 앉아 있던 그가 나를 향해 살짝 어깨를 틀었다. 잡아채듯이 내 시선을 붙잡은 채 그는 잠시 말이 없었다. 그의 말대로 어떻게 하면 나한테 날릴 비수를 더 치명적인 위치에 꽂아 넣을 수 있을까를 고민하는 것일까. 나는 숨을 참은 채 그의 다음 말을 기다렸다.

"천재후 씨가 어떤 사람이라고 생각합니까, 한재경 씨는?"

마침내 그가 입을 열었다.

"……무슨 뜻인가요?"

"당신이 진짜 모습을 감췄듯이, 천재후 씨도 그랬을 거라는 생각, 해본 적 없냐는 뜻입니다."

"그 사람도 나를 속였다는 뜻인가요? 약혼자가 있는 걸 속였다는 얘기라면 그건 이미 기사를 통해……."

"천재후 씨가 당신에 대해 정말로 아무것도 몰랐다고 생각합니까?"

최 비서가 내 말을 끊었다. 그리고 자신이 던진 말의 뜻이 내게 닿았는지를 확인하려는 것처럼 내 눈을 잠시 들여다보았다. 잠시 뒤, 확인이 끝났다는 듯 그가 다시 몸을 돌려 차에 시동을 걸었다.

곧 치기 출발했다. 하지만 나는 그 사실조차 제대로 인지하지 못하고 있었다. 누군가에게 세게 얻어맞은 것처럼 머리가 멍했다.

최 비서의 말이 암시하고 있는 진실. 그 진실에 숨이 막힐 것 같았다.

그러니까 재후는 다 알고 있었다는 건가? 그날 밤 우리를 쫓아오던 자동차. 집요하게 뒤를 따라오다 마침내 나를 덮쳤던 그 노란 불빛의 주인이 천재후였다고……?

꽉 막혔던 실타래가 드디어 풀려나가기 시작했다.

……그랬던 거야. 그 사람은 이미 모든 걸 알고 있었던 거야. 내가 그를 속이고 다른 남자와 밀회를 즐긴다는 걸 눈치채고 내 뒤를 밟았던 거야.

그런 게 아니라면 의식을 잃은 나를 누구보다도 빨리 데려갈 수 없었을 테니까.

그렇지만 왜?

자신을 속인 여자를 왜 다시 데려간 거지? 천재후 당신은 대체 내게서 뭘 원했던 거야?

불현듯 며칠 전 재후가 했던 말이 떠올랐다. 우리가 마지막으로 같이 보낸 저녁, 가짜 은하수 아래서 프러포즈를 하며 그는 내게 의미심장하게 속삭였다.

'송하윤 앞에 이 세상 모든 남자가 줄을 서 있어도 나만을 원한다는 대답.'

심장이 틀어쥐듯 조여오기 시작했다. 꽉 묶은 안전벨트가 내 심장을 짓누르는 것 같았다. 나는 안전벨트를 두 손으로 움켜쥐었다. 그러지 않으면 짓눌린 심장이 이대로 바스러지고 말 것 같았다.

……나한테 복수하려고 했던 거다.

아무것도 기억 못 한다는 사실을 이용해, 천재후 당신한테 기대고 매달리게 하려던 거야.

진정으로 사랑하게 만든 다음, 행복의 절정에서 나를 버리려고 마음먹고 있었던 거야.

내가 가장 절망할 수 있도록. 가장 아플 수 있도록!

당신이 계획한 그 타이밍이 바로 프러포즈를 하던 날인가? 예영은과의 약혼 기사를 그다음 날 터뜨린 것도 진실을 가장 잔인한 방법으로 알려주고 싶어서?

'천재후 씨를 믿어요?'

그렇게 묻던 남 박사의 목소리가 머릿속을 윙윙거렸다.

'그럼 천재후 씨한테 조금 더 기대보세요.'

다시 남 박사가 머릿속에서 속삭였다.

재후가 내게 해주었던 모든 말, 그가 보여주었던 모든 웃음, 그와 함께 했던 모든 시간이 물밀듯이 한꺼번에 밀려들었다.

이 모든 게 천재후 씨, 당신의 계획이었다면, 그럼 이제 당신은 마음 편하게 웃고 있는 건가요?

다시 한번 내 세상이 무너져 내렸다. 이미 무너진 세상이 산산이 부서졌다.

내가 그를 사랑하지 않았다는 사실보다, 그가 나를 사랑한 게 아니라는 사실이 더 절망적으로 내 심장을 찔러댔다.

***

"다시 연락하죠."

나를 집에 데려다 놓은 최 비서는 간단하게 한마디를 던진 뒤 돌아갔다.

그날 이후 며칠이 지나도록 그에게서는 아무런 연락도 없었다. 그리고 나는 며칠 내내 심하게 몸살을 앓았다.

열이 끓었고 정신이 몽롱했다. 현실인지 꿈인지 분간도 할 수 없는 시간이 지나갔다. 그 시간 속에서 나는 재후를 만났다.

기억을 잃고 난 후 만났던 그 사람인지, 그전에 알던 모습인지, 아니면 내 상상 속의 그 사람인지 알 수 없는 천재후.

그는 내게 다정하기도 했고 차갑기도 했으며, 달콤하기도 했고 잔인하기도 했다. 나를 모른 척 지나치기도 했고, 나를 찾아 달려오기도 했다. 그 모든 순간이 수백 개의 전생처럼 나를 스쳐 지나갔다.

그래서인지 정신이 들었을 땐 시간 감각이 하나도 없었다. 오늘이 며칠인지, 낮인지 밤인지도 구분할 수 없었다. 내 귀에 들려오는 소리가 상상 속의 소리인지 현실의 소리인지조차도.

여러 번 같은 멜로디가 끊겼다 다시 울리길 반복하고 난 후에야 나는 그게 내 휴대전화에서 나는 소리라는 걸 깨달았다.

몸을 일으키자 현기증이 났다. 그래서 잠시 숨을 고른 뒤 무거운 다리를 끌며 거실 구석으로 갔다. 바닥에 아무렇게나 뒹굴고 있는 검은색 전화기를 집어 들어 귀에 가져다 댔다. 차가운 감촉이 살에 닿자 살짝 오한이 일었다.

"여보세요."

"……."

상대는 내 목소리에 바로 응답하지 않았다. 숨죽인 침묵이 들려왔다. 그 침묵을 듣고 있는 동안, 내 입에서 하마터면 '재후 씨?' 하는 말이 튀어나올 뻔했다.

목구멍까지 올라온 그 말을 나는 간신히 삼켰다. 이 전화기 너머에 있는 사람이 재후일 리 없으니까.

그 사람은 이 번호를 알지 못한다. 설사 안다고 해도 나한테 연락할 리는 없다. 모든 건 그의 계획대로 이뤄졌고, 그 사람이 원하는 방식대로 끝이 났으니까.

그럼 누구지?

나는 전화기를 귀에서 뗀 뒤 액정에 떠오른 번호를 뒤늦게 확인했다. 전화번호나 발신자의 이름 대신 '발신자 번호제한'이라는 메시지가 떠 있었다.

그 메시지를 본 순간 이 일곱 글자 뒤에 가려져 있을 이름이 무엇인지 알 것 같은 기분이 들었다.

"재경아, 나야."

침묵을 지키던 상대가 마침내 입을 열었다. 들려온 목소리는 젊은 남자의 것이었다. 처음 들어보는 생소한 목소리였지만, 내가 짐작한 사람이 틀림없었다.

김선호. 나의 애인이자 공모자. 그리고 나를 천재후한테 보낸 장본인.

"지금 통화 괜찮아?"

남자의 목소리는 그리 높지도 낮지도 않았다. 하지만 약간의 허스키한 음색이 섞여 있는 그 목소리에는 감춰지지 않는 조급함이 녹아 있었다.

"괜찮아요."

"혼자 있어?"

"혼자예요."

"천재후는?"

"……자고 있겠죠."

나는 거짓말을 했다. 내게 일어났던 일들을 있는 그대로 말하지 않았다는 점에서 그랬다.

김선호는 나의 공모자였으니 당연히 그에게 우리가 짠 이 계획이 실패로 돌아갔다는 사실을 한시라도 빨리 알리는 게 맞을 것이다.

그런데 입이 떨어지지 않았다. 지금의 나한테 김선호는 낯선 사람일 뿐이었다. 목소리도 처음 들었고 얼굴은 알지도 못하는 남자. 그런 사람에게 내 상황을 다 알린다는 게 왠지 내키지 않았다.

"뉴스 봤어. 그 자식 약혼 기사 나왔던데, 별일 없는 거야?"

"아직은요."

다시 거짓말을 했다.

"그래? 그렇담 다행인데, 재경아, 아무래도 상황이 심상치 않아."

"……무슨 일인데요?"

"경찰들이 날 찾는 것 같아."

"경찰이?"

"내가 없는 사이 집에 들이닥쳤던 것 같아. 요 며칠 누가 감시하는 느낌도 들고. 내 생각엔 그놈들, 눈치 깐 게 틀림없어."

전화 너머로 들려오는 김선호의 목소리 뒤로 자동차 경적이 섞여 들어왔다. 바깥인 모양이었다. 이렇게 이른 시간에 어딜 가는 거지?

"지금 어디예요?"

"잠깐 피해 있으려고. 상황 봐서 다시 전화할 테니까 재경이 너도 빨리 준비해."

"준비……?"

"거기서 얼른 나오라고. 경찰이 날 찾고 있으면 너도 끝난 거야. 아직 별다른 움직임이 없다면 다른 꿍꿍이가 있겠지. 우릴 같이 잡아넣으려는 수작일 거야."

김선호의 말투는 확신에 차 있었다. 하지만 나는 그의 말에 동의할 수 없었다.

우릴 같이 잡아넣는다고?

그럴 생각이었으면 천재후가 나를 그 섬에서 순순히 내보내 줬을까? 최 비서를 시켜 내 정체를 까발리는 대신, 나를 경찰에 곧바로 넘겼겠지. 이대로 나를 자유롭게 놔주는 대신.

아니면 이건 나를 안심시키기 위한 전략일까. 김선호와 나를 같이 잡아넣기 위해 더 큰 판을 짜면서 시간을 벌고 있는 걸까. 행방이 묘연해진 김선호가 이렇게 나에게 연락을 취해오길 기다리면서…….

"그러니까 지금 당장 짐 싸서 나와. 나와서 아무 데나 숨어있어. 내가 곧 연락할 테니까. 알아들었지?"

김선호는 정리하듯 한달음에 말했다. 곧 전화가 끊어질 것 같았다.

이제는 말해야 한다는 생각이 들었다. 이미 다 들켰다고, 그곳에서는 이미 나왔다고. 그리고 최 비서의 감시를 받고 있다고.

그런데 그 말을 막 꺼내려는 순간, 그의 입에서 낮은 욕지거리가 튀어나왔다.

"아씨, 제길."

나한테 하는 말은 아닌 것 같았다. 그의 말투에는 당혹스런 낭패감이 뒤섞여 있었다.

"다시 연락할게!"

다급한 목소리와 함께 전화가 끊겼다. 그것만으로도 짐작할 수 있었다. 그가 어떤 상황에 처해 있는지.

쫓기고 있는 거야. 달아나다가 들킨 거야. 경찰이 쫓고 있는 걸까. 무사히 도망칠 수 있을까. 어디로 도망치려는 걸까.

나는 전화기를 손에 든 채 생각을 정리해보았다.

방금 들은 김선호의 말이 사실이라면, 지금이라도 당장 짐을 싸서 여길 떠나는 게 맞을지도 모른다.

천재후는 나를 절망케 하는 것에서 만족하려 하지 않는 것이다. 나와 김선호를 함께 잡아넣음으로써, 자신을 속인 죗값을 톡톡히 치르게 할 결심을 한 게 틀림없다.

경찰서 유치장에 갇혀 있는 나를 찾아올 천재후의 얼굴이 눈앞에 선하게 그려졌다. 이번에는 지난번처럼 다정하게 내 손을 잡고 그곳을 나오지 않겠지. 대신 경멸 어린 시선으로 나를 비웃겠지.

재후의 그런 시선과 표정을 상상하자 나는 견딜 수 없는 기분이 되었다. 어떤 일이 있어도 절대로 그런 상황만은 겪고 싶지 않았다. 비로소 초조한 기분이 들기 시작했다.

나는 당장 신분증과 지갑을 찾아들었다. 그러다 문득 창밖에 감시가 있을지도 모른다는 생각이 들었다.

커튼을 조금 열어 창밖을 내려다보았다. 웬 남자 하나가 주머니에 손을 꽂은 채 건물 주위를 어슬렁거리고 있었다.

천재후의 지시로 움직이는 걸지도 모른다고 생각한 순간, 남자가 갑자기 고개를 들어 이쪽을 쳐다봤다. 깜짝 놀란 나는 얼른 커튼을 치고 그 뒤로 숨었다. 김선호와 내가 공범이라는 사실이 이제야 실감 나기 시작했다.

나는 잰걸음으로 현관을 향해 걸어갔다. 하지만 밖으로 나서기 전 다시 걸음을 멈췄다. 지금 도망가는 게 올바른 선택인지 판단이 서질 않았다.

오히려 지금 여길 나가는 게 상대의 덫에 걸려드는 일일지도 모른다. 내가 천재후라면 어떻게 하겠는가? 나와 김선호 모두를 한꺼번에 잡아넣으려면? 아마 도망가지 못하도록 감시하는 대신, 도망가길 기다리며 덫을 칠 것이다. 그래야 도망가는 내 뒤를 쫓아 김선호가 어디 있는지 알아낼 수 있을 테니까.

섣불리 움직이지 말자.

그렇게 결론 내린 나는 상황 파악을 좀 더 해보기로 했다.

탐색의 시간은 그리 길지 않았다. 그날 저녁, 최 비서가 다시 찾아왔다.

"김선호한테 연락받았죠?"

내 얼굴을 보자마자 그가 물었다. 어떻게 부인해볼 수 없을 만큼 확신이 담긴 질문이었다. 나는 당혹스러웠지만 그런 기색을 감추며 최대한 담담하게 물었다.

"그걸 어떻게 알죠? 그 사람, 찾은 건가요?"

"경찰 협조만 있으면 통신 기록 추적은 어려운 일이 아니죠."

내 생각이 맞았다. 그 사람이 나한테 연락해오길 기다리면서 덫을 놓고 있었던 거야.

"그럼 이제 내 차례인 모양이네요. 우릴 어떻게 할 생각이에요?"

나는 불안해하는 기색을 보이지 않으려 애썼다. 하지만 그를 보는 내 눈빛이 흔들리는 게 느껴졌다. 그런 나를 물끄러미 쳐다보다가 최 비서가 품에서 봉투 하나를 꺼냈다.

받아든 봉투 안에는 뜻밖에도 비행기표가 들어 있었다. 캐나다행 편도 티켓이었고, 출발일시는 오늘 밤이었다.

오늘…… 지금 당장 다른 나라로 떠나라는 말이었다.

고개를 든 나와 눈이 마주치자, 최 비서가 기다렸다는 듯 말했다.

"김선호 씨도 똑같은 티켓을 받았습니다. 천성묵 회장님이 당신들한테 주는 마지막 기회일 겁니다."

"마지막 기회?"

"회장님은 당신들이 이대로 떠나 영원히 돌아오지 않기를 바라십니다. 그 뜻에 따르기만 한다면 당신들은 안전하게 살아갈 수 있을 겁니다. 하지만 회장님의 배려를 저버리고 다시 돌아온다면 사기범이 돼서 쫓기든가 징역을 살게 되겠죠."

"선택의 여지는 없다는 뜻인가요?"

"이게 당신들 인생에 떨어진 최대의 행운일 수도 있다는 것만 알길 바랍니다."

전달 사항은 모두 끝났다는 의미인지 그는 뒷짐을 진 채 한 걸음 물러섰다. 내가 얼른 짐을 꾸려 이곳을 떠나길 기다린다는 제스처 같았다.

하루아침에 생각해본 적도 없는 낯선 나라로 떠나라니. 아무리 내가 저지른 짓의 대가라고 해도 이건 너무 갑작스러운 일이었다.

하지만 저항한다고 별 소용이 있는 건 아닐 것이다. 최 비서의 저 흔들리지 않는 눈빛과 태도가 그걸 증명해주고 있었다. 그게 아니더라도 그다지 저항하고 싶은 생각도 들지 않았다. 어차피 기억이 없는 내겐 이곳이나 다른 곳이나 똑같이 낯선 곳일 뿐이었다. 아무도 기억나지 않으니 누구와 함께 가든 그것 역시 별 상관없었다.

철창 안에 갇혀 천재후의 경멸 어린 시선을 받는 것만 피할 수 있다면, 캐나다가 아니라 화성에라도 갈 수 있을 것 같다는 생각이 들었다.

나는 최 비서가 지켜보는 방에서 짐을 꾸리기 시작했다. 비행기표와 여권을 배낭에 넣고, 옷장에 걸린 옷 몇 개를 꺼내 넣는 것 외에는, 할 일이 아무것도 없었다.

그로부터 삼십 분 뒤, 나는 그의 차에 올라타 있었다.

평범한 잿빛 오피스텔 건물이 어둠 속에 잠긴 채 멀어져 갔다. 흘낏 한 번 뒤를 돌아보고 나서 나는 차창 앞으로 시선을 고정했다. 어차피 뒤돌아갈 수 없다면 앞으로 나갈 수밖에 없다. 다른 길은 허용되지 않는다.

그 순간까지도 나는 분명 그렇게 믿고 있었다.

***

비행기 출발시간에 맞추려면 꽤 빠듯했지만, 최 비서는 서두르는 기색이 없었다. 공항에 도착한 그는 주차할 곳을 찾아 능숙한 솜씨로 차를 세웠다.

공항 건물까지는 제법 떨어진 거리라, 횡단보도를 몇 번 건넌 후에야 우리는 겨우 건물 안으로 들어설 수 있었다.

서둘러 발권을 마치고 짐을 실어 보내는 것으로 수속을 마친 다음 최 비서는 나를 출국 게이트 앞으로 데리고 갔다.

시간을 보니 탑승 시간이 별로 남아 있지 않았다. 티켓을 확인한 공항 직원이 나를 즉시 통과시켰다. 문 안으로 들어가기 직전에 등 뒤로 최 비서의 목소리가 들렸다.

"다시 보는 일은 없길 바랍니다, 한재경 씨."

그 말을 들었는지 공항 직원이 우리를 흘끔거렸다. 나는 대답 대신 그대로 문을 통과해 탑승구 안으로 성큼 들어섰다. 되도록 아무것도 생각하지도, 느끼지도 않으려 애쓰면서.

최 비서가 전해준 말에 따르면, 김선호는 이미 비행기 안에 탑승해 있을 것이라고 했다. 이제 내가 할 일은 그의 옆자리에 앉은 뒤 이곳을 영원히 떠나는 것뿐이었다.

열심히 걸어 탑승구 가까이 도착해보니 다른 승객들은 모두 들어갔는지 주위가 한산했다.

"서두르세요!"

탑승구 입구에 서 있던 직원 하나가 내 모습을 발견하고 어서 오라고 손짓했다.

나는 뛰듯이 그에게로 다가갔다. 등에 멘 배낭에서 여권과 티켓을 꺼내 보여주자 직원이 확인한 뒤 곧바로 나를 문 쪽으로 안내했다.

그때까지 나는 단 한 번도 뒤를 돌아보지 않았다. 그대로 탑승장으로 직행해 비행기에 올라탈 생각이었다.

그런데 정말 마지막이 될지도 모른다는 생각 때문이었을까. 탑승장 문으로 들어가기 직전, 내 발걸음이 느려졌다. 마치 등 뒤에서 인력이 작용하는 느낌이었다. 무언가가 나를 끌어당기는 것 같은 묘한 기분.

쓸데없는 짓이라는 건 알고 있었지만, 결국 나는 참지 못하고 뒤를 돌아봤다. 그런데 뜻밖에도 내 시선이 닿는 곳에 아는 사람이 서 있었다. 깜짝 놀라 나는 걸음을 멈췄다.

'……남 박사?'

잘못 봤나 싶어 눈을 한껏 찡그려 초점을 맞춰보았다. 회색 재킷 차림의 그 남자는 탑승장 입구에서 조금 먼 곳에 서 있었다.

늘 보던 익숙한 의사 가운 대신 공항 보안 직원으로 착각할 만한 차림새를 하고 있긴 했지만, 틀림없었다. 거기 서서 나를 뚫어질 듯 쳐다보고 있는 건 남우성 박사였다. 천재후의 주치의이자, 내게 '기억상실'이라는 병명을 알려준 장본인.

나와 눈이 마주치자, 기다렸다는 듯 남 박사가 고개를 옆으로 저으며 입술을 달싹였다. 마치 내게 전할 말이 있다는 듯이.

거리가 꽤 되는 탓에 입 모양만으로는 무슨 말인지 알아볼 수 없었다. 하지만 중요한 건 그가 신호를 보내고 있다는 사실이었다.

뭐라는 거예요? 지금 무슨 얘기를 하고 싶은 거죠?

발이 저절로 그를 향해 움직였다. 내가 이탈하려는 움직임을 보이자 탑승구 안쪽에 서 있던 공항 직원이 급하게 다가왔다.

"승객분, 무슨 일이신가요?"

그의 태도는 정중했지만, 어서 나를 비행기에 태우고 싶다는 조바심이 친절한 말투를 뚫고 드러났다.

"잠시만요. 잠깐이면 돼요!"

"시간이 얼마 안 남았습니다, 바로 탑승하셔야 해요."

직원은 등을 떠밀 듯이 나를 탑승구 안쪽으로 데려가려 했다. 실제로 그의 한쪽 손이 내 등에 닿을 듯 말 듯 얹혔다. 직접적으로 물리적인 압력을 가하지는 않았지만, 그의 지시를 따르지 않으면 안 될 것 같다는 압박감이 들었다.

하지만 나는 이대로 떠밀려 가고 싶지 않았다. 내가 저항하려 하자 지켜보던 또 다른 직원 한 명이 얼른 합류했다. 남 박사를 내 시선에서 차단하려는 것처럼 그는 내 앞에 딱 붙어서기까지 했다.

"비켜줘요! 잠깐이면 된다고 했잖아요!"

급한 마음에 나는 그를 밀치고 나가려 했다. 내가 완강하게 나오자 할 수 없다는 듯 직원이 옆으로 비켜섰다. 덕분에 막혔던 시야가 다시 트였다. 그러나 곧바로 뛰쳐나가려던 결심을 나는 멈출 수밖에 없었다. 조금 전까지 남 박사가 있던 자리에 다른 남자가 서 있었던 것이다.

나는 두 눈을 부릅떴다. 하지만 다시 봐도 그는 남 박사가 아니었다. 여권을 손에 든 젊은 남자가 한쪽 다리를 건들거리며 서 있었다.

저 남자를 남 박사로 잘못 봤다고? 미치지 않고선 그럴 리 없다는 생각이 들었다. 하지만 미치지 않은 건 확실할까? 나한테 지금 확실한 게 하나라도 있긴 해?

"승객분, 이거 받으시고 어서 서둘러주세요."

귓가에 들려온 공항 직원의 목소리에 나는 겨우 정신을 차렸다. 그의 손에는 어느샌가 내 여권과 비행기표가 들려 있었다. 조금 전 실랑이를 할 때 나도 모르게 바닥에 떨어뜨렸던 모양이다.

나는 여권과 비행기표를 받아들고 그것들을 손바닥 안에 꽉 쥐었다. 구겨질 정도로 악력이 들어갔다. 손끝이 조금 떨렸지만, 그렇게 힘을 주고 나니 진정이 되는 것 같았다.

마지막으로 고개를 돌려 남 박사가 있던 곳을 확인해보았다. 그 자리에는 변함없이 조금 전 보았던 남자가 있었다. 여전히 다리를 건들거리며 누군가를 기다리는 모습으로. 나도 모르게 헛웃음이 흘러나왔다.

정신 차려. 남우성 박사라니. 그 사람이 여길 왜 나타난다는 거야. 과거의 환영에 자꾸 홀리면 안 돼. 지금의 현실을 움켜잡아. 그리고 앞으로 나가라고, 제발!

스스로를 꾸짖으며 나는 서둘러 탑승구 안으로 들어섰다. 골치 아픈 승객을 해치운 직원들이 그제야 안도의 한숨을 짓는 듯했다.

짧은 연결 통로를 지나니 그 끝에 비행기 입구가 보였다. 그 입구가 마치 나를 삼키려고 기다리는 검은 입처럼 보였다. 그곳을 향해 나는 숨도 쉬지 않고 걸어갔다.

어서 저 검은 입이 내 몸을 집어삼켰으면 좋겠다. 그 안에 분쇄기 같은 게 숨어있어서 내 존재를 먼지가 될 때까지 갈아버린다면 좋겠다. 그러면 더 이상 딴생각 따위는 하지 못할 테니까.

그런 생각을 하며 비행기 선체에 막 한 발을 들여놓으려던 순간이었다. 입구에서 안내하는 승무원 뒤로 남자 실루엣 하나가 나타났다.

"재경아."

조금 허스키한 목소리로 나를 부른 남자는 선글라스를 끼고 있었다. 그 밑으로 보이는 강인하게 뻗은 콧날과 각이 진 턱이 무척이나 인상적이었다. 이 사람이 바로 김선호라는 사실은, 묻지 않아도 알 수 있었다.

그는 마치 에스코트라도 해주려는 듯 내 쪽으로 성큼성큼 걸어왔다. 반가운 기분은 전혀 들지 않았다. 오히려 가까워질수록 알 수 없는 압박감이 나를 조여왔다. 왠지 가슴이 답답하고 목이 막히는 기분이었다.

뭘까, 이 느낌은. 저 사람이 내 애인이라며. 그런데 왜 이렇게 심장이 불쾌하게 뛰는 거지?

"뭐해? 얼른 들어와."

김선호가 나를 향해 손을 내밀었다. 거부하기 힘든 명령조의 목소리였다. 그 속에는 사람을 움츠러들게 하는 위압감이 있었다.

늘 다정하고 배려 넘치던 천재후의 목소리가 불쑥 떠올랐다. 하윤아……. 나를 부르던 목소리가 메아리처럼 귓속에서 맴돌았다.

나도 모르게 선체에 올려놨던 발이 멈칫거렸다.

"왜 자꾸 꾸물거리는 거야."

머뭇거리는 내가 답답했는지 김선호가 손을 뻗어 내 팔을 낚아챘다. 예상치 못한 악력이 저릿하게 전해졌다. 지금은 힘을 조절해 잡고 있지만 언제든 마음만 먹으면 더 세게 나를 움켜쥘 수 있는 강인한 손아귀라는 게 생생하게 느껴졌다.

한번 잡히면 절대로 벗어날 수 없을 것 같은 섬뜩한 기분에 나는 그 손을 반사적으로 뿌리쳤다. 그리고 얼른 뒷걸음질 쳤다.

"뭐 하는 거야. 그리 가면 안 돼! 이리 오라고!"

김선호는 잔뜩 억누른 목소리로 으르렁거리듯 말했다.

그 순간, 발이 멈췄다. 이제야 자신의 말이 통했다고 생각했는지 김선호가 어깨를 으쓱했다. 그리고 마치 강아지 부르듯 나를 향해 손짓을 해댔다. 하지만 나는 그의 말에 복종하기 위해 멈춰선 게 아니었다. 방금 들은 그의 말속에 내 뇌를 건드리는 뭔가가 있었기 때문이다.

가면 안 된다고……?

그래, 그거야. 남 박사가 나한테 했던 말!

그 사람의 입 모양, 분명 나한테 그렇게 말했던 것 같아. '가면 안 돼요'라고.

나는 멈췄던 발을 다시 움직여 몇 걸음 더 뒤로 물러섰다.

"미안해요, 난 돌아가 봐야겠어요."

"뭐? 너 미쳤어!"

김선호가 버럭 목소리를 높였다.

미쳤냐고? 그런지도 모른다. 탑승구 앞에서 남 박사를 봤다고 생각한 순간부터 이미 미쳐있었던 건지도.

그래도 상관없다. 아니, 그래서 더더욱 확인을 해봐야겠다. 헛것을 본 건지, 아니면 정말로 남 박사였는지. 내가 본 게 남 박사가 맞다면, 그는 정말 날 붙잡으려고 한 건지.

확인 결과, 터무니없는 망상으로 드러난다고 해도 괜찮다. 만일 아무것도 확인해보지 않은 채 이대로 떠난다면 틀림없이 후회할 테니까. 살아가는 내내 끊임없이 오늘로 되돌아와 이 순간을 곱씹게 될 테니까.

더 우물거리고 있다간 억지로 끌려가게 될 것 같아 나는 곧바로 등을 돌려 뛰기 시작했다.

"야, 한재경!"

위협하듯 김선호가 내 이름을 불렀다. 하지만 나는 멈추지 않았다. 그의 목소리를 뒤로한 채 연결 통로를 힘껏 거슬러 달리기 시작했다.

금방이라도 뒷덜미를 잡힐까 봐 겁이 났다. 그렇지만 나는 안다. 저 남자는 나를 따라오지 못할 것이다. 비행기에 한번 탑승한 승객은 내리려면 아주 복잡한 절차를 거쳐야 한다. 탑승 취소 절차도 밟아야 하고 국정원을 비롯한 공항 보안 책임자들의 조사도 받아야 한다.

어떻게 내가 이런 사실을 알고 있는지는 몰라도, 어쨌든 규칙이 그랬다. 그러니 비행기에서 내리더라도 저 남자는 나를 쫓아오지 못할 것이다.

연결 통로를 지나 다시 게이트 입구로 돌아왔다. 그곳에 서 있던 직원들이 나를 막으려는 듯 달려왔지만, 그들에겐 그럴 권리가 없었다.

바리케이트처럼 쳐 있는 저지선을 밀치고 나는 그대로 달려나갔다.

"남 박사님! 남우성 박사님!"

목이 찢어져라, 그의 이름을 불렀다. 그가 서 있던 자리 근처에서 맴돌며 애타게 그를 찾았다.

"무슨 일입니까?"

제복을 입은 남자 두 명이 내게 다가왔다. 날 강제로 끌고 갈 생각인가? 여차하면 메고 있던 배낭을 집어 던질 요량으로 나는 배낭끈을 꽉 쥐었다.

"이대론 안 떠나요! 억지로 태우려고 하면 소리 지를 거예요!"

생각했던 것보다 훨씬 더 신경질적인 목소리가 튀어나왔다.

"탑승 취소를 원하시는 겁니까?"

두 사람 가운데 한 남자가 진정하라는 듯 두 손을 들어 올리며 물었다. 그 질문은 곧 천성묵 회장의 뜻을 거스르고 여기 남을 거냐는 뜻이기도 했다.

정말 그래도 돼? 이건 천 회장이 나한테 준 마지막 기회야. 이 기회를 놓치는 게 얼마나 바보 같은 짓인지 잘 알고 있잖아! 어서 돌아가. 당장 김선호한테로 돌아가서 비행기를 타고 이 나라를 떠나!

이성은 내게 그렇게 타일렀다. 이 목소리를 따르는 게 옳다는 걸 나도 알고 있다. 그러니 대답해야 한다. 아니라고. 비행기로 돌아가겠다고.

하지만 내 입에서 나온 건 전혀 다른 대답이었다.

"네, 취소할래요. 밖으로 나가게 해주세요."

***

나는 인파가 뒤섞인 넓은 공항에 홀로 덩그러니 남겨졌다. 면세구역을 거쳐 직원 전용 통로를 통해 나를 밖으로 내보내 준 직원은, 할 일을 끝내자 뒤도 돌아보지 않고 다시 출국장 안쪽으로 들어가 버렸다.

어깨에 멘 배낭끈을 두 손으로 움켜쥐고 나는 사방을 둘러봤다. 보이는 거라곤 바쁘게 자신의 목적지를 찾아 공항을 오가는 사람들뿐이었다. 내 옆을 지나가는 누구도 내 이름을 부르거나 아는 척하지 않았다.

적어도 남우성 박사가 나를 찾아 헐레벌떡 달려오는 일은 벌어지지 않았다. 막연한 기대감이 현실 앞에서 무너졌다. 하지만 아직은 이 허탈함 앞에 무릎을 꿇을 수 없었다.

처음부터 나는 질 수밖에 없는 게임에 뛰어든 거다. 아주 희박한 확률의 도박. 그러니 이 도박이 실패했다고 해도 놀랄 일은 아니다. 실망할 것도 없다. 다만 실패라는 걸 최종적으로 확인하기까지 마지막 발악은 해봐야 할 것 같다. 그렇지 않다면 여기까지 기를 쓰며 되돌아 나올 필요도 없었을 테니까.

이제부터 무엇을 해야 할지 잠시 생각하고 나서 나는 배낭을 뒤져 핸드폰을 꺼냈다. 남 박사에게 어떻게든 연락을 취해볼 생각이었다.

그의 핸드폰 번호는 알지 못했다. 하지만 인터넷 포털을 뒤져 보면 그와 관련된 사항이나 약력 같은 게 나올지도 몰랐다. 거기서부터 출발하면 연락할 방법을 찾을 수 있을 것이다.

나는 핸드폰을 켜 남우성이라는 이름을 검색하기 시작했다. 시간이 얼마 없다는 생각에 마음이 급해졌다.

포털 사이트에는 남우성이라는 이름이 몇 개나 검색되었다. 그중 내가 찾는 남 박사의 정보가 있는지 화면을 올리며 검색했다. 비슷한 나이대의 인물 프로필이 눈에 띄자 손가락이 멈췄다. 하지만 자세히 보니 의사가 아니라 생명공학자였다. 한숨을 쉴 시간도 없었다. 곧바로 화면을 다시 움직였다. 등 뒤로 다가오는 누군가의 발소리를 느낀 것은 바로 그 순간이었다.

남 박사? 몸이 저절로 돌아갔다. 동시에 빌소리의 주인이 나를 불렀다.

"한재경 씨."

아, 외마디 신음이 입에서 흘러나왔다. 나도 모르게 뒤로 물러났다. 내 시야에 불쑥 들어온 낯익은 얼굴은, 남 박사가 아니라 최 비서였다.

어떻게 내가 여기 있는 걸 알았지? 출국장 안에도 그의 눈을 대신하는 누군가가 있었던 건가? 아니면 비행기가 출발하고 나서도 안심이 되지 않아 여길 지키고 있었나?

최 비서는 매서운 눈으로 나를 쏘아봤다. 이제 더 이상의 자비는 없을 거라는 걸 알려주는 눈빛이었다.

"내 말을 제대로 알아들은 줄 알았는데, 아니었나요? 분명 다시는 만날 일 없었으면 한다고 말했을 텐데요, 한재경 씨."

나는 대답하지 않았다. 아까 출국장 안으로 들어갈 때도 마찬가지였다. 두 번 다시 돌아오지 말라는 말에 나는 대답하지 않았다. 그건 처음부터 내 머릿속에 여길 떠날 생각이 없었기 때문일까.

그래, 이제 알겠다. 난 가고 싶지 않았던 거야. 그런 무의식이 내 눈앞에 남 박사의 환영을 불러왔던 건지도 몰라.

나한테는 최 비서와 김선호에게서 달아날 구실이 필요했으니까.

하지만 최 비서는 나를 그렇게 쉽게 놔줄 생각이 없어 보였다. 한 발짝 두 발짝 나를 향해 다가오는 그의 뒤로, 경호원 복장의 남자 몇이 보였다. 최 비서의 지시로 움직이는 사람들이 분명했다.

나는 아랫입술을 초조하게 깨물었다. 이제 붙잡히면 어떻게 되는 걸까?

그들이 나한테 무슨 짓을 할 것인지 나로서는 알 수 없었다. 하지만 지금 내가 어떻게 하고 싶은지는 알 것 같았다. 나는 재빨리 시선을 돌려 뒤쪽을 살폈다. 마침 한 무리의 여행객들이 이쪽으로 다가오고 있었다. 지금이었다.

"아악!"

나는 큰소리로 비명을 질렀다. 주위의 시선이 단번에 나와 최 비서에게로 쏠렸다. 당장이라도 달려들 기세였던 그가 멈칫하며 제자리에 섰다. 그 틈을 타 나는 곧바로 반대편으로 도망치기 시작했다. 여행객 무리를 지나, 최대한 사람들이 모여있는 쪽을 찾아 뛰었다.

최 비서도 나를 따라 달려왔다. 아니 큰 걸음으로 그저 걷고 있는지도 몰랐다. 자신의 손아귀에서 내가 결코 벗어날 수 없을 거라고 믿으면서. 나는 속도를 높여 사람들 무리 속으로 뛰어들었다. 허리를 숙여 몸을 낮추고 입고 있던 겉옷을 벗었다. 묶고 있던 머리도 풀었다. 그리고 최대한 몸을 숙인 채 사람들 사이를 뚫고 나가며 거리를 벌리려 했다.

돌아보니 최 비서의 모습은 보이지 않았다. 내가 몸을 숨긴 것처럼 그도 자신을 숨긴 채 나를 따라오고 있을까. 불안감에 숨이 멎을 것 같았다. 언제 그의 손이 쑥 뻗어와 나를 낚아챌지 몰랐다. 이대로 무사히 에스컬레이터까지만 갈 수 있다면 좀 더 안심이 될 것 같았다.

에스컬레이터는 그다지 멀리 있지 않았다. 백 미터 정도만 더 가면 에스컬레이터를 타고 1층으로 내려갈 수 있다. 거기서 다시 몇십 미터만 더 가면 공항 건물 밖이다.

거기까지만 가면 된다. 밖으로 나가면 택시를 타고 어디로든 가자. 일단 몸부터 숨긴 다음, 앞으로 어떻게 해야 할지 생각하자.

나는 연신 앞뒤를 살피며 잰걸음으로 나아갔다. 문득 경찰 복장을 한 남자 두 명이 내 쪽으로 걸어오는 걸 발견했다.

순간적으로 그들에게 달려가고 싶은 충동을 느꼈다. 도와달라고 해볼까. 나쁜 사람한테 쫓기고 있다고 하면 보호해주지 않을까. 적어도 최 비서한테 억지로 끌려가는 건 막아줄 거야. 그럼 경찰을 보호막 삼아 시간을 벌 수 있을 것이다.

나는 정말로 경찰을 향해 손을 흔들 뻔했다. 하지만 손은 어깨높이까지 올라가다 멈춰버렸다. 내 발로 경찰관을 찾아갔다가 어떤 낭패를 겪었는지 퍼뜩 떠올랐기 때문이다.

저들도 최 비서와 한패일지 모른다. 아니라는 보장은 어디에도 없다. 똑같은 실수를 반복해서는 안 되는 일이었기에, 나는 그들에게 구조 요청을 하겠다는 생각을 포기했다.

그런데 머뭇거리고 있던 내 모습을 하필이면 경찰들이 발견한 것 같았다. 우물쭈물하는 모습이 어딘가 수상쩍다고 느꼈던 걸까. 두 사람이 서로 시선을 교환했다. 그 모습을 본 순간, 불길한 예감이 뒷덜미를 타고 올라왔다.

머뭇거릴 시간이 없었다. 나는 몸을 돌려 반대 방향으로 뛰기 시작했다. 하지만 그건 더 심각한 패착이었다. 그 방향에선 최 비서가 탐색하듯 좌우를 두리번거리며 다가오고 있었다.

미처 숨을 시간도 없이 나는 그의 레이다에 포착되고 말았다. 날 발견한 최 비서가 지체 없이 달려왔다. 나도 다시 방향을 바꿔 뛰었다. 조금 멀긴 했지만, 이쪽에도 에스컬레이터가 있었다. 필사적으로 도망가는 내 귓가에 최 비서의 목소리가 날아와 꽂혔다.

"거기 서요! 당신은 절대 도망 못 쳐!"

아니, 할 수 있어!

나는 더 속도를 냈다. 가까스로 에스컬레이터까지 도착한 다음, 사람들 사이를 뚫고 허겁지겁 계단을 달려 내려갔다.

최 비서의 목소리가 다시 들려왔다. 이번엔 나에게 하는 말이 아니었다.

"내려간다! 잡아!"

그 말이 떨어지자마자, 에스컬레이터가 끝나는 지점으로 조금 전 보았던 경찰 복장의 남자들이 달려왔다.

이대로 내려가면 붙잡히고 말 게 뻔했다. 나는 에스컬레이터 옆으로 몸을 내밀어 바닥을 내려다봤다. 꽤 높았지만 뛰어내릴 만하다는 생각이 들었다. 어쨌든 지금의 내겐 선택지가 없었다.

주저하지 않고 나는 에스컬레이터 손잡이를 붙잡았다. 그리고 그 위로 뛰어오른 뒤 밑으로 몸을 날렸다.

몇 사람이 놀라 짧은 비명을 내질렀다. 하지만 난 괜찮았다. 벌떡 몸을 일으켜 경찰 복장의 남자들이 달려오는 반대 방향으로 다시 뛰었다.

등 뒤에서 쿵, 소리가 나는 걸 보니 최 비서도 나처럼 에스컬레이터에서 뛰어내린 듯했다. 뒤를 돌아보는 대신, 나는 있는 힘을 다해 출입문 쪽으로 달렸다. 조금 전 계획했던 대로 택시를 잡아탈 생각이었다.

하지만 불행히도 계획과 실제 상황은 달랐다. 밖으로 나온 순간, 나는 택시를 타려면 횡단보도를 건너 한참을 더 가야 한다는 걸 깨달았다.

게다가 지금 횡단보도는 빨간 불. 뒤따라 나온 최 비서와 그의 끄나풀들이 거리를 좁혀오기 시작했다.

선택의 여지가 없었다. 나는 빨간불이 켜져 있는 횡단보도 위로 뛰어들었다. 중간쯤 건넜을 때 차 한 대가 요란하게 클락슨을 울리며 달려왔다.

끼익!

깜짝 놀라 멈춰서자 차도 내 앞에서 급정지했다. 손을 들어 미안하다는 손짓을 한 뒤 다시 길을 건너려 했다. 그러자 차가 다시 앞으로 와 나를 가로막았다.

명백하게 의도가 느껴지는 행위였다. 이 차도 최 비서의 편이라는 증거. 절망이 날 사로잡은 사이, 최 비서 일행이 횡단보도를 건너왔다.

나는 완전히 포위됐다는 사실을 깨달았다. 이제 진짜 끝이라는 생각이 들었다. 한층 표정이 험악해진 최 비서가 나를 붙잡으려고 팔을 뻗었다. 메고 있던 배낭에 그의 손이 닿았다.

그런데 꼼짝없이 잡혔다고 생각한 순간, 예상치 못했던 일이 벌어졌다. 차 앞문이 벌컥 열리더니 운전석에 앉은 남자가 나를 향해 소리쳤던 것이다.

"빨리 타요!"

남 박사? 순식간에 오만가지 생각이 머릿속으로 날아들었다. 동시에, 아무 생각도 할 수 없었다. 나는 그가 열어준 차 안으로 뛰어들려 했다.

하지만 최 비서가 곱게 놔주지 않았다. 내 배낭을 움켜쥐고 힘껏 나를 끌어당겼다.

"이거 놔!"

반사적으로 손에 쥐고 있던 핸드폰을 그에게 집어던졌다. 놀란 최 비서의 손에서 순간적으로 힘이 빠졌다. 그 틈에 나는 배낭을 벗어 던졌다. 배낭끈에서 팔을 빼내는 것과 동시에 차 안으로 뛰어들어 문을 닫았다.

간발의 차로 나를 놓친 최 비서가 창문을 손바닥으로 탕, 탕, 두드렸다.

"안전벨트 매요!"

차를 급하게 출발시키며 남 박사가 외쳤다. 한껏 일그러진 최 비서의 얼굴이 달리기 시작한 차창 뒤로 순식간에 멀어져갔다.

***

차는 걸리는 것 하나 없이 신속하게 공항을 빠져나왔다. 안개가 살짝 끼어 있는 대교를 건너는 동안, 남 박사는 계속 백미러를 흘끗거리며 뒤쪽을 경계했다.

그때마다 나도 뒤를 돌아보느라 정신이 없었다. 검은색 승용차가 보일 때마다 공항까지 타고 왔던 최 비서 차량인 것만 같아 심장이 펄쩍펄쩍 뛰기를 반복했다.

긴장된 침묵을 싣고 대교를 건넌 우리는 마침내 시내로 들어섰다. 도심의 분주한 흐름 속으로 숨어들고 나서야 나는 제대로 숨을 쉴 수 있었다.

그제야 차 안의 풍경이 눈에 들어왔다. 운전 중인 남 박사의 상태에도 눈길이 갔다. 그도 나와 마찬가지로 공항에서 뜀박질을 했던 건지, 아까와는 달리 셔츠 차림을 하고 있었다. 입고 있던 재킷은 뒷좌석에 내던져져 있었고, 매고 있던 넥타이도 좌석 옆 칸막이 안에 아무렇게나 풀려 있었다.

다만 남 박사의 겉모습만은 언제나 그렇듯 단정했다. 땀을 흘린 기색도 없었고, 호흡이 거칠지도 않았으며, 허둥대거나 긴장한 기색도 보이지 않았다.

내가 알고 있는 그대로의 남 박사였다.

……정말이었어. 착각을 한 것도, 망상을 한 것도 아니야. 그런데 왜? 어떻게 이 사람이 여기까지 온 걸까. 어떻게 시간에 딱 맞춰 나를 찾아낼 수 있었을까. 내가 오늘 밤 김선호와 함께 비행기를 타게 될 거라는 사실을 나조차도 불과 몇 시간 전까지는 알지 못했는데.

나 혼자 묻고 대답하던 상황에서 벗어나 이제 진짜 대답을 들을 수 있게 됐지만, 왠지 입이 쉽게 떨어지지 않았다.

시선을 느꼈는지 남 박사가 날 돌아봤다. 이 차에 탄 후 처음으로 그가 제대로 된 안부 인사를 건넸다.

"괜찮아요, 송하윤 씨?"

송하윤……. 그 이름을 들으니 기분이 이상했다. 며칠밖에 지나지 않았지만 벌써 송하윤이라는 이름이 생소하게 들렸다.

내 이름은 한재경이라고 말할까? 그나저나 이 사람은 어디부터 어디까지 알고 있는 걸까?

"전 괜찮아요. 그런데 어떻게 된 거예요?"

"설명하자면 좀 깁니다. 어쨌든 늦지 않아서 다행이군요."

"제가 공항에 올 걸 알고 있었어요? 일부러 날 찾아온 게 맞아요?"

"맞아요, 송하윤 씨를 데리러 온 겁니다."

"혹시…… 천재후 씨가 보낸 건가요?"

처음부터 궁금했던 걸 나는 결국 묻고 말았다. 가능성이 희박한 일이라는 건 알고 있지만, 천재후가 마음을 바꿔 나를 다시 찾고 있는지도 모른다는 생각이 든 것이다.

그렇지 않다면 굳이 나를 찾아올 이유가 남 박사한테는 없었다. 꾸준히 상담을 하긴 했지만, 이 사람과 나는 단 한 번도 의사와 담당 환자의 약혼자라는 애매한 관계를 벗어나 본 적이 없다.

게다가 내 행방을 알 수 있는 사람은 어쨌든 천재후밖에는 없을 테니까.

바로 대답하는 대신 남 박사가 눈썹을 까딱였다. 그리고 이어진 말은 놀리는 것 같기도 했고, 안타까워하는 것 같기도 했다.

"그랬으면 좋겠어요?"

"다른 이유가 생각나지 않으니까요."

"곧 알게 될 겁니다. 그 다른 이유."

"그럼 재후 씨가 보낸 게 아니라는 뜻인가요?"

"우린 천성묵 회장님한테 갈 겁니다."

"네?"

"그 전에 저 사람들부터 먼저 따돌리고요. 꽉 잡아요!"

남 박사가 급하게 핸들을 돌렸다. 차가 밀려나듯 회전하며 오른쪽 골목길로 빨려 들어갔다. 백미러에 시선을 던져둔 채 그는 액셀을 더 강하게 밟았다.

내 시선도 백미러에 묶여 있었다. 처음에는 아무것도 보이지 않았다. 하지만 곧 백미러 위에 두 개의 노란 불빛이 나타났다. 어둠 때문에 잘 보이지 않았지만, 검은색 자동차는 최 비서의 것인 듯했다.

뭐가 뭔지 도저히 알 수 없게 되어버렸다. 최 비서는 천 회장의 지시로 나를 쫓고 있는 게 아니었던가? 그런데 남 박사는 나를 천성묵 회장한테 데려가겠다면서 최 비서를 따돌리고 있다.

대체 누가 누구의 편인지 판단할 수 없었다. 답답한 심정을 도저히 참을 수 없어 내 목소리가 높아졌다.

"대체 이게 뭐예요? 뭘 어떻게 하려는 거죠!"

"궁금한 게 많겠지만, 참아요! 지금은 이게 먼저니까!"

남 박사는 능숙한 솜씨로 좁은 골목길을 휘젓듯 차를 몰았다. 조금도 망설임이 없는 걸 보니 근방의 지리도 잘 알고 있는 듯했다.

제멋대로 커브를 도는 차체를 따라 나도 이리저리 흔들렸다. 가슴이 울렁거리고 머리가 흔들리는 기분이었다. 차창 위의 손잡이를 한 손으로 움켜쥔 채, 나는 어떻게든 중심을 잡아 보려고 애썼다.

얼마나 그렇게 골목길을 휘돌았을까. 다시 한번 우회전을 하자 탁 트인 대로가 나왔다. 좁고 구불구불한 개울을 견디고 드디어 강물로 나온 물고기처럼, 남 박사의 차는 드디어 자유롭고 편하게 잘 닦인 도로 위를 구르기 시작했다.

다시 뒤를 돌아봤다. 듬성듬성 차들이 지나다니긴 했지만, 꽤 한산한 도로였다. 자동차의 노란 헤드라이트 불빛이 간간이 가까워졌다 멀어졌지만, 우리를 따라오던 최 비서의 차는 보이지 않았다.

"다행히 따돌린 것 같군요."

남 박사가 안심한 목소리로 말했다. 하지만 나는 전혀 괜찮지 않았다.

내 옆에 타고 있는 사람이 누구인지 알 수 없었다. 적인지 아군인지 도저히 구분되지 않았다.

한동안 그는 두 손으로 핸들을 꽉 쥔 채 운전에만 집중하고 있었다. 핸들을 쥐고 있는 그의 커다란 손에 눈에 들어왔다. 굵은 손등 위로 푸른 핏줄이 불룩 솟아 있었다.

……푸른 핏줄?

갑자기 숨이 멎는 기분이었다. 알 수 없는 둔탁한 것이 내 뒤통수를 세게 치고 지나갔다.

그대로 정지한 채 몇 번 눈을 깜빡이다가 잘 돌아가지 않는 고개를 억지로 돌려 차 안을 돌아봤다.

아까와는 달리, 차 안의 풍경이 왠지 익숙하게 느껴졌다. 언젠가 바로 이 좌석에 앉았던 것 같은 기시감이 몰려왔다.

운전 중인 남 박사의 옆모습도 다시 쳐다봤다. 그런 다음 시선을 내려 핸들을 잡은 그의 손을 보았다.

틀림없다. 핸들을 쥐고 있는 이 손등을 나는 알고 있다. 이 손등 위로 불룩 솟아 있던 푸른 핏줄을 기억하고 있다.

관자놀이가 위잉 울렸다. 현기증이 밀려오며 눈앞이 하얘졌다. 그러다 다시 세상이 까맣게 변했다. 윙윙거리는 소리는 어느새 차창에 부딪히는 바람 소리로 변해 있었다.

아니, 이건 와이퍼 소리인가?

끽, 덜컥. 끽, 덜컥.

그 환청처럼 들려오는 소리와 함께 현실이 사라졌다. 어느새 나는 사고가 나던 밤으로 돌아가 있었다. 굵어진 빗줄기가 차창을 두드렸고, 와이퍼가 기분 나쁜 소리를 내며 젖은 차창 위를 오갔다.

안개에 휩싸인 검은 도로. 노란 가로등. 우리를 따라오던 두 개의 불빛.

그리고 다급하게 들리는 남 박사의 목소리.

'괜찮아?'

'위험해, 어서 내려!'

그리고, 콰앙!

두 개의 불빛이 나를 덮쳤다.

"악!"

나는 소리 지르며 눈을 떴다. 아니, 나는 눈을 감은 적이 없었다. 그저 현기증에서 벗어나 시야가 밝아졌을 뿐이다.

"왜 그래요?"

남 박사가 놀란 얼굴로 나를 쳐다봤다. 그 얼굴을 마주 보는 내 심장이 다시 쿵쿵거리며 뛰기 시작했다.

설마, 당신이었던 거야? 그날 밤 그 차를 운전했던 사람이 남 박사, 당신이었냐고!

…….

그럴 리 없어. 당신이었다니, 말이 안 되잖아.

그건 김선호였어. 나는 그날 밤 천재후 몰래 김선호를 만나고 있었어. 그러다 우리를 따라온 재후 때문에 사고가 났던 거야. 최 비서가 분명히 그렇게 말했어!

그런데 어떻게 그 사람이 남 박사 당신이 될 수 있어? 최 비서가 했던 말이 다 거짓이었다는 거야?

"……아니죠?"

가까스로 나는 입을 열었다. 심장이 부들거렸다. 그 심장에서 나온 목소리도 휘청거렸다.

"뭐가 말입니까?"

남 박사가 의아하다는 듯 되물었다.

"그날 밤, 그 차를 운전했던 사람……. 남 박사님 아닌 거죠? 내가 착각하고 있는 거죠?"

어서 대답해요! 당신이 잘하는 그 냉정한 말투로 지금 내가 느끼는 이 증상을 설명해봐. 과대망상증이라든가, 작화증이라든가, 뭐라도 병명을 만들어보란 말이야!

격렬하게 뛰기 시작한 심장에서 뜨거운 피가 솟구쳐 나와 혈관을 돌았다. 윙윙거리는 이명 소리는 더 커졌다.

주체할 수 없는 혼란에 빠져 허우적거리는 나와는 달리 남 박사는 전혀 놀라는 기색이 없었다.

"사고가 나던 날 얘기라면, 내가 맞아요. 그날 밤 송하윤 씨의 동승자."

귀를 울리던 이명이 멎었다. 신호등과 가로등 불빛이 빠른 속도로 다가왔다 사라졌다. 나는 두 손을 꽉 움켜쥔 채 어떻게든 이성을 유지하려고 애썼다. 하지만 밖으로 튀어나온 내 목소리에는 숨길 수 없는 분노가 담겨 있었다.

"그게 남 박사님이었다고요? 그런데 여태까지 입을 다물고 있었단 건가요? 왜죠? 몇 번이나 기회가 있었잖아요! 수없이 면담 치료를 했잖아요! 그렇게 많은 기회가 있었는데, 어떻게, 어떻게 나한테 단 한마디도 하지 않을 수 있었던 거죠!"

내가 그동안 어떤 심정으로 하루하루를 견뎌왔는데! 당신도 알고 있잖아, 내가 얼마나 불안하고 힘들었는지, 날 상담했던 당신이 누구보다도 잘 알잖아!

"모른 척하려고 했으니까요."

"뭘 모른 척한다는 거죠? 대체 뭘 알고 있는 거예요? 그리고 뭘 숨기고 있는 거냐고요!"

"곧 알게 될 거라고 했잖아요. 그러려고 천 회장한테 가는 겁니다. 그러니까 기다려요."

마치 흥분한 나를 조롱하듯 그는 침착하고 건조한 태도를 잃지 않았다. 바로 그 평온함이 내 신경을 폭발시켰다. 분노와 배신감이 뒤엉켜 혈관 속을 휘돌기 시작했다.

아니, 이대로는 가지 않을 거야. 영문도 모른 채 당신한테 이리저리 끌려다니지 않을 거야!

나는 그대로 운전대를 향해 손을 뻗었다.

"위험해!"

남 박사가 외쳤다. 하지만 나는 멈추지 않았다. 핸들을 움켜쥐고 옆으로 확 꺾었다. 놀란 그가 나를 말리려 했지만 어림없었다. 이를 악문 채 나는 다시 핸들을 내 쪽으로 잡아당겼다.

급격히 방향을 바꾼 차는 대로에서 벗어나 다시 골목으로 들어섰다. 짧은 골목이었다. 맞은편 벽이 달려들 듯이 가까이 왔다.

남 박사가 급하게 핸들을 바깥쪽으로 꺾으려 했다. 나도 힘을 주어 움켜잡은 핸들을 안쪽으로 꺾었다. 그와 나 사이에서 둥근 핸들이 비틀거렸다. 방향을 잃고 휘청거리던 차는 그대로 돌진해 골목 벽을 들이받았다.

쾅!

요란한 소리를 내며 차가 멈춰 섰다. 이미 속도를 많이 줄인 상태긴 했지만, 충돌 순간의 충격은 온몸으로 느껴지고도 남았다.

다만 왼쪽으로 틀면서 충돌했기 때문에 내가 앉은 조수석 쪽의 충격은 운전석만큼 크지 않았다.

즉시 고개를 돌려 남 박사의 상태를 확인했다. 앞으로 몸이 처박힌 채 그는 움직이지 않았다.

죽었을지도 모른다는 생각이 들었다. 순간 겁이 덜컥 났다. 그러나 곧 그의 등이 미세하게 들썩였다. 다행히 죽은 건 아닌 것 같다. 기절한 건가? 이제 어떻게 해야 하지?

좌석 옆 칸막이 위에 벗어놓은 남 박사의 넥타이와 뒷좌석에 벗어둔 재킷에 문득 시선이 갔다.

나는 손을 뻗어 넥타이를 집어 들었다. 남 박사가 정신을 차리기 전에 그의 손목을 묶을 생각이었다. 재킷으로는 발목을 묶으면 된다. 그런 다음, 그의 입에서 내가 원하는 대답을 끄집어내고 말 것이다. 조금도 지체해서는 안 된다.

늘어져 있는 남 박사의 왼쪽 손목을 움켜쥐었다. 힘없이 딸려온 그의 손목을 일단 넥타이로 묶었다. 그런 다음, 조심스럽게 하지만 신속하게 반대편 손을 잡아 내 쪽으로 끌어당겼다. 그 손목 역시 순순히 끌려왔다.

그런데 눈앞으로 당겨온 그 손을 본 순간, 나는 무언가 잘못 돌아가고 있음을 직감했다. 그의 손에 얇은 금테안경이 들려 있었기 때문이다.

사고가 나기 전까지 남 박사는 분명히 안경을 쓰고 있었다. 그러니까 지금 이 사람이 안경을 벗어서 들고 있다는 의미는…….

그의 얼굴을 다시 쳐다봤다. 그 순간 비명이 입에서 튀어나왔다.

남 박사가 빤히 눈을 뜬 채 나를 쳐다보고 있었다. 찌푸린 미간 옆으로 그의 눈썹이 꿈틀거렸다. 그걸 보자 전신에 소름이 끼치며 손에서 힘이 빠졌다. 그 틈을 타 남 박사가 내 손목을 잡아챘다.

"놔!"

나는 있는 힘껏 손목을 비틀었다. 하지만 그의 악력을 감당하기는 어려웠다. 뿌리치는 나를 저지하려고 그의 강인한 팔뚝 근육이 연신 꿈틀거렸다.

도저히 힘으로는 이길 수 없을 것 같았다. 급한 마음에 나는 그의 손가락을 입으로 깨물었다.

"악!"

짧은 비명과 함께 그의 손에서 힘이 빠졌다. 그 틈을 이용해 그를 떨쳐낸 뒤 정신없이 차에서 내렸다.

차 문을 닫으려는데 열린 문틈 사이로 남 박사의 팔이 쭉 뻗어 나왔다. 어느새 조수석 쪽으로 옮겨온 그가 나를 쫓아 나오려 했다.

안 돼! 나는 온 힘을 다해서 달려들 듯 차 문을 밀었다. 그 바람에 무거운 철문 사이에 낀 그가 비명을 내질렀다.

문을 밀고 빠져나오려고 그는 더욱 격하게 꿈틀거리기 시작했다.

나도 물러설 수 없었다. 온몸으로 차 문을 밀었다. 그러면서 밖으로 삐져나온 남 박사의 팔목을 틀어쥐었다. 아직 팔목에는 내가 묶은 넥타이 끈이 그대로 매여 있었다.

곧바로 넥타이 끝을 차 문 바깥 손잡이에 묶었다. 그런 다음 뒷문을 열어 뒷문 손잡이에 다시 넥타이를 묶었다.

"이거 풀어!"

남 박사가 팔을 비틀며 외쳤다. 나는 그 소리를 무시한 채 차 뒤를 돌아

운전석 쪽으로 달려갔다.

한 번도 상상해보지 않은 일을 벌이고 있으면서도, 두렵거나 떨리지는 않았다. 극도로 예민해진 신경이 공포감 대신 흥분을 안겨주고 있었다.

남 박사는 묶이지 않은 왼쪽 팔로 넥타이를 풀려고 안간힘을 쓰고 있었다. 그가 성공하기 전에 내가 먼저 그를 제지해야 했다.

그런데 어떻게? 힘으로는 결코 이 남자를 당해내지 못할 텐데.

곧 방법이 떠올랐다. 힘줄이 곤두선 그의 목이 눈에 들어왔다. 구부린 목선 뒤로 튀어나온 목뼈를 보자마자, 나도 모르게 손이 올라갔다.

탁! 바짝 세운 손등으로 그의 목뼈를 가격하자 그가 헉, 하며 짧은 숨을 들이켰다. 남 박사의 몸이 그대로 축 늘어졌다.

본능적으로 저지른 일인데, 다행히 정확하게 급소를 가격한 것 같았다. 일단 제압하려고 했고 그래서 결국 그렇게 되었지만, 혼란스럽기는 했다.

혹시 과거의 내가 호신술이라도 배웠던 걸까. 천 회장의 개인 경호를 맡았던 김선호의 애인이었다면, 그에게서 간단한 호신술을 배웠을 수도 있겠다.

그럼 나는 역시 한재경일까? 그것도 이젠 모르겠다. 남 박사 입에서 제대로 된 대답을 끌어낼 때까지 이 혼란은 절대로 가라앉지 않을 것이다.

어쨌든 지금은 그런 걸 생각하고 있을 틈이 없었다. 사고가 날 때 큰 소리가 났으니 곧 누구라도 상황을 살피러 올 것이다. 그 전에 어서 여기를 벗어나야 했다.

남 박사의 재킷 소매로 그의 발목을 묶기 시작했다. 그다음, 차 문에 연결된 넥타이 끈을 풀어 그의 두 손목을 묶었다.

마지막으로 그 끝을 다시 좌석 위쪽의 손잡이에 묶은 다음, 쓰러질 듯

앉아 있는 그의 몸에 안전벨트를 채우고 시동을 걸었다.

다행히도 차는 멀쩡하게 움직였다.

앞뒤로 전진과 후진을 반복한 끝에 겨우 막다른 골목길에서 빠져나왔다. 범퍼가 찌그러지고 보닛이 우그러진 차량을 몰고, 나는 달리기 시작했다.

여기저기 부서져 너덜거리는 이 차가 꼭 내 모습 같다는 생각이 들었다.

***

남 박사가 정신을 차렸을 때는 차는 이미 서울 쪽으로 진입하는 길을 지나쳐 강변을 미끄러지고 있었다. 뻥 뚫린 도로 옆으로 어둠을 반사한 강물이 검게 출렁였다.

으으…… 그가 신음을 흘렸다. 고개를 움직이려는 것 같았다. 그러다 자신의 손빌이 묶여 있다는 걸 알아챘는지 탄식 같은 한숨 소리를 냈다.

"만만치 않은 사람이란 건 진작 알았지만, 이건 기대 이상이네."

"입 다물어요. 계속 말하면 입도 틀어막을 거니까!"

내가 뱉은 말은 단순한 협박이 아니었다. 그가 감언이설로 또다시 나를 흔들어놓으려고 한다면 그의 입에 재갈이라도 물릴 작정이었다.

그동안 나는 너무나 먼 길을 달려왔다. 그 끝에 도착한 곳은 다시 원점. 여전히 앞은 암흑이고, 내게 주어진 정보는 아무것도 없다.

어디서부터 어디까지가 진실이고 거짓인지 나는 알지 못했다. 내 이름이 송하윤인지, 한재경인지조차 모른다.

최 비서가 했던 말은 무엇이었는지, 남 박사는 누구 편인지, 왜 나를 천 회장에게 데려가려 하는지, 모든 게 혼란스럽고 뒤죽박죽일 뿐이었다.

하지만 확실한 건 하나 있었다. 이제 다시는 다른 사람들이 하는 말을 바보처럼 믿지는 않을 거라는 사실이었다. 특히 그동안 나를 기만해온 남 박사의 말은.

이런 내 의지를 시험하듯 그가 다시 입을 열었다.

"공항까지 달려가서 데려온 대가치고는 가혹하군요."

"날 위해서가 아니라는 것쯤은 나도 알아요! 천 회장한테 데려가 뭘 어쩌려는 건지 몰라도, 이제 당신들 멋대로 날 휘두르게 두진 않을 거야! 어디로 갈지, 누구를 만날지, 어떤 이야기를 들을지 내가 결정해요!"

"그래서 뭘 어떻게 할 작정입니까? 어디로 가려는 거죠?"

"곧 알게 될 거예요. 그러니까 당신도 기다려!"

그가 내게 했던 말을 그대로 돌려준 뒤, 나는 액셀을 밟았다. 한참을 쉬지 않고 달리던 차는 어느 이름 모를 다리 위로 올라섰다.

부드러운 곡선으로 뻗은 다리는 아주 길게 이어져 있었다. 그 긴 다리 위에는 우리가 탄 차밖에 보이지 않았다. 다리 옆으로는 검은 강물이 위협적으로 출렁거리고 있었다.

이곳이 바로 내 목적을 달성하기에 딱 알맞은 장소라는 생각이 들었다.

위험한 곳. 모든 걸 걸 수 있는 곳. 한 걸음만 잘못 내디디면 추락할 수 있는 가파른 낭떠러지 같은 곳.

여기선 남 박사도 더 이상 여유 부리는 척 딴소리를 할 순 없을 것이다. 이제부터 우위를 점하는 건, 아무것도 잃을 게 없는 내가 될 테니까.

나는 액셀을 밟은 발에 힘을 주며 속도를 더 높였다. 차체를 때리는 바람 소리가 더욱더 매서워졌다. 이대로 이 너덜너덜해진 차가 폭발한다 해도 무섭지 않았다.

"말해요, 이제!"

바람 소리에 지지 않으려고 내 목소리가 높아졌다.

"그날 밤, 무슨 일이 있었던 거예요? 난 누구고, 당신은 누구야!"

"이런 식으로 할 얘기가 아니에요. 일단 차를 세워요."

"먼저 대답해! 난 누구고 당신은 누군지! 왜 나한테 거짓말을 한 건지, 당장 말해!"

"말하면 믿을 겁니까! 전혀 들을 자세가 돼 있지 않은 것 같은데?"

뭐? 지금 내 탓을 하는 거야? 들을 자세가 돼 있지 않다고?

아니, 돼 있어! 백만 년 전부터 되어 있었다고! 날 속이고 거짓말을 한 건 당신이야!

잦아들었던 분노가 다시 치밀어 올랐다. 나는 액셀을 있는 힘껏 밟으며 핸들을 오른쪽으로 꺾었다. 차가 흰색 점선을 가로질러 오른쪽으로 향하기 시작했다. 그 끝에 낮게 솟아오른 다리 난간이 보였다.

내가 뭘 하려는지, 어떻게까지 할 수 있는지, 이쯤 되면 남 박사도 눈치챘을 것이다. 결코 위협하는 척하는 게 아니라는 걸.

"뭐 하는 거예요! 위험해!"

소리치는 남 박사의 목소리가 그답지 않게 높아졌다.

다리 난간이 점점 가까워졌다. 난간 너머로 보이는 강물이 번득이며 출렁댔다.

"죽기 싫으면 말해! 나한테 무슨 일이 일어난 건지!"

"차 세워!"

이대로 속도를 늦추지 않으면 죽을 수도 있다는 걸 나도 잘 알고 있었다. 그래도 액셀에서 발을 떼지 않았다.

가장 위급한 순간에 튀어나올 이름이야말로, 내가 누구인지 가장 확실한 대답이자 증거일 것이다.

그러니, 이제 내 이름을 불러보라고.

"말해, 난 누구야! 누구냐고!"

"멈춰!"

소리 지르는 남 박사의 목에 핏대가 섰다. 그를 쳐다보고 있지 않는데도 시뻘게진 목에 곤두선 핏줄이 느껴졌다.

"멈추라고, 송 박사!"

절규에 가까운 그의 비명이 차 안을 가득 채웠다. 그것이 내 질문에 대한 대답인지, 나를 말리려는 아우성에 불과했는지 정확히는 알 수 없었다.

하지만 그 마지막 비명을 듣는 순간, 나는 브레이크를 밟았다. 밟을 수밖에 없었다.

송 박사라고?

지금 이 사람, 나를 그렇게 불렀어?

타이어와 아스팔트가 마찰하는 소리가 세상을 찢는 것 같았다. 엄청난 속도를 제어하지 못한 차는 계속 난간을 향해 미끄러졌다.

나는 필사적으로 핸들을 잡은 채 온 힘을 다해 브레이크를 밟았다. 핸들을 움켜쥔 손바닥, 브레이크를 누르고 있는 발바닥이 내 감각의 전부처럼 느껴졌다.

새하얀 다리 난간이 코앞까지 다가왔다. 차 앞 범퍼가 난간에 부딪혔다.

차가 빙글 돌아 멎을 때까지의 그 짧은 시간 동안, 내가 기억하는 모든 순간이 빠르게 눈앞을 지나갔다.

불현듯 재후가 보고 싶었다.

끼이익!

마침내 차가 가까스로 멈춰 섰다. 완벽하게 정지 상태가 될 때까지 나는 핸들을 놓지 못했다. 더 이상 차가 움직이지 않는다는 걸 깨달은 다음에야 참았던 숨이 터져 나왔다.

"하아……."

긴장이 풀려 나도 모르게 핸들 위에 털썩, 이마를 기댔다. 손가락 끝이 달달 떨렸다. 두 손을 꽉 움켜쥔 채 나는 연거푸 심호흡을 했다.

그러는 동안에도 남 박사의 말이 머리에서 떠나질 않았다. 나는 겨우 떨리는 몸을 진정시키며 고개를 들었다. 남 박사도 눈을 꽉 감은 채 숨을 몰아쉬고 있었다.

왜 나를 그렇게 부른 거냐고 나는 당장 물으려고 했다. 그 낯선 호칭은 대체 어디서 나온 거냐고 막 입을 떼려던 그 순간이었다.

빠앙!

차 뒤에서 요란한 클랙슨 소리가 들려왔다. 반사적으로 고개를 돌렸다. 커다란 SUV 차량 한 대가 헤드라이트 불빛을 높이 올린 채 맹렬한 속도로 달려오고 있었다.

우리를 본 게 틀림없는데도 차는 차선을 바꾸려고 하지 않았다. 이대로 달려오면 충돌할 게 뻔한데도, 주저함이라곤 없었다.

남 박사와 내 눈이 동시에 마주쳤다. 위급하다는 걸 감지한 그의 눈이 흔들렸다.

"밖으로 나가요, 빨리!"

나는 소리부터 지르며 급하게 문을 열었다. 밖으로 뛰쳐나오려던 내 몸이 멈칫한 건 바로 다음 순간이었다. 남 박사의 다급한 목소리가 나를 붙들었던 것이다.

"송 박사, 이거!"

그는 넥타이로 묶인 손목을 거칠게 흔들며 외쳤다. 그 넥타이의 끝이 차 창 위의 손잡이에 묶여 있었다.

달려오는 차 소리가 귓가에 윙윙댔다. 눈부신 헤드라이트 불빛이 불길한 괴물처럼 아우성쳐댔다.

남 박사한테 달려들어 정신없이 그의 손목을 풀었다. 하지만 너무 꽉 묶은 탓일까. 제대로 매듭이 풀어지지 않았다. 차가 점점 더 가까워졌다.

즉시 도망가야 한다. 더 늦으면 위험하다. 머리로는 알고 있었지만 차마 나 혼자 도망칠 수는 없었다. 이 손목을 묶은 사람은 바로 나니까.

헤드라이트 불빛이 막 우리를 덮치려는 순간, 드디어 매듭이 풀렸다. 나는 즉시 남 박사를 차 밖으로 밀어냈다. 그리고 나도 밖으로 나오려고 했다. 하지만 너무 늦었다. 달려온 차가 그대로 내가 탄 차를 들이받았다.

반쯤 박살 나 있던 난간이 쉽게 떨어져 나갔다. 힘껏 밀린 차체는 속절없이 강으로 추락했다. 차와 함께 나도 차가운 강물 속으로 내던져졌다. 깊고 어두운 강물이 나를 집어삼켰다.

3
부

정신이 든 것 같았지만, 눈이 떠지지 않았다. 감긴 눈꺼풀 사이로 거대한 빛이 스며드는 걸 느낄 수 있었다. 등 아래로는 딱딱하고 편평한 바닥의 감촉이 전해졌다.

누군가 내 옆에 있었다. 사람들의 목소리가 메아리처럼 희미하게 들려왔다.

"……확실하겠죠?"

아는 목소리야.

있는 힘을 다해 눈을 뜨려는데 또 다른 목소리가 이어졌다.

"걱정하실 필요 없습니다, 천재후 씨."

분명 그 이름을 들었다. 그 사람이 정말 여기 있는 걸까? 문득 사고 당시가 떠올랐다. 혹시 나를 강물 속으로 처박은 그 차에, 이번에도 당신이 타고 있었어?

조금 더 정신이 들었다. 코끝에서 희미한 소독약 냄새가 느껴졌다.

"휘성그룹의 힘을 믿으세요."

다른 목소리가 다시 재후에게 말했다. 그 말을 들은 순간 두려움이 엄습했다. 떠지지 않던 눈꺼풀을 나는 사력을 다해 밀어 올렸다. 쏟아지는 불빛에 곧바로 눈이 감겼지만, 지금 내가 어디 있는지 깨닫기엔 충분했다. 여긴 수술실이었다.

정신을 잃은 나를 수술대 위에 눕혀놓고 이 사람들은 지금 내게 무슨 짓인가를 벌이려 하고 있었다.

무슨 일이 일어나고 있는 건지 알아내기 위해 나는 다시 눈을 떴다. 의사 가운을 입은 남자의 모습이 시야 안으로 불쑥 들어왔다. 낯선 얼굴이었다.

정신이 든 내 모습을 발견한 게 틀림없었지만 그는 놀라지 않았다.

"아직 눈을 뜰 때가 아닌데. 조금 더 자두는 게 좋겠습니다."

달래듯 나긋한 목소리로 말한 뒤 그는 내 팔에 또 한 번 주삿바늘을 찔렀다.

주문 같은 그 목소리와 함께 나는 다시 잠으로 빠져들었다.

***

마취 상태에 빠져 있는 동안 나는 몇 번이나 반복해서 비슷한 꿈을 꾸었다. 어떤 마취 약물을 투여하면 환각처럼 행복한 꿈을 꾸기도 한다던데, 나도 그랬다.

그 꿈들 속에서 나는 천재후를 만나고 있었다. 그리고 아무런 근심도, 의심도 없이 천진한 소녀처럼 그와 마음껏 사랑을 나눴다.

처음 만났던 바닷가에서부터, 늘 손잡고 다니던 산책길, 함께 잠들던 오두막까지, 내가 알고 있는 모든 장면이 꿈에 나왔다.

그러다 어느 연못 옆에서 재후에게 청혼을 받았다. 그가 내민 프러포즈 반지를 끼고 그의 손을 잡은 채 나는 연못 위로 몸을 숙였다. 우리의 행복한 모습을 보고 싶었다.

그런데 그 연못 위에 비친 얼굴은 내가 아니었다. 낯선 여자였다.

깜짝 놀란 나는 옆에 선 재후를 돌아봤다.

"재후 씨, 이 사람은 누구예요?"

"너잖아, 하윤아."

그가 말했다.

아니야, 이건 내가 아냐. 이 연못이 사람을 제대로 비추지 않는 거야.

나는 재후의 손을 뿌리치고 산책길을 거슬러 올라갔다. 커다란 나무 둥치에 만들어진 기묘한 문이 곧 나타났다. 그 문에는 두 개의 구멍이 나 있었다.

그 앞으로 다가서서 구멍 안을 들여다봤다. 안쪽에 설치돼 있다는 간단한 홀로그램 장치에 내 얼굴이 비쳤다.

그런데 그 얼굴엔 붕대가 칭칭 감겨 있었다.

어느새 나를 따라온 재후가 곁으로 성큼 다가섰다.

"다시 볼래? 이번엔 다른 사람도 보일 거야."

예전과 똑같이 그가 말했다.

나는 구멍 안을 들여다봤다. 그의 말대로 홀로그램에는 재후의 모습이 비쳤다.

그의 얼굴도 나와 똑같이 하얀 붕대로 감싸여 있었다. 침대맡 판화에 새겨져 있던 남녀처럼 우리는 하나의 붕대로 연결돼 있었다.

손을 잡고 선 우리 주위로 푸른 나비들이 날아다녔다. 그중 한 마리가 구멍 사이로 빠져나와 내 어깨 위에 앉았다. 푸른 날개의 안쪽에 잿빛을 숨기고 있는 나비였다.

나비가 얌전히 접은 날개를 살짝 파닥였다. 그러자 얼굴을 감았던 붕대가 스르르 벗겨졌다.

그런데 드러난 얼굴은 이번에도 내가 아니었다. 연못에서 보았던 그 여자였다.

재후 씨, 왜 그 사람 손을 잡고 있는 거예요?

나는 어디로 사라진 거죠?

어깨 위에 잠시 머물던 나비가 날아가면 나는 꿈에서 깨어났다. 그리고 깨기 직전에야 꿈속에서 본 여자가 예영은이라는 사실을 깨달았다.

내 꿈속의 주인공이 어째서 그녀일까.

왜 내가 다른 사람의 꿈을 대신 꾸어주고 있을까.

***

또 한 번 눈을 감았다 떴다.

이번에 나는 어두컴컴한 방 안의 침대에 누워 있었다. 커다란 창문을 덮은 두꺼운 커튼 사이로 희미한 햇빛이 새어들었다.

내가 누운 침대맡에는 천재후가 두 손을 모아 입술 위에 얹은 채 눈을 감고 있었다.

아마도 지금 나는 '전생활사건망'이라는 병명을 달고 눈을 떴던 그날의 장면을 꿈꾸고 있는 모양이었다.

그때와 달라진 점이 있다면, 내가 이번에는 천재후를 알아보았다는 것이다.

자신을 보는 시선을 느꼈는지 재후가 눈을 떴다. 나를 발견한 그의 눈동자가 커졌다.

"정신이 들어?"

대답 대신 나는 팔꿈치로 침대를 디딘 채 몸을 반쯤 일으켰다. 그러다 침대 맞은편에 걸린 거울에 시선이 가 닿았다.

또 예영은, 그 여자가 보일까.

조금 더 몸을 일으켜 침대 등받이에 기대고 거울을 응시했다. 거울 속의 여자도 눈을 가늘게 뜨고 나를 마주 보았다.

그런데 그녀의 얼굴은 무척 낯이 익었다.

'송하윤. 28세. 천재후의 약혼녀.'

그렇게 거울을 보며 수없이 되뇌곤 했던, 아는 여자.

재후의 손이 어깨에 닿았다. 그 감촉이 지나치게 생생했다.

······꿈이 아니야!

나는 튕겨 나가듯 뒤로 몸을 뺐다. 내 어깨에서 떨어져 나간 그의 손이 허공에서 잠시 멈칫거렸다.

"의사 부를까?"

곧 자세를 추스른 재후가 나를 보며 물었다. 그 눈과 마주친 순간 나는 침대 시트를 두 손으로 움켜잡았다.

모든 게 처음으로 돌아온 것처럼 보이지만, 사실은 아니었다.

난 이 남자가 누군지 모른다.

기억을 잃은 나를 헌신적으로 보살피던 약혼자? 자신의 재력을 노리고 접근한 나를, 가장 행복한 순간에 나락으로 떨어뜨린 옛 연인? 아니면 달아나는 나를 강물로 밀어뜨려 죽이려고 한 무시무시한 남자?

나는 자리에서 벌떡 일어났다. 그리고 천재후가 있는 침대 반대편으로 도망치듯 내려섰다.

재후도 나를 따라 일어섰다. 무슨 말인가를 하려는 것처럼 그가 입술을 달싹거렸다. 하지만 그 말이 입 밖으로 나오기도 전에 기다렸다는 듯 방문이 열렸다.

열린 문 사이로 모습을 드러낸 건 중년의 남자 의사였다. 마취되기 직전 수술실에서 봤던 그 의사 같았다.

그러고 보니, 남 박사는?

어떻게 내가 여기로 돌아와 있는 거지?

난 차와 함께 그대로 강으로 추락했잖아. 그때 강물에 휩쓸려 죽었어도 이상하지 않은데.

문을 열고 들어온 의사는 눈앞의 상황이 이상해 보였는지 다가오던 걸음을 멈췄다. 잠시 당황한 것 같던 그의 눈빛이 곧바로 재후를 향했다.

"천재후 씨, 잠깐만 얘기를……."

"환자 상태부터 먼저 체크하는 게 좋겠습니다."

재후의 제안에 의사는 조금 머뭇거리다 문부터 닫으려 했다. 문을 닫기 전에 그가 살짝 고개를 돌려 뒤를 돌아봤다.

거기, 누가 있어?

불안해진 나는 되는대로 주위를 두리번거렸다. 침대 옆 협탁에 책 한 권이 놓여 있고, 그 위에 은빛 북 나이프가 올려져 있었다.

손을 뻗어 북 나이프를 움켜쥐었다. 그리고 다가오려는 의사에게 소리쳤다.

"가까이 오지 마!"

의사가 당황한 얼굴로 멈춰 섰다. 침대를 반쯤 돌아 내 쪽으로 오던 재후도 걸음을 멈췄다. 의사의 눈이 다시 재후를 찾았다. 별일 아니라는 듯 재후는 침착한 태도로 그에게 말했다.

"죄송하지만 밖에서 기다려주시겠습니까? 제 약혼자가 많이 놀란 것 같은데, 잠시 얘기를 좀 나눠야 할 것 같습니다."

"⋯⋯그러시죠."

"아무도 못 들어오게 해주세요. 부탁드립니다."

고개를 끄덕거리고 나서 의사는 방을 나섰다. 그가 문을 연 사이, 방문 밖에 숨어 있던 누군가가 튀어 들어올까 봐 나는 잔뜩 긴장했다. 다행히도 그런 일은 일어나지 않았지만 나는 북 나이프를 손에서 놓지 않았다. 이 방에는 아직도 천재후가 있었으니까.

"거기 서서 얘기해요!"

재후가 가까이 오려는 것 같아 반사적으로 외쳤다. 그는 순순히 멈춰 섰다. 억지로 다가올 의사가 없다는 걸 알려주려는 듯 주머니에 두 손을 찔러넣은 채 재후는 가만히 서서 나를 쳐다봤다.

커튼 틈새를 비집고 들어온 희미한 빛이 그의 얼굴 위로 길게 드리웠다. 반은 어둠 속에 가리고 반은 빛 속에 드러난 천재후. 그의 모습이 지금 우리의 상황을 상징적으로 보여주는 것처럼 느껴졌다.

최 비서를 따라 여길 떠날 때는 이 사람을 다시 만날 줄 몰랐다. 그것도 이런 식으로는.

마음이 흔들리려고 해서 나는 얼른 질문을 던졌다.

"내가 왜 여기 있는 거예요?"

"사고가 있었어. 기억해?"

"물론이에요. 누군가 내가 탄 차를 강물로 밀어버렸죠."

그 누군가가 당신인가요? 그렇게 노골적으로 묻고 싶은 걸 나는 겨우 참았다.

"그래, 차 문이 잠겨 있지 않아 천만다행이었어. 덕분에 근처에서 훈련하고 있던 군부대가 알아차리고 곧바로 널 구조할 수 있었어."

다행이라고 말했지만, 정작 재후의 목소리에는 별다른 감정이 실려 있지 않았다. 게다가 내 말의 의도를 눈치채지 못할 만큼 둔한 사람이 아니었는데도, 그는 교묘하게 핵심을 비껴가고 있었다.

그게 내 신경을 건드렸다. 결국 나는 참았던 말을 내뱉고 말았다.

"정말로 그렇게 생각해요? 내가 구조돼서 다행이라고."

"무슨 뜻이지?"

"날 밀어버린 게 누구죠? 그 차에 타고 있던 건 누구예요, 천제후 씨."

"⋯⋯나였냐고 묻는 건가?"

그의 회청색 눈동자에 엷게 그늘이 졌다. 입을 다문 채 나를 보는 그의 턱이 미세하게 꿈틀거렸다.

그런 표정의 변화를 지켜보는 동안, 나는 문득 그에게서 풍기는 분위기가 달라졌다는 걸 깨달았다.

늘 온화하던 눈매는 조금 날이 서 있었다. 딱히 인상을 찌푸리고 있는 건 아니었는데 눈꼬리가 치켜뜬 듯 올라가 있었다.

반듯하게 각진 골격은 희미한 실내의 빛을 받아 더욱 뚜렷하게 도드라졌다. 덕분에 그의 얼굴은 본래보다 훨씬 서늘한 느낌을 풍겼다. 마치 잘 말린 창백한 밀랍인형을 보고 있는 기분이었다.

하지만 정말 달라진 건 그의 태도였다. 예전의 그는 깨지기 쉬운 도자기 다루듯 나를 보살폈다. 항상 세심하게 걱정해주었고 작은 손길 하나하나가 모두 따뜻했다.

그런데 지금의 그는 달랐다. 주머니에 두 손을 찔러넣고 나를 쳐다보는 태도는 차갑진 않았지만, 그렇다고 무작정 나를 달래주던 천재후 또한 아니었다.

그러고 보니 조금 전부터 재후는 한 번도 내 이름을 부르지 않았다.

"맞아요. 그러니까 대답해요. 재후 씨였어요?"

아니야, 그렇지 않아, 하윤아. 나를 믿어.

예전의 그였다면 분명 이렇게 대답했을 것이다. 하지만 그렇게 신뢰를 주며 나를 단단하게 지탱해주던 천재후는 이제 여기에 없었다. 이어지는 그의 말이 그 사실을 증명했다.

"뭐라고 말해주면 만족스러운 대답이 될까?"

"맘에 드는 대답을 원하는 것처럼 보인다면, 아뇨! 나한테 필요한 건 진실이에요. 그러니까 말해요!"

"난 너한테 단 한 번도 진실을 말하지 않은 적이 없어."

"없다고요?"

내 입에서 허탈한 웃음이 새어 나왔다.

"그럼 예영은은요? 재후 씨하고 약혼한 예인그룹 장녀."

"그 기사는 가짜야."

내 말이 끝나기가 무섭게 재후가 내 대답을 걷어챘다.

가짜라니? 이 모든 일의 출발점이었던 그 기사가?

북 나이프를 쥔 손가락 끝이 동요하는 걸 들키지 않으려고 나는 손목에 힘을 주었다.

"기사가 조작됐다는 거예요?"

"내 의사하고 상관없이 그룹에서 낸 기사야. 허위보도에 대한 정정 요청을 해놨어."

"안 믿어요!"

"어째서?"

"최 비서한테 다 들었어요! 재후 씨하고 나, 다 거짓이었다는 거."

"최 비서……."

그의 미간이 미세하게 꿈틀거렸다. 하지만 그 밑의 회청색 눈동자는 움직이지 않았다. 감정을 담지 않은 유리구슬처럼 철저하게 자신의 감정을 차단한 눈. 그 눈이 내 얼굴 위에 못박힌 채 한동안 움직이지 않았다.

"그래, 그 얘기라면 나도 들어서 잘 알고 있어. 송하윤이 사실은 한재경 이었다는 거, 애인이링 공모해서 나한데 접근했디는 거, 날 사랑한 게 아니라 이용했다는 거, 그런 거 말이지?"

재후는 사실관계를 곱씹기라도 하듯 천천히 한 마디, 한 마디를 내뱉었다. 잘 알고 있는 얘기였지만 막상 그의 입으로 직접 듣게 되니 심장이 아득하게 추락하는 느낌이었다.

역시 최 비서의 얘기는 모두 사실이었다는 건가.

……그럼 남 박사가 한 말은? 나를 부르던 그 낯선 호칭은?

의식을 잃고 꿈속에서 헤매는 동안 잊고 있던 일들이 다시 머릿속에 떠올랐다. 남 박사의 손등에 솟아 있던 푸른 힘줄도 생각났다. 그러고 보니난 아직 남 박사와의 얘기를 매듭짓지 못했다. 그가 하려던 얘기 속에는 최 비서가 했던 말들을 완전히 뒤집어엎을 수 있는 단서가 들어 있을지도 모르는데.

역시, 남 박사의 존재가 필요했다.

"남 박사는 어디 있어요?"

"우린 최 비서 얘기를 하고 있었다고 생각하는데. 아니, 우리 얘기였지."

"그 얘기를 하려면, 남 박사가 필요해요."

"왜지?"

"그 사람이 진실을 알려줄 수 있을지도 몰라요."

내 말을 들은 재후가 묘한 미소를 지었다. 쉽사리 파악되지 않는 그 미소의 의미는 뒤이어 나온 말에 실려 있었다.

"내가 하는 얘기가 아니면 다 믿을 수 있다는 뜻이야?"

조금도 천재후답지 않은 일그러진 냉소. 적어도 이런 냉소를 짓는 그를 나는 지금껏 한 번도 본 적이 없었다.

"그래서였나? 그래서 나한테 묻지 않았던 거야?"

"뭘 말이에요?"

"그 기사를 본 날, 왜 곧바로 나한테 오지 않았어? 날 찾아와 따졌어야 했잖아. 대체 이 기사가 뭐냐고. 어떻게 이런 기사가 날 수 있는 거냐고."

마치 법정에 선 피의자를 심문하듯 그가 나를 추궁했다. 나는 말문이 막히고 말았다.

기사를 읽던 순간, 내가 어떤 심정이었는지 이 사람은 모른다. 최 비서가 내 눈앞에 한재경의 신분증을 들이밀었을 때 세상이 산산조각 났던 그 절망감을 알 턱이 없다.

"따졌어야 했다니, 내가 어떻게요! 그때 난, 천재후 씨 당신한테 내가 송하윤이 아니라는 걸 들키지 말아야 한다는 생각밖에는 없었어. 당신이 아무엇도 모를 거라고 생각했으니까! ”

“대체 내가 알면 어떻게 될 거라고 생각한 거야?”

“날 경멸했겠죠. 당연하잖아요, 나라도 그럴 테니까! 그렇게 변한 천재 후 씨를 보고 싶지 않았어. 당신이 이미 그러고 있는 줄도 모르고.”

나는 터져 나오려는 감정을 힘껏 억눌렀다. 최 비서에게서 들었던 얘기와 남 박사에게서 알게 된 사실이 내 머릿속에서 뒤죽박죽 엉켜버렸다.

그런 나를 보는 재후의 눈동자에 날카롭게 날이 섰다. 그 눈동자가 번뜩이는 것 같았다.

“그런 생각을 하고 있었어?”

그가 내게로 밀 듯이 다가섰다. 내 손에 들린 북 나이프 따위는 이미 그의 안중에 없어 보였다.

“그래서 도망친 거야? 그렇게 흔적도 없이 사라지면 내가 어떤 심정이 될지는 생각해보지 않있이? 아니면 그런 건 너한테 아무런 상관도 없었어?”

“맞아요, 상관없었어요. 어차피 내가 한재경이라면, 나한테 천재후는 아무것도 아니니까. 이용해 먹으면 그만인 그런 사람인데, 당신 마음이 어떨지 그런 게 무슨 상관인데!”

“내가 너한테, 이용 대상일 뿐이야?”

“그래요, 한재경한테는 그래!”

마구 뒤엉켜버린 머릿속 실타래를 끊어버리듯 나는 소리쳤다.

잘 말린 밀랍인형 같은 그의 얼굴에 타닥타닥, 금이 갔다. 그 사이로 그의 민낯이 언뜻 엿보였다. 그 얼굴은 뜻밖에도 상처받은 표정을 하고 있었다.

그걸 본 순간 내 안에서 무언가가 쿵, 하고 떨어져 내리는 기분이었다. 재후에게 무슨 말인가를 해야 할 것만 같았다. 하지만 정확히 무슨 말을 해야 할지 알 수 없었다. 그래서 그저 입을 다문 채 마른침을 힘겹게 목구멍 안쪽으로 밀어 넘겼다.

한참 만에 그가 다시 입을 열었다. 묻는 그의 목소리가 살짝 갈라졌다.

"너한테는?"

"……무슨 뜻이에요?"

"송하윤도, 한재경도 아닌 너. 누구도 아닌 그냥 너한테 나는 뭐야?"

당신이 나한테 뭐냐고?

내 세계의 중심. 푸른 날개를 달고 춤을 추는 세상에서 가장 아름다운 나비.

같은 붕대로 칭칭 묶인 나의 반쪽.

그런데 이제 그 세계는 부서졌잖아. 나비는 사라지고 없잖아. 그리고 붕대를 푼 그 얼굴은 내가 아니야.

"아무것도 아니었어? 나보다 최 비서의 말을 더 믿을 정도로? 그래서 그렇게 쉽게 떠날 수 있었던 건가?"

말려들면 안 된다고 생각하면서도, 나는 어느새 감정적으로 완전히 끌려 들어가고 있었다.

"쉬웠다고 생각해요? 내가 어떤 마음으로 여길 떠났는데. 어떻게 그렇게 쉽게 믿을 수 있었냐고요? 믿지 않으면 돌아오고 싶어질 걸 아는데, 어떻게 안 믿어요. 내가 있어야 할 지옥이 더 견딜 수 없어질 텐데, 어떻게 믿지 않을 수 있어요!"

더 말하면 버티지 못할 것 같아 나는 입을 꽉 다물었다. 입술이 바들바들 떨렸다.

만일 최 비서의 말이 모두 사실이라면, 그러니까 내가 한재경이라면, 난 지금 내 마음의 밑바닥까지 그에게 보여주고 만 거다. 천재후는 자신의 목적이 완전히 달성됐다는 걸 확인하고 나서 이런 날 비웃겠지. 난 결국 비웃음과 함께 내동댕이쳐지고 말 것이다.

여길 떠난 뒤 단 한 번도 울지 않았는데, 눈가가 뜨거워졌다.

이런 내 모습이 꼴사나워 견딜 수가 없었다. 눈물이 쏟아지기 전에 손을 들어 얼굴을 닦아내려는데 재후가 갑자기 나를 향해 다가왔다.

그는 내 손에 힘없이 들려 있던 은색 북 나이프를 빼앗아 바닥에 던져버렸다. 눈 깜짝할 사이에 벌어진 일이라 나는 속수무책이었다.

뒤늦게 뒷걸음질을 치려는데 그가 손을 뻗어 무방비 상태가 된 내 양팔을 끌어당겼다.

창백한 인형 같던 그의 표정은 어느새 바뀌어 있었다. 분노를 머금은 그의 얼굴을 나는 처음으로 마주했다.

하지만 막상 입 밖으로 써낸 그의 목소리는 그 분노를 억누르고 있는 것처럼 들렸다.

"이래서 내가 화가 나는 거야. 이래서 용서할 수가 없는 거라고."

"그럼 화를 내요. 천재후 씨가 하고 싶은 게 그거잖아. 그래서 날 다시 데려온 거잖아!"

"아니! 내가 화가 나는 건, 네가 날 믿지 못했다는 거야. 내가 용서할 수 없는 건!"

그가 나를 조금 더 앞으로 끌어당겼다. 자신 안의 폭풍을 잠재우려는 듯 목소리가 크게 들썩였다.

"너한테 그만큼의 믿음도 주지 못한 나라고."

내 팔을 붙잡은 그의 손에 잔뜩 힘이 들어갔다. 그에게 붙들린 팔이 얼얼했다.

뇌달라고 말하고 싶었다. 동시에, 영원히 놓지 말라고 애원하고 싶었다.

용서할 수 없는 게 당신 자신이라고? 내가 아니라?

나는 숨을 멈추고 그의 얼굴을 올려다봤다. 가까이서 본 그의 얼굴은 내가 생각했던 것보다 훨씬 더 까칠해지고 수척해져 있었다.

언제나 푸른 빛을 머금고 있던 눈자위에 붉은 핏줄이 비쳤다. 생기 있던 핏빛 입술은 파리하게 빛을 잃었다. 고요한 회청색 바다 같던 그의 눈동자 속에서 검은 폭풍이 휘몰아쳤다.

"널 영원히 잃고 말았다면, 나 자신을 절대로 용서할 수 없었을 거야. 널 그렇게 도망치게 한 건 결국 나니까."

다리에 힘이 풀려 주저앉을 것만 같았다. 나는 안간힘을 쓰며 두 다리를 지탱했다. 아니, 내가 지탱하려 애쓰는 건 내 마음인지도 몰랐다.

……이것마저 천재후 씨, 당신의 연극이라면 어쩌면 난 당신을 죽여버릴지도 몰라.

"내가 얼마나 널 찾았는지 알아? 네가 어디 있는지 알아낼 때까지, 내가 어떤 심정으로 그 시간을 견뎠는지."

"왜요? 내가 재후 씨를 속였다는 얘기를 들었다면서 왜 그랬어요? 어째서요!"

대답해, 어서!

나는 그의 눈빛 속에서 답을 찾아 헤맸다. 하지만 재후가 날 끌어안는 바람에 더는 그의 눈을 볼 수 없었다. 대신 그의 심장이 거칠게 오르내리며 뛰고 있는 걸 느낄 수 있었다.

"어째서냐니, 넌 내 약혼자잖아. 내가 사랑하는 사람이잖아."

"당신은, 날 믿어요?"

"믿어."

대답하는 그의 목소리에는 망설임의 흔적조차 없었다.

"어떻게요? 재후 씨야말로 어떻게 그렇게 쉽게 나를 믿을 수 있는 건데요?"

"쉽지 않았어. 네가 사라진 이유를 할아버지가 알려주셨을 때 나도 혼란스러웠어. 네가 정말 날 속였을까, 모든 게 네가 꾸며낸 연극이었을까. 생각하고 또 생각했어. 하지만 몇 번을 생각해도 내가 찾은 답은 똑같아."

"나를 믿는다고요?"

"난, 우리가 같이 보낸 시간을 믿어. 그 속에서 내가 본 너. 그리고 네 마음을 믿어."

"내가 한재경이라도?"

"네가 누구라도."

단호한 대답에 나는 고개를 들었다. 재후의 눈 속을 휘돌던 검은 소용돌이는 가라앉아 있었다. 하지만 그의 눈동자 더 깊은 곳에서는 아직도 어두운 그림자가 아른거렸다. 그 그림자에 담겨있는 것이 고통이라는 걸 나는 알아볼 수 있었다. 결코 쉽지 않았다는 그의 말이 얼마나 진실에 가까운지도.

그러니까, 이 사람은 선택을 했던 거다. 무엇이 진실인지 확신해서가 아니었다. 무엇이 진실이라 해도 나를 선택한 것이다. 재후에게는 그것이 나를 지키는 방식이자 그 자신을 지키는 방식이었을 것이다. 도망침으로써 나를 지키려 한 나와는 달리, 맞섬으로써 우리를 지키고 싶었던 거다.

이제야 내가 재후에게 어떤 짓을 했는지 정말로 실감이 났다.

내가 그에게 상처를 줬다. 속였기 때문이 아니라, 그를 믿지 못했기 때문에.

그리고 깨달았다.

최 비서의 말은 틀렸다.

내가 천재후를 끝까지 속이고 기만했을 거라고? 마지막까지 김선호와 밀회를 즐기려 했다고?

아니, 그건 거짓말이다.

상처를 엿보는 것만으로도 이렇게 심장이 죄어오는데, 이 사람을 사랑하지 않았을 리 없다.

그 상처를 준 사람이 나라는 사실에 이렇게 괴로운 안도감이 드는데, 이 사람을 원하지 않았을 리 없다.

"그러니까 너도 대답해. 다른 사람 말보다 나를 믿겠다고. 우리를 믿겠다고 말해."

재후가 애원하듯 속삭였다.

이대로 그를 껴안은 채 울고 싶어졌다. 예전에 그랬던 것처럼 아무것도 모른 척 그에게 안겨 모든 불안을 내려놓고 싶었다.

하지만 그럴 수 없었다. 그에게 다시 상처를 준다 해도 어쩔 수 없다. 아무것도 기억하지 못하는 나에게 이건 믿음의 영역이 아니라, 증거와 확인의 영역이었기 때문이다.

최 비서가 내게 보여준 한재경의 모든 자료와 김선호라는 인물, 그와의 통화기록과 경찰의 증언, 이 모든 게 그 사람의 말이 사실이라는 걸 증명한다.

그걸 알고 있으면서도, 재후의 곁에서 행복한 신부 흉내를 내면서 살아갈 수는 없다. 뿌리 뽑지 못한 의심은 언제든 다시 커지고 무거워져서, 결국에는 통제 불능이 되어버릴 것이다.

그리고 내 세계는 다시 깨지고 말겠지.

그러니 진실을 알아내야 한다. 최 비서가 내민 증거를 반박할 수 있는 근거가 필요하다.

송 박사! 그 낯선 호칭이 증거가 될 수 있을까? 남 박사가 내뱉었던 그 말 속에 내가 원하는 답이 있을지도 모른다.

"물어볼 게 있어요. 혹시……."

송 박사라는 호칭에 대해 당신도 아는 게 있어요? 나는 그렇게 묻고 싶었다. 하지만 입을 떼기도 전에 방문이 벌컥 열렸다. 조금 전 그 의사가 다시 안으로 들어섰다.

그런데 그는 혼자가 아니었다. 낯선 남자들이 그의 옆으로 모습을 드러냈다. 양복을 입은 남자 하나와 캐주얼한 점퍼 차림의 남자 셋이었다.

공항에서 본 얼굴들은 아니었다. 하지만 시선이 향하는 방향으로 짐작건대, 그들이 노리는 목표물이 나라는 사실은 분명해 보였다.

아니나 다를까. 양복을 입은 남자가 성큼 안으로 들어오더니 나를 향해 곧장 다가왔다. 금방이라도 달려들 것처럼 공격적인 태도였다.

그의 얼굴 위로 최 비서의 모습이 겹쳐 보였다. 나를 붙잡으러 달려오던 그의 험악한 표정이 떠올랐다.

겁먹은 모습을 보이지 않으려고 안간힘을 다해 버티고 있는데, 재후가 내 앞으로 나서며 그를 가로막았다.

"무슨 일입니까!"

그의 목소리는 단 한 번도 들어본 적 없을 정도로 고압적이었다. 하지만 남자는 별로 아랑곳하지 않았다. 다만 재후 뒤에 서 있는 나를 향해 선언하듯이 말했을 뿐이다.

"한재경 씨, 당신을 남우성 씨 감금 및 납치 혐의로 긴급체포합니다."

***

공항에서 뒤돌아 나오던 순간부터, 이런 비슷한 일이 일어날 수 있다는 건 각오하고 있었다. 하지만 긴급체포, 그 네 글자가 주는 공포는 상상 이상이었다.

두려움과 불안은 이성을 담당하는 뇌 영역을 마비시켜 제대로 된 사고를 하기 힘들게 만든다. 나 역시 그런 뇌 작용의 지배를 받았다. 후들거리는 몸을 지탱하려 애쓰는 것 외엔 어떤 생각도, 판단도 하기 힘들었다.

손등에 무언가 닿는 감촉을 느꼈을 때야 나는 겨우 정신을 차렸다.

재후가 날 안심시키려는 듯 그 커다란 손으로 내 손을 힘주어 잡고 있었다.

"경찰입니다. 비키시는 게 좋아요. 안 그러면 천재후 씨도 공무집행방해죄로 처벌받게 될 겁니다."

앞을 가로막고 선 재후를 경찰이 삐딱하게 쳐다봤다. 이런 상황이 그리 낯설지 않은지, 말투 속에는 귀찮은 기색이 비쳤다.

"무슨 근거로 이러는지부터 말해요."

"고지했잖습니까. 납치와 감금, 폭행 관련 긴급체포라고. 경우에 따라선 살인미수가 적용될 수 있는 건입니다."

"피해자 조사나 진술은?"

"하아!"

경찰이 구두 신은 발을 바닥에 탁탁, 굴렀다. 꼬치꼬치 따지고 드는 재후가 못마땅해 죽을 것 같다는 표정이었다.

"이봐요, 천재후 씨……."

"물론 없었겠죠. 그날 남우성 박사는 내 부탁을 받고 이 사람을 데리러 갔으니까. 그리고 일이 다 수습된 뒤엔 예정돼 있던 학회에 참석하기 위해 그날 바로 외국으로 떠났으니까."

"친고죄 아니고요, 차량 블랙박스와 CCTV 확인도 다 끝났습니다. 그러니 협조하시죠."

"이런 어처구니없는 일에 협조라니."

어림도 없는 일이라는 듯 재후는 내 손을 놓고, 남자를 향해 다가섰다. 그 발걸음이 위협적이었다. 한 뼘도 되지 않을 거리에서 두 남자가 맞섰다.

"내 약혼자는 남 박사를 살리려다가 끔찍한 사고를 당했어요. 강에 빠져 하마터면 목숨을 잃을 뻔했단 말입니다! 경찰이 해야 할 일은 이제 막 혼수상태에서 깨어난 사람을 다짜고짜 끌고 가는 게 아니라, 그 사고가 어떻게 일어난 건지, 그걸 파헤쳐보는 일 아닙니까?"

"재미있네요. 한재경 씨에 대해서는 혼인빙자 사기죄로도 신고가 들어와 있던데."

남자의 시선이 재후를 지나 나를 향했다. 내 얼굴을 훑는 그의 시선은 무례하고 또 불쾌했다.

난 너 같은 범죄자를 잘 알고 있지. 질이 아주 나빠. 그런 무언의 비난을 쏘아대는 것이다.

재후의 목 옆으로 힘줄이 곤두섰다.

"그렇게 자신 있다면 영장 가져와요."

"안 그래도 긴급영장 신청해놨으니, 곧 발부될 겁니다. 한재경 씨 경우 도주 위험이 있거든요. 이미 한 번 출국을 시도했다가 천재후 씨한테 붙잡혀 돌아왔다죠?"

남자가 비웃듯 덧붙였다.

"사적인 복수는 곤란합니다."

"당장 내 집에서 나가라고 했습니다!"

재후의 단호한 목소리가 방을 쩌렁쩌렁 울렸다. 그러자 남자도 질 수 없다는 듯 뒤쪽에서 대기하고 있던 부하들을 향해 목청껏 소리쳤다.

"집행해!"

명령이 떨어지자마자 그의 부하들이 우르르 몰려들기 시작했다.

누가 봐도 상황은 우리에게 불리했다. 경찰들이 방을 가로질러 달려오는 사이, 신속하게 판단을 끝낸 재후가 뒤로 물러나며 내 팔을 붙잡았다.

"잠깐 피해 있어."

그는 뒤에 있는 벽 쪽으로 나를 밀며 빠르게 말했다.

명령을 내린 뒤 잠깐 뒤로 빠져 있던 남자가 수상한 낌새를 느꼈는지 우리 쪽으로 덮치듯 다가섰다.

"어이, 지금 뭐 하는 겁니까!"

"어서!"

재후의 다급한 재촉에 나는 등 뒤를 돌아봤다. 여기엔 벽밖에 보이지 않았다. 하지만 재후가 피하라고 했다면, 뭔가가 있다는 소리였다.

힘을 줘 등 뒤의 벽을 밀어보았다. 그러자 내 키보다 조금 높은 문이 스르륵 열렸다.

뛰어들 듯이 안으로 들어간 뒤 나는 문을 닫았다. 거짓말처럼 사방이 고요해졌다. 그렇다고 이곳이 안전하다는 뜻은 아니었다. 언제 사람들이 밀고 들어올지 몰랐다.

나는 온몸에 힘을 실어 문에 기대섰다. 얼마나 힘을 주었는지 버티고 있는 다리에서 쥐가 날 것 같았다.

납치, 감금, 폭행, 살인미수, 혼인빙자, 사기. 그다음엔 또 어떤 무시무시한 단어가 따라붙을까. 이대로 경찰에 잡혀가면 어떻게 되는 거지.

막막한 심정으로 나는 눈앞의 공간을 훑었다. 어딘가 몸을 숨길 만한 곳이 있는지 찾아보려는 것이었다.

작고 어두운 이 공간은 간이 휴게실처럼 꾸며져 있었다. 정면으로는 작은 창문이 나 있었고, 왼쪽 벽에는 1인용 소파와 작은 탁자가 놓여 있었다.

공간 한가운데는 특이하게도 빙글빙글 돌아가는 철제 계단이 설치되어 있었다. 내 시선이 계단을 따라 위로 향했다. 계단을 올라가면 도망갈 곳이 나올지 확인하고 싶어졌다.

문에서 조심스럽게 등을 떼고 나는 계단으로 다가갔다. 하지만 첫 번째 계단에 발을 올려 놓으려다 그대로 멈추고 말았다. 내 눈에 걸린 무언가가 나를 꼼짝 못 하게 멈춰 세운 것이다.

그건 푸른색의 불빛이었다. 소파가 세워진 맞은편 벽, 천장 가까이 위치한 그 불빛은 가로로 긴 직사각형 형태였으며, 안에는 하얀색으로 세 글자가 쓰여 있었다.

비상구.

심장이 거세게 뛰기 시작했다.

재후는 왜 나를 이곳에 들여보냈을까? 그는 누가 이 비상구 문을 열기를 바라고 있을까?

갑자기 문 쪽에서 둔탁한 소음이 들려왔다. 쿵, 하는 그 소리는 누군가가 문에 부딪히는 소리였다. 또한 문이 곧 열릴 것을 예고하는 소리기도 했다.

나는 비상구 쪽으로 뛰어가 있는 힘껏 비상구 문을 열어젖혔다.

예상했던 대로 밖은 낭떠러지였다. 아득한 낭떠러지 저 밑으로는 울창한 여름 나무들이 무성하게 가지를 얽은 채 삐죽삐죽 솟아올라 있었다.

그 광경을 내려다보고 있자니 내가 지금 해야 할 일이 무엇인지 판단이 섰다. 나는 다시 반대편 벽으로 달려가 소파를 들어 올렸다. 1인용 소파는 보기보다 무거웠다. 바닥에 끌리는 소리가 나지 않게 애쓰며 그것을 비상구 쪽으로 옮겼다. 그사이 사람들이 문을 박차고 들어올까 봐 마음이 조마조마했다.

다행히도 비상구 앞에 도착할 때까지는 무사했다.

나는 소파를 내려놓은 뒤 있는 힘껏 밖으로 밀어냈다.

기우뚱 넘어간 소파가 아래로 떨어졌다. 무성한 나뭇잎과 가지들이 흔들리고 부러지며 요란한 소리를 냈다.

이어서 쿵, 하는 둔탁한 소리가 공기를 울렸다. 떨어진 소파가 땅에 부딪히는 소리였다.

그 소리를 들었는지 밖에서 나던 소음이 멈췄다. 그러더니 조금 전보다 더 크게 웅성거리는 소리가 들리기 시작했다.

잠시 후, 문이 벌컥 열리고 사람들이 안으로 뛰어 들어왔다.

"제길!"

비상구 문이 활짝 열린 걸 발견한 경찰들이 그쪽으로 한달음에 달려갔다. 그러다 문 너머 낭떠러지를 발견하자 놀라 소리치며 그 자리에서 멈춰 섰다. 황망한 표정으로 얼어버린 채 바깥만 내다보는 그들의 모습을 나는 계단 위에 숨어 지켜보고 있었다. 하지만 내 시선은 그들을 따라가는 대신 재후에게 머물렀다.

그는 경찰들 몇 걸음 뒤에 서서 활짝 열린 비상구 문을 물끄러미 바라보고 있었다. 그 뒷모습은 놀랍도록 평온해 보였다.

"뭐 하고 있어! 빨리 나가서 찾아봐!"

누군가 신경질적으로 외쳤다. 명령을 받은 남자들이 우르르 방을 나섰다. 마지막으로 따라 나가던 남자가 멈춰서더니 재후를 돌아봤다. 나를 체포해가겠다며 으름장을 놨던 바로 그자였다.

"당신이 원하는 대로 될 것 같습니까, 천재후 씨."

그는 재후의 어깨를 툭 치곤 그대로 방을 빠져나갔다. 그 발소리가 완전히 사라질 때까지 재후는 움직이지 않았다.

나도 마찬가지였다. 숨소리도 내지 않고 그를 지켜보았다.

내가 확인하고 싶은 건 혼자 남게 된 재후의 반응이었다. 활짝 열려 있는 비상구를 발견한 순간부터 지금까지, 그는 조금도 놀란 기색이 없었다. 사신이 맞닥뜨린 상황을 냉정하게 관찰하는 사람처럼 보일 뿐이었다.

어떻게 그럴 수 있는 거지? 사실은 내가 추락하는 걸 기대하고 있었기 때문에?

재후는 인기척이 모두 멀어졌다는 걸 확인한 다음, 경찰들이 사라진 문쪽으로 성큼성큼 걸어갔다. 하지만 그들을 따라 밖으로 나가는 대신 문을 닫고 다시 안으로 들어왔다.

차마 숨도 쉬지 못한 채 나는 그의 다음 행동을 기다렸다. 입안이 바짝 마르고 심장이 튀어나올 것 같았다.

재후는 방 가운데까지 걸어와 멈춰 섰다. 천천히 빈 공간을 둘러보던 그의 시선이 계단 쪽을 향했다.

곧 한 치의 망설임도 없이 그가 계단을 오르기 시작했다. 숨죽인 그의 목소리가 계단을 오르는 발소리에 섞여 들려왔다.

"나야, 놀라지 마. 하윤아."

***

"어떻게 알았어요? 내가 여기 있는 거."

나는 떨리는 목소리를 숨기려고 애썼다. 그를 의심의 눈으로 지켜보고 있던 나를 들키고 싶지 않았다.

"지난번 네가 추락할 뻔한 뒤로, 이런 비상구 밑에는 다 그물을 매달아놨어. 사람이 떨어졌다면 결코 그런 둔탁한 소리가 나지 않았겠지. 추락했다 해도 그물에 걸렸을 테니까. 게다가 벽에 있던 소파도 사라진 걸 봤거든."

꽤 논리정연하게 대답했지만 나를 토닥이는 그의 손가락은 미세하게 떨리고 있었다.

이제 난 이 떨림의 의미를 오해하지 않을 자신이 있었다.

이 사람은, 그래도 만에 하나, 내가 떨어졌을까 봐 두려웠던 거다.

나를 잃었을까 봐.

한재경이어도 상관없는 나를.

이런 사람을 어떻게 믿지 않을 수 있을까.

이 사람을 사랑하지 않는 나는 상상도 되지 않는다. 내 모든 희망과 내 모든 절망에 이 사람이 있다. 그러니까 이제 대답할 수 있다.

나도 당신을 믿어. 당신과 나, 우리를 믿어.

나는 김선호와 공모해서 끝까지 당신을 속이려 했던 한재경이 아니야.

나는…… 한재경이 아니야!

"일단 시간은 벌었지만 저 사람들, 곧 다시 돌아올 거야. 그때까지 생각을 해보자. 이제 어떻게 해야 할지."

"남 박사는 지금 어디 있어요?"

아까 못했던 말을 나는 다시 꺼냈다. 이번에는 그도 왜냐고 묻지 않았다.

"경찰한테 말했던 대로야. 사고 현장에서 네가 구조되는 걸 보고, 곧바로 공항으로 갔다고 들었어."

"들었다고요?"

"연락이 안 닿아서 아직 통화를 못 했어. 하지만 걱정하지 마. 곧 통화가 될 거야. 남 박사가 제대로 상황 설명만 해준다면……."

"아뇨!"

급한 마음에 나는 재후의 말을 끊었다.

"연락 안 될 거예요. 남 박사는 공항으로 가지 않았어요."

"가지 않았다니, 그걸 어떻게 알아?"

"그날 그 사람은 날 데리고 천성묵 회장님에게 간다고 했어요!"

"할아버지한테?"

"이유는 몰라요, 듣지 못했어요. 하지만 회장님을 만나야 한다고 했어요. 그리고……."

나는 잠시 망설이다 다시 말을 이었다.

"그날 그 사람, 날 송 박사라고 불렀어요. 제일 위급한 순간에."

"송 박사?"

"분명 그렇게 불렀어요. 게다가 그 사람, 나한테 말을 낮았어요."

급하면 나오는 게 반말이라는 반박이 나올까 봐 나는 즉시 덧붙였다.

"그날 말고, 내가 기억을 잃던 날이요. 그날 남 박사는 나한테 계속 말을 놨어요. 그게 아주 익숙한 것처럼."

그래, 똑똑히 기억한다.

괜찮아? 위험해! 어서 내려! 그렇게 소리치던 남 박사의 목소리를.

절대로 헷갈린 게 아니다. 그것이야말로 내가 잃어버리지 않은 거의 유일한 기억이니까.

재후는 뭔가를 골똘히 생각하듯 미간을 찌푸렸다.

"그럼 남 박사는 너에 대해 뭔가를 더 알고 있다는 건가?"

"분명해요, 나에 대한 중요한 사실이 더 있는 거예요. 그리고 그 사람은 그게 뭔지 알고 있어요!"

나는 거의 확신에 차서 말했다.

재후도 모르는 호칭으로 남 박사가 나를 불렀다는 게 그에게 어떻게 비칠지에는 조금도 생각이 미치지 않았다.

내가 숨기고 있는 또 다른 그림자가 있을 거란 의심을 불러올 수 있다는 것도.

나에겐 오직, 내가 한재경이어서는 안 된다는 생각밖엔 없었다. 재후의 재산을 노리고 애인과 공모해 그를 속인 한재경만 아니라면 다른 무엇이 되어도 좋았다. 그것이 재후의 믿음에 대한 나의 보답이라고 믿었던 것 같다.

그런 내게 송 박사라는 호칭은 나를 이 구렁텅이에서 건져줄 유일한 동아줄처럼 느껴졌다. 그건 단지 남 박사가 가볍게 부르던 별명 같은 것일 수도 있었지만, 나는 거기에 매달릴 수밖에 없었다. 그 줄을 움켜쥐고 밖으로 나가 나를 둘러싼 세상에 뭐가 있는지 확인하고 싶었다. 그리고 나를 가둔 이 우물에, 내 얼굴을 비춰봐야 했다.

내가 누구인지. 어떤 얼굴을 하고 있는지.

그때 내가 그 호칭의 진짜 의미에 대해서 알았더라면, 나는 똑같은 선택을 했을까.

아마 그렇지 않았을지도 모른다. 하지만 모든 것은 시간이 지나서야 그 진정한 의미를 알 수 있는 법이었다. 미로에 들어가 있는 사람은 결코 그 미로의 완전한 형태를 알지 못하는 것처럼.

"천 회장님을 만나야겠어요, 재후 씨."

"안 돼, 그건 너무 위험해."

재후가 단호하게 내 말을 잘랐다.

"남 박사가 날 데리고 회장님한테 가려 했다면, 그분을 만나야 할 이유가 있다는 뜻이에요."

"그 사람, 너무 믿지 마. 할아버지 사람이야."

"남 박사가? 하지만 재후 씨 주치의잖아요."

"그 사람을 내 주치의로 선택한 건 할아버지지 내가 아니니까. 게다가 남 박사의 아버지는 할아버지 주치의이기도 했어. 할아버지하고는 오래된 인연이야."

"그래도 만나야 해요. 내가 한재경이 아니라면, 이 모든 일의 뒤에는 회장님이 있어요. 그분을 만나야 모든 게 끝날 것 같아요. 부탁이에요, 재후 씨. 도와줘요. 어디로 가면 회장님을 만날 수 있는지 알려줘요."

"할아버지는 평소엔 별장에 계셔. 하지만 너 혼자는 못 가. 꼭 만나야 한다면 나하고 같이 가."

"아뇨, 난 지금 도망가는 거예요. 긴급체포 영장을 가지고 나온 사람들한테서 달아나는 거라고요. 재후 씨까지 엮이면 안 돼요!"

완강하게 거절하는 나를 재후가 답답하다는 얼굴로 쳐다봤다.

"할아버지가 얼마나 무서운 분인지 너는 몰라. 당신이 한번 세운 계획은 절대로 포기하지 않는 분이야. 숨을 끊어놓을 때까지, 절대로 당신의 사냥감을 놓지 않는 분이라고."

"그렇다면 더더욱 가야 하잖아요. 끌려가느냐, 내 발로 가느냐. 둘 중 하나라면."

"혼자는 안 보내."

재후의 흔들림 없는 눈동자는 그의 결심이 절대 바뀌지 않을 거라는 사실을 웅변하고 있었다.

멀리서 희미하게 사람들 소리가 다시 들리기 시작했다.

내가 추락했다고 성급하게 판단해 내려갔던 경찰들이 속은 걸 알고 돌아오는 소리일 것이다.

이렇게 실랑이를 벌일 시간이 없었다. 내 결심을 실행으로 옮겨야 했다.

나는 재후의 손을 잡고 계단을 내려갔다. 왜 그러는지 그는 이유를 물었지만 내가 대답하지 않자 잠자코 나를 따라왔다.

비상구라는 팻말 밑의 문은 아직도 활짝 열어 젖혀진 채였다. 그 사이로 들어온 햇빛이 바닥에 직사각형 모양으로 모여들었다. 나는 그 속으로 걸어 들어가 재후의 눈을 올려다봤다.

"아까 하지 못했던 대답, 지금 할게요."

"어떤 대답?"

"최 비서의 말을 더 믿느냐고 물었잖아요. 아뇨, 난 재후 씨를 믿어요. 재후 씨 마음하고 내 마음, 모두를 믿어볼래요."

사람들의 소리가 점점 더 가까워졌다. 복도를 달려오는 그들의 발소리가 어렴풋이 들렸다.

"그래서 이런 결정을 내린 거예요."

"무슨 소리야?"

"꼭 돌아올게요. 약속해요."

그렇게 말하고 나는 돌아섰다. 그리고 재후가 나를 붙잡기 전에 비상구 문을 향해 그대로 돌진했다.

발밑은 허공.

하지만 재후가 말했다. 이 밑에는 추락을 방지하기 위한 그물이 설치돼 있다고.

믿고 한 발을 내딛느냐, 믿지 않고 포기하느냐. 그 갈림길에서 나는 선택을 했다. 재후의 말을 믿고 그 허공 속으로 내 발을 들이밀기로.

만일 그의 말이 거짓이었다면, 이대로 추락해서 죽어도 상관없었다. 천재후의 마음이 기짓인 세상에서 나는 살고 싶지 않다. 그러니 이것은 그와 나의 마음에 대한 내 마지막 테스트였던 셈이다.

***

무성하게 자라난 나무들이 무서운 속도로 눈앞으로 돌진해왔다. 재후가 말한 그물은 급전직하하고 있는 내 눈에는 보이지 않았다.

시야가 어지럽게 흔들렸다. 나무에 반사되는 햇빛만이 바늘처럼 날카롭게 눈을 찔렀다. 머릿속은 하얗게 비워졌다.

본능적으로 버둥대며 나는 어떻게든 추락의 순간을 늦춰보려 했다. 하지만 물리법칙의 지배를 받는 세상에서 그런 게 마음대로 될 리 없었다.

그렇게 버둥거리던 순간, 몸이 턱, 걸리는 기분이 들었다. 출렁, 하는 커다란 반동과 함께 나는 위로 튕겨 올랐다.

재후가 말한 그물이었다!

반대편 벼랑으로 가기 위해 건너야만 한다는 보이지 않는 다리. 그것이 진짜로 존재했던 것이다.

그 사람 말이 맞았다. 내가 믿은 게 틀리지 않았다. 난 이제 이 벼랑을 떠나 목적지로 갈 수 있다!

하지만 한 번 튕겼던 몸이 다시 그물에 닿는 순간, 나는 그것이 성급한 판단이었다는 걸 깨달았다. 머리 위에서 찌이익, 하는 소리가 들렸다. 머리끝이 쭈뼛 섰다. 발밑의 얼음이 갈라지는 것처럼 소름 끼치는 그 소리는 그물이 찢어지는 소리였다. 미처 반응할 틈도 없이 그물이 밑으로 푹 꺼지며 나를 내팽개쳤다.

비명을 지르며 나는 손을 뻗었다. 필사적으로 편 손가락 끝에 찢겨 나간 그물의 끝이 아슬아슬하게 걸렸다.

소파가 떨어질 때 그 충격으로 찢어진 건지 너덜너덜해진 그물은 완전히 떨어져 나가기 일보 직전이었다.

있는 힘을 다해 그물 끝에 매달린 채 나는 밑을 내려다보았다. 지금 내가 있는 곳은 건물 2층 정도의 높이였다. 다행히 무성한 나무들이 발밑을 받쳐주고 있어 떨어지더라도 땅으로 곤두박질치는 일은 없을 것 같았다.

적어도 나뭇가지에는 걸리겠지. 그럼 최소한 죽지는 않을 것 같다. 하지만 죽지 않는 정도로는 안 된다. 나는 여길 내려가 천 회장에게 가야 한다.

찌익, 그물이 조금 더 찢어졌다. 시간이 없었다. 밑으로 내려갈 다른 방법을 찾아야 했다. 나는 온몸에 힘을 실어 끌어당기듯 그물에 반동을 줘보았다.

기대했던 대로 그물이 조금씩 더 찢어지며 나를 아래로 내려보내 주었다. 하지만 금방 한계에 다다랐다. 내 무게를 견디지 못한 그물이 완전히 뜯겨나가고 만 것이다.

나는 무성한 나뭇가지 사이로 내동댕이쳐졌다. 버둥거리면서도 어떻게든 가까운 나뭇가지를 붙들어 보려 했다. 하지만 잡았다! 생각한 순간, 다시 우지직, 하는 소리가 들렸다.

그대로 추락한 나는 바닥에 한 번 튕긴 뒤 옆으로 구르듯 엎어졌다. 격렬한 고통이 어깨와 등을 때렸다.

충격으로 숨이 쉬어지지 않아 나는 엎드린 채 헐떡거렸다. 이대로 죽는 건가, 겁이 났지만 조금 지나자 고통이 점차 사그라들기 시작했다. 하얗게만 보이던 시야가 점점 선명해졌다.

겨우 숨을 쉴 수 있게 되었을 때야 조심스럽게 몸을 움직여보았다. 다행히 팔다리는 제대로 움직이는가 싶었다.

하지만 일어서려고 다리에 힘을 주자마자 발목과 무릎 부근에 통증이 몰려왔다.

넘어질 것 같아 나는 얼른 옆에 있는 나무 기둥에 몸을 기댔다. 위를 올려다보니, 시야를 뒤덮은 나뭇가지 사이로 높고 위압적인 건물이 짓누르듯 나를 내려다보고 있었다. 재후의 모습은 보이지 않았다. 아마 그는 지금 나를 찾아 저 건물을 뛰어 내려오고 있을지도 모른다. 못 이기는 척 그 사람이 올 때까지 여기서 기다리는 게 나을까.

아냐!

약해지려는 마음을 물리치며 나는 이를 악물었다.

재후의 뒤로 숨는 건, 똑같은 일을 되풀이하는 것이다. 난 천 회장을 만나러 가야 한다. 그와 대면해야만 한다. 재후가 없는 곳에서, 그 사람과 단둘이. 그래야 그가 내게 뭘 원하는지 제대로 알 수 있을 것 같다.

나는 방금 뛰어내린 바로 그 건물을 향해 걸음을 옮기기 시작했다. 그곳에는 남 박사의 진료실까지 이어지는 미로 같은 길이 있었다. 경찰을 따돌리기 위해 그 길을 이용할 생각이었다.

다리가 절뚝거렸지만 속도를 냈다. 건물 안으로 들어간 뒤 로비를 지나면서 엘리베이터의 층수를 확인했다. 엘리베이터는 거침없이 1층을 향해 내려오고 있었다. 계단에서도 발소리가 들렸다. 누구라도 날 발견하기 전에 로비 안쪽 끝에 있는 복도까지 닿아야 했다.

막 로비 끝까지 도착했을 때 엘리베이터 도착하는 소리가 들렸다. 나는 얼른 복도로 들어가 안쪽 벽에 몸을 기댔다. 경찰들이 밖으로 몰려나갈 때까지 숨죽여 기다릴 심산이었다.

그런데 뜻밖의 명령이 귀에 들려왔다.

"혹시 모르니까 너희 둘은 안쪽을 뒤져봐!"

곧 발소리가 두 갈래로 갈라졌다. 밖을 향해 멀어지는 소리와 안쪽을 향해 다가오는 소리.

들키지 않으려면 더 안쪽으로 달아나야 했다. 다행히도 난 신발을 신고 있지 않았고, 복도 바닥은 카펫이 깔려 있어 소리를 흡수했다.

나는 소리 없는 고양이처럼 숨을 죽인 채 움직였다.

간신히 복도 끝에 다다랐을 때 최대한 빨리 오른쪽으로 커브를 틀었다. 이제 한 발만 더 앞으로 가면 몸을 숨길 수 있다고 생각한 순간이었다.

"저기다!"

경찰의 목소리가 뒷덜미에 꽂혔다. 나는 더 속도를 높였다. 시큰거리는 발목 때문에 식은땀이 났지만 멈출 수 없었다.

몇 번의 모퉁이를 돌며 나는 계속 내달렸다. 이 미로 같은 길이 나를 지켜주길 간절히 빌며 이를 악물었다.

얼마나 시간이 지났는지 모르겠다. 끈질기게 나를 따라오던 경찰들의 발소리가 점차 희미해지기 시작했다. 그 소리가 완전히 사라지고 나서야 나는 걸음을 멈출 수 있었다.

하아, 하아. 숨을 고르기 위해 한참 심호흡을 했다. 인기척이 다시 날지 몰라 신경이 곤두섰다. 하지만 호흡이 본래대로 돌아올 때까지 아무 소리도 들려오지 않았다.

예상대로 경찰은 나를 따라오지 못한 것이다. 이 미로 안에는 길 같지 않은 곳에 길이 있었고, 오르막처럼 보이지만 사실은 내리막인 길들이 가득했다. 오직 이 미로의 설계도를 아는 사람만이 제대로 길을 찾아 여기를 통과할 수 있었다.

호흡을 진정시키는 동안 나는 머릿속으로 앞으로의 계획을 세워 보았다.

이제부터 남 박사의 진료실까지 간 다음, 섬을 나갈 방법을 찾아보자. 진료실에서 산책로까지 이어지는 길을 따라가면 바닷가로 내려갈 수 있을 것이다. 최 비서가 나를 데리고 나갈 때 그 바닷가 길을 어떻게 빠져나갔는지 기억하고 있으니, 그 길을 이용하면 될 것이다.

물론 현실적인 문제들이 마음에 걸리지 않는 건 아니었다. 그 길을 걸어서 빠져나가는 게 가능할지, 섬을 나간 다음엔 어떻게 천 회장의 별장까지 갈 것인지.

그래도 일단 남 박사의 진료실에 가보기로 했다. 운이 좋다면 그곳에서 뭔가를 발견할 수 있을 것이다. 재후의 말대로 그가 천 회장의 사람이라면 더더욱 가서 확인해볼 만한 가치가 있었다.

그런데 얼마 가지 않아 나는 뜻밖의 장애물에 부딪히고 말았다. 길이 있어야 할 곳에 막다른 벽이 나타났다. 앞을 가로막은 흰 벽을 두드려보니, 차가운 금속성의 느낌이 손바닥에 그대로 전해졌다.

내 기억이 잘못됐나?

나는 몇 번이고 머릿속으로 내가 통과해 온 길을 되짚어보았다. 하지만 결론은 똑같았다. 무슨 이유에선지 길이 막혀 있었다.

나에게 유리하다고 생각했던 게임이 갑자기 이상한 방향으로 흘러가는 느낌이었다.

불길한 기분에 뒤를 돌아봤다. 침묵으로 가득한 이 공간이 나를 포위한 채 일거수일투족을 감시하는 것처럼 느껴졌다.

생각을 고르기 위해 나는 일단 벽에 기댔다. 잠시 그렇게 있자니 잊고 있던 통증이 되살아나기 시작했다. 건물에서 뛰어내릴 때 부딪혔던 곳들이 아프다고 아우성을 쳤다.

특히 발목이 아까보다 더 부은 것 같았다. 자세히 살펴보려고 허리를 숙이는데, 무언가가 내 눈에 띄었다. 벽과 바닥이 맞닿는 부분에 설치된 작은 버튼이었다.

얼른 버튼을 눌러보았다. 박사의 진료실로 통하는 길이 다시 열릴 것이라고 기대하면서.

그런데 기대와 달리 문은 꼼짝도 하지 않았다. 대신 막혀 있다고만 생각했던 왼쪽 벽이 스르르 열리기 시작했다.

나는 꼼짝도 못 하고 그대로 얼어붙은 채 서서히 열리고 있는 벽 뒤를 노려봤다. 누군가 있을지도 모른다는 생각에 눈도 깜빡거리기 힘들었다.

하지만 거기 있는 건 그저 복도일 뿐이었다. 여태껏 지나온 길과 마찬가지로 창문도, 장식도 없고, 사방을 둘러싼 흰 벽만이 존재하는 길. 그런데 이상했다. 이유는 알 수 없었지만, 왠지 이 길이 나를 끌어당기는 것처럼 느껴졌다. 마치 보이지 않는 존재가 길 위에 서서 나를 향해 손짓하고 있는 것 같았다.

잠시 망설이던 내 발이 이내 끌린 듯 앞으로 나가기 시작했다. 누군가 파놓은 함정일 수도 있지만, 그 반대일 수도 있다. 이건 내 앞에 열린 새로운 길일지도 몰랐다.

머뭇거리던 걸음은 갈수록 빨라졌다. 복도 끝까지 가니 다시 양 갈래 길이 나왔다. 오른쪽은 계단으로 이어졌고, 왼쪽은 내리막길이었다.

어디로 가야 할지 고민하다 일단 오른쪽으로 돌아섰다. 남 박사의 진료실로 가는 방향이 이쪽이었기 때문이다.

계단 밑에 도착해 올려다보니 정사각형으로 이뤄진 층계가 돌아가면서 이어져 있었다. 나는 난간을 손으로 짚으며 90도 각도로 꺾어진 계단을 네 번 올라서 마지막 층에 다다랐다.

거기서부터 이어진 복도를 따라가자, 복도 끝에 다시 커다란 철제문이 나타났다. 문 옆에는 출입문 보안장치가 설치돼 있었다.

무심코 그 위에 손바닥을 갖다 대보았다. 그러자 기다렸다는 듯 문이 열렸다.

내 계획에 들어 있지 않던 뜻밖의 상황. 그런데 이 상황이 조금도 놀랍게 느껴지지 않았다. 오히려 이렇게 될 것을 미리 알고 있었던 것 같은 기분마저 들었다. 재후는 한 번도 나를 이쪽으로 데려온 적이 없었지만, 오른쪽 복도를 돌아 계단을 올라오던 순간부터 어쩐지 이 경로가 익숙하게 느껴졌던 것이다.

활짝 열렸던 문은 언제까지나 기다려줄 수는 없다는 듯 다시 닫히려고 꿈틀거렸다. 문이 닫히기 전에 나는 얼른 안으로 들어섰다. 이 안에 뭐가 있을지 확인하는 게 겁이 났지만 여기까지 온 이상 확인하지 않을 순 없는 일이었다.

몇 걸음 더 안으로 들어서자 뚜벅뚜벅, 발소리가 들려왔다. 안에 있던 누군가가 나를 향해 걸어오고 있었다.

그 얼굴을 보는 순간 나는 걸음을 멈췄다. 장단을 맞춰주듯 상대도 멈춰 서서 나를 마주 보았다. 처음 보는 사람이었지만, 아는 사람이었다. 눈앞에 있는 사람이었지만, 먼 곳에 있는 사람이기도 했다.

바로 천성묵 회장. 그의 홀로그램이었다.

그와 나, 둘만을 남겨둔 채 등 뒤에서 소리 없이 문이 닫혔다.

***

내가 들어와 있는 공간은 돔처럼 생긴 곳이었다. 지붕이 둥근 원형으로 되어 있었고, 커다란 모니터들이 패널을 이루며 360도로 내부를 빙 둘러싸고 있었다.

공간 위쪽이 이렇게 인공적인 느낌을 풍기는 데 반해, 아래쪽은 누군가 거주하고 있는 안락한 방처럼 꾸며져 있었다.

병실에서나 볼 것 같은 의료기구들이 구석에 놓여 있는 걸 제외하면 가구의 배치나 디자인, 한쪽 벽에 서 있는 책장 같은 것들은…….

그래, 이곳은 재후의 방과 무척이나 닮아 있었다.

천 회장의 홀로그램은 이 방의 한가운데 서 있었다. 이곳의 주인은 재후가 아니라 자신이라는 사실을 과시하려는 듯이.

어떻게 천 회장이 여기 나타났을까. 마치 내가 여기로 오는 일이 미리 프로그래밍 되어 있기라도 했던 것처럼.

패배가 예정된 게임을 시작하는 기분에 입안이 바짝 마르는 느낌이었다.

천 회장의 홀로그램이 그런 나를 가만히 응시했다. 사람을 짓누르는 그 시선에 숨도 쉬기 힘든 기분이었다.

직접 마주하는 게 아닌데도 이런 느낌이 들다니. 정신을 바짝 차려야 한다고 다짐하며, 나는 천 회장의 홀로그램이 서 있는 곳으로 한 걸음씩 내디뎠다.

"드디어 여기까지 왔구나."

비록 어딘가 설치돼 있을 기계장치를 통해 들려오는 소리였지만, 천 회장의 목소리는 무척이나 단단했다. 내뱉는 음절 하나하나에서 강한 힘이 느껴졌다.

그런데 이 말투와 목소리가 생소하게 느껴지지 않았다.

나는 이 사람을 예전에도 만난 적이 있어. 그것도 꽤 여러 번. 그런 확신이 들었다.

"내가 올 거란 걸 알고 있었나요?"

"섬을 만든 사람이 나라는 말, 듣지 못했나? 지금이라도 마음만 먹으면 난 네 등 뒤의 그 문을 열고 경찰이 들이닥치게 할 수도 있어."

무의식적으로 고개가 뒤로 돌아가려는 걸 나는 간신히 참아냈다.

천 회장의 홀로그램은 내 눈앞에 있지만, 실제의 그는 어딘가에서 나를 내려다보고 있을 것이다. 내 일거수일투족이 그에게 노출된 상황에서 쉽게 그의 말에 동요되는 모습을 보여줘선 안 되었다.

"그렇게 쉽다면 왜 하지 않는 거죠? 회장님은 날 경찰에 넘기고 싶어 하잖아요. 아닌가요?"

"내가 예상했던 것보다 네가 훨씬 더 끈질겼기 때문이야. 지독하고. 그렇다면 나도 좀 성의 있게 대응해줘야겠다 싶었지."

"차로 밀어서 죽이려는 것보다 더 성의 있는 대응이 뭘지, 저로선 상상도 안 가요."

"네 목숨이 어떻게 아직 붙어 있을 것 같아? 내가 줄곧 봐줬으니까 가능했던 거지. 그때부터 쭉 네 목숨줄은 내 손 안에 있었어."

협박이 명백한 말인데도 천 회장은 결코 목소리를 높이지 않았다. 하지만 나는 금방이라도 그의 홀로그램에서 손이 뻗어 나와 내 목을 조여올 것 같은 기분이 들었다.

그런 기분을 들킬까 봐 목소리에 더 힘이 들어갔다.

"모든 게 회장님 뜻대로 될 거라고 자만하지 마세요. 이젠 저희도 그렇게 쉽게 당하지 않을 거예요."

"저희?"

"저와 재후 씨."

내 대답에 천 회장의 입술 끝이 일그러졌다. 웃고 있는 건지, 아닌지 분간할 수 없는 표정으로 그가 말했다.

"너 뭔가 단단히 착각하고 있구나. 네가 소속감을 느껴야 하는 건 재후 쪽이 아니야."

"김선호 쪽도 아니겠죠. 전 한재경이 아니니까요."

나는 즉시 천 회장의 말을 반박했다. 그가 나를 다시 한재경으로 몰아갈까 봐 마음이 초조해졌다. 그런데 그의 반응은 내 예상과는 달랐다.

"한재경?"

다시 그의 표정이 바뀌었다. 이번엔 입가에 조소가 물려 있었다.

"그런 이름은 이제 잊어버려도 돼. 말했잖나, 널 여기로 데려왔다는 건 좀 더 성의 있게 대응해주겠다는 뜻이라고."

천 회장이 손가락을 들어 나를 가리켰다.

"송하윤 널 말이야."

이런 사소한 이름 따위는 얼마든지 알려줄 수 있다는 태도로 그는 한 자 한 자 힘을 주어서 내 이름을 불렀다.

송하윤. 그게 네 이름이야.

이렇게 각인시켜주겠다는 듯이.

어쩌면 지금이야말로 내가 가장 바라왔던 순간일 것이다. 나를 한재경으로 몰았던 천 회장에게서 내가 진짜 송하윤이라는 걸 인증빋았기 때문이다. 재후와 내가 믿었던 세계가 허상이 아니었다는 걸 드디어 확인한 순간이기도 했다.

하지만 나는 안도감을 느낄 수 없었다. 뭔가가 이상했다. 내가 누구인지 알아내려고 필사적으로 애를 쓰는 동안, 천 회장은 최 비서를 시켜 나를 교묘하게 방해하기만 했다.

그랬던 그가 이렇게 쉽게 내 이름을 돌려준다고? 조금 전까지만 해도 한재경이란 이름으로 나를 잡아가려 했는데, 이렇게 쉽게 내가 원하던 답을 내어준다고?

아냐. 이건 내가 알고 싶어 하던 답이 아니다. 내 목숨줄을 쥐고 있다는 사람이 생각하는, 보다 성의 있는 대응 방식. 그게 뭔지는 몰라도 지금까지 해온 것보다 훨씬 더 지독한 것일 게 분명했다.

그러니 여기는 끝이 아니다. 더 가야 한다. 도착해야 할 곳은 아직도 멀리 있어.

"나한테 뭘 원하는 거예요?"

나는 단도직입적으로 물었다.

"이름을 돌려줬는데, 기쁘지 않은가 보구나."

"돌려준 대가를 받으려고 할 테니까요."

내 짐작이 맞았다는 걸 알려주듯 천 회장의 입술 끝이 말려 올라갔다. 마치 이제야 제대로 대화를 시작할 기분이 난다는 표정이었다.

"더 지독한 뭔가가 기다리고 있는 건가요?"

초조해져서 다시 물었다.

느긋하게 나를 쳐다보던 천 회장이 갑자기 얼굴에서 미소를 거둬갔다. 비밀을 말해주겠다는 듯, 단번에 서늘해진 말투로 그가 말했다.

"네가 예상하는 것보다는 훨씬 더 재미있는 게 기다릴 거다."

그 말이 끝나는 것과 동시에 불이 꺼졌다. 천 회장의 홀로그램도 사라졌다. 순식간에 눈앞이 깜깜한 어둠으로 변했다. 깜짝 놀라 손을 앞으로 뻗어보았다. 잡고 지탱할 만한 것을 찾아 손을 더듬거렸지만 잡히는 건 아무것도 없었다.

"뭘 하려는 거예요!"

허공을 향해 외쳤지만 대답은 들려오지 않았다.

나는 그 자리에서 무릎을 낮추고 숨죽여 사방을 둘러봤다.

어디선가 미세한 소음이 새어 나오기 시작했다. 차단당한 시각을 대신해 한껏 예민해진 귀가 그 소리를 포착했다.

소리의 진원지를 찾아 나는 고개를 돌렸다. 등 뒤의 벽 쪽에서 아주 작은 초록색 불빛이 깜빡이며 점등하고 있었다.

뭐지? 좀 더 자세히 보기 위해 더듬더듬 그쪽으로 발을 옮겼다. 그러는 동안 전자음을 닮은 희미한 소리는 점점 커지며 공간 전체로 퍼져나갔다.

불길한 생각이 불쑥 나를 덮쳤다. 천 회장이 내게 약속한 지독한 대가. 내가 예상했던 것보다 훨씬 재미있는 것. 그게 뭘까.

불안한 상상이 머릿속을 뛰어다니기 시작했다. 당장이라도 천장이 무너져 머리 위로 쏟아질 것 같은 위기감에 관자놀이가 윙 울렸다.

갑자기 초록색 불빛 옆에서 환한 빛이 터져 나왔다. 주저앉은 내 입에서 비명이 튀어나올 뻔했다. 하지만 다행히도 그 전에 그 빛의 정체를 알아차릴 수 있었다.

빛은 모니터에서 나오고 있었다. 이 공간을 360도 둘러싼 수많은 모니터 가운데 하나가 켜진 것이다.

안도감을 느낄 새도 없이 나는 밝아진 모니터에 시선을 고정했다. 화면에 낯익은 장소가 떠올라 있었기 때문이다. 바로 재후의 집. 아니, 재후와 내가 함께했던 '우리 집'이었다.

……CCTV 화면인가?

화면은 우리 집 건물 전경을 미동 없이 비추고 있었다.

나는 주저앉았던 몸을 일으켜 세웠다. 그리고 좀 더 자세히 보기 위해 모니터 앞으로 몇 발짝 다가갔다.

그러는 동안 더 많은 모니터가 켜지기 시작했다. 차례차례 떠오르는 화면을 내 눈이 자동으로 따라갔다.

우리 집 거실과 응접실, 재후의 방과 내 방이 속속 화면에 떠올랐다. 뒤

이어 집 앞의 잔디밭에서 남 박사의 진료실까지 이어진 산책길이 등장했다.

그 길 중간쯤에 숨어 있는 비밀스러운 오솔길, 여러 갈래의 산책길이 시작되는 원형의 잔디밭, 재후와 내가 함께 지었다는 통나무집과 궁릉 같은 길을 지나면 만나게 되는 연못까지…….

내가 아는 섬의 모든 곳이 곧 360도 화면을 가득 채웠다.

모니터 위에 보이는 장소들은 하나같이 고요했다. 사람들 모습은 어디에도 보이지 않았다. 어떤 일도 일어나지 않는 화면은 마치 풍경화처럼 보일 정도였다.

그 고요함이 불길하게 다가왔다. 섬의 아름다운 풍경을 구경시켜주는 게 천 회장의 목적일 리 없었으니까.

"이게 뭔지 알아보겠나, 송하윤?"

침묵을 깨고 천 회장의 목소리가 날아들었다.

알아보겠냐고? 내가 이 익숙한 장소들을 몰라볼까 봐 물어본 건 아니겠지. 이 질문에는 다른 뜻이 있을 것이다.

그게 뭔지 찾기 위해 다시 화면들을 훑었다. 모니터 위를 지나가는 내 눈이 더 빨라졌다. 그렇게 모든 모니터를 다 훑었을 즈음이었다. 한 화면 안에서 누군가 움직이는 모습이 포착됐다.

나는 빠르게 움직이던 시선을 멈춰 그 사람이 누구인지 확인했다. 화면에 보이는 사람은 뜻밖에도, 재후였다.

그는 잘 정돈된 정원 잔디밭 위에 지금 막 모습을 드러낸 참이었다. 조금 전에 보았던 모습과 사뭇 다른 차림새를 한 그는 잔디밭에서 내려와 산책길로 접어들고 있었다.

아주 한가하게 오후의 시간을 즐기는 것처럼.

왠지 심장이 쿵, 하고 내려앉는 기분이었다.

재후가 지금 저렇게 여유로운 얼굴로 산책을 하고 있다고? 경찰에 쫓기는 약혼녀를 내버려두고?

나는 숨을 죽이고 화면 속 재후를 눈으로 쫓았다.

그러는 동안 그에게서 조금 이상한 점을 발견했다. 재후의 머리카락은 평소보다 조금 더 길어 보였다. 입고 있는 옷도 여름옷이 아니었다. 봄이나 가을에 어울리는 차림새였다.

게다가 딱 꼬집어 설명할 순 없지만, 그에게서 풍기는 분위기도 어딘가 다르게 느껴졌다.

이건…… CCTV가 아니야!

그 사실을 깨닫자, 어지럽던 머릿속이 순식간에 정리됐다. 불길한 생각에 사로잡힐 뻔했던 조금 전의 내가 우습게 느껴졌다.

천 회장이 준비했다는 새로운 대응 방법이 고작 이런 거였다니.

과거의 영상을 현재의 모습처럼 속여서 재후를 의심하게 하려는 거였어? 날 한재경으로 만들려고 했을 때와 똑같은 방식으로 나를 다시 흔들 수 있다고 생각한 건가?

나는 어딘가에서 지켜보고 있을 천 회장을 향해 목청을 높였다.

"성의 있게 대응해주겠다고 하셨죠? 전 그 말을, 이번에는 속임수를 쓰지 않겠다는 의미로 받아들였어요."

"그 영상이 속임수처럼 보이나?"

"아닌가요?"

반박이 있을 거라고 여기며 나는 그의 대답을 기다렸다.

그런데 대답은 이어지지 않았다. 대신 옆에 있는 다른 모니터에도 사람의 모습이 나타났다.

이번에도 화면에 등장한 사람은 재후였다. 그는 지금보다 조금 더 긴 머리카락을 바람에 날리며 바닷가 계단에 앉아 있었다.

나는 그 장면을 곧바로 알아보았다. 예전에 보았던 장면이었기 때문이다. 바로 재후의 책상 위에서 발견했던 폴라로이드 사진 속에서였다.

그걸로 끝이 아니었다. 다른 모니터 위에도 속속 재후의 모습이 나타났다. 그 모습들 역시 익숙하게 느껴졌다. 어디선가 분명 본 적 있는 장면들이었다.

어디서 봤지?

열심히 기억을 더듬는 동안, 화면 안에 다시 한번 변화가 생겼다. 이번에는 재후 옆에 다른 사람이 나타났던 것이다.

그 사람이 누구인지 알아본 순간 나도 모르게 숨을 멈췄다.

화사한 갈색 머리카락을 어깨까지 늘어뜨리고, 재후를 향해 미소 짓는 매력적인 여자. 바로 예영은이었다.

재후는 환하게 웃으며 그녀에게 걸어갔다. 그리고 한없이 다정하게 그녀의 어깨를 감싸 안았다.

연인들에게나 어울릴 법한 그들의 모습을 멍한 눈길로 따라가던 나는 불현듯, 지금까지 생각해보지 않았던 한 가지 사실에 부딪히고 말았다. 내가 그들 사이에 대해 아무것도 모르고 있다는 사실이었다.

언론에 나온 두 사람의 약혼 소식을 재후는 '가짜 뉴스'라고 했다. 하지만 그 소식이 가짜라고 해서 재후와 예영은이 서로에게 단순한 정략결혼 상대자일 뿐이라고 단정할 수는 없었다.

그들은 어쩌면 오래전부터 알고 지낸 사이일지도 모른다. 내가 생각하는 것보다 훨씬 더 가까웠을 수도, 사귀다 헤어진 사이일 수도 있다.

그럼 이건, 그들의 과거 모습인가. 이미 지나간 과거의 일이라 해도, 두 사람의 다정한 모습을 눈으로 직접 보니 아무렇지 않을 수는 없었다. 심장 한구석이 서늘해지는 것만 같았다.

그러니까 천 회장은 이런 걸 노린 건가?

아니, 그럴 리 없다. 이건 이미 한 번 사용하고 버린 패다. 천 회장 같은 사람이 고작 이런 영상으로 판을 뒤바꿀 수 있다고 생각하진 않았을 거다.

그가 심어둔 힌트를 찾아 내 머리가 분주하게 헤매는 사이, 모니터 안의 예영은은 재후의 팔짱을 끼고 그와 내가 즐겨 걷던 산책길을 함께 걷기 시작했다. 그의 어깨에 기대앉아 바다를 바라보기도 했고, 푸른 나비들이 춤추는 가운데서 사랑을 속삭이기도 했다.

그 모습을 지켜보는 동안, 나는 점점 더 기분이 이상해지기 시작했다. 그들이 행복해 보여서만은 아니었다.

화면 속에서 벌어지고 있는 일들이 전혀 낯설지 않았기 때문이다. 왜냐하면, 전부 재후와 내가 공유했던 것들이니까. 놀랍게도 화면 속의 재후는 나와 보냈던 시간을 그대로 예영은과 함께 반복하고 있었다. 마치 내 혼란스러운 꿈속에서처럼.

……꿈?

가만, 꿈이라고?

뒤통수를 세게 얻어맞은 것처럼 나는 멍해졌다.

나를 포위한 채 빛나고 있는 재후와 예영은의 파노라마.

그 모습들을 다시 집중해서 훑었다. 360도로 펼쳐진 모니터를 따라 내 몸도 빙빙 돌고 있기 때문인지 머리가 어지러웠다. 그러다 재후가 연못 옆에서 예영은에게 프러포즈를 하는 장면 위에 내 정신없던 시선이 멎었다.

이 장면을 나는 기억하고 있다. 그녀의 앞에 재후가 무릎 꿇고 은반지를 꺼내던 장면.

이건 꿈에서 봤던 것이다. 내가 예영은의 얼굴을 하고 있던 그 환각 같던 꿈들 속에서.

예영은의 옷차림이나 머리모양, 그녀의 제스처는 꿈에서 봤던 모습과 정확하게 일치했다.

여기 펼쳐진 다른 장면들 역시 마찬가지였다. 모두 내 꿈에 나온 장면들이었다.

이건 결코 우연이 아니다. 그렇다면 내가 그런 꿈을 꾼 데는 분명 이유가 있다는 뜻이다.

생각해보자, 송하윤! 차근차근 되짚어봐. 그 꿈을 어떻게 꾸게 됐던 건지.

꿈을 꾼 건 다리에서 밀려 강물로 떨어진 다음, 의식을 잃었던 동안이었다. 아까 봤던 그 낯선 의사가 더 잠들어 있으라며 주사를 놔준 뒤 그 꿈을 꿨다.

그렇다면 역시 그런 꿈을 몇 번이나 반복적으로 꾸게 된 건 그 주사 때문이다.

주사기에 수상한 약물이라도 들어 있었나.

대체 어떻게 했길래 내 꿈이 이렇게 생생하게 영상으로 전환될 수 있었던 거지?

그리고 천 회장은 왜 지금 내게 이 장면들을 보여주는 걸까.

질문이 꼬리를 물고 이어졌지만 나는 쉽사리 답을 찾지 못했다.

팟! 불이 다시 켜졌다. 어느새 돌아온 천 회장의 홀로그램이 나를 꿰뚫
듯 쳐다보고 있었다.

**

"자, 아직도 이게 속임수 같은가?"

"속임수가 아니라면 뭐죠, 이게?"

"뭐냐고?"

천 회장이 내게로 다가섰다. 좁혀진 거리만큼 압박감이 밀려왔다.

"송하윤, 네가 한 짓의 증거다."

으르렁거리듯 한마디를 내뱉곤 그가 한쪽 눈썹을 들어 올렸다. 내 반응
을 지금부터 제대로 지켜보겠다는 듯한 표정이었다.

하지만 나는 어떤 반응도 할 수 없었다. 방금 들은 말의 의미를 도무지
이해할 수 없었기 때문이다.

"무슨 뜻이에요? 내가 뭘 했다는 거예요?"

"날 협박했지."

"협박을 했다고요? 회장님을?"

그가 고개를 끄덕였다.

"말도 안 되는 소리 마세요! 협박이라면, 회장님이 했잖아요. 최 비서하
고 경찰들까지 동원해서!"

"정말 그럴까?"

그가 한 발 더 내게로 다가섰다. 이제 그의 얼굴이 코끝까지 와 있었다.

진짜가 아닌 허상. 광선들의 집합체일 뿐인 그의 얼굴이 왜 이렇게 두렵

게 느껴지는지 알 수 없는 일이었다.

"하윤아."

조금 전까지 드러냈던 매서운 태도를 벗어던지고, 갑자기 천 회장이 친근하게 내 이름을 불렀다. 지나치게 다정한 그 말투가 내 불안을 고조시켰다. 가여운 새끼 고양이를 덫으로 유인하기 위해서는 매끈한 말투와 솔깃한 먹이가 필요한 법이었다.

"넌 남 박사의 차를 타고 나에게 오려다가 사고가 났지. 기억하고 있니?"

물론이다. 그게 내 머릿속에 남아 있는 유일한 기억이니까.

"기억해요. 회장님을 만나러 가는 길이었다고 들었어요."

남 박사가 했던 말을 떠올리며 나는 그대로 대답했다.

"그래, 그거야. 나를 찾아오던 날, 넌 USB 하나를 들고 온다고 했지."

"USB요?"

나는 사고가 나던 밤의 기억을 더듬어보았다.

그날, 내가 탄 차가 빗길에 미끄러지며 가로대를 들이받았다. 뒤에서는 차 한 대가 돌진하듯 달려오고 있었다. 남 박사가 얼른 피하라고 소리를 질렀다. 하지만 나는 피하는 대신 뒷좌석 문을 향해 달려갔다. 거기에 뭔가 중요한 것을 놓고 내렸기 때문이었다. 혹시 그게 천 회장이 말한 USB인가?

"왜 그걸 가져가려고 했던 거죠?"

"그 안에 이게 담겨 있었으니까."

천 회장이 보란 듯이 두 손을 펼쳤다. 그가 가리키고 있는 건, 나를 둘러싼 재후와 예영은의 행복한 모습이었다.

내가 갖고 있던 USB 안에 이 영상이 담겨 있었다고? 그럼 이건 내 꿈이 아니란 말인가?

솟구치는 의문에 대답해주듯, 천 회장이 말을 이었다.

"넌 이걸로 날 협박하려고 했어. 당돌한 짓을 하려고 했지."

영상 위를 떠돌던 내 시선이 단박에 천 회장에게로 돌아왔다.

"협박이라니, 어떻게 이게 협박이 된다는 거예요? 이 영상이 대체 뭐길 래요!"

"말했잖니, 이건 네가 한 짓의 증거라고. 정확하게 말하면 나와 맺은 계약의 결과물이지."

그의 입에서 나오는 말들을 점점 더 따라가기 버거워졌다. 증거니, 계약이니, 도무지 무슨 말을 하는 건지 알아들을 수가 없었다.

"벌써부터 그렇게 아무것도 모르겠다는 표정을 지으면 안 되지, 하윤아. 넌 나와 계약을 맺었어. 계약 내용을 영원히 비밀에 부치겠다는 각서도 썼지. 그런데 넌 그 약속을 어기고 말았어. 게다가 비밀을 폭로하겠다고 감히 이 천성묵이를 협박까지 했고."

생각할수록 가소롭다는 듯 천 회장이 입가를 일그러뜨렸다.

"놀랐나? 그렇겠지. 섬에 숨어 공주 노릇 하느라, 네가 가련한 피해자인 줄 착각하고 있었을 테니. 틀림없이 넌 한재경이 아닌 송하윤으로 돌아가면 모든 게 끝날 거라고 생각했겠지. 하지만 천만에! 진짜 송하윤이 된다는 건 네가 저지른 이 모든 일에 대가를 치러야 한다는 뜻이었어."

천 회장의 말에는 위협이 담겨 있었지만, 그렇다고 목소리를 높이지는 않았다. 그의 말투 속에는 오히려 안타까움 같은 게 녹아 있었다.

자신이 던져주고 있는 단서들을 전혀 해독하지 못하는 어리석은 자를 향한 동정과 우월감 섞인 경멸.

"그렇게 새파랗게 질려 있지 말고 영상을 잘 보란 말이다. 하윤아, 저 모습이 낯익지 않니? 어디서 본 것 같지 않냐고?"

모든 것을 알고 있는 절대자처럼, 천 회장은 내게 말했다. 분명 그의 홀로그램은 내 눈앞에 있었는데, 목소리는 마치 머리 꼭대기에서 들려오는 것 같았다. 복종하지 않으면 안 될 것 같은 기분에 나는 온순한 강아지처럼 고개를 돌렸다.

맞아요, 난 이걸 알아요. 꿈속에서 몇 번이나 이 영상 속의 그들을 봤어요. 그런 대답이 목구멍을 한참이나 맴돌았다.

내 대답을 기다리던 천 회장이 더 이상의 인내심은 무리라는 듯 고개를 저었다.

"이거야 참, 그렇게 공들여 만들고 매일같이 들여다봤으면서, 아무런 느낌도 없단 말이니?"

믿기지 않는다는 표정으로 그가 나를 쳐다봤다. 하지만 지금 그런 표정을 짓고 싶은 사람은 바로 나였다.

"방금 뭐라고……. 공들여 만들었다고요?"

"왜 놀라는 거냐? 네가 모아놓은 재후의 사진을 한재경의 오피스텔에서 보지 않았니? 그래놓고도 정말 모르겠어? 여기 보이는 재후의 모습이 그 사진들하고 똑같다는 걸?"

……아니, 알겠다. 하지만 거긴 한재경의 오피스텔이다. 거기 있는 건 한재경이 모아놓은 사진들이다. 그리고 한재경은 이 세상에 없는 인물이다.

"전 한재경이 아니에요!"

"맞아, 넌 한재경이 아니지. 거기 있던 건 송하윤 네 물건이야. 노트에 적혀 있던 글씨가 네 거란 걸 한눈에 알아봤을 텐데?"

그 말은 사실이었다. 바람에 날린 것처럼 한쪽으로 기울어져 있던 글씨체는 분명 내 것이었다.

"그럼 재후 씨 뒷조사를 정말로 했다는 건가요, 내가?"

"그랬지. 그것도 아주 열렬하게."

"회장님도 그 사실을 알았나요?"

"알았냐고? 물론이다. 그건 내가 시킨 일이었으니까."

나는 침을 꿀꺽 삼켰다. 바짝 말라버린 목구멍이 힘겹게 들썩거렸다.

내가 동질감을 느껴야 할 상대는 재후가 아니라던 천 회장의 말이 퍼뜩 떠올랐다.

그게 이런 의미였나? 내가 재후 씨가 아니라 천 회장의 편이었다고?

"믿지 못하겠어요. 재후 씨는 회장님 손자잖아요. 손자에 대한 뒷조사를 저한테 시켰다니, 그럴 이유가 없잖아요."

"이유야 간단했지. 그 일에 가장 적합한 사람이 바로 너였으니까."

"나였다고요?"

"남우성 박사가 널 뭐라고 불렀는지 기억하니?"

이미 답을 알고 있다는 얼굴로 천 회장이 나를 쳐다봤다.

나도 물론 답을 알고 있었다. 하지만 말이 나오지 않았다. 더 이상 시간 낭비는 필요 없다는 듯 그가 다시 입을 열었다.

"그래, 송 박사. 그게 바로 너다. 너무 쉬운 대답이잖아. 안 그런가, 송하윤 박사?"

"그럼……."

나는 잠시 말을 끊었다. 머리가 빙빙 도는 기분이었다. 어지러운 머릿속을 정리할 시간이 필요했다.

"난 영상을 만들던 사람인가요? 휘성그룹 홍보실에서 담당했던 일이 가짜 영상을 만드는 일이었다는 거예요?"

나는 더듬더듬 물었다. 하지만 첫 단추를 끼우고 나자, 생각의 타래가 빠르게 풀리기 시작했다.

머릿속에 떠오른 생각을 나는 즉시 말로 옮겼다.

"알겠어요, 그러니까 회장님 지시를 받고, 내가 재후 씨와 예영은의 가짜 영상을 만든 거예요. 두 사람은 실제로 사귄 적이 없지만, 회장님은 두 사람의 결혼이 정략에 의한 게 아니라는 걸 세상에 보여줄 필요가 있었던 거죠."

"나쁘지 않은 추측이야, 송하윤. 하지만 정답은 아냐. 게다가 결정적으로 하나가 틀렸어."

"뭐예요, 그게?"

"네가 믿게 만들어야 했던 대상. 그건 세상 사람들이 아냐."

"그럼 예인그룹이었나요?"

"천재후."

일말의 망설임도 없이 천 회장이 대답했다.

천재후라니? 그게 무슨 뜻이지?

방금 들은 말의 의미를 해독하기 위해 나는 애를 써보았다. 하지만 도저히 제대로 된 대답을 찾을 수 없었다.

좀 더 알아들을 수 있는 대답을 원했고, 그런 마음을 천 회장은 알아본 것 같았다. 그가 다시 입을 열었다.

"그래, 송하윤 네가 속여야 하는 건 재후 그 녀석이었다."

천 회장의 바둑알 같은 검은 눈이 나를 쳐다보았다. 그 눈에서 이상한 광채가 뿜어져 나왔다.

그의 대답은 여전히 내게는 수수께끼였다. 하지만 그의 눈빛을 마주하고 있는 동안, 나는 서서히 이 상황이 이해되기 시작했다.

천성묵 회장이 최근에 대외적으로 모습을 드러낸 적이 있던가? 건강에 이상이 있다는 소식이 혹시 들려오진 않았던가? 뇌 질환을 앓고 있다든가, 치매에 걸렸다든가…….

"회장님 말은, 제가 가짜 영상을 만들어서 재후 씨를 속이려고 했다는 건가요?"

"불가능하다고 생각하나?"

"가짜 정보를 가지고 세뇌를 시킬 수는 있겠죠. 저한테 했던 것처럼요. 하지만 재후 씨는 제가 아니에요. 그 사람은 기억상실 같은 걸 겪고 있지 않아요. 그러니까 그런 건 불가능하다고요."

나는 차근차근 말했다. 가능하면 타이르는 말투를 쓰려고 했다. 하지만 별다른 효과는 없었다.

"그래서 너를 고용한 거야, 송하윤 박사. 나한테 필요한 건 재후한테 기억을 이식해줄 과학자였으니까."

"기억…… 이식?"

"난 네가 아주 마음에 들었다. 믿을 만한 실력자인 데다 금지된 실험에 뛰어들 만큼 야망이 넘쳤으니까."

천 회장의 눈빛이 조금 더 열기를 띠었다.

그를 향한 내 의혹도 점점 더 커지기 시작했다.

천성묵 회장은 지금 정상이 아니야. 분명 어딘가 이상해. 그렇지 않고서야 이런 어이없는 얘기를 늘어놓을 리가 없어.

이런 내 생각이 얼굴에 드러났는지 천 회장이 갑자기 어깨를 뒤로 빼며 등을 폈다.

"내가 미쳤다고 생각하니, 하윤아."

나는 대답하지 않았다.

"그렇게 믿고 싶다면, 여기서 우리의 대면을 끝낼 수도 있어. 그걸 원하면 당장 여길 나가도 돼. 경찰들은 이제 널 괴롭히지 않을 거다."

그는 잠자코 내 대답을 기다렸다.

나는 그가 능숙하게 다시 주도권을 뺏어갔다는 걸 깨달았다. 그는 내가 이 대화를 끝내지 않고는 여길 떠날 수 없다는 걸 아주 잘 알고 있었다. 최소한 그가 미쳤는지 아닌지, 그걸 확인하기 전까지는 이 방을 나갈 수 없다는 것을.

"아뇨, 아직 들을 얘기가 남아 있어요. 회장님이 뭘 원하는지 알아야겠어요."

"그럼 기억 이식에서부터 다시 시작해볼까?"

나는 고개를 끄덕였다. 천 회장이 미쳤을지도 모른다는 생각은 잠시 옆으로 젖혀두기로 했다. 대신 그와 나누는 대화를 통해 그의 말속에 숨어 있는 허점을 찾을 생각이었다. 그 허점이야말로 천 회장이 제정신인지 아닌지를 알려주는 열쇠가 될 것이다.

자, 그럼 천 회장의 말이 사실이라고 가정해보자. 내가 그의 의뢰에 따라 저 영상을 만들었다고 치자.

재후는 어째서 저 영상 속에서 일어난 일들을 기억하지 못하고 예영은과의 약혼을 가짜 뉴스라고 못박은 걸까. 또 나는 무슨 이유로 천 회장을 협박했을까?

"회장님이 마음에 들어 했다는 난, 그럼 뇌과학자인가요? 재후 씨에게 기억을 이식하기로 회장님과 계약을 했단 말이죠?"

"바로 그거야."

"그렇다면 내가 계약 파기를 원했던 거군요. 회장님은 계속 계약 이행을 요구했을 테고요. 그래서 참다못한 내가 회장님 계획을 폭로하겠다고 했던 거예요. 그렇죠? 그게 협박이라면, 맞아요, 그렇게 회장님을 협박했을 거예요."

"흥미롭긴 하구나. 금세 교활한 가설을 세웠어."

"교활하다고요?"

"재후를 실험대상으로 삼는 짓 따위는 하지 않았다고 믿고 싶은 거겠지, 하윤아. 하지만 틀렸다. 넌 내가 원했던 실험을 했어. 그것도 아주 오랜 시간 공을 들이며 최선을 다했지. 차 사고가 나기 바로 전까지 말이다."

천 회장의 대답에는 서침이 없었다. 적어도 그가 발작석으로 헛소리를 하는 건 아니라는 걸 직감할 수 있었다. 그렇다면 둘 중 하나일 것이다. 아주 오랫동안 쌓아 올린 망상이거나, 진짜로 일어났던 일이거나.

둘 중 뭐라고 판단 내리는 대신, 나는 논리적으로 대응하기 위해 노력했다.

"그럼 실험에 실패한 모양이죠?"

"왜 그렇게 생각하지?"

"기억이 이식되지 않았으니까요. 실험이 성공했다면, 재후 씨는 저 영상 속에서 일어났던 일들을 기억하고 있어야 해요."

"그 말이 맞아. 그 녀석은 다 기억하고 있어."

"아뇨, 재후 씨가 기억하는 건 나예요. 영상 속에 나오는 일들은, 모두 다 나와 재후 씨 사이에 일어났던 일이라고요."

"확실한가?"

"물론이에요."

"어떻게 확신하지?"

"……."

"송하윤 넌 저 일들을 기억하지 못하잖나. 재후가 너한테 저런 일들이 있었다고 얘기해줬을 뿐이지."

"재후 씨가 거짓말을 한다는 건가요? 예영은과 있었던 일들을, 마치 우리 사이의 일인 것처럼 속였다고요?"

"아니라고 말하고 싶겠지? 그렇게 달려들 것 같은 표정 할 것 없다. 이번엔 송하윤 네 믿음이 맞았으니까. 재후는 거짓말을 하지 않았어. 굳이 그럴 이유가 없었지. 자, 그렇다면 뭘까? 거짓말을 한 게 아니라면?"

재미있는 퀴즈라도 낸다는 듯 그가 살짝 고개를 기울였다.

나도 궁금했다. 거짓말이 아니라면, 천 회장이 준비하고 있는 대답은 뭔지. 이 사람의 뇌 속에서 무슨 시나리오가 만들어져 있는지.

"회장님이 말씀해주셔야죠."

"오류가 일어났던 거다."

"오류?"

"기억 이식 과정에서 일어난 실험상의 오류 말이지. 재후의 뇌가 실험을 진행하던 너를 제멋대로 예영은이 있어야 할 자리에 넣어버렸단 말이다."

천 회장이 말한 건 그리 길지 않은 문장이었다. 하지만 나는 마치 지구의 언어로 조합된 외계어를 들은 기분이었다.

방금 들은 단어들이 머릿속에서 제자리를 잃고 붕붕 떠다녔다. 나는 그것들을 하나씩 붙잡아서 곱씹기 시작했다.

그러고 있자니 그 단어들이 천천히 의미를 가진 문장으로 배열되기 시작했다.

그렇게 배열된 문장이 마침내 내 목소리로 완성됐다.

'이건 실험 도중 일어난 오류일 뿐이에요. 제가 다시 고칠 수 있어요.'

그 목소리가 떠오른 순간, 머릿속에서 불꽃이 튀었다. 관자놀이가 찌를 듯이 아파서 나는 반사적으로 머리를 감싸 쥐었다.

관자놀이에서 시작된 통증은 두개골을 가로질러 빠르게 뒤통수 쪽으로 번져나갔다. 그 통증이 다시 목을 관통해 심장으로 돌아왔다.

식은땀이 나고 속이 메스꺼워졌다. 나는 진정하기 위해 심호흡을 했다.

얼마나 그러고 있었을까. 서서히 다시 피가 돌기 시작했다.

아득해졌던 시야가 정상으로 돌아왔을 때, 나는 내가 바닥에 무릎을 꿇고 주저앉아 있다는 걸 깨달았다. 이런 나를 천성묵 회장의 홀로그램이 관찰하듯 내려다보고 있었다.

그러니까 천 회장은 지금 나에 대한 재후의 기억이 모두 가짜라고 말하는 건가?

나를 사랑하는 재후의 마음이, 단순히 실험 과정에서 생긴 실수일 뿐이라고?

나는 천 회장의 홀로그램을 지나쳐 영상 속에 떠 있는 재후의 모습을 찾았다. 하지만 그는 나에게 답을 주지 않았다. 예영은에게 프러포즈를 하며 행복에 겨운 얼굴을 하고 있을 뿐이었다.

약해지려는 마음을 떨쳐내기 위해 나는 무릎에 힘을 주고 다시 몸을 일으켰다.

"회장님의 시나리오는 그럴듯해요. 하지만 난 그런 거짓말을 믿을 만큼 바보는 아니에요."

"오류라는 말이 마음에 들지 않는가 보구나. 하긴 과학자들은 그 말을 싫어한다지. 그럼 착각이라고 해둘까?"

"아뇨, 조작이겠죠. 이 영상도, 회장님이 하는 말도, 전부 다!"

"재후가 착각하고 있다는 걸 알게 됐을 때, 난 곧바로 너를 해고할 계획이었지. 그런데 넌 실험에서 손을 떼길 거부했어. 욕망에 사로잡힌 애송이 과학자한테 기억 이식 실험은 아주 매력적이었을 테니까. 넌 재후를 계속 이용하고 싶어 했어. 그래서 날 협박했던 거다. 오류는 얼마든지 수정할 수 있으니, 실험을 계속할 수 있게 해달라고."

조금 전 내 머릿속에 떠올랐던 말을 천 회장이 그대로 읊었다. 그럼 그건 정말 내 목소리였나. 내가 정말 천 회장에게 그렇게 말했다고?

"이런 식으로 세뇌하려는 거라면, 소용없어요!"

"그렇게 부정하고 싶을 만큼 재후가 속삭여준 얘기들이 마음에 들었나? 그래, 그럴 만도 하겠지. 넌 아주 공들여서 그 녀석의 기억을 만들었으니까. 너무 완벽해서 쉽게 믿기 힘들지만, 그래서 더욱 믿고 싶은 기억이 되도록 말이야. 네 손으로 만든 기억이니, 네 마음에도 쏙 들었겠지. 그렇지 않나, 송하윤?"

"어떤 말을 해도 소용없어요. 믿지 않아요."

"그럼 이걸 설명해봐라."

천 회장의 말이 끝나자마자, 등 뒤에서 다른 목소리가 들려왔다.

"저와 거래를 하시죠, 회장님."

내 목소리였다. 이번에는 기억 속에서 불쑥 떠오른 목소리가 아니라 녹음된 진짜 목소리였다.

"이렇게 나오면 곤란해질 텐데, 송하윤 박사."

이건 천 회장의 목소리다.

"제 조건을 받아들이지 않는다면 더 곤란해지는 건 회장님이죠. 마음만 먹으면 제가 회장님의 모든 걸 망가뜨릴 수 있어요. 회장님도, 회장님의 손자도. 잘 아시잖아요?"

짧은 대화는 거기서 끝났다.

정적이 흘렀다. 너무 조용해서, 마치 내 숨소리가 귀에서 들려오는 기분이었다. 아주 불규칙하고 거친 숨소리였다.

진정하자. 이건 아무것도 아냐. 천 회장의 속임수일 뿐이야.

나는 천 회장을 향해 돌아섰다.

"회장님은 한재경의 자료도 다 조작했어요."

"더 듣고 싶은 모양이로구나."

내 반박에 응대해주는 대신, 천 회장은 조금 진 끊긴 대화를 다시 틀었다.

"제 분수를 모르는 사람이 먼저 망가질 수도 있다는 걸 모르는 모양이구나, 송하윤이가."

"회장님이 만드신 껍데기에 영혼을 심은 건 저예요. 그러니 저한테도 합당한 요구를 할 권리가 있어요. 그래야 공평한 거래죠. 아니면, 폭로해도 될까요? 회장님이 금지된 실험을 비밀리에 진행했다는 사실이 세상에 알려져도 정말 상관없으시겠어요?"

"거기에 너도 깊숙하게 관여했다는 사실을 잊어서는 안 될 것 같은데?"

"회장님도 잊으시면 안 되죠. 저한테는 회장님만큼 잃을 게 많지 않다는 사실 말입니다."

대화는 다시 끊겼다.

천 회장이 입을 열기 전에, 나는 다시 반박했다.

"이런 건 증거가 되지 않아요. 회장님은 경찰도 매수하고, 김선호라는 가짜 애인까지 만들었어요. 그리고 내 진짜 기록은 모두 없애버렸죠. 눈도 깜짝하지 않고 그런 일을 벌이는 분이에요, 회장님은!"

숨도 쉬지 않고 말하느라, 호흡이 가빠왔다. 헐떡이고 있는 내 가슴팍이 아래위로 크게 들썩거렸다.

천 회장이 흥분한 내 모습을 물끄러미 쳐다봤다. 그 표정에서 안타까움이 다시 내비치는 것 같았다.

"인정하마. 목소리는 조작할 수 있어. 영상도 얼마든지 조작 가능하지. 그런데 이 모든 게 정말로 조작이라면, 그러니까 이 영상을 만든 게 네가 아니라 나라면, 여기 담긴 내용을 나는 어떻게 알았을까? 어떻게 알고 그걸 교묘하게 예영은으로 바꿔놨을까? 자, 대답해봐, 송 박사."

"얼마든지 대답할 수 있어요. 난 남우성 박사한테 면담 치료를 받을 때마다 재후 씨 얘기를 했어요. 재후 씨와 어떤 얘기를 나눴는지, 어떤 감정을 느꼈는지, 그런 것들을 상세하게 털어놨어요. 남 박사는 그걸 회장님에게 그대로 전했겠죠. 이제 알겠어요. 남 박사가 왜 나를 회장님에게 데려가려 한 건지. 회장님 얘기에 힘을 실어주려는 거였어요. 회장님 편에 서서 날 기만하고 속여 넘기려 했던 거예요."

내 말을 듣던 천 회장의 얼굴에 감탄 비슷한 표정이 떠올랐다.

"껍데기가 와 있는 줄 알았더니 송하윤이 오긴 온 모양이구나! 이렇게 달리듯이 머리를 굴려대는 걸 보니."

"제발, 그만하세요! 이제 절 속이는 건 그만두시라고요. 전 모든 걸 걸고 회장님을 찾아온 겁니다. 회장님을 직접 만나야 이 모든 게 끝난다고 생각했기 때문에요! 그러니 제발 진실을 말해주세요!"

"내가 말한 게 진실이야, 송하윤 박사."

"아뇨, 회장님한테는 이유가 없어요."

"이유?"

"이렇게까지 해서 손자한테 기억을 이식시킬 이유 말입니다. 고작 재후 씨를 예영은과 결혼시키기 위해 이렇게까지 하신다고요? 믿을 수 없어요. 제가 아니라 그 누구라도 믿지 못할 거예요."

"그럼 하나 물어보마. 넌 한재경의 집에서 뭘 발견했지? 사진과 수첩, 메모, 그런 것들이었겠지? 자, 기억해봐. 그 안에는 뭐가 적혀 있었지? 뭘 기록하고 메모해놨나?"

천 회장의 추궁이 나를 다시 한재경의 오피스텔로 데리고 갔다.

재후의 사진이 가득 붙어 있는 그 방에서 밤새 난 뭘 보고 있었던가. 그 날 내가 본 수첩 속에는 내 깃이 분명한 글씨체로 한재경의 과거가 끄적 끄적 적혀 있었다. 삶의 중요한 순간들, 상처, 트라우마, 욕망. 그런 것들.

그런데 한재경은 이 세상에 존재하지 않는 인물이다. 그럼 난 거기에 뭘 적어놓았던 거지? 설마…….

"재후 씨인가요? 그 기록들이 그 사람에 대한 거였나요? 하지만……."

나는 말을 멈췄다.

그 기록들이 재후의 것이 되려면, 그는 천 회장의 손자여서는 안 된다. 부모가 누군지도 모르고 버려지다시피 자란 수첩 속의 그 인물은, 가족이 생긴 뒤에도 한 줌의 사랑도 받지 못한 채 오랜 세월 외로워야 했다.

그건 이 나라에서 몇 손가락 안에 꼽히는 휘성그룹의 후계자가 걸어온 삶이 아니다. 천성묵 회장이 애지중지하는 손자의 삶일 수가 없다.

"하지만, 그다음은 뭐지, 송하윤?"

천 회장이 내게 대답을 재촉했다.

"퍼즐 조각들이 잘 맞춰지지 않나? 그럴 땐 시야를 좀 더 넓혀야 답이 보이는 법이야."

시야를 넓히라고? 나는 반사적으로 고개를 들었다. 공간을 빙 둘러싸고 있는 재후의 모습이 다시 눈에 들어왔다.

지금보다 조금 더 머리가 길고, 어딘가 슬퍼 보이며, 묘하게 분위기가 다른 천재후.

그러고 보니, 한재경의 오피스텔에 보관돼 있던 사진들 속에서도 재후는 이런 모습이었다. 그의 책상 위에서 발견했던 폴라로이드 사진 역시 마찬가지였다.

그 사진들 안에 결정적인 단서가 있을 거라는 직감이 들었다. 하지만 단서들은 잡힐 듯 말 듯 내게서 끊임없이 도망쳐갔다.

"거의 다 왔는데, 어째서 답을 찾지 못하는 거니? 혹시 답을 이미 알고 있어서인가? 네가 알게 된 정답을 외면하고 싶어서?"

"아뇨, 모르겠어요. 정말 모르겠어요."

"알려주마. 네가 보고 있는 영상 속의 남자는 재후가 아냐."

천 회장이 말했다. 그의 눈에서 쏟아져나오던 광채가 더 짙어졌다.

"재후 씨가 아니라니요?"

"누구보다 송하윤 네가 잘 알고 있지 않니. 저건 천재후의 얼굴이 아니라는 걸."

잠시 옆으로 젖혀놓았던 의혹이 다시 고개를 들었다. 역시 천 회장은 제정신이 아닌 거다. 그의 말을 일단 들어보자고 다짐하며 시작한 이 대화는 그저 부질없는 시간 낭비였을 뿐이다.

"그럼, 저 사람은 누구죠?"

"내 아들."

"……아들?"

"그래, 내 아들 천지록. 이 섬의 진짜 주인이자 이 천성묵이의 유일한 핏줄."

틀림없어. 이자는 정신이 나간 거야.

치매에 걸리면 가장 최근의 기억부터 삭제된다고 했어. 손자를 아들로 착각하다니. 이건 전형적인 치매 증상이야.

"저 사람은 천재후예요."

"내 아들이야. 넌 내 아들 사진을 소스로 저 영상을 만들었어."

천 회장이 계속해서 우겨댔다.

"회장님 아들이라면, 재후 씨 아버지예요. 아무리 닮은 아버지, 아들이라도 이렇게 똑같이 생길 수는 없어요."

나는 최선을 다해 그를 설득하려 했다. 천 회장이 이제라도 정신을 차리길 바랐다. 그래야 어서 이 정신 나간 대화를 끝낼 수 있을 테니까.

"물론이야. 똑같이 생긴 사람이 존재한다면, 가능성은 둘밖에 없지. 쌍둥이거나, 복제를 통해 태어났거나."

"회장님 아드님은 이십 년도 전에 돌아가셨어요. 쌍둥이일 리가 없어요."

"그렇다면 남은 가능성은 하나지. 내 아들의 체세포를 채취해 복제한 개체. 그게 바로 천재후야."

이쯤 되면 치매라는 의심도 사치라는 생각이 들었다. 천성묵 회장은 미친 게 분명했다. 과대망상에 사로잡혀 말도 안 되는 얘기를 지껄이고 있는 거다.

"설마 재후 씨가 복제인간이라는 말을 하고 싶은 건가요!"

나는 어이없다는 표정을 숨기지 않았다. 제발 이 표정을 보고 천 회장이 자신의 망상을 깨달아주길 원했다. 하지만 그의 황당한 믿음은 쇳덩어리처럼 확고했다.

"왜 재후한테 기억 이식 같은 게 필요했는지 물었잖니. 이게 그 답이다."

"제발 망상은 그만두세요, 회장님!"

"이번에도 증거가 필요한가 보지? 얼마든지 보여주마."

천 회장의 말이 끝나자마자, 정면으로 보이는 모니터 화면이 파란색 바탕으로 바뀌었다.

그 위에 수십 개의 영상 파일이 떴다. 파일에는 각각 숫자로 구성된 제목이 붙어 있었다. 대부분은 여덟 단위의 숫자 뒤에 −01, −02, −03처럼 다시 번호가 매겨진 형식이었다.

포인터가 파란 화면 위를 움직이더니 −00이란 숫자가 붙어 있는 영상 위에서 멎었다.

"똑똑히 보거라, 하윤아. 네가 원하는 진실이 어떤 건지 맘껏 봐."

천 회장이 말했다. 파란 화면이 사라지고, 모니터에 영상이 떠올랐다.

화면 가득 보이는 건 내 얼굴이었다. 머리를 하나로 질끈 묶은 내가 카메라 앞에 앉아 입을 열었다.

— 지금부터 버터플라이 프로젝트를 시작합니다. 이 프로젝트는 휘성 그룹 천성묵 회장님의 지휘 아래, 저 송하윤과 남우성 박사가 진행합니다. 피실험자는 27세 천재후. 19세 천지록의 체세포 핵을 채취해 복제한 개체입니다. 이 실험의 과정은 기록될 것이고, 기억 이식 실험의 자료로서 남겨지게 될 것입니다. 성공적인 실험이 되길 바랍니다.

영상은 거기서 멎었다.

"더 보고 싶나? 송하윤이 천재후한테 기억 이식 실험을 하는 영상은 수도 없이 많아."

머리가 어질거렸지만 나는 정신을 차리려고 애썼다.

"조작이 아니라고 어떻게 믿죠? 회장님은 무슨 짓이든 할 수 있는 분이잖아요!"

"맞아, 난 무슨 짓이든 할 수 있다. 내 아들도 마음만 먹으면 살릴 수 있다고 믿었어. 그래서 모든 능력을 동원해 방법을 찾았다. 그게 복제였지. 물론 모두 반대했어. 사람을 대상으로 한 연구는 절대 금지라고. 하지만 난 아무 상관없었다. 내 아들만 살릴 수 있다면 이 지구를 부숴서라도 살려야 했으니까."

"하지만 그 사람은 죽었어요. 회장님 말대로 복제를 통해 재후 씨를 만들어냈다면, 어째서 아드님은 살리지 못한 거죠?"

"왜 살리지 못 했냐고? 복제된 그놈이 너무 어렸기 때문이야. 내 아들한테 필요한 장기가 제대로 자라나기 전에 내 아들이 죽어버렸기 때문이라고!"

지금까지 완벽하게 통제되고 있던 천 회장의 목소리에 감정이 실리기 시작했다. 그 감정은 날것 그대로의 분노에 가까웠다.

"할 수만 있었다면, 난 내 아들이 죽은 그 순간, 그 녀석을 폐기해버렸을 거야. 그럴 수 없어서 이 섬으로 보내버렸지. 내 아들을 위해 만든 섬에서 살게 하고 싶지 않았지만, 여기만큼 그 녀석을 안전하게 가둘 수 있는 곳은 없었으니까. 하지만 녀석이 죽은 내 아들과 같은 나이가 됐을 때, 난 생각을 바꿨어. 그 녀석의 효용 가치가 아직 남아 있었기 때문이지. 내 아들을 대신해 만들어진 녀석이니, 내 아들의 삶을 대신 살아야 할 의무가 그 녀석에겐 있었어. 그래서 널 고용했던 거다. 그 녀석을 내가 원하는 후계자로 만들어줄 적임자가 바로 송하윤 너였으니까."

말을 시작할 땐 이글거리며 타오르던 천 회장의 눈은 어느새 가라앉아 있었다. 마치 재후에 대한 생각을 바꾼 순간, 그를 향한 감정도 깨끗하게 갈아 끼웠다는 것을 보여주듯이.

"회장님 말이 사실이라면 왜 이런 얘길 모두 털어놓는 거죠? 내가 회장님을 협박했다면서요? 다시 협박하면 어쩌려고요. 방금 들은 사실을 폭로하면, 난 회장님을 몰락시킬 수도 있어요."

"마치 나 혼자 벌인 일이라는 듯이 말하는구나. 넌 내 공모자야, 송하윤 박사."

"기억을 잃기 전에도 그건 마찬가지였어요. 그때 협박할 수 있었다면, 지금도 할 수 있단 뜻이에요."

"내 비밀을 쥐고 있으니 아직도 네가 유리한 위치에 있을까? 천만에. 넌 못 해."

"왜 못 한다고 생각하세요! 얼마든지 할 수 있어요!"

"넌 아직도 네가 재후를 사랑한다고 믿으니까. 그런 네가 어떻게 휘성 그룹 후계자 천재후가 복제인간이라는 사실을 폭로한단 말이지? 생각해 봐, 송하윤. 온 세상이 그 사실을 알아도 되나? 아니, 그 전에 재후가 알아도 상관없나?"

그의 추궁에 나는 말문이 막혔다.

재후가 알고 있는 것, 믿고 있는 것, 기억하고 있는 것. 그 모두를 만든 게 나라는 사실을 재후가 알게 된다……. 나에 대한 기억과 마음까지도 사실은 모두 내가 만들어 집어넣은 가짜라는 걸 알게 된다…….

그걸 알게 해서 재후의 낙원을 무너뜨릴 수 있어?

아니, 나의 낙원. 아니, 우리의 낙원을.

내가 지금까지 버티며 달려올 수 있었던 이유는, 단 하나였다. 바로 재후의 마음이었다.

그토록 불안해하고 의심하고 도망쳤던 이유도, 실은 그 마음을 간절히 원했기 때문이다. 그래서 마침내 그 마음을 믿을 수 있게 됐을 때 나는 다른 무엇도 두렵지 않았다.

그런데 그 마음이 가짜였다면?

내가 그의 뇌에 이식한 기억 때문에 만들어진 가짜. 아니, 가짜보다 더 최악이다.

오류. 착각. 실수.

내가 믿었던 재후의 마음에 붙여진 건 이런 이름이었다.

나는 지금 어떤 표정을 하고 있을까.

어쩌면 어떤 표정도 짓지 못하고 있을 것이다. 천 회장이 보는 앞에서 무너지지 않으려 버티는 게 내가 할 수 있는 최대한의 안간힘이었다.

"이제 인정하거라. 넌 할 수 없다는 걸. 하지만 난 할 수 있지."

"할 수 있다니, 뭘요?"

"너를 재후에게서 영원히 떼어내는 일. 네가 무슨 짓을 했는지 알게 된다면, 재후는 널 절대 용서하지 않을 거다."

"그건, 회장님도 마찬가지예요!"

"안됐지만 너하고 난 달라. 녀석은 나한테서 절대 벗어나지 못해."

"어째서요?"

"그 녀석이 가진 모든 걸 포기하고 나한테서 떠날 수 있다고 생각하나? 그렇게 믿기엔 그 녀석이 가진 게 너무 많다고 생각지 않나, 송 박사?"

아무런 대답도 하지 못하는 나를 천 회장은 느긋하면서도 집요한 눈으로 관찰했다. 어떻게든 반박할 말을 찾아보려 했지만 나는 끝내 적절한 대답을 찾지 못했다. 덫에 갇힌 사냥감이 버둥거리다 마침내 지쳐가는 모습을 즐기기라도 하듯 그의 입가로 희미한 미소가 번져 나갔다.

"자, 얘기는 대충 끝난 것 같구나. 이제 네가 선택할 시간이야, 송하윤. 재후가 알 때까지 버틸 텐가, 아니면 그 전에 네 발로 여길 떠날 텐가?"

나는 두 개의 선택지 중에 아무것도 택하고 싶지 않았다. 내가 원하는 건, 천 회장의 저 여유 넘치는 웃음을 당장 멈추는 것이었다.

그리고 재후에게 약속했던 대로, 그에게 돌아가는 것이었다.

나는 마지막 힘을 짜냈다.

"난 안 떠나요. 회장님이 믿고 있는 건 망상일 뿐이에요. 전부 거짓이라고요."

천 회장이 고개를 저었다.

"이런……. 왜 자꾸만 최악의 선택지를 집어 드는 거야. 왜 상황을 악화시키려고만 하는 거냐고. 내가 지금 너에게 불가능에 가까운 배려를 하고 있다는 걸 모르겠나?"

"배려라고요?"

헛웃음이 터져 나오려 했다. 세상에 이런 배려가 어디 있어! 그렇게 소리치고 싶었다.

배려라니. 이런 얼토당토않은 말을 놀리듯 내뱉는 천 회장의 모습을 당장 내 눈앞에서 치워버리고 싶어졌다.

진작 그랬어야 했는데. 저 노인네가 정신 나간 얘기를 지껄인다는 낌새를 눈치챘을 때 당장 저따위 홀로그램을 꺼버려야 했는데. 바보같이 이런 미친 얘기를 지금까지 참으면서 듣고 있었다니.

나는 당장 움직였다. 저 빌어먹을 홀로그램을 끄기 위해 여기 달린 버튼을 모두 눌러볼 작정이었다. 그러다 이곳이 정말로 무너져내린다 해도 후회하지 않을 자신이 있었다.

발작적으로 시작된 발걸음이 장치를 찾아 정신없이 서성거렸다. 하지만 나는 곧 다시 멈춰 설 수밖에 없었다. 등 뒤에 꽂힌 그의 말이 나를 덥석 움켜잡았던 것이다.

"난 지금 너에게 진짜 송하윤으로 돌아갈 기회를 주고 있는 거야."

천 회장이 원하는 게 바로 이런 반응이라는 걸 알면서도 나는 그를 향해 돌아서지 않을 수 없었다.

"돌아가게 해준다니, 무슨 뜻이에요?"

"천재후와 송하윤을 교환하는 거다. 너와 관련된 재후의 기억을 네 손으로 모두 지워라. 그럼 네 신분을 돌려주겠다고 약속하지. 처음 여기 올 때처럼, 넌 온전한 송하윤이 돼서 여길 떠나는 거다."

천 회장은 이 제안이 거절할 수 없는 미끼라고 생각하는 게 분명했다. 나도 한순간 그 미끼를 물고 싶은 충동을 느꼈다.

하지만 곧 천 회장의 이 제안이 얼마나 어처구니없는 것인지 깨달았다.

"불가능해요. 난 아무것도 기억나지 않아요. 그런데 어떻게 그런 걸 할 수 있다는 거예요!"

"기억을 잃었다는데 그놈의 고집은 여전해, 송하윤 박사. 하지만 유감스럽게도 오래 버티진 못할 거야."

"고문이라도 할 건가요?"

"내 말을 계속 거역하는 한, 고문이 시작되겠지. 그런 표정 지을 것 없다. 너를 어떻게 할 생각이었다면 넌 지금 이 자리에 있지도 못했을 거다."

"그럼 뭘 하려는 거죠?"

"아무것도. 이제부터 뭔가를 해야 할 건 송 박사, 너 자신이야. 지금 네가 있는 그 방은 잠겨 있어. 거길 나오려면 암호가 필요하지."

자신의 말이 진짜인지 확인하라는 듯 천 회장이 문을 가리켰다. 나는 문쪽으로 달려갔다.

들어올 때는 문 옆의 벽에 생체인식 장치가 붙어 있었다. 그런데 여긴 아무것도 없었다. 손으로 밀어보고, 옆으로 당겨도 봤지만, 문은 꿈쩍도 하지 않았다.

"그리 놀랄 것 없다고 했잖니. 그 암호를 만든 건 송 박사 너니까. 하지만 네가 스스로를 부인하는 한, 절대 거기서 나오지 못하겠지. 다행히도 그 방엔 네 모습이 담긴 영상이 수도 없이 많아. 그걸 보면서 네가 누구인지 깨달아야 할 거야. 서둘러라. 시간이 많지 않아서 유감이구나."

"시간?"

"날 만나러 가겠다고 용감하게 뛰쳐나간 너를 기다리면서 재후는 무슨 생각을 하고 있을까? 연락도 안 되고, 행방도 알 수 없는 너를 찾으려면 그 녀석이 어디로 갈지 생각해봤나?"

천 회장이 갑자기 목소리를 낮췄다. 곧 그의 입에서 째깍째깍, 초침 움직이는 소리가 흘러나왔다. 폭발을 기다리는 시한폭탄 소리.

그 의미를 나는 단박에 깨달았다. 천 회장은 정말로 재후에게 이 모든 얘기를 해버릴 생각인 거다.

"그래, 맞아. 재후는 내게로 올 거다. 그리고 모든 걸 알게 되겠지."

"재후 씨에게 다 얘기하겠다고요? 아뇨, 그럴 수 없어요! 그러면 안 돼요!"

"널 떼어낼 방법이 이것뿐이라면 어쩔 수 없지 않나? 자, 서둘러. 꾸물거릴 시간이 없어. 어서 네가 누구인지 기억해내. 송하윤 박사가 만든 암호를 기억해서 거길 나오라고. 재후가 나를 찾아 그 섬을 떠나기 전에."

그 말을 끝으로 천 회장의 홀로그램이 사라졌다.

나를 지탱하던 안간힘도 사라져버렸다.

나는 그대로 주저앉았다. 그런 나를 영상 속의 남자가 내려다보고 있었다. 그 남자에겐 회청색 눈동자가 없다는 걸 나는 그제야 깨달았다.

***

천 회장과 나누었던 대화가 머릿속에서 계속 재생되는 동안, 나는 자리에서 꼼짝도 할 수 없었다. 재구성된 대화의 토막들이 밀려왔다 밀려갔다. 빠르게, 때로는 느리게. 마치 뇌 속에서 물결이 치는 느낌이었다.

그렇게 밀려오던 기억이, 천 회장의 마지막 말 위에서 멎었다.

'송하윤 박사가 만든 암호를 기억해서 거길 나오라고. 재후가 나를 찾아 그 섬을 떠나기 전에.'

나는 벌떡 몸을 일으켰다. 후들거리는 두 다리에 힘을 주고 일어섰다.

그런 일이 일어나게 해선 안 된다. 재후가 천 회장을 찾아가기 전에 여길 나가야 한다.

그 생각에 반응하듯 몸이 저절로 움직였다. 그리고 정신없이 천 회장이 얘기한 증거. 내 모습이 담겼다는 영상을 찾기 시작했다.

그러는 동안에도 머릿속에서는 천 회장의 별장을 향해 차를 몰고 갈 재후의 모습이 떠나질 않았다. 그의 이야기를 듣게 될 재후의 표정을 떠올리자니 미칠 것만 같았다.

나는 쉴 새 없이 손을 놀렸다. 찾고 찾고 또 찾는 행위를 반복했다. 그러다 갑자기 동작을 멈췄다.

여긴 재후의 방과 비슷하게 꾸며져 있었다. 그렇다면 이 책장의 뒤에도 뭔가가 있지 않을까. 막연한 추측 같았지만 일단 벽으로 다가가 책장을 옆으로 밀어보았다. 별다른 저항 없이 책장이 밀리며 뒤에 숨어 있던 공간이 드러났다.

안으로 들어서자 천장에 달려 있던 조명이 자동으로 켜졌다.

눈 앞에 펼쳐진 공간은, 누군가의 작업실처럼 보였다. 커다란 책상이 한가운데 놓여 있었고, 그 위에는 컴퓨터 모니터 몇 개가 포물선을 그리며 늘어서 있었다. 벽에는 재후의 사진이 잔뜩 붙어 있었고, 커다란 상자들이 책상 주변에 놓여 있었다. 마치 한재경의 방처럼.

한발 한발 나는 안으로 걸어 들어갔다. 어디선가 초여름 꽃과 비슷한 향이 은은하게 풍겨 나왔다. 그 향기를 맡는 순간, 나는 걸음을 멈췄다.

후각을 타고 기억이 꿈틀거렸다.

눈앞의 책상에 앉아 모니터를 보고 있던 내 뒷모습이 순간적으로 떠올랐다.

뭔가 더 생각나는 게 있을 것 같아 나는 책상 앞으로 다가섰다. 그리고 기억 속의 내가 그랬듯이, 의자를 당겨 책상 앞에 앉았다. 천 회장이 말한 영상 자료는 컴퓨터 안에 저장돼 있을 것이라는 직감이 들었다.

책상 위에 올려진 모니터의 전원 버튼을 눌렀다. 화면에 암호가 떴다. 동시에 모니터가 내게 말을 걸었다.

— 무엇을 도와드릴까요?

"······접속을 도와줘."

암호를 입력하라는 대답이 돌아올 거라고 생각했는데, 내 말이 끝나자마자 화면이 움직이기 시작했다.

컴퓨터가 내 목소리를 인식하고 있었다.

모니터에서 다시 음성이 흘러나왔다.

— 반갑습니다, 송하윤 박사님. ***일 만에 돌아오셨네요. 돌아오시길 간절히 기다리고 있었답니다.

오랜만에 돌아온 동료를 맞이하는 친근한 목소리로 기계가 내게 물었다.

— 마지막으로 하신 작업을 불러올까요?

천 회장을 만나러 가기 직전에 내가 뭘 했는지 확인할 수 있다는 말이었다.

심장이 빠르게 두근거리기 시작했다. 그래, 하고 간단한 대답만 하면 드디어 나는 잃어버린 시간과 마주하게 된다. 이 방을 나가기 위한 암호도 발견할 수 있을지 모른다.

그런데 입이 쉽게 떨어지지 않았다. 여기서 대답을 하면 천 회장의 말을 인정하는 게 된다. 이 컴퓨터에 저장된 영상들을 보고 나면, 나는 결국 그가 만든 세계 안으로 끌려 들어가 버릴 것이다.

하지만 다른 방법이 없었다. 여길 나가려면 이걸 확인해야만 했다.

아니, 사실은 그 이유만이 아니었다. 내가 누구인지 확인하고 싶었다.

끝까지 부인하고 싶었지만, 어쩌면 나는 이 공간을 발견한 순간부터 느끼고 있었는지도 모른다. 여긴 친숙한 나의 공간이라는 걸. 이 의자에 앉은 내가 조금도 어색하지 않다는 걸.

게다가 천 회장의 말을 들으면서 이미 내 머릿속엔 기억 이식 작업을 위한 프로세서들이 떠오르고 있었다. 기억은 사라져도 지식은 남는 것처럼……

나는 책상 위에 올려진 손을 꽉 움켜쥐었다. 그리고 말했다.

"그래, 마지막 작업을 불러와줘."

명령을 들은 컴퓨터가 신속하게 움직였다. 화면에 여러 개의 영상 파일이 담긴 폴더가 떴다. 곧 영상 한 개가 자동으로 재생됐다.

잃어버린 시간이 컴퓨터 속에서 되살아났다.

그 영상과 함께, 망각 속에 잠겨 있던 내 기억도 서서히 수면 위로 떠 오르기 시작했다.

***

하윤이 휘성그룹의 제안을 받은 건 그녀가 속한 연구팀이 국제적인 학술지에 연구 성과를 발표한 직후였다.

어린 시절 외국으로 이민을 가 그곳에서 뇌 관련 공부를 한 하윤은 탁월한 학업 성취력을 보이며 남들보다 훨씬 더 짧은 시간 안에 박사과정을 마쳤다. 그런 뒤 뇌반응연구소에서 기억 이식 실험에 참여하고 있었다.

기억을 잃어버린 동물의 뇌 속에 칩을 심어 지식과 기억을 이식하는 연구는 쥐와 원숭이를 거쳐 조금 더 큰 영장류까지 실험을 성공적으로 마친 참이었다.

하지만 아직 사람에게 칩을 심는 기술까지는 다다르지 못한 상태였다. 주사로 액체 형태의 칩을 뇌혈관 속에 주입하는 기술이 인간의 뇌에 어떤 부작용이나 면역 거부 반응을 일으킬지 알 수 없었기 때문이다.

이런 상황에서 여러 경로를 거쳐 비밀리에 들어온 휘성그룹의 제안은 하윤에게 의심스럽기보다는 흥미롭게 다가왔다. 그들은 뇌에 이미 칩이 이식된 실험체가 있으니, 원하는 지식과 기억을 그 실험체의 뇌로 전달해 달라는 제안을 해왔다.

이 은밀한 제안에는 특별한 조건이 붙어 있었다. 실험의 과정과 결과는 외부에 절대로 공개되어서는 안 된다는 것이었다.

윤리적인 문제와 안전상의 불신으로 번번이 제약이 걸리는 현재의 연구 진행 상황에 모든 걸 포기하고 싶을 만큼 지쳐가던 터라 하윤은 휘성의 제안을 받아들이기로 했다.

실제로 사람을 대상으로 한 기억 이식 실험을 진행해볼 수 있다니. 실험의 성공 여부를 떠나 그것만으로도 그녀는 이 제안을 받아들이는 데 주저할 필요를 느끼지 못했다.

그 길로 하윤은 연구소에 사직서를 제출한 뒤, 한국으로 들어왔다. 그녀에게 실험을 세안한 당사자, 천성묵 회장을 만났을 때 하윤은 조금 놀랐다. 칩 이식에 성공했다는 실험체가 바로 그의 손자였기 때문이다.

하지만 곧 상황을 이해하게 되었다. 손자라고 소개된 실험체가 실은 그의 아들의 체세포를 복제해 태어난 존재라는 걸 알게 됐던 것이다.

복제인간에 기억 이식이라니. 이 계약에 절대 비밀이라는 조항이 붙은 이유를 하윤은 알 것 같았다. 하지만 약속했던 대로 전폭적인 지원이 보장되기만 한다면 그녀로선 불만을 가질 이유가 없었다.

하윤은 곧바로 실험체의 거주지로 향했다. 천성묵 회장이 아들을 위해 만들었다는 인공 섬이었다.

칩 이식 실험을 성공시킨 장본인은 이미 섬에 와 있었다. 그런데 그는 뜻밖에도 그녀가 아는 사람이었다. 학교 다닐 때 몇 번 마주치면서 안면을 익힌 사이였던 것이다.

"천재후라고 합니다."

그가 말했다.

이 사람 이름이 천재후였나? 남우성이라고 기억하고 있는데. 하윤은 고개를 갸웃거리며 그에게 악수를 건넸다.

"저희 구면이죠? 전 송하윤입니다. 천재후 박사님."

"아뇨. 저 사람 말입니다."

그는 CCTV 화면을 가리켰다. 화면에는 한눈에 띌 만큼 반듯한 이목구비를 가진 남자가 보였다. 그가 바로 이 실험의 대상인 실험체였다.

하윤은 남우성도 자신만큼이나 연구를 위해서라면 무엇이든 할 수 있는 사람이라는 걸 직감했다. 그는 천재후의 주치의라는 명목으로 그의 옆에 계속 붙어 상태를 관찰했다.

남 박사를 통해 들은 그의 성장 과정과 지금까지의 실험 경과는 무척 흥미로웠다. 재후는 천성묵 회장의 아들, 천지록이 죽은 이후부터 거의 버려지다시피 한 채 홀로 자랐다. 섬을 관리하는 고용인 부부가 돌보며 키우긴 했지만, 그들은 보호자라기보다는 감시자에 가까웠다.

그들의 그런 태도 뒤에는 천 회장의 암묵적인 동의가 있었다.

그런데 그가 스무 살이 되던 해, 천 회장은 태도를 바꿨다. 아들 천지록이 죽은 나이와 똑같은 나이가 된 재후의 모습을 보고 나자, 마음이 흔들렸던 것이다.

천성묵 회장은 재후를 자신의 손자로 받아들이기로 결심했다. 하지만 이십여 년 동안 방치된 채 자라온 그를 휘성그룹의 후계자로 만드는 건 쉬운 일이 아니었다.

천 회장은 몇 년에 걸쳐 모든 수단을 동원해 방법을 찾았고, 그 결과 찾아낸 해결책이 바로 칩 이식을 통한 지식과 기억의 전이였다.

칩 이식은 생명이 오갈 수 있는 위험한 실험이었지만, 천 회장은 개의치 않고 실험을 진행시켰다. 남 박사는 약물로 천재후를 수면 상태에 빠뜨린 뒤, 칩을 그의 혈관에 주입했다.

이식된 칩이 성공적으로 뇌 속에 자리를 잡기까지, 천재후는 몇 번의 고비를 넘겼다. 위험한 상태까지 가는 순간도 있었다.

"칩 이식을 할 때, 천 회장이 그러더군요. 결과는 생각하지 말고, 가능한 모든 걸 해보라고."

지금까지의 실험 과정과 성과를 설명해주던 남 박사가 이렇게 말했을 때 하윤은 흠칫했다.

"죽어도 된다는 뜻이었나요?"

"아마 그랬을 겁니다. '이 과정을 견뎌내지 못한다면, 이 너석은 천재후가 될 자격이 없다'고, 그렇게 단언했으니까."

"비정하네요."

"집요한 거죠. 그만큼 이 프로젝트에 집착하고 있다는 뜻입니다."

"반드시 완벽한 후계자를 만들고 말겠다?"

"죽은 아들을 되살려내겠다는 무서운 의지일 수도 있겠죠."

"천 회장이 원하는 결과를 얻지 못한다면, 어떻게 될까요?"

하윤의 질문에 남 박사는 어깨를 으쓱했다.

"그런 가정은 하지 않는 게 좋을 겁니다."

"뭐, 좋아요. 자신이 없었다면 처음부터 이 계약에 응하지 않았을 거예요."

실험은 한동안 별 탈 없이 이어졌다. 재후에게 정보를 이식하는 일은 순조롭게 진행됐다. 이식된 칩과 연결된 컴퓨터에서 재후가 알아야 할 수많은 지식이 그의 뇌로 전송됐다.

재후를 수면 마취시킨 뒤 진행되는 이 작업 또한 남우성 박사의 주도로 이뤄졌다.

그는 재후가 이 과정에 의문을 품지 않도록 주도면밀하게 사전 작업을 했다. 칩 이식이 성공적으로 끝난 뒤 의식을 되찾은 천재후에게 이렇게 설명했던 것이다.

"천재후 씨는 사고 때문에 지금 부분적으로 기억을 상실한 상태입니다. 이제부터 차근차근 치료를 해나가도록 하죠. 그럼 기억도 서서히 돌아오게 될 겁니다."

재후는 치료의 과정이라고 여기며 남 박사에게서 정보를 이식받았다. 이 과정이 무사히 완료된 후 기억을 심는 작업이 본격적으로 시작되었다. 이 작업이야말로 하윤이 직접 담당해야 할 실험이었다.

지식을 심는 것과 달리, 직접 경험하지 않은 가짜 기억을 심는 일은 훨씬 더 교묘하고 정교해야 했다. 어떤 면에선 심리를 잘 알고 다뤄야 하는 일이기도 했다. 하윤은 우선 가짜 기억을 만드는 일에서부터 시작했다. 그러려면 천재후에 대해 누구보다도 잘 알고 있어야 했다.

하지만 처음 한동안은 그에게 접근하는 것을 조심했다. 일단은 섬 곳곳에 설치된 CCTV를 통해 행동과 습관을 분석하며 그를 연구했다.

또한 재후가 자라오면서 접촉했던 사람들, 즉 천성묵 회장, 재후를 양육하며 관리해온 사람들 그리고 남우성 박사를 통해 그의 과거를 철저하게 수집해 연구하기 시작했다.

자료를 통한 파악이 끝난 다음에야, 하윤은 천재후와 직접적인 대면을 시도했다.

그와 처음 마주한 날, 그녀는 재후에게서 강한 인상을 받았다. 방치된 채 누구에게도 사랑받지 못하고 자라왔지만, 그에게선 부정적인 에너지가 거의 풍기질 않았다. 하윤을 처음 만났음에도 불구하고, 낯선 이에 대한 경계를 강하게 드러내지도 않았다.

"반가워요, 전 송하윤이에요. 천성묵 회장님께서 보내서 왔어요."

"절 도와주러 오신 거겠죠?"

"부분적인 기억상실을 겪고 계신다고 들었어요. 전 남 박사님을 도와 재후 씨가 잃어버린 기억을 다시 찾아드릴 거예요."

하윤은 재후에게 자신을 이렇게 소개했다. 그는 가만히 고개를 끄덕이며 그녀의 말을 받아들였다.

이런 반응 역시 하윤에겐 조금 의외였다. 아직 재후의 과거를 바꾸지도 않았고, 천성묵 회장에 대한 긍정적인 기억을 이식하기도 전인데, 그는 '할아버지'라는 말도, 할아버지가 그의 기억을 되찾아주기 위해 전문가를 고용했다는 말도 그대로 받아들이고 있었다.

재후의 이 반응에서 하윤은 두 가지 사실을 추론해냈다. 첫째, 재후는 천성묵 회장을 이미 자신의 할아버지라고 인식하며 살아왔다는 것. 둘째, 천성묵 회장의 의도적인 방치를 어떻게든 긍정적으로 해석하려고 노력해왔다는 것.

이 추론이 맞는다면, 천재후는 적어도 자기 연민에 빠져서 살아온 사람은 아니다. 가끔씩 슬퍼 보이는 얼굴을 할 때가 있긴 했지만.

'강한 의지를 가진 사람이야.'

하윤은 그렇게 결론 내렸다. 포기를 모르는 천성묵 회장의 유전자를 천재후가 물려받았다는 사실이 실감 났다.

재후의 그런 성격은 칩 이식과 지식의 전이에도 유리하게 작용했다. 하지만 기억 이식에는 어떨까. 하윤은 기대감과 두려움을 동시에 느끼며 실험을 시작했다.

첫 작업은 재후의 성장 과정에 손을 대는 것이었다. 즉, 그의 과거를 지우고, 천성묵 회장이 원하는 과거를 그의 뇌에 이식하는 일이었다.

다행히 천 회장에게는 아들 천지록과 찍은 수많은 사진이 남아 있었다. 하윤은 그 사진들을 이용해 재후의 기억을 조작하기로 했다. 사람의 기억 가운데 가장 강력한 것은 감정과 함께 저장된 기억이라는 사실을 활용했다.

일단 감정에 관여하는 뇌의 특정 부분을 활성화하는 약물을 재후에게 투여했다. 그런 뒤 그와의 면담을 통해 과거의 기억을 불러내고 그 기억을 조금씩 긍정적인 기억으로 바꾸어나갔다.

기억은 다시 떠올릴 때마다 변하기 쉬운 유동적인 상태가 되는데 그런 상태는 몇 시간 정도밖에 지속되지 않았다. 주어진 시간 안에 안 좋은 기억을 좋은 기억으로 교묘하게 바꿔야 했으므로 과거 조작은 신중하게 진행해 나가야 했다.

실험은 천천히, 하지만 확실하게 앞으로 나아갔다. 반복과 강화 작업을 통해 하윤은 천재후의 과거 기억을 바꿔놓는 데 성공했다.

천성묵 회장의 무한한 애정과 엄격한 교육 속에서 자라난 천재후. 할아버지가 그를 위해 만든 섬에서, 때가 되면 세상으로 나갈 준비를 하며 경영 수업을 받아온 미래의 후계자.

천재후가 이런 기억을 갖게 됐다는 걸 최종적으로 확인하기 위해, 하윤과 남 박사는 그의 뇌를 촬영해보았다.

천성묵 회장과 함께 보낸 과거를 재후에게 들려주거나 보여주면서 그 때 그의 뇌 속에서 어떤 세포들이 활성화되는지를 분석해 본 것이다.

자신이 경험한 기억을 회상할 때와 남이 경험한 기억을 회상할 때, 활성화되는 뇌세포가 다르다는 점을 이용한 이 분석 결과, 하윤은 재후가 천성묵 회장과의 기억을 진짜 기억으로 인식하고 있음을 확인했다.

실험의 성공에 고무된 하윤은 곧바로 다음 작업에 착수했다. 바로 예영은에 관한 기억을 이식하는 일이었다.

천 회장에 대한 기억이 재후의 진짜 기억을 바탕으로 정교하게 조작되면서 이식된 것이라면, 예영은과의 기억은 아예 처음부터 만들어야 하는 가짜 기억이었기 때문에 난이도가 훨씬 높았다.

"천 회장은 어째서 이런 기억까지 조작하려고 하는 걸까?"

예영은과의 기억을 합성해내기 위해 하윤이 영상 설계에 몰두하고 있던 어느 날, 남 박사가 불쑥 물었다.

"그룹 차원에서 그냥 천재후와 예영은을 결혼시키면 되는 일 아닌가?"

"듣기론 천지록 씨가 살아있을 때, 재벌가끼리의 정략결혼에 대해 무척 반감을 가졌었나 봐요. 자기가 오래 못 살 걸 알았기 때문에 핑계를 댔던 걸 수도 있겠지만요. 천 회장은 그게 마음에 들지 않는 것 같아요. 회장님이 원하는 천재후는, 천지록이 가졌던 모든 걸 가진 동시에, 회장님 자신의 뜻대로 완벽하게 움직여야 하는 인물이니까요."

"그럼 예영은은?"

"예인그룹의 후계자 자리를 노리고 있잖아요. 야심이 큰 사람이죠. 천재후 씨를 발판삼아 휘성하고 전략적인 파트너가 될 수 있다면, 뭐가 문제겠어요?"

"천 회장이 그렇게 철저하게 지키길 원하는 비밀 유지에 문제가 생길 수도 있지 않나?"

"그렇다면 다음 실험대상은 예영은이 될 수도 있겠죠."

"혹시 이번 일, 송 박사가 먼저 천성묵 회장한테 제안한 거야? 기억 이식 실험을 좀 더 연장하고 싶어서. 왜 난 그렇게 느껴지지?"

하윤은 대답 대신 어깨만 으쓱했다. 하지만 그것만으로도 남 박사에게 충분한 답이 됐음을 알고 있었다.

영상 설계가 끝나고 디자인된 영상이 제대로 구현되자, 하윤은 본격적으로 재후에게 예영은에 관한 기억을 이식하기 시작했다.

그런데 이번 작업은 만만치 않았다. 예영은과의 영상을 반복적으로 보여주고 그녀와 관련된 기억을 상세하게 들려주었지만, 웬일인지 재후는 그 기억을 자신의 것으로 받아들이지 못했다. 그녀와의 일을 회상할 때 그의 뇌에서 활성화되는 세포는 남의 기억을 듣거나 볼 때 반응하는 세포들이었다.

왜 자꾸 이 기억을 튕겨내는 걸까.

하윤은 몇 번의 실패 끝에 방법을 바꿔보기로 했다. 그녀가 설계한 기억을 재후가 진짜라고 느끼도록, 그 기억 중 하나를 직접 경험하게 만든 것이다.

이를 위해 하윤은 예영은의 대체자가 되어 그와 데이트를 했다. 그리고 이 진짜 기억을 다시 예영은에 대한 기억과 합성했다.

그런 다음 재후의 뇌에서 기억이 제대로 조작됐는지 알아보기 위해, 다시 뇌를 촬영해보았다.

만약 이 방법이 성공했다면, 재후는 예영은과의 데이트를 진짜라고 받아들이게 됐을 것이다. 하나의 기억이 제대로 심어지기만 한다면, 연관된 다른 기억을 진짜 기억으로 착각하는 일은 훨씬 쉽게 일어날 수 있다.

하윤은 그런 기대로 뇌 촬영 결과를 확인했다. 결과는 성공적이었다. 진짜 기억을 떠올릴 때 반응하는 세포가 정확히 활성화됐던 것이다.

나머지 작업도 그녀는 차근차근 진행했다. 순조롭게 진행된 실험은 어느새 막바지로 접어들었다.

실험을 마무리하려면 이제 두 단계만이 남아 있었다. 첫 번째 단계는 그에게 이식된 기억의 형상이 정확한지 눈으로 직접 확인하는 일이었다.

이를 위해 하윤은 마지막 실험을 진행했다. 수면 마취된 재후에게 예영은과의 기억을 꿈꾸도록 유도한 다음, 그것을 영상으로 재현하는 실험이었다.

재후는 언제나 그래왔듯 이번에도 순순히 하윤의 실험에 응했다. 수면 상태에 든 그가 꿈을 꾸는 동안 컴퓨터가 그의 뇌를 분석하기 시작했다. 뇌의 상태와 뇌파의 변화를 측정하면 그가 무엇을 꿈꾸고 있는지를 알아낼 수 있었다. 그 결과를 그래픽으로 변환해 영상으로 바꾸는 것이 이번 실험의 목표였다.

이 작업은 완성되기까지 꽤 오랜 시간이 걸렸기 때문에, 하윤과 남 박사는 그 시간 동안 남아 있던 마지막 단계를 끝마치기로 했다.

바로, 기억 이식 실험과 관련한 모든 기억을 재후의 뇌에서 삭제하는 일이었다.

그런데 실험 과정을 지운다는 건 하윤과 관련한 기억 역시 모두 제거한다는 뜻이었다. 그녀가 직접 나설 수 없었기 때문에 이 단계는 남 박사가 주도해 진행했다.

이 마지막 단계가 무사히 끝났을 때, 재후의 꿈도 영상으로 완성됐다.

이제 남은 건, 그 꿈이 영상으로 어떻게 재현됐는지 확인하는 일뿐이었다.

하윤은 그 결과가 성공적일 것임을 믿어 의심치 않았다.

그런데 마침내 완성된 그래픽을 확인한 결과, 치명적인 오류가 발견되었다. 재현된 영상 속에 예영은 대신 하윤의 모습이 나타났던 것이다. 그건 재후의 뇌 속에서 예영은과 관련된 모든 일이 하윤과의 일로 대체되어 기억되고 있다는 뜻이었다.

"이럴 리가 없어요. 이건 뭔가 잘못된 거야."

하윤은 영상을 함께 확인하던 남 박사에게 몇 번이나 믿을 수 없다고 외쳤다.

실험에 치명적인 오류가 생겼다는 사실을 알게 된 천 회장은 하윤에게 당장 실험에서 손을 떼고 섬을 떠나라고 명령했다.

하지만 하윤은 그럴 수 없었다. 무엇이 재후의 기억을 왜곡시킨 것인지, 그 이유를 찾아내기 위해 실험 과정을 촬영한 영상들을 반복해서 보고 또 보았다.

며칠간 연구실에 틀어박혀 있던 그녀는 마침내 무언가를 발견한 듯, 앉아 있던 자리에서 일어섰다. 실험 과정이 담긴 영상 파일들을 USB에 옮긴 뒤 그녀는 바로 남 박사에게 연락했다.

"박사님, 지금 당장 천성묵 회장을 만나러 가야겠어요. 도와줄 수 있어요?"

"차로 데려다주는 것까지가 내가 할 수 있는 최선일 거야. 괜찮겠어?"

"물론이에요. 내 부탁도 딱 거기까지예요."

"좋아, 그럼 준비되면 연락해."

남 박사와 통화를 끝낸 뒤, 삼십 분 후에 하윤은 그에게 문자 메시지를 보냈다.

「지금 가요」

***

컴퓨터 화면에는 내가 마지막으로 보았던 영상 파일이 여전히 떠 있었다. 나는 그 영상을 몇 번이나 돌려보고 또 돌려봤다.

천재후의 꿈을 시각화한 그 영상 속에는 내가 있었다. 어두운 밤, 바닷가를 따라 걸어오는 내 모습이 화면 속에서 점점 더 커졌다. 천재후를 발견한 내 얼굴에 미소가 번졌다. 그런 내 주위로 빛나는 파란색 나비 한 마리가 춤을 추며 날아다녔다.

'띠릭' 하는 짧은 기계음이 들려와 나는 겨우 영상에서 시선을 뗐다. 핸드폰 알림 같은 그 소리는 책상 옆에 놓인 종이 상자 안에서 들려오고 있었다.

상자를 열어보니, 높다랗게 쌓아 올린 서류 위에 핸드폰이 놓여 있었다. 최 비서가 한재경의 것이라며 내게 건넸던 핸드폰이었다.

핸드폰 바탕화면에는 문자 도착을 알리는 표시가 떠 있었다. 내용을 확인해보니 '기다리고 있어'라는 짧은 메시지였다.

그런데 그 메시지 위로, 익숙한 문자 하나가 보였다.

「지금 가요」

나는 핸드폰에 남겨진 다른 문자들을 확인했다.

「오늘은 진도가 꽤 나갔어요. 의미 있는 성과」

「타깃이 꽤 협조적이에요. 기대보다 결과가 좋아요」

「이젠 내 말을 확실히 믿는 것 같아요. 그래도 조심히 갈 필요는 있을 듯」

「시간이 얼마 안 남았어요. 마음이 급해요」

「도움이 필요해요. 지금 와줄 수 있어요?」

김선호한테 보냈다고 생각했던 이 문자들이 전혀 다른 의미로 다가왔다. 이건 기억 이식 실험 과정에서 내가 남 박사한테 보냈던 문자들이었다.

나는 핸드폰을 놓고 자리에서 일어났다. 책장처럼 위장한 벽을 지나자, 등 뒤에서 불이 꺼졌다.

눈앞의 공간은 무척 어두웠다. 내부를 둘러싸고 있던 천재후와 예영은의 영상은 어느새 사라지고 없었다. 하지만 내 눈에는, 이 공간에서 남 박사와 함께 천재후를 실험하던 내 모습이 생생하게 보이는 것 같았다.

컴퓨터 모니터에서 나오는 불빛을 등진 채, 나는 문 앞까지 걸어갔다. 내가 본 영상 속에는 여길 나갈 수 있는 암호 같은 건 나오지 않았다. 하지만 나는 여기서 나가는 방법을 알고 있었다.

"문 열어줘."

내 말이 끝나자마자, 문이 스르르 열렸다. 그 문 앞에서 남우성 박사가 나를 기다리고 있었다. 누가 누구의 편이었는지 나는 이제 명쾌한 답을 알게 됐다. 이 사람은 나의 동료였다. 그 사실이 아직도 유효한지 확인하기 위해 나는 물었다.

"왜 여기 있어요? 날 도와주려고? 아니면 방해하려고?"

"누구 편인지 묻는 거라면, 난 누구의 편도 아니야. 만일 천 회장 편이었다면, 송 박사가 처음 차 사고를 당했을 때 천재후한테 먼저 연락하지 않았을 거야. 천성묵 회장한테 연락했겠지."

"누구의 편도 아니라면서, 왜 그랬어요?"

"그날 밤 천 회장에게 송 박사를 데리고 갔던 것과 같은 이유야. 나 역시 실험이 제대로 마무리되는 걸 보고 싶었어."

"공항에 날 데리러 온 건요? 내가 그 시간에 비행기를 탈 거라는 건, 천 회장 쪽에서만 아는 정보였어요."

"그날 마침 학술회 때문에 출국하느라 공항에 있었어. 수속을 밟고 있는데 천재후와 천 회장 양쪽에서 연락이 왔어. 천 회장은 송 박사가 출국하는 모습을 끝까지 확인해달라고 했고, 천재후는 송하윤이 출국하는 걸 막아달라고 했어."

"재후 씨도 내가 공항에 있는 걸 알고 있었던 건가요?"

"천재후는 송 박사가 사라진 후부터, 천 회장이 알려준 한재경의 정보를 가지고 한재경의 위치를 추적하고 있었어. 그러다 김선호의 소재지를 알게 됐고, 그 사람이 공항으로 간다는 걸 알게 됐다고 했어."

연이은 내 질문에 남 박사는 높낮이 없는 담담한 말투와 태도로 대답했다. 마치 브리핑 같은 그의 대답을 듣고 있자니, 나 때문에 참석하지 못한 학술회 대신 여기서 발표를 하는 게 아닌가 착각이 들 정도였다.

하지만 돌이켜보면 남 박사는 본래 이런 사람이었다. 누구의 편이냐는 질문도, 방해할 건지 도와줄 건지 묻는 것도 그에게는 별다른 의미가 없었다. 자신의 필요와 판단에 따라 묵묵히, 흔들림 없이 행동하는 것이 남우성이라는 사람의 본질이었다.

그런 면에선 오히려 나를 공항에서 데려 나온 행동이 의외라고 할 수 있었다. 최 비서를 따돌리려고 차로 추격전까지 벌이는 건 평소 남 박사의 행동 패턴에서 상당히 벗어나는 일이었기 때문이다.

"그런데 왜 천 회장의 요구 대신 재후 씨 부탁을 들어준 거예요? 왜 공항에서 날 데리고 나왔어요? 그리고 어째서 재후씨가 아니라 천 회장한테 날 데려가려고 한 거죠?"

"실험이 제대로 마무리되는 걸 아직 보지 못했잖아. 난 아직도 송 박사가 이 실험을 제대로 완성하길 바라고 있어. 그러려면 천 회장을 만나야 한다고 생각했어."

"그리고 결국 만났죠."

"맞아, 이제 송 박사의 선택만이 남았어."

남 박사는 천 회장과 내가 어떤 이야기를 나누었는지 다 알고 있다는 사실을 숨기지 않았다. 그렇다면 그를 여기로 보낸 건 천 회장일 것이다. 혹은 천 회장을 여기로 보낸 게 남 박사일 수도 있다.

어찌 됐든 결국 이 사람도 천 회장과 똑같은 생각을 하는 거겠지. 오류 때문에 잘못 생성된 재후의 기억을 삭제해야 한다고. 아니, 남 박사뿐만 아니라 합리적인 사람이라면 누구라도 천 회장의 말을 따르는 게 맞다고 생각할 것이다. 더군다나 그 보상으로 잃어버린 내 신분을 되찾을 수 있다면 망설일 이유는 더더욱 없었다.

이런 결정에 선택이라는 말을 붙이는 게 우습게 느껴졌다.

"천 회장이 내건 조건을 받아들일 건지, 말 건지 말이죠? 그런 것도 선택이라고 할 수 있을까요? 천재후의 기억 속에서 나를 완전히 지우면 진짜 나를 돌려준다는데, 내가 어떻게 다른 선택을 할 수 있어요?"

당연히 남 박사도 내 말에 동조할 것이라 생각했다. 그런데 그가 뜻밖의 반문을 했다.

"다른 선택이 정말로 없다고 생각해? 예전의 송 박사는 다른 선택을 했어. 천 회장을 협박까지 해가면서 천재후 옆에 더 있겠다고."

"아무도 성공하지 못했던 실험을 완수하고 싶다는 욕망 때문에 말이죠?"

"그것뿐이었을까?"

"그럼 뭐가 있을까요? 기억은 수만 개의 뉴런이 연결되면서 만들어내는 전기신호의 집합체라는 걸 박사님도, 나도 잘 알고 있잖아요. 결국 마음이란 건 뇌세포가 만들어내는 물리적인 현상일 뿐이라는 걸 알면서, 거기에 휘둘릴 만큼 나는 어리석지 않아요. 예전의 나였다면 더 그랬겠죠."

내 말에 남 박사는 이의를 제기하지 않았다. 뭔가 할 말이 남아 있는 것처럼 보였지만, 끝내 반박하거나 설득하려 하지도 않았다. 어쩌면 이 침묵 역시 그가 내린 합리적인 결과물일지도 모르겠다는 생각이 들었다.

나 역시도 묻고 싶은 게 있었지만 묻지 않았다. 남 박사가 생각하는 이 실험의 완결은 무엇이냐는 그 질문은 내 입안을 속절없이 맴돌다가 그대로 사라져 갔다.

그 길로 우리는 남 박사의 연구실로 향했다. 그는 내게 천재후의 기억을 삭제하는 데 필요한 약물을 건네주었다.

이제 나는 재후가 자는 사이 그에게 이 약물을 주입할 것이다. 그리고 그가 깨어나면 우리의 추억에 대해 다시 물어볼 것이다. 그러면 재후는 다정한 목소리로 내가 주입한 가짜 기억을 읊어주겠지.

그렇게 불려 나온 기억은 그의 뇌에 다시는 저장되지 않을 것이다. 한번 인출된 기억이 다시 저장되려면, 관련된 신경 세포들이 새롭게 연결되고 강화되어야 한다. 내가 재후에게 주입할 약물은, 그런 작용을 돕는 단백질의 합성을 막아 기억이 저장되는 것을 방해하는 약물이었다.

이 방법은, 예전에도 이미 사용한 적이 있었다. 기억 이식 실험 과정을 재후가 기억하지 못하도록 그의 뇌에서 관련 기억을 삭제할 때 썼던 방법이었다.

지난번에 그랬듯 이번에도 남 박사가 나를 도와줄 것이다.

그러니 실패는 없을 것이다. 천재후의 뇌에서 나에 대한 기억이 점점 지워지겠지. 그리고 그는 영원히 나를 잊어버리게 될 것이다.

남 박사의 연구실을 나선 나는 마지막으로 뒤를 돌아봤다.

"그런데 재후 씨의 기억은 왜 왜곡됐을까요? 박사님은 알고 있어요? 실험에 오류가 발생한 원인이 뭔지."

"글쎄. 그 대답은 송 박사가 알고 있지 않을까."

그의 반문에 나는 아무 말도 할 수 없었다.

컴퓨터 화면에 떠 올라 있던 마지막 영상이 다시 생각났다. 검은 바닷가를 걸어 재후에게 향하던 송하윤. 그 주위를 떠돌던 푸른 나비. 천 회장을 찾아가기 전 마지막으로 봤던 그 영상 속에서, 나는 오류의 원인을 찾아냈을까. 재후의 기억을 재현한 그 영상 속에서 내가 발견한 건 과연 무엇이었을까.

***

나는 어두운 산책길을 지나 천재후가 있는 '우리 집'으로 돌아왔다.

집은 밤의 침묵 속에 깊이 잠겨 있었다. 안으로 들어간 나는 곧장 적막한 계단을 올라 재후의 방 앞에 섰다. 그리고 심호흡을 한 다음 문을 열었다.

방은 텅 비어 있었다. 재후의 침대엔 사람이 누운 흔적이 없었다. 열어둔 창문으로 바람이 들어와 커튼을 흩날렸다.

천성묵 회장을 만나러 갔을까.

그렇다면 지금쯤 그는 천 회장을 만나 모든 진실을 알게 됐을지도 모른다.

그렇게 생각하자, 뜻밖에도 안도감이 내 마음에 스며들어 왔다. 그 사람을 어떤 얼굴로 다시 대면해야 할지 고민하는 대신, 그냥 여길 떠나기만 하면 된다는, 비겁한 안도감이었다.

나는 그 비겁함에 마음을 맡겼다. 조금이라도 빨리 그의 곁을 떠나기 위해, 서둘러 그의 방을 나왔다. 남 박사에게서 받은 주사기와 약물도 그 방에 놓고 나왔다.

그래, 돌아가자. 이미 늦었다면 더 주저하며 여기서 서성댈 필요가 없다. 이제 연극은 다 끝났다. 그러니 내 자리로 돌아가 모든 게 제자리를 찾기를 기다리자.

어둑한 계단을 내려오며 나는 거듭 다짐을 했다.

건물 밖으로 나오니 어두운 숲속에서 밤새들이 우는 소리가 들렸다. 귀를 기울이면 멀리서 바다가 실어 오는 파도 소리가 들릴 것 같았다.

나는 서둘러 남 박사의 연구실까지 통하는 길로 접어들었다. 그에게 여길 나가게 도와달라고 부탁할 작정이었다.

특별한 도움은 필요 없었다. 그저 섬을 나가 공항으로 갈 수 있는 교통수단과 진짜 집으로 돌아갈 비행기표가 필요할 뿐이었다. 제자리로 돌아가면 그에게 비용을 지불할 생각이었다. 필요하다면 그에게 입힌 피해도 모두 보상해야 할 것이다.

앞으로의 계획을 떠올리며 나는 부지런히 걸었다. 다른 생각이 들어올 틈을 주지 않기 위해 머릿속을 열심히 어지럽혔다.

하지만 어두운 산책길의 중간쯤 접어들었을 때 나는 결국 걸음을 멈추고 말았다. 오른쪽으로 나 있는 좁은 샛길 앞에서였다.

이 샛길이 끝나는 지점에는 나지막한 나무 울타리가 있다. 그 울타리를 열고 안으로 들어가면 좁은 오솔길이 나오고, 그 길의 끝에는 잘 다듬어진 동그란 잔디밭이 나온다. 그 잔디밭에서 다시 방사형으로 여러 갈래의 산책길이 뻗어 있다.

그리고 그 길 곳곳에는 재후와 내가 함께 보낸 시간이 흩뿌려져 있다.

내가 만든 가짜 기억, 그 위에 만들어진 재후의 '잘못된' 기억. 그리고 그 기억에 의지해 만들어진 나의 또 다른 기억……. 그 모든 기억이 마치 나무 테처럼 겹을 이룬 채 길 위에 쌓여 있다.

발이 나도 모르게 나무 울타리 쪽으로 향하기 시작했다. 섬을 떠나기 전, 마지막으로 그 길이 보고 싶어졌다.

푸른 나비들이 춤추던 나무, 청혼을 받았던 은하수길 그리고 벽 뒤에 숨어 있는 바다. 그 장소들이 나한테 어떻게 다가올지 확인하고 싶었다.

나무 울타리를 넘어 원형의 잔디밭에 올라선 뒤 나는 눈을 감았다. 간간이 바람이 불어와 나무를 흔들었다. 그럴 때마다, 어둠 속에서 누군가의 울음소리가 들리는 것 같았다.

그건 어쩌면 나일지도 모른다. 여기 어딘가에서 오랫동안 잠들어 있던 내가 깨어나 흘리는 눈물인지 모른다.

언젠가 꾸었던 꿈이 생각났다. 그 꿈속엔 어두운 숲이 있었고, 우물이 있었고, 나를 쫓아 온 천재후가 있었다. 그가 건네준 독 사과를 베어 물고 나는 깊은 잠에 빠졌다.

지금의 나는 그 사과를 먹고 잠들어 있던 송하윤인지도 모르겠다. 이제야 그 독 사과가 만든 미몽에서 깨어나 여기서 울고 있는 것인지도 모르겠다.

나는 감았던 눈을 떴다. 어느새 뺨을 지난 눈물이 턱밑까지 뚝뚝 흘러내리고 있었다. 손을 들어 얼굴의 물기를 닦아낸 뒤, 나는 정면으로 나 있는 산책길로 걸음을 옮겼다.

긴 내리막길은 나를 막다른 벽 앞으로 데려갔다. 넝쿨로 가득 덮인 그 벽을 손으로 힘껏 밀어젖혔다.

벽이 열리고 어두운 바다가 나를 맞았다. 그리고 그 바다 앞에는 천재후가 있었다. 마치 여기에서 나를 기다리고 있었다는 듯, 그는 가만히 앉아 바다를 바라보고 있었다.

그 모습을 본 순간, 내가 여기 온 진짜 이유를 깨달았다. 나는 재후를 찾아 여기까지 온 것이었다. 반드시 돌아올 거라고 했던 약속대로 여기, 그의 마음이 거짓인 세상으로 돌아온 것이다.

재후는 아직 내 존재를 인식하지 못하고 있었다.

나는 그의 등을 보면서 잠시 망설였다. 이제라도 돌아갈까. 재후가 나를 발견하기 전에, 아까 했던 결심대로 여길 떠나버릴까.

인기척을 느꼈는지 재후가 뒤를 돌아봤다.

나를 발견한 그가 자리에서 일어섰다. 어둠 속에 잠긴 얼굴 가운데 눈동자가 유난히 빛나고 있었다.

뒷걸음질 치고 싶은 마음을 뿌리치며 나는 그에게 다가갔다. 가까이 갈수록 나도 모르게 걸음이 빨라졌다.

결국 재후에게 안기듯 달려들어 그의 허리에 팔을 감았다. 재후가 나를 꽉 끌어안았다. 익숙한 체취가 코끝에 전해졌다. 그리운 온기가 나를 감쌌다.

이렇게 마음이 아픈데, 이 사람을 사랑했던 게 아니라고?

이렇게 날 사랑하는 게 느껴지는데, 이게 다 가짜라고?

애써 다잡았던 마음이 무너져내렸다. 인간의 몸속에 마음이란 기관은 없다는데, 존재하지도 않는 내 마음은 속절없이 무너져내리고 있었다. 존재하지 않는 기억이 우리를 사랑하게 하는 것처럼.

"괜찮아?"

그가 내 등을 토닥였다. 지금은 고개를 들면 안 될 것 같아 나는 그의 어깨에 기대어 고개를 끄덕였다.

안심했다는 듯 그가 깊은숨을 내쉬었다.

목구멍까지 차오르던 뜨거운 덩어리가 가라앉을 때까지 기다린 다음, 나는 물었다.

"왜 여기 나와 있어요?"

"널 기다리고 있었어."

"방에 없길래 회장님을 만나러 간 줄 알았어요."

"가려고 했지. 그런데 네가 벌써 할아버지를 만나고 돌아오는 중이라고 하길래…… 길이 엇갈리면 안 되잖아."

나는 팔을 풀고 그를 마주 보았다.

"회장님과 통화를 했어요?"

"응."

간단히 대답한 다음 그는 나를 내려다봤다. 그의 얼굴 뒤로 보이는 하늘에는 작은 별들이 촘촘하게 떠 있었다. 이미 오래전에 사라진 빛의 흔적들이 가만히 우리를 지켜보았다.

"괜찮았어? 별일 없었어?"

대답하면 울음이 터질 것 같아 나는 말없이 고개를 끄덕였다.

"그럼 됐어."

그가 다시 나를 끌어안았다. 우리는 한참을 그렇게 서 있었다.

재후는 나에게 아무것도 묻지 않았다. 천 회장을 만나 무슨 이야기를 나눴는지, 원하던 대답을 찾았는지, 앞으로는 어떻게 할 것인지, 아무것도.

그러는 동안 바다를 건너온 바람이 우리 곁을 잠시 휘돌다 사라졌다. 바다가 실어 온 소리도 함께 몰려왔다 몰려갔다.

언젠가 나는 이 바람의 소리를 떠올리게 될까. 이 밤과 바다의 내음을 떠올리고 천재후를 기억하게 될까.

그럼 이 사람은?

이 사람도 날 기억할까? 나를 떠올릴 때마다 배신감을 느끼면서 아파하게 될까?

텅 빈 바닷가에 혼자 서 있을 재후의 슬픈 등을 생각하자 명치끝이 조이듯 아파왔다. 이대로 도망치듯이 떠나면 안 된다는 생각이 들었다.

천 회장의 말이 옳았다. 내가 이 사람을 위해 마지막으로 해줄 수 있는 건, 나와 관련한 모든 기억을 머릿속에서 지워주는 것이다. 그리고 휘성그룹의 후계자로서 제대로 살아가게 해주는 거다.

그래, 이 사람을 천재후로 살게 하자. 그리고 나는 송하윤으로 돌아가자. 그게 우리가 선택할 수 있는 가장 합리적인 미래일 테니까.

그렇게 하자. 다만, 그 미래를 하룻밤만 유예하자. 오늘 밤만 아무것도 모르는 것처럼 이렇게 천재후와 같이 있고 싶다.

나는 재후와 손을 잡고 바닷가를 걷기 시작했다. 오래전의 별빛이 우리를 조용히 따라왔다.

"그런데 왜 여기예요?"

한참 만에 내가 물었다.

"뭐가?"

"왜 여기서 기다렸어요? 재후 씨가 날 기다렸다는 바닷가는 여기가 아니잖아요."

내 말에 재후의 눈동자가 무언가를 회상하듯 잠시 먼 곳을 떠돌았다.

"사실은 여기였어. 하윤이 너를 처음 만난 거."

그의 말에 나는 멈춰 섰다.

여기서 처음 만났다고?

아냐. 내가 본 영상에서는 달랐어. 예영은의 역할을 대신하기 위해 내가 선택한 장소는 이 사람이 날 데리고 갔던 그 바닷가 계단 앞이었어.

그곳이 예영은과 재후의 첫 만남 장소여야 했으니까. 그곳이 재후가 가장 좋아하는 장소라 일부러 거길 택했던 거야.

이 사람도 예전에 그렇게 말했었잖아. 거기서 나를 처음 만났다고.

그런데 왜 지금은 다른 얘기를 하지? 어째서 여기라고 말하는 거야?

바짝 긴장한 심장이 비틀거리며 뛰기 시작했다.

"계단이 있는 그 바닷가에서 만났다고 하지 않았어요?"

재후가 고개를 저었다.

"여기였어. 오늘처럼 깜깜하고, 별이 많은 밤이었고."

"좀 더 자세히 얘기해줘요."

심장의 박동이 조금 더 가빠졌다.

"그날 난 여기 있었어. 정확히 말하자면 저쯤에."

재후가 손을 들어 바다를 가리켰다.

"바다에?"

그가 고개를 끄덕였다.

"바닷물이 가슴높이쯤 올라왔을 땐가. 갑자기 뒤에서 첨벙첨벙 소리가 나서 뒤를 돌아봤더니 하윤이 네가 나를 향해 뛰어오고 있었어. 꽤 놀란 얼굴을 하고 말야. 나도 놀랐어. 여긴 외부인들이 오기 힘든 곳인 데다 처음 보는 사람이 나를 향해 돌진하고 있었으니까."

"왜 그랬던 거예요, 내가……?"

"내 뒷모습이 네 눈에 위태로워 보였었나 봐."

코를 찡긋거리며 그는 살짝 짓궂은 표정을 지었다.

"그때 하윤이 네가 나한테 뭐라고 했는지 알아?"

"뭐라고 했어요?"

"날 구하러 왔다고 했어."

"구한다고요?"

"그래, 그 말에 내가 웃었더니 얼굴을 이렇게 찌푸리고는, 이해가 안 된다는 표정으로 날 쳐다봤어. 밤 수영을 즐기던 것뿐이라고 대답했을 때는 굉장히 당황한 얼굴을 했고."

그날의 기억이 생생하게 떠오른다는 듯 재후의 얼굴에 웃음이 번졌다. 나는 어떻게 반응해야 할지 알 수 없었다.

분명한 건, 이건 내가 만들어 넣어준 기억이 아니라는 거였다. 그렇다면 재후는 어디서 이런 기억을 얻은 걸까.

"그런데 왜 여태까지 이런 얘길 해주지 않았어요?"

그렇게 묻는 내 눈빛은 틀림없이 무척 긴장해 있었을 것이다. 그걸 눈치 챘는지 재후의 얼굴에서 환한 웃음이 사그라들었다. 그 웃음이 입가에 희미한 미소로 남았을 때, 그가 입을 열었다.

"왜냐하면 그날의 나는 아주 별로였거든."

"별로라니, 그게 무슨 뜻이에요?"

"그날 낮에, 아주 오랜만에 할아버지를 만났어."

"천성묵 회장님을요? 만나서 무슨 일이라도 있었어요?"

"특별한 일이 있었던 건 아냐. 그런데 왠지 모르게 쓸쓸한 기분이 들었던 것 같아. 아마 늘 엄격한 할아버지 때문에 좀 외로웠던 거겠지."

그때의 심정이 고스란히 드러나는 눈빛으로 재후가 나를 보았다.

"기분 전환을 하려고 여기까지 왔는데 바다가 따뜻해 보였어. 그래서 나도 모르게 안으로 걸어 들어갔던 거야. 뭘 어떻게 하려는 건 아니었어. 그냥 어디까지 가면 할아버지가 만든 이 섬을 벗어날 수 있을지 그게 궁금했던 것 같아."

그런 기분을 느끼고 있었어? 난 재후 씨 당신한테 그런 기억을 만들어주지 않았는데. 손자를 자랑스러워하는 엄격하지만 따뜻한 할아버지. 내가 당신의 뇌 속에 만들어준 기억은 그런 거였는데…….

"그런 생각을 멍하니 하고 있는데 갑자기 하윤이 네가 나타난 거야. 날 구해주려고 했다면서."

재후의 말을 들으며, 나는 그날 밤의 그와 나를 떠올려보았다.

바다로 첨벙첨벙 걸어 들어가던 재후. 그리고 그런 그를 구하기 위해 바다로 뛰어든 나.

언젠가 핏빛으로 물들던 바다에서 그와 마주 섰던 기억이 떠올랐다. 그날은 내가 바다로 뛰어들었고 재후가 나를 구하러 왔었다.

혹시, 두 개의 기억이 마치 하나인 듯 뒤엉킨 걸까.

그날 있었던 일을 재료 삼아, 당신은 계속 기억을 재창조하는 중일까.

내가 당신의 머릿속을 불안정하게 헤집어놨기 때문에, 자꾸 엉뚱한 기억이 생성되고 있는 걸까.

"밤이라서 네 얼굴이 잘 보이지는 않았어. 그래서 다시 봐도 못 알아볼 거라고 생각했지. 그런데 이상하게도 시간이 갈수록 하윤이 네 얼굴이 선명하게 기억났어. 그리고 잊을 수 없었어."

잠시 말을 멈추고 그가 나를 쳐다봤다.

"그래서 그 계단에서 하윤이 널 기다렸던 거야. 거긴, 아주 소중하고 그리운 사람이 날 만나러 올 것 같은 장소였으니까. 거기서 너를 다시 만난 날 생각했어. 영원히 이 섬에 머물러도 좋다고."

"난 당신을 알아보지 못했죠?"

"못 알아봤지. 넌 나보다 나비에 더 정신을 뺏기고 있었을걸."

"나비?"

"그때 우리 주변으로 푸른색 나비가 무리를 지어서 날고 있었거든."

"프쉬케."

내 말에 재후가 끄덕이며 다시 내 손을 잡았다. 열 개의 손가락 사이사이마다 자신의 손가락을 끼워 걸고 그가 말했다.

"그래, 나비는 영혼을 뜻하지."

꿈꾸는 듯한 그의 회청색 눈동자는 우리 주변을 날아다니던 푸른 나비들을 떠올리고 있는 것처럼 보였다. 그 바닷가에서 그리고 그 비밀스러운 문 뒤에서 춤추던 그 나비들을.

하지만, 아니야. 재후 씨.

나비는 내가 당신한테 했던 기억 이식 실험의 이름이었어.

우리가 정신이라고 믿는 건 전기신호의 집합체. 난 그 전기신호를 연결해서 기억을 만들고, 그 기억을 통해 마음을 만들 수 있다고 생각했어.

그렇게 해서 만들어낸 천재후 당신의 마음이 지금 내 앞에 있는 거야.

이제 알겠어. 왜 당신의 뇌세포를 분석한 영상 속에서, 내가 어두운 바닷가를 걸어 당신한테로 오고 있었는지. 왜 그 영상 속에서 푸른 나비 한 마리가 춤을 추고 있었는지.

내가 만들어 넣어준 기억과 당신이 제멋대로 만들어낸 기억이 뒤엉켜서 그런 장면이 당신의 머릿속에서 창조됐던 거야.

작화증. 그래, 그건 비어 있는 기억의 틈을 메우기 위해, 뇌가 제멋대로 만들어낸 거짓말 같은 거야.

"지금도 그래요?"

내 질문에 그가 고개를 살짝 옆으로 기울였다.

"뭐가?"

"영원히 이 섬에 머물러도 좋다고 생각해요?"

"왜 그런 걸 물어봐?"

"예전에 그랬잖아요. 우린 여기 계속 머무를 수 없다고. 앞으로 나가야 한다고요."

"앞으로 나가는 길이 널 잃는 길이라면, 난 거기로 가지 않을 거야."

부드럽지만 단호하게 그가 대답했다.

목이 메는 것 같아 나는 아무런 대꾸도 할 수 없었다. 그래서 깍지 낀 손을 풀고, 팔을 둘러 그를 껴안았다.

"미안해요, 재후 씨."

"왜 그래, 하윤아."

재후가 걱정된다는 듯 물었다.

"나한테도 그런 기억이 있었으면 좋았을 텐데, 아무것도 기억하지 못해서요."

"그런 기억?"

"날 흔들리지 않게 해주는, 그런 확고한 기억이요."

"기억 때문이라고 생각해?"

재후의 말에 나는 고개를 들었다. 바람이 불어와 내 머리카락을 날렸다. 재후가 손가락으로 가볍게 머리카락을 넘겨주었다.

그래도 바람은 끊임없이 불어왔다. 나부끼는 머리카락 사이로 재후의 얼굴이 시시각각 변했다.

"그날, 네가 돌아가고 나서 나도 집으로 돌아갔어. 그대로 잠이 들었다가 다음날 일어났는데, 전날 밤에 있었던 일이 꿈인지 아닌지 헷갈리더라. 생생한 꿈은 얼마든지 있으니까. 그래서 그 바닷가 계단으로 나갔던 거야. 비록 꿈이었더라도, 너를 기다리고 싶었기 때문에."

"……지금은요? 지금은 그 기억이 진짜라고 믿어요? 나는 재후 씨를 기억하지 못했잖아요. 그럼 그건 진짜가 아니었을 수도 있잖아요."

"그럴지도 모르지. 그렇지만 그게 중요한가?"

그의 반문에 가슴이 꽉 막혀왔다.

"그럼 뭐가 중요해요?"

"기억하고 싶은 마음이겠지. 잊어버리고 싶지 않다는 그 마음이, 날 그 바닷가로 데려갔잖아. 거기서 널 다시 만났잖아."

당신이 믿는 기억과 마음이 모두 허상이라고 해도? 내 실수로 만들어진 오류의 결과라고 해도?

아니면, 날 기억하고 싶었던 당신의 마음이 그런 오류를 만들어낸 걸까?

거짓으로 직조해낸 세계에서 살아남은 단 한 조각의 진실. 그것이 우리를 여기까지 오게 한 걸까?

"하지만 난 재후 씨를 잊어버렸어요. 전혀 기억도 못 할 정도로 완전하게."

"그래서 미안한 거라면, 그러지 않아도 돼. 만약 내가 너처럼 기억을 잃어버리게 된다면, 나도 똑같을 테니까."

불어오던 바람이 멎었다. 바람이 구름을 몰고 왔는지, 밤하늘을 빽빽하게 채웠던 별빛은 이제 보이질 않았다. 대신 재후의 회청색 눈동자가 나를 보며 빛났다.

"그땐 하윤이 네가 얘기해줘. 내가 했던 것처럼."

"재후 씨처럼?"

"그래, 우리가 같이 보냈던 시간을 말해줘. 뭘 했는지, 어떤 얘기를 나눴는지, 그때 어떤 기분이 들었는지, 그런 것들을 차근차근 얘기해줘. 그럼 난 분명 널 사랑했던 마음을 기억하게 될 거야. 널 기억하고 싶은 지금의 내 마음이 나를 그렇게 만들 거야."

그럴까.

과연 그럴 수 있을까.

아니, 어쩌면 우린 이미 그렇게 하고 있는 게 아닐까.

기억을 잃은 당신한테 내가 기억을 만들어주고, 다시 기억을 잃은 나한테 당신이 기억을 읽어주면서, 우리는 계속해서 서로를 향해 날아가고 있는 건 아닐까.

***

재후와 나는 어둡고 길게 이어진 오르막길을 올라 집으로 돌아갔다. 그도, 나도 말이 없었다. 아마 재후 역시 우리가 맞이하게 될 밤과 아침. 그리고 그 앞에 놓인 길을 생각하고 있었으리라.

천 회장과 통화하면서 재후는 무슨 말을 들었을까. 나를 기다리면서 무슨 생각을 하고 있었을까.

어쩌면 재후는 내가 생각하는 것보다 많은 것을 알고 있을지도 모른다. 아까 바닷가에서 그의 말을 들으며 문득 그런 생각이 들었다.

아니, 어쩌면 이건 나의 바람일지도 모른다. 모든 것을 알면서도 재후가 나를 받아들였다면 무거운 짐을 내려놓고 모른 척 그의 옆에 있는 것도 무리는 아닐 테니까.

하지만 나는 잘 알고 있다. 그런 바람은 오늘까지라는 걸. 이 밤이 끝나면, 진짜 선택을 해야 한다는 걸.

또 바람이 불었다. 오르막길 양옆으로 늘어선 나무들이 어두운 그림자가 되어 춤을 췄다. 그 춤을 지나, 나는 더 깊은 숲속으로 시선을 옮겼다. 그리고 그 안쪽 어딘가에 있을 우물을 생각했다.

그 우물 속에는 망각을 피해 도망친 재후가 웅크리고 있을 것이다. 그를 쫓아 우물에 도착한 나는 몸을 숙여 그 깊은 물속을 들여다보겠지. 양손에 하나씩 붉은 사과를 들고서.

하나는 선악과. 또 하나는 독 사과.

그 가운데 나는 무엇을 재후에게 내밀게 될까.

독 사과를 주고 영원한 망각을 선사할까.

아니면 선악과를 먹게 한 뒤, 우리의 낙원에서 함께 추방당하는 길을 선택할까.

내일의 내가 어떤 선택을 할지 지금의 나는 알 수 없었다. 아니, 내일 아침 눈을 뜬 내가 지금의 나일지도 확신할 수 없다.

누가 알겠는가. 지금의 나는 기나긴 혼수상태 속에서 꾸는 꿈의 조각일지. 누군가 내 머릿속에 끼워 넣은 기억의 일부분에 불과할지.

어쩌면 나는 내일 아침 또다시 호화로운 병실에서 눈을 뜰지도 모른다. 혼수상태에서 깨어난 나를 보고 재후가 괜찮냐며 물어올지도 모른다.

그때도 나는 역시 재후를 기억하지 못할까. 그래도 이번에는 딱 하나만은 잊지 않고 있었으면 좋겠다.

재후를 기억하고 싶은 지금의 이 마음. 열 손가락 마디마다 전해져오는 재후의 마음.

그래, 오늘 밤은 이런 꿈을 꾸자.

비록 오늘이 재후와 함께 하는 마지막 밤이라고 해도.

내일 아침이면 진짜 송하윤으로 돌아가서 재후의 뇌로 통하는 혈관에 약물을 주입하게 된다고 해도.

***

눈을 뜨자 미색의 천장이 나를 맞았다. 원목 테로 둘러싸인 천장에는 은은한 빛을 발산하는 동그란 전구들이 돌아가며 박혀 있었다.

방 안은 아직 어두웠다. 두껍게 쳐진 커튼 사이로 아침 햇빛이 조금 새어 들어오고 있었다.

나는 누운 채로 고개를 조금 돌렸다. 누군가 침대 옆에 앉아 있었다. 깍지 낀 열 손가락을 입술 위에 얹은 채 눈을 감고 있는 그는 어디엔가 간절하게 기도라도 올리는 것처럼 보였다.

긴 속눈썹이 그의 조각 같은 얼굴 위로 드리워져 있었다. 나는 가만히 그의 얼굴을 쳐다봤다. 이제 곧 그가 속눈썹을 들어 올리고 나를 쳐다볼 것이다. 나는 숨죽인 채 그 순간을 기다렸다.

마침내 그가 눈을 떴다. 이질적인 회청색 눈동자가 나를 내려다봤다. 조각 같은 얼굴이 움직이는가 싶더니, 그의 입에서 무척이나 다정한 목소리가 흘러나왔다.

왠지 울고 싶은 기분이 들어, 나는 눈을 감았다. 그의 모습이 어둠 속으로 사라졌다. 하지만 잔상은 오래도록 남아 그의 모습을 집어삼킨 어둠 속을 날아다녔다. 마치, 투명한 나비의 그림자처럼.